M. Los últimos días de Europa

Antonio Scurati (Nápoles, 1969) es profesor de Literatura contemporánea en la Universidad Libre de Lengua y Comunicación de Milán, y estuvo al frente del Centro de Estudios sobre el Lenguaje de la Guerra y la Violencia de la Universidad de Bérgamo. También colabora en prensa y es autor de varios ensayos y novelas. Con *M. El hijo del siglo*, una obra que ha marcado un antes y un después en la forma de narrar el fascismo y que inició un ciclo literario publicado en más de cuarenta países, Scurati ha alcanzado un éxito sin igual en Italia, donde recibió el Premio Strega 2019, y se ha situado entre los escritores europeos más reconocidos de la actualidad. Tras *M. El hombre de la providencia*, ganador del Premio Europeo del Libro 2022, publicó *M. Los últimos días de Europa* y *M. La hora del destino*, los volúmenes tercero y cuarto de un proyecto que ya forma parte de la historia de la literatura contemporánea.

Biblioteca

ANTONIO SCURATI

M. Los últimos días de Europa

Traducción de

Carlos Gumpert

DEBOLS!LLO

Papel certificado por el Forest Stewardship Council®

MIXTO
Papel | Apoyando la silvicultura responsable
FSC® C117695

Penguin Random House Grupo Editorial

Título original: *M. Gli ultimi giorni dell'Europa*

Primera edición en Debolsillo: marzo de 2025

Las citas de Giovanni Ansaldo de las páginas 192, 235-239, 245, 263-264, 268, 357 y 417 se han extraído de Giovanni Ansaldo, *Il giornalista de Ciano. Diari 1932-1943,* Il Mulino, Bolonia, 2000, págs. 157, 163, 164-166, 176-177, 179-180, 230 y 251-253.

Printed in Spain – Impreso en España

ISBN: 978-84-663-7125-4
Depósito legal: B-611-2025

Compuesto en MT Color & Diseño, S.L.
Impreso en Black Print CPI Ibérica
Sant Andreu de la Barca (Barcelona)

P 3 7 1 2 5 4

Este libro cuenta cómo nace una guerra. Una guerra devastadora en pleno corazón de Europa, desencadenada con deliberada sed de conquista contra los pueblos vecinos y afines, librada con brutalidad aniquiladora. A muchos lectores quizá les parezca inverosímil que la cúpula del régimen fascista, Mussolini en primer lugar, decidiera, después de largos titubeos y rechazando cualquier oferta de los Estados liberales, arrojar al pueblo italiano a la carnicería de un nuevo conflicto mundial, a pesar de ser plenamente consciente de la absoluta falta de preparación militar del país, de su crónica carencia de recursos materiales, de la aversión de muchos italianos a luchar junto a los alemanes y, sobre todo, de la siniestra, delirante y sangrienta voluntad de poder que encarnaba Adolf Hitler. Y, sin embargo, esta novela se adhiere en cada uno de sus detalles a hechos históricos ampliamente documentados (con la salvedad de unos pocos anacronismos, leves y conscientes, y de muchos probables errores). No hay nada novelizado en este libro y, tal vez, ni siquiera novelesco, salvo la forma del relato. No es la novela la que sigue aquí a la historia, sino la historia la que se convierte en novela. Tampoco puede decirse que la historia haya intentado perseguir la crónica en estas páginas: en todo caso, es verdad justo lo contrario. Confío en que la incredulidad consternada que comprensiblemente suscitará su lectura no se deba al hecho de que en los acontecimientos que aquí se narran, los feroces, dementes perros de la guerra, fuimos nosotros, los italianos.

A las dos M de mi vida, Marta y Maria

1938

Ranuccio Bianchi Bandinelli
Roma, 3 de mayo de 1938
Estación Roma Ostiense

¿Los mato y salvo millones de vidas o no los mato y salvo la mía?

En eso consiste el menú del siglo. Morir, ser asesinados, degollados, desollados, sacrificados para el banquete de los dioses pestilenciales, es una mera obviedad. Matar, sin embargo, es una cosa muy distinta. Matar o no matar, en eso estriba el dilema.

La espera ha sido larga, agotadora, semanas de ensoñación e impotencia. Él no es más que un profesor —un arqueólogo, un estudioso de arte antiguo, bajorrelieves romanos y sarcófagos etruscos— a quien la torpeza de los burócratas ministeriales ha catapultado desde su cátedra en la Universidad de Pisa al escenario de la historia. ¿Y para hacer qué, además? De guía turístico para los verdugos en visita de Estado.

Ha pasado semanas atormentándose a sí mismo. ¿Forrarse de explosivos (pero de dónde va a sacar los explosivos)? ¿Encomendarse a la penetración segura de las armas afiladas (pero de dónde va a sacar el coraje para rajar una garganta)? ¿Señalar a un cómplice el punto exacto en el que el coche presidencial frenaría y bajaría las ventanillas para admirar un edificio o un paisaje siguiendo sus indicaciones? El caso es que cómplices no tiene.

Llegó incluso a hacer pruebas nuestro profesor. Salía de la casa a horas improbables para averiguar si estaba siendo vigilado. Nada. Se mostraba en público con notorios antifascistas, incluso en piazza Venezia y en los restaurantes cercanos, para asegurarse de un eventual control policial. Nada en absoluto. Cualquier cosa hubiera sido posible. Posible e inverosímil.

Ahora, sin embargo, la vigilia ha terminado. Tres convoyes especiales procedentes de Alemania han entrado en perfecto horario en la estación de Roma Ostiense, construida especialmente para recibir con la máxima pompa a los bárbaros llegados del norte frente a Porta San Paolo. Es una estación grandiosa, grandilocuente, monumental, una estación de cartón piedra. Pasarán años antes de que esté lista para recibir tráfico de pasajeros, pero eso importa poco, lo que importa es que la escenografía esté montada, que las farolas, los árboles, las traviesas, se plieguen bajo la masa de banderas, oriflamas, haces de lictores y esvásticas.

He ahí al adalid, al «guía» (en absoluto turístico). Su pie es el primero en probar el estribo. Lo están esperando un rey, los dignatarios de su corte, un dictador, los jerarcas de su partido, príncipes y ministros, generales del ejército, de la marina, de la fuerza aérea, esposas y concubinas, el cortejo de vivos y muertos; recibido con alegría por las *Reichsfrauen*, las esposas de los peces gordos del Tercer Imperio germánico, asomadas a las ventanillas; escoltado por un enjambre de SS armados con puñales, el canciller recorre el andén del tren hacia la ciudad eterna.

A primera vista, por mucho que nos esforcemos, no conseguimos encontrarlo repulsivo. Mesurado, ordenado, casi modesto. Casi servil, incluso. Una personalidad de aspecto subordinado: algo así como un revisor del tranvía. Las manos enguantadas de gris, cruzadas sobre el vientre con el pulgar a la altura del cinturón, la espalda ligeramente encorvada, inclinada hacia delante, el ojo vago y acuoso, suspendido en una especie de atonía. En definitiva, Adolf Hitler no tiene la imagen canónica del tirano al que hay que asesinar.

En cuanto al otro, sin embargo, el profesor no tendría dudas. A Ranuccio Bianchi Bandinelli, Benito Mussolini le parece un ser odioso, grotesco y horrendo. Le da la impresión de que camina como una marioneta, con curvas y movimientos oblicuos de la cabeza que pretenden mitigar su enorme mole pero que no pasan de torpes y siniestros. Su rostro túrgido, sus ojos brillantes, la piel untuosa, la sonrisa forzada, están, según el profesor, al servicio constante de una incesante comedia pueril. El estudioso de las bellas artes, gran burgués de sangre aristocrática, esteta refinado con veleidades de redentor, no siente repulsión por el Führer del nazismo, pero no dudaría en matar al Duce del fascismo, y solo porque tiene el desagradable aspecto de ciertos engreídos intermediarios campestres que se saben los más hábiles en el mercado ganadero.

No dudaría si fuera el hombre de sus ensoñaciones, pero, siendo el que es, el profesor Bianchi Bandinelli vacila. Vacila porque para él el antifascismo es una manifestación espontánea de cierta vaguedad moral, una expresión de su gusto estético, una cuestión de aristocracia, de nobleza, de estilo, pero nada más. Vacila porque él no pasa de ser un antifascista genérico. Sin una directriz política precisa, sin un programa, sin un destino. Hasta ahora, su disidencia se ha limitado a desertar de los actos de inauguración del curso académico, a burlarse de sus colegas que en dicha ocasión pronuncian discursos encomiásticos, al sarcasmo y al desprecio. No es con una parafernalia así como se construye la Historia. La Historia la construyen los demás, los comediantes pueriles, los titiriteros desgarbados, las manos enguantadas de gris con los pulgares cruzados a la altura del cinturón.

Y, además, ¿en qué demonios consiste eso de la Historia? ¿Es que acaso la Historia se deja llevar de la mano como un niño? ¿Puede bastar con el estrépito de una explosión, el silbido de una puñalada, para desviar su curso? El profesor no duda de que Adolf Hitler y Benito Mussolini, sus dos alumnos ocasionales, no tardarán en llevar al mundo a otra guerra mundial, pero se pregunta: ¿su desaparición repentina y violenta lo evitaría? Si la guerra es históricamente necesaria, ¿vale la pena sacrificarse solo para aplazarla unos meses? E incluso aunque se sacrificara a sí mismo, ¿le estarían agradecidos los pueblos a los que liberaría de la masacre, le guardarían gratitud o solo encontrarían palabras de compasión para sus víctimas?

Demasiadas preguntas. Hitler y Mussolini, empujados por sus séquitos, ya se han desplazado hacia la salida de la estación. El profesor, absorbido por el centro gravitatorio de su magnetismo, olvida de golpe todas sus tenebrosas maquinaciones. Habiendo elegido hace mucho tiempo ocupar su lugar entre los espectadores y no entre los actores, lo único que queda en él es la curiosidad de poder ver de cerca. Esa curiosidad, y el horror de la criatura ante la idea de su propia destrucción.

Visito el apartamento del Führer en la Casa Real. Han aprovechado la ocasión para reformarse la casa a nuestra costa. La Princesa y el Príncipe tenían unos baños indecentes. Ahora los tendrán, como suele decirse, principescos.

Galeazzo Ciano, *Diario*, 2 de mayo de 1938

Vistos Mario y Sila. Primera y sorprendente impresión de Mario: grotesco y rematadamente feo. Camina como una marioneta, con curvas y movimientos oblicuos de la cabeza, que pretenden mitigar su enorme mole pero que no pasan de torpes y siniestros. Cierra los ojos, sonríe, representando continuamente una comedia pueril. Se detuvo frente a la reproducción ampliada de la moneda de los idus de marzo, largo rato, para que lo vieran. Luego pronunció el nombre de Bruto con una sonrisa de conmiseración, recibida por las carcajadas de los demás. Se aprieta demasiado el cinturón, lo que lo hace más desgarbado. Tiene el desagradable aspecto de ciertos intermediarios rústicos rebosantes de arrogancia porque saben que son los más hábiles en el mercado de ganado y tienen abultadas carteras.

Sila es, a primera vista, menos repulsivo. Mesurado, arreglado, casi modesto. Casi servil, incluso. Una personalidad de aspecto subordinado: algo así como un revisor del tranvía. Rostro flácido. Mario, en cambio, lo tiene turgente, con la piel grasienta.

Del cuaderno de Ranuccio Bianchi Bandinelli,
6 de mayo de 1938
(Mario representa a Mussolini, Sila a Hitler)

Benito Mussolini
Roma, noche del 3 al 4 de mayo de 1938

La multitud es monoteísta. Nadie lo sabe mejor que él. Cuando un hombre reduce a un pueblo a una masa de sometidos, a estos no les quedará otra que adorar su cuerpo y nada más que el suyo. Adorarlo o sacrificarlo.

Lo aprendió a sus expensas unos meses antes, el 28 de septiembre de 1937, cuando su visita de Estado a la Alemania nazi culminó con la apoteosis berlinesa en el estadio olímpico. Una jornada laboral interrumpida, un día festivo declarado a mitad de semana, miles de banderas italianas y alemanas, fascistas y nazis, sesenta mil monjes guerreros de las SS desplegados en tres filas, centenares de perros adiestrados en la represión sueltos entre la multitud, vigías armados patrullando el Spree y, sobre todo, una masa de más de medio millón de personas, de devotos, de prosélitos, que desbordaban el anillo del Olympiastadion como sangre hemorrágica alrededor del cráter de una herida.

Más de medio millón de bocas en adoración coreando al unísono la misma consigna al paso de los dictadores, los dos de pie uno al lado del otro en el mismo vehículo descapotable, ambos encabezando el cortejo, ambos impasibles ante la lluvia discreta y persistente que había empezado a caer desde primera hora de la tarde.

Todo había sido proyectado para honrar al huésped italiano, el primero, el maestro de los fascismos, incluso los dos trenes, uno para cada dictador, que entraron en la estación de Berlín en el mismo instante. Todo destinado a elevar al Duce de los italianos al mismo rango que el Führer de los alemanes. Mientras ofrecía a su amigo italiano el inmenso estruendo del Campo de Mayo —una especie de bramido telúrico, como eructado de la boca de un volcán—, Hitler se había mostrado categórico: «Proclamo mi alegría al presentaros a uno de esos hombres solitarios que no se limitan a ser los protagonistas de la historia, sino que construyen ellos mismos la historia».

Y sin embargo, mientras él, el amigo italiano, pronunciaba su discurso en alemán, escrupulosamente aprendido de memoria, bajo la lluvia que arreciaba, mientras se desataba la tormenta y él rechazaba toda protección, mientras su voz se apagaba en un murmullo inaudible en medio de los truenos y las últimas hojas del texto se descolorían, ilegibles, entre sus manos, mientras aquellos fatídicos instantes quedaban esculpidos en el tiempo con las facciones de una divinidad totémica, arcana y terrible, no cabía duda alguna de que la adoración de aquella multitud estaba dedicada exclusivamente a Adolf Hitler, Führer de los alemanes, y que llegaba a lamer al Duce solo de rebote, por reverberación del cuerpo numinoso del otro.

Lo mismo ocurre ahora, un año después, mientras una multitud de romanos se hacina en via dei Trionfi para saludar, en la berlina de gala arrastrada por un tiro de orgullosos caballos, al hombre que la propaganda presenta desde hace semanas como el compañero de viaje del Duce, encontrándolo en cambio —amarga decepción— en compañía del pequeño rey, impuesto por el protocolo de Estado. Aunque él, Benito Mussolini, no esté allí, aunque se haya visto obligado a ceder su asiento en el carruaje real a ese ridículo monarca tan alto como un chiquillo de colegio, a ese último e infeliz representante del viejo mundo, mientras el cortejo, habiendo dejado atrás los cinco bloques ciclópeos del obelisco de Axum —símbolo del imperio revivido, botín de la reciente guerra en Etiopía—, las ruinas del Palatino y las Termas de Caracalla, desfila junto al Coliseo incendiado por un castillo de fuegos artificiales, los aplausos de la multitud que se levantan de los vestigios de la romanidad triunfante son, en cualquier caso, todos para él, Mussolini Benito, el ausente, hijo de un herrero y Duce de los italianos.

Entre los espectadores de la historia, Hitler despierta curiosidad pero también desconfianza y, desde luego, no amor. Los italianos del norte odian a los alemanes, sus enemigos históricos, contra quienes lucharon a costa de seiscientos mil muertos en la Gran Guerra, y los romanos, mientras anochece suavemente entre las antorchas encendidas para iluminar las ruinas, se entregan al genio de la comedia para enmarcar al álgido huésped. «¿Y esos bigotillos negros?» se preguntan recelosos. Les basta ese rasgo físico para formarse un juicio político, el indicio fisionómico es suficiente para reavivar el miedo a lo germánico en un pueblo latino.

Él, Mussolini Benito, archiitaliano, estas cosas se las sabe todas. Y mientras, mortificado por el ultraje recibido del pequeño rey, se sienta en la cama pálido y jadeante después de haber poseído a su Clara con rabia —le ha mordido incluso un hombro—, sabe también que todo esto le será reprochado. Sabe que Víctor Manuel III calumnia a Hitler describiéndolo como un caso psiquiátrico, un depravado sexual y adicto a la cocaína; sabe que Italo Balbo, el único que se atreve a criticarlo abiertamente, y además en público, es la voz de todos aquellos, y son muchos, que aborrecen la idea de tener que «besarles la bota a esos nazis endemoniados»; sabe que el vate Gabriele D'Annunzio, fallecido el pasado mes de marzo en su cama a causa de una hemorragia cerebral como un jubilado cualquiera tras una vida inimitable persiguiendo una hermosa muerte, en sus últimos días invitaba a desconfiar de los alemanes y en particular de su «payaso feroz», un «Atila de brocha gorda» —todavía resuenan en sus oídos las palabras de su último encuentro, en la estación de Verona, de regreso de su viaje a Alemania—; sabe que, en la Roma iluminada de fiesta, la única plaza a oscuras es la de San Pedro, porque el papa protesta a su manera, apagando la luz divina y cerrando los postigos de las ventanas del Palacio Apostólico, contra aquel idólatra pagano que ha enarbolado en la Ciudad Santa una cruz distinta a la de Cristo, una esvástica. El Duce del fascismo sabe, sobre todo, que entre su visita a Alemania y la de Hitler a Italia está el 11 de marzo de 1938, día en que el autodenominado amigo alemán, sin informarle siquiera de haber ordenado el inicio de las operaciones, engulló Austria de un solo bocado, trasladando la frontera del Reich milenario al paso del Brennero.

Un gravísimo revés, la primera auténtica derrota de la política exterior fascista tras los triunfos en Etiopía y las victorias en España. Ese día él, el Jefe de los italianos, que se había proclamado en el pasado protector de Austria, tuvo que tragar quina, mientras el canciller austriaco Von Schuschnigg era arrestado, golpeado y luego retenido por los invasores nazis en el Palacio de Belvedere y, entre tanto, en toda Viena, los judíos eran obligados a limpiar las calles con jabón y sosa cáustica, de rodillas y con las manos desnudas sobre el asfalto helado.

Ese día él mismo, Benito Mussolini da Predappio, prorrumpía en gritos de rabia contra «ese pueblo de asesinos y pederastas que habría marcado el fin de la civilización» si hubiera invadido Europa como se había anexionado Austria. Y contra su Führer, ese horrible degenerado sexual, ese loco peligroso.

Él mismo había amenazado, si los alemanes se atrevían a desplazar el puesto fronterizo con Italia un solo metro, con «aliar al mundo entero contra ellos derribando a Alemania por otros dos siglos». Pero luego, después de prodigarse en fuegos fatuos y llamas en privado, había tenido que aguantarse en público, temeroso, astuto y perdedor.

Y ahora, gracias a su oído perfecto para los estados de ánimo del pueblo, le parece oír a los romanos: ¿acaso no fue él quien, en mil novecientos treinta y cuatro, después del asesinato del canciller Dollfuss a manos de unos golpistas pronazis, había movilizado cuatro divisiones en la frontera para proteger Austria? ¿No era él mismo quien se había autodenominado «centinela del Brennero»? ¿No nos había prometido que lucharía por la soberanía de Austria? ¿Y ahora qué hace, se queda calladito? ¿Se pone de perfil?

Le parece escuchar las bromas de los romanos sobre el bigotillo del Führer, las historias calumniosas del pequeño rey, los susurros de los diplomáticos mientras Joachim von Ribbentrop —el desquiciado ministro de Asuntos Exteriores de Hitler— parlotea sobre la necesidad de hacer la guerra a diestra y siniestra; le parece oír los bostezos despectivos de los cortesanos y el castañeteo de los dientes de sus cebados fascistas, el silencio maldiciente del vicario de Cristo en la tierra.

Los oye, a todos, pero decide no escucharlos. A ver, ¿qué sabrán ellos de las necesidades tácticas de la política, de sus sórdidas y sin embargo sublimes artimañas, de las artes escénicas y del estremecimiento sagrado de la historia? Que se harten de decir que a las grandiosas maniobras militares exhibidas por Hitler en Mecklenburgo él ha respondido con desfiles escenográficos en via del Impero, que se harten de decir también que la locura nazi nos arrastrará al abismo, que digan también —si así lo creen— que el incendio del Coliseo es el fuego fatuo de una bengala.

Él se las sabe todas, mejor que nadie. Seguirá, como siempre, jugando a dos bandas, bandeándose entre Hitler y los ingleses, explotando la alianza con uno para obtener concesiones de los demás, poniendo una vela a Dios y otra al diablo, disfrutando del oro y del moro. Podrán ser banqueros, adalides y soldados esa gente, pero él, él es el genio de la política. En comparación con él, ¿no os parecen infantiles estos fanáticos de la guerra?

Y es que, en realidad —le explica ahora Benito a Claretta, ya más animado, mientras la toma entre sus brazos después de haberle hecho el amor furiosamente, después de haberle mordido un hombro—, ese Hitler tan temido, tan terrible, se comporta en el fondo como un chicarrón cuando está con él. Siempre se muestra un poco rígido, respetuoso, pero luego, cuando no abandona esa versión oficial, es también muy simpático. Él sabe cómo arrancarle una carcajada. Siempre lo consigue.

¡Está loco! ¡Es un maníaco sexual!

Benito Mussolini hablando con el subsecretario de Estado de Asuntos Exteriores Fulvio Suvich tras su primer encuentro con Adolf Hitler en Venecia, 15 de junio de 1934

Conozco a Hitler. Es un idiota y un sinvergüenza, un sinvergüenza fanático [...]. Cuando ya no quede ningún rastro de Hitler, los judíos siempre serán un gran pueblo [...]. Ustedes y nosotros somos una potencia histórica. En cuanto a Hitler, es solo una farsa destinada a durar unos cuantos años. No le teman y díganles a sus judíos que no deben tener miedo [...]. Todos le sobreviviremos.

Benito Mussolini hablando con Nahum Goldmann, miembro de la junta directiva de la Organización Sionista Mundial, de visita en el Palacio Venecia, noviembre de 1934

Esta mañana el Duce ha vivido un momento de dolorosa humanidad. Me ha dicho que siente el vacío de D'Annunzio. A estas alturas, significaba muy poco: pero seguía allí, el viejo, y de vez en cuando nos llegaba un mensaje de su parte. Reconoció que había representado mucho en su vida. Sin duda alguna, había contribuido a dar al fascismo muchas de sus formas.

Galeazzo Ciano, *Diario*, 6 de marzo de 1938

«Sabes, esos alemanes son muy simpáticos, y Hitler es como un chicarrón cuando está conmigo [...]. Querida, pequeña joya mía, ven a mis brazos». Hacemos el amor dos veces. Duerme en el intervalo, abrazándome contra él y acariciándome.

Del diario de Clara Petacci, mayo de 1938

Roma, 4 de mayo de 1938, 20.30 horas
Palacio Real del Quirinal

Un almuerzo en la corte sigue un protocolo muy estricto. La etiqueta real exige, en una rigurosa alternancia entre hombre y mujer, que el invitado de honor y su esposa se sienten junto al rey y la reina. El problema, en este caso, es que el canciller alemán no tiene consorte: no existe una señora Hitler.

Se rumorea que la señorita Braun, oculta en el tupido séquito de secretarias, es una afectuosa amiga del Führer. También se rumorea, sin embargo, que la dulce Eva acuesta al adalid todas las noches con ternura maternal, nada más (ni nada menos, si se mira desde otro punto de vista). En todo caso, el maestro de ceremonias ha suplido la falta de una señora Hitler colocando al guía de los pueblos germánicos entre Su Majestad la reina emperatriz, a su izquierda, y Su Alteza Real la princesa Mafalda de Hesse, a su derecha; junto al rey, en cambio, han puesto a la señora Ribbentrop. Por otro lado, a pesar de estar regular y cristianamente casado, tampoco el Duce ha considerado oportuno acudir acompañado en tan solemne ocasión por su zafia esposa. Su excelencia el honorable caballero Benito Mussolini se halla, por lo tanto, sentado junto a la princesa Mafalda, por un lado, y, por el otro, junto a la señora Thaon di Revel, consorte del almirante héroe de la Gran Guerra.

El número de invitados al almuerzo de la corte del 4 de mayo de mil novecientos treinta y ocho asciende a doscientos. Han sido colocados en ambos sentidos, interno y externo, en los laterales largos de una mesa rectangular a la que le falta un lado corto. Con la excepción de dos exaltados antialemanes como Italo Balbo y Dino Grandi, que el Duce prefiere que no estén presentes, a la cena con los nazis asiste toda la Italia que cuenta. En la cabecera de la mesa se sienta, por supuesto, su majestad el rey y emperador con sus invitados de honor.

Las miradas de los doscientos cortesanos, notables y jerarcas fascistas, todos acompañados por sus consortes, se ven magnetizadas, además de por Herr Hitler, por los siniestros hombres de su séquito.

Casi en la esquina de la cabecera de la mesa, entre su excelencia la marquesa Imperiali di Francavilla y su excelencia Luisa Federzoni, esposa del presidente del Senado, se sienta Rudolf Hess, tercera autoridad del Partido Nazi, leal a Hitler desde la época del fallido *putsch* de Múnich, el hombre a quien en mil novecientos veinticuatro, deambulando como un animal enjaulado en la celda de una prisión, el futuro Führer de los alemanes dictó las delirantes y prolijas páginas de su manifiesto político-espiritual, el *Mein Kampf*. No muy lejos se sienta Wilhelm Keitel, el nuevo jefe del mando supremo de la Wehrmacht, muy devoto al Führer; por eso en los círculos militares hay quienes lo apodan despectivamente «general Jawohl», el «general síseñor», o le trabucan el apellido en «*Lakai*tel», «lacayo». Tres lugares más allá, se halla situado su excelencia el doctor Joseph Goebbels. Hijo de un empleado de una fábrica, cojo por una deformidad congénita conocida como «pie equino», fue rechazado para el servicio militar obligatorio y, por lo tanto, se doctoró en Literatura con una tesis sobre el romanticismo alemán; en su condición de ministro de Educación del Pueblo y de Propaganda del Reich, Goebbels ha promovido las tristemente famosas hogueras de libros, ha prohibido el llamado «arte degenerado», obligando al exilio a cientos de artistas, intelectuales y científicos judíos y, sobre todo, ha tomado el control absoluto y capilar de la información, de la vida cultural alemana, así como de la vida espiritual de los alemanes. Ahora habla de la arianización de Europa con una perpleja condesa

Maria Bruschi Falgari, colocada por el jefe del ceremonial a su derecha.

Frente a Goebbels se sienta el señor Himmler. Comandante general de las SS (y de la policía del Reich), Heinrich Himmler, que solo habla alemán, no conversa con nadie. El Reichsführer del brazo armado nazi calla, come, mira el vacío que tiene delante y aterroriza, con la mirada acuosa de sus ojos cerúleos y con su silencio amorfo, tanto a la condesa Maria Teresa Orti Manara di Busolo, sentada a su derecha, como a la princesa Borghese del Vivaro, sentada a su izquierda. Junto a la princesa, entreteniendo con amabilidad a la bella marquesa Guglielmi di Vulci, se halla el señor Hans Frank, asesor legal personal de Hitler, antiguo ministro de Justicia de Baviera, padre de cuatro hijos, hombre de muchas amantes, feroz antisemita, partidario de exterminar a toda la población judía del Reich.

Detrás de ellos, unas sillas más allá, en el lado derecho de la mesa real, en el puesto número 10, justo enfrente de la duquesa de Roccapiemonte, que parece apreciar bastante a ese apuesto joven engominado, se sienta el señor Bouhler. Con Philipp Bouhler, jefe de la cancillería privada del Führer, y otros médicos y oficiales del Reich, Adolf Hitler ha discutido recientemente en secreto los términos de un plan eugenésico, con el que la doctrina aria nazi plantea la hipótesis de conceder «una muerte misericordiosa» a los miles de ciudadanos alemanes, niños sobre todo, que padecen discapacidades físicas o psíquicas. El doctor Karl Brandt, médico acompañante de Hitler, hoy también invitado de su majestad Víctor Manuel III en la mesa real, ya está estudiando una mezcla venenosa para asesinar a una amplia escala a discapacitados, enfermos mentales, gitanos y judíos mediante inyección letal. Unos veinte asientos más al fondo, en el puesto número 30 del lado interior izquierdo, demasiado lejos para dirigir la palabra al soberano de Italia pero no lo suficiente para escapar de su mirada, un hombre macizo y ruidoso devora los platos uno tras otro. Es el señor Josef Dietrich, conocido como «Sepp», comandante de la Leibstandarte, jefe del departamento especial encargado de la seguridad personal de Hitler, protagonista absoluto de la llamada «Noche de los Cuchillos Largos», en la que, el 30 de junio de mil novecientos treinta y cuatro, las SS exterminaron a la cúpula de las Secciones de Asalto (SA), principales aliados y, por tanto, rivales de las milicias paramilitares formadas por los nazis. Es casi seguro que Sepp Dietrich encabezó el allanamiento de la casa del general Kurt von Schleicher, antiguo canciller de la República de Weimar, asesinándolo a él, a su esposa y también a los dos molestos perros salchicha que ladraban.

En definitiva, a pesar de algunas dificultades, la etiqueta se respeta escrupulosamente. La observancia de las buenas maneras no impide, sin embargo, que la atmósfera sea gélida durante la cena real, y no porque Su Majestad desapruebe los programas eugenésicos, los asesinatos de rivales políticos o el exterminio de los judíos, sino porque él y su corte notan en el séquito de Hitler la rudeza de la escoria plebeya, advenediza y maleducada. A su vez, los nacionalsocialistas corresponden a esta condescendencia con el desprecio, considerando que el Quirinal se asemeja a una «melancólica tienda de antigüedades» y viendo en la ociosa, arrogante y putrescente camarilla principesca sentada junto a ellos la representación del «viejo mundo podrido». Un mundo que —callan, pero no ocultan— su revolución ha venido a purificar con fuego.

Recepción en el Capitolio. Vistas al Foro Romano. Escalofrío sagrado de la Historia. Me siento absolutamente arrebatado. Más de dos mil años nos hablan aquí.

La monarquía es una carga. [Nosotros los alemanes] podemos regocijarnos de haberla abolido.

La aristocracia es internacionalista. Se alimenta de los bienes del pueblo. Y los pueblos deben recuperarlos.

Discurso del rey. Absolutamente esotérico, estúpido, insignificante. Después habla el Führer. ¡Qué diferencia! Después charloteo. Me bato en retirada. No son cosas para un nazi de fe republicana.

Mussolini también desprecia todo esto. Pero debe poner al mal tiempo buena cara.

Joseph Goebbels, *Diario*, 4-7 de mayo de 1938

Golfo de Nápoles, acorazado Conte di Cavour
5 de mayo de 1938, 10.30 horas

¿Tiene sentido hablar de política en Nápoles?

¿Es acaso posible forjar una sólida y férrea alianza internacional, un pacto de acero, en la ciudad del sol, en la capital del Mediterráneo donde todo, desde el canto de Caruso al de las sirenas, desde la dulzura del clima al resplandor de la luz del mediodía, desde el agua del golfo al fuego del volcán, desde el azul vacío del cielo a la densidad agusanada de siglos de plebe, donde todo, desde la belleza absoluta a la miseria absoluta, induce a la molicie del sueño, a la resignación de una existencia ociosa?

Entablar una alianza política con la Italia fascista es exactamente lo que Adolf Hitler y su ministro de Asuntos Exteriores Joachim von Ribbentrop se proponen hacer en la mañana del 5 de mayo de mil novecientos treinta y ocho, mientras asisten desde la cubierta del acorazado Conte di Cavour, en la ensenada de la bahía de Nápoles, a la revista naval organizada por Mussolini para ostentar su poderío militar.

El pacto de amistad firmado en octubre de mil novecientos treinta y seis entre Italia y Alemania a Hitler ya no le basta. Un pacto que no ha estado desde luego exento de consecuencias: desde entonces alemanes e italianos han luchado codo con codo contra la República en España, Alemania ha sido la única gran potencia europea que ha reconocido las conquistas imperiales fascistas en Etiopía, Mussolini ha empezado a deslizarse por un plano inclinado que lo aleja cada vez más de las naciones democráticas. Y, con todo, el Führer, ahora que se ha anexionado Austria y prepara una agresión contra Checoslovaquia como segundo movimiento de su política hegemónica, no puede conformarse ya con un simple pacto de amistad. Ahora le hace falta un pacto político y militar que rompa el aislamiento de Alemania, que le asegure un aliado en caso de guerra, que le garantice protección en el frente sur en caso de que el conflicto se volviera total. Al fin y al cabo, el «eje Roma-Berlín», la fórmula verbal acuñada casi por sorpresa por Mussolini en el discurso de Milán de noviembre de mil novecientos treinta y seis, arrastra a las naciones, a los pueblos, a las vidas presentes y futuras a un abrumador vértigo retórico, pero no pasa de ser, pese a todo, una mera palabra.

Nápoles siempre ha sido propicia a déspotas, tiranos y caciquillos de diversa índole. No hizo una excepción con Mussolini en la época de su conquista del poder, y tampoco ahora parece querer defraudar al dueño absoluto de Italia. Le ofrece, por lo tanto, uno de esos memorables «días estupendos» suyos que, más que una serie de condiciones atmosféricas, son una cínica filosofía de vida. La temperatura templada, el aire efervescente y terso, el sol que reluce suavizado por la brisa del golfo, el entusiasmo de los tamborileros que desfilan con flamantes uniformes nuevos por callejuelas antiguas y miserables, todo resulta contagioso. Mientras las proas de los barcos surcan las claras profundidades verdes y cerúleas de la bahía, el mito azul celeste de Capri se recorta en la lejanía, la exuberante colina de Posillipo desciende suavemente hacia el mar, la silueta telúrica del volcán se yergue para cerrar un horizonte que de otro modo sería infinito

Los alemanes a bordo del Conte di Cavour se ven arrebatados por el hechizo del turismo mediterráneo que los confunde con el sueño de otra vida. Himmler confía sus impresiones goetheanas a Galeazzo Ciano; Hess se obstina, en su italiano elemental, en explicar el cielo de Nápoles a Starace; a Goebbels le llega, a bordo del buque de guerra, un telegrama que le anuncia el nacimiento de su cuarta hija. De modo que todos, jerarcas, ministros y simples marineros, se arremolinan a su alrededor para felicitarle y desear a la niña un futuro tan brillante como este hermoso día en el golfo. La promesa de felicidad, pronunciada por los hombres en armas, detiene el tiempo en la reverberación del sol sobre el agua luminiscente. Por un instante todo resulta perfecto. La regia marina ejecuta con maestría las maniobras previstas, las escuadras navales se mueven al unísono, el acero de los acorazados canta junto a los hombres alborozados.

Solo Adolf Hitler se mantiene al margen, con el ceño fruncido, apoyado en un barandaje. Su mirada, admirada y envidiosa, intercepta una tras otra las unidades de la flota italiana. Un susurro en los labios va nombrando, con la pasión infantil del coleccionista de calcomanías, cruceros, destructores y hasta las pequeñas y legendarias lanchas torpederas.

Benito Mussolini lo intuye y se regocija: el adalid de los alemanes está pasmado porque no esperaba en absoluto que los italianos estuvieran en posesión de una flota semejante. Organizada, poderosa, eficiente. Henchido de orgullo, cegado por la vanagloria, el Duce del fascismo se acerca al fundador del Partido Nacionalsocialista Obrero Alemán. Justo en ese momento el desfile naval culmina en su espectacular cumbre: noventa submarinos de último modelo emergen por un instante del azul en formación cerrada; luego, al unísono, se sumergen de nuevo en las aguas y repiten la maniobra una y otra vez, alejándose hacia Isquia como una manada de delfines de acero y alquitrán.

Es entonces cuando Hitler, embelesado, inflamado, con el labio tembloroso por un rictus, propone a su amigo italiano el pacto militar. El olor a sangre, de pronto, se impone sobre el de los huertos de naranjos, traído por el viento desde la península de Sorrento. El acorazado de fiesta se transforma en un barco de luto, una balsa de náufragos y ahorcados a la deriva en la bahía de Nápoles.

He aquí, de repente, que Capri se muestra más cercana. Mussolini puede fingirse atraído por su encanto para dejar que la propuesta de Hitler caiga en los abismos del golfo.

Ante decisiones fatídicas, la hermosa Nápoles ofrece siempre la oportunidad de divagar, de fingir no haber entendido. Uno puede intentar sustraerse al destino señalando un punto al azar en los picos rocosos de Capri, indicando a Hitler el célebre «salto de Tiberio». Luego, si es necesario, siempre se puede cambiar de tema, mencionar el programa de Verdi previsto para el concierto vespertino en el Teatro San Carlo.

Poco importa si, en el umbral del teatro, el Führer se va a poner hecho una furia cuando se encuentre frente a un destacamento de tropas a las que pasar revista, vestido con un ridículo frac junto a un enano coronado en uniforme de gala. El jefe de protocolo del Ministerio de Asuntos Exteriores será despedido y, para celebrar la gloria del imperio fascista, se elevarán las notas de *Aida*, la triste y orgullosa princesa etíope.

Dos magníficos actos de Aida. ¡Qué voces, qué música! Y qué espléndido teatro. El rey asiste sentado en su palco con total indiferencia. Claro, porque en Verdi encuentra expresión una majestuosidad que no se transmite por vía hereditaria [...].

La monarquía aún se muestra en su aspecto más repugnante. Toda esta escoria de viles cortesanos. ¡Al paredón! ¡Y esa manera de tratarnos como *parvenu*! Todo esto me da náuseas. Me provoca una rabia infinita. Es una pequeña camarilla principesca convencida de que Europa le pertenece.

Joseph Goebbels, *Diario*, 6 de mayo de 1938

Ribbentrop nos ha ofrecido un pacto de asistencia militar, público o secreto, a nuestra elección. Como es lógico, he expresado mi opinión contraria al Duce, así como he hecho que se retrase la conclusión de un pacto de consulta y sostén político.

El Duce tiene la intención de asumirlo. Y lo haremos, porque tiene mil y un motivos para desconfiar de las democracias occidentales.

Galeazzo Ciano, *Diario*, 5 de mayo de 1938

Ante nuestros ojos se desarrollaba un programa en el que el espíritu de grandeza y el buen gusto se fundían en una secreta armonía, conocida solo por los descendientes de los emperadores romanos y los antiguos maestros italianos [...].

En Nápoles [...] desfile de la flota [...]. Vi cien submarinos desaparecer todos juntos bajo las olas y volver a aflorar a los pocos minutos, con la precisión de un mecanismo de relojería, y lanzar un cañonazo.

De las memorias de Paul Schmidt,
intérprete oficial del Ministerio de
Asuntos Exteriores del Reich

Ranuccio Bianchi Bandinelli
Roma, 6-7 de mayo de 1938

En la tarde del 6 de mayo, una vez finalizado también el desfile militar en via dei Trionfi programado para la mañana, el profesor Ranuccio Bianchi Bandinelli, catedrático de Historia del Arte en la Universidad de Pisa y antifascista genérico por definición propia, adopta el papel del anfitrión para acompañar a Adolf Hitler y a Benito Mussolini en una visita a la Exposición augustal de la romanidad.

Designado para esta tarea no deseada por él mediante precepto ministerial, el profesor Bianchi Bandinelli sirve en esta ocasión tan solo como refuerzo. Puede, por lo tanto, satisfacer la ardiente curiosidad que despiertan en él los dos dictadores manteniéndose unos pasos atrás y observando su entorno con ojos de experto en arte antiguo. El primero en caer bajo su borrosa lente de intelectual académico es el doctor Karl Brandt, oficial de las SS, un joven fanático de la nueva Alemania y el médico que acompaña a Hitler. Bianchi Bandinelli tiene así la oportunidad de examinar las expresiones de éxtasis de Hitler ante la gloria artística de Roma mientras la voz de Brandt le susurra al oído el sangriento evangelio nazi que predica la supresión de los niños débiles, la de los enfermos mentales e incluso la autosupresión de los supervivientes de la Gran Guerra, invitados a contribuir nuevamente a la «grandeza de la nueva Alemania», aquejada por la escasez de víveres, retirándose espontáneamente de escena.

A pesar del escalofriante ruido de fondo, el profesor observa atentamente las diferencias entre los dos dictadores y las anota en su cuaderno. La pasión por el arte de Hitler, en su condición de artista frustrado, se le antoja por momentos grotesca pero en cierto modo sincera. Hitler está genuinamente interesado en los vestigios culturales; de hecho, nunca pierde ocasión de adaptar las explicaciones que le brinda el experto —ya se trate de un sarcófago paleocristiano o de la *Juno Ludovisi*— a su programa ideológico. Cada vez que Bianchi Bandinelli lo ilustra sobre una pieza preciada, Hitler apostrofa a su séquito (*«Sehen Sie, meine Herren»*; «Vean ustedes, señores míos») y deforma deliberadamente las nociones apenas recibidas doblegándolas a sus propósitos propagandísticos. Ellos le corresponden, sin falta, con la idolatría.

A Mussolini, en cambio, se lo ve aburrido. La cultura y el arte lo aburren hasta el punto de convertir a veces el tedio en recelo. Si Hitler trata a su análogo italiano con deferencia, casi servil pero nunca confidencial, Mussolini casi siempre se dirige a él con cordial desenvoltura, excepto cuando el alemán se excede en el despliegue de nociones culturales. El Duce se pone rígido, la sospecha se abre paso en él, la sombra de la inferioridad lo roza. Solo entonces encuentra alguna utilidad en el profesor: le guiña un ojo con picardía a Bianchi Bandinelli, exigiéndole alguna sugerencia que le permita plantear alguna objeción a la prosopopeya del canciller del Reich. Esta pequeña escenita —de la que el erudito deduce, erróneamente tal vez, que los dos dictadores no se caen bien— prosigue en todas las etapas del itinerario artístico y cultural, desde el Museo de las Termas de Diocleciano hasta la Galería Borghese.

Aquí la abierta curiosidad del intelectual se desborda casi en simpatía. El profesor y el Führer están bajando la escalera de caracol de Villa Borghese, cuando Bianchi Bandinelli escucha la voz metálica de Hitler pronunciar estas palabras en alemán: «Si aún fuera un ciudadano corriente, me pasaría semanas aquí. A veces lamento haberme entregado a la política. ¡Y el sol que luce aquí, además! En mi casa, en Obersalzberg, aún está nevando».

Este cliché es suficiente para que el profesor se deje llevar a una fantasía de redención. Su imaginación se concilia de buena gana con la del tirano, quien expresa la esperanza, «cuando todo esté ya en orden en Alemania», de poder volver a Roma, alquilar una villa en las afueras y visitar los museos de incógnito. Bianchi Bandinelli cede, entonces, a la consoladora fantasmagoría de imaginar que el ideólogo de los exterminios puede levantarse una mañana y decir: «Basta, me he engañado a mí mismo, ya no soy el Führer».

El sueño del profesor muere unos minutos después, a la hora del té. Una vez terminada la visita, un refrigerio espera a los huéspedes en el gran vestíbulo de entrada de la planta baja de la villa.

Un gesto ministerial impele al profesor, ya listo para marcharse, a ocupar su sitio en la mesa de los dictadores para mantener viva la conversación. También en este caso Bianchi Bandinelli memoriza las frases pronunciadas por los ilustres comensales, para plasmarlas íntegras después en su propio cuaderno de notas, y también en este caso deriva su curiosidad casi hacia la benevolencia por ese ingenuo entusiasta del arte obligado por el destino a calzar los zapatos del dictador germánico.

Bianchi Bandinelli comprueba que sobre la mesa se amontonan dulces de todas clases, pero Hitler, fiel a su dieta ascética, solo bebe su té y come «ciertas galletas secas y de aspecto melancólico, que le fueron servidas por separado». El profesor, entonces, casi compadeciéndose, mientras Himmler y Goebbels se miran con cara de pocos amigos sin disimular su recíproca hostilidad, ofrece al invitado unas castañas confitadas, entregándose, ante una de sus preguntas, a doctas explicaciones una vez más.

De repente, sin embargo, las cortesías para los invitados se ven decapitadas por una frase de Mussolini. Jactándose del enfado mal disimulado con el que los periódicos franceses e ingleses han comentado la demostración de fuerza ofrecida por la marina italiana en el golfo de Nápoles, Mussolini proclama:

—¡Ahora, incluso en los mares, Inglaterra está acabada!

Al profesor casi se le corta la respiración. La disquisición sobre las castañas confitadas muere en su garganta. ¿De modo que ese hombre ridículo cree realmente en las tonterías que sus radios y sus gacetilleros propinan a la gente? ¿Ese hombre ridículo que se equivoca en los acentos (el profesor se burla de él en su diario porque Mussolini pronuncia el nombre de la isla legendaria como «*Atlantída*») arrojará de verdad a los italianos, por un acuerdo con este insondable turista alemán, a la hoguera de la guerra contra la mayor potencia imperial de todos los tiempos y su marina sin igual? ¿Realmente importan tan poco el intelecto, la cultura, los acentos justos frente a la infausta voluntad de poder y los inmensos equívocos de la historia?

El desconsuelo obliga al profesor Bianchi Bandinelli a dejar la bandeja con los *marrons glacés*; un recobrado sentido de la humildad lo constriñe a inclinar la cabeza y desviar la mirada hacia la mesa de café. Allí se topa solo con las melancólicas galletas de Hitler.

Unser Führer ist ein grosser Künstler.
(Nuestro Führer es un gran artista).

Comentario recurrente del séquito de Hitler
durante su visita a los museos romanos,
6-8 de mayo de 1938

Al jefe de la cancillería privada del Reich Bouhler y al doctor Brandt se les confía la responsabilidad de conferir los más amplios poderes a los médicos designados, con el fin de que, a los enfermos que sean considerados incurables —previa exhaustiva evaluación posible de su estado de salud— pueda serles concedida una muerte misericordiosa.

Carta a Karl Brandt y Philipp Bouhler
firmada por Adolf Hitler, Berlín, octubre de 1939

Benito Mussolini, Adolf Hitler
Roma, 7-8 de mayo de 1938

Paul Schmidt, un joven funcionario del Ministerio de Asuntos Exteriores asignado al séquito del Führer como traductor oficial, sigue teniendo poco que hacer. Es él mismo quien lo admite: las recepciones en los palacios, los banquetes jubilosos y las maniobras militares se suceden sin tregua, pero Mussolini y Galeazzo Ciano, yerno del Duce y su ministro de Exteriores, siguen esquivando cualquier discurso político. En una especie de ballet de ópera bufa, Hitler y Ribbentrop intentan sorprender a sus amigos italianos irrumpiendo por la puerta, y estos huyen por la ventana.

Las razones de esta refractaria actitud de los italianos son evidentes. El 17 de abril, celebración de la Pascua, la diplomacia fascista pudo arrancar a los «enemigos» ingleses un acuerdo que, de ser ratificado, llevaría, a cambio de la retirada de los voluntarios de España, al grandioso imperio de Su Majestad británica a reconocer *de iure* el pequeño, reciente imperio proclamado por Mussolini con énfasis altisonante tras la conquista de Etiopía. Por otro lado, tan solo un mes antes, el 11 de marzo, los «amigos» alemanes, al marchar sobre Viena para anexionarse Austria sin informar tan siquiera al Duce del inicio de las operaciones, infligieron a su socio italiano un revés gravísimo, la primera derrota del fascismo, auténtica y humillante, en política internacional. Mussolini, además, ayudado por su infalible olfato para los estados de ánimo de la gente, sabe muy bien que sus compatriotas se muestran hostiles hacia esos bárbaros pendencieros y belicistas venidos del norte; sabe, sobre todo, el Duce de los pacíficos italianos, que entablar una alianza con Hitler lo privaría de su principal recurso estratégico, la política de «peso determinante». Es así como define Benito Mussolini el viejo truco que consiste en jugar a dos bandas sin inclinarse nunca a favor de uno de los dos contendientes para sacar la máxima ventaja como aguja de la balanza. Por todas estas excelentes pero inconfesables razones, Mussolini y Ciano rehúyen toda confrontación sobre cuestiones políticas.

Adolf Hitler, sin embargo, cultiva una idea diferente de la política y su voluntad de poder no puede esperar. La recepción del 7 de mayo en el Palacio Venecia, sede y símbolo del poder personal de Benito Mussolini, ofrece al Führer la oportunidad adecuada.

Esta noche, mientras deambula entre las gigantescas columnas pintadas que adornan las paredes de la sala donde el dictador de Italia suele celebrar reuniones plenarias, discursos oficiales, premiaciones, Adolf Hitler hace gala de su aspecto de esfinge. Al hacer su entrada en el palacio, apenas se digna echar un vistazo a los mosqueteros del Duce que iluminan la plaza a la luz de las antorchas; luego, una vez dentro, desdeña durante toda la velada el torbellino de marquesas di Bagno, de princesas Colonna y de Lola Berlingieri Giovannelli a quienes el conde Ciano, como de costumbre, ha convocado en masa con la ilusión de aturdir a los alemanes con hermosas damas. El canciller del Reich ha demostrado que no se fija en las mujeres, así como tampoco en las hileras de camareros con librea que llevan bandejas repletas de langostas y perdices. Aunque se muestre correcto como siempre, y como siempre deferente hacia Mussolini, su amigo y maestro, Hitler da la impresión durante toda la noche de ser un hombre sin amistades ni cordialidad, de pocas palabras, de ariscos apretones de manos, de ojos muchas veces sin mirada.

Pero luego, a última hora, esos ojos se llenan de repente de una fuerza fanática. Cuando llega el momento de los brindis, Adolf Hitler conquista la escena:

«Desde que romanos y germanos se encontraron por primera vez en la historia [...] han pasado ya dos milenios. Al hallarme aquí, en el suelo más glorioso de la historia de la humanidad, siento la fatalidad de un destino que en otros tiempos no había trazado límites claros entre estas dos razas de tan altas virtudes y de tan gran valor. La consecuencia de ello han sido incalculables sufrimientos para muchas generaciones. Pues bien, hoy, después de cerca de dos mil años, en virtud de la histórica tarea llevada a cabo por vos, Benito Mussolini, el Estado romano renace de remotas tradiciones a una nueva vida [...]. Es mi voluntad inquebrantable y es también mi testamento político para el pueblo alemán que se considere intangible para siempre la frontera de los Alpes erigida entre nosotros por la Naturaleza».

Los jubilosos salones del Palacio Venecia se quedan de repente en silencio, la fiesta ha terminado, las cenas galantes son solo un recuerdo. Tal vez las princesas y los marqueses no entiendan lo que ha ocurrido, pero el significado de esta referencia al histórico encuentro entre romanos y germanos no se les puede escapar ciertamente a los diplomáticos ni a Mussolini. Se trata de un discurso, por supuesto, solo de un discurso. Pero al ser transmitido por radio se vuelve un acto político. El único, quizá, de la visita de Estado del canciller alemán a Italia. Hitler, el más ferviente defensor del pangermanismo, acaba de declarar al mundo que renuncia para siempre a las antiguas reclamaciones sobre el Tirol del Sur, las tierras italianas pobladas por pueblos germánicos. Es la prenda que paga a su amigo italiano para que se convierta en su aliado italiano.

A partir de este momento, en efecto, todo conspira en favor de la alianza: las obstinadas exhibiciones de la Italia del arte y de la cultura, las pintorescas carnavaladas de los milicianos fascistas que desfilan por las calles de Roma, golpeando el pavimento al paso de la oca (tomado prestado de los alemanes y rebautizado para la ocasión como «paso romano»), las coreografías de masas al estilo nazi ofrecidas por las Juventudes Italianas del Littorio.

Así, en la noche del 8 de mayo, se monta una espectacular procesión de antorchas en honor al invitado alemán en el Foro Mussolini. Cuando el brindis de Hitler por la alianza entre romanos y germanos ya ha dado la vuelta al mundo, tras un ejercicio colectivo de esgrima con puñales y tras las ejercitaciones gimnástico-militares de los alumnos de la Academia Fascista, al caer la noche, cinco mil portadores de antorchas de la marina real invaden el césped del rectángulo de juego.

Por unos instantes el fuego que llevan las antorchas es un elemento natural, una fuerza cósmica ajena a la vida humana sobre la corteza terrestre y sin sentido alguno para ella. Pero luego, poco a poco, ese fuego, coreografiado por los magos de la propaganda, se convierte en palabra. Palabra y símbolo elocuente. Un gigantesco y aterrador apóstrofe de luz se despliega en medio del estadio. Roma, la ciudad que se jacta y se hace ilusiones sobre su propia eternidad, vuelve a dar luz al mundo. Su luz, esta noche grita

HEIL HITLER

Entre estas dos palabras prestadas del idioma alemán, un único y aterrador signo de puntuación: una colosal esvástica dibujada con fuego.

Los hombres —es cosa sabida— se convierten a menudo en lo que creen que son. Tal vez sea en este momento cuando el Duce del fascismo y el Führer del nazismo, representándose como unidos por un destino común, se entregan a él. Tal vez sea ante estas miles de antorchas cuando Benito Mussolini y Adolf Hitler se convencen el uno de la genialidad del otro.

A continuación, un espectáculo wagneriano. La representación del segundo acto de *Lohengrin* con un inmenso montaje escenográfico: un castillo almenado de veinte metros de alto destaca por su blancura en el verde marco de colinas romanas. Más tarde, otra vez cuadros luminosos. Por último, a las 21.45, final del espectáculo y cena en el jardín a la italiana de Villa Madama, mientras el cielo de Roma se incendia con explosiones pirotécnicas.

Mussolini cree que Hitler se pone colorete en las mejillas para disimular su palidez [...].

El espectáculo en el Estadio ha sido grandioso. Más aún que la organización militar, perfecta, los alemanes no han tenido más remedio que apreciar la organización civil del país, que es la más complicada y difícil de conseguir. Cuando la organización civil es perfecta y el espíritu heroico está despierto en un pueblo, la organización militar es fácil de alcanzar.

Galeazzo Ciano, *Diario*, 8 de mayo de 1938

Ranuccio Bianchi Bandinelli
Florencia, 9 de mayo de 1938

«Si choca contra ella un camión, la casa se derrumba: eso no estaba calculado».

En Roma, en la tarde del 8 de mayo, frente a la majestuosidad milenaria del Coliseo, el desprecio de Hitler por lo que llama *Stabilitätsberechner*, los «calculadores de estabilidad», proyectistas de miras estrechas capaces tan solo de calcular las «tensiones normales», llega a convertirse incluso en sarcasmo. Durante su visita al célebre anfiteatro, en su último día romano, el Führer se enfervoreció, dejándose llevar a uno de sus notorios monólogos exaltados. Si por él hubiera sido, el Coliseo habría sido reconstruido y utilizado (¿quizá incluso para una reedición de los antiguos combates entre gladiadores?). En cambio, desafortunadamente, era necesario lidiar con los grises burócratas de la contabilidad general del Estado. En cualquier caso, la principal preocupación de un constructor debería ser el tiempo. El pensamiento del futuro, de la inexorable decadencia de todo, el desafío a las tensiones anormales de los siglos, no únicamente la resistencia a la normalidad del miserable presente. Para su nuevo Berlín, para su nueva Alemania, solo podía tomarse en consideración el granito. Cualquier otra cuestión arquitectónica se resolvía en esto: la eternidad de la construcción.

En Florencia, sin embargo, el 9 de mayo de mil novecientos treinta y ocho, en el último día de su viaje a Italia, el profesor Bianchi Bandinelli ve aflorar de nuevo el perfil romántico y sentimental de Adolf Hitler y, frente a ello, se descubre de nuevo incapaz de imaginar al dictador alemán como un «hombre de acción, astuto, dispuesto a aprovechar la ocasión y a explotarla sin piedad».

Es un magnífico día de primavera, el aire es transparente hasta las cumbres azuladas de los Alpes Apuanos, desde lo alto del piazzale Michele parece como si bastara con extender la mano para tocar los cipreses de Fiesole.

También en este caso todo ha sido pensado en sus mínimos detalles desde hace tiempo. La ciudad, donde, entre otras cosas, vive el profesor, en los meses anteriores tenía el aspecto de unas inmensas obras. Las aceras del centro y los parapetos de los puentes de los paseos del Arno han sido rehechos para la ocasión, las alcantarillas puestas a punto, los edificios encalados, las calles recién asfaltadas. El chiste de los florentinos, descarados como siempre, era que se estaban excavando trincheras para la llegada de los alemanes; o que se estaban realizando excavaciones para encontrar el *eje*, el tan exaltado «eje Roma-Berlín». Al final, sin embargo, ni siquiera ellos rehuyeron los desfiles, los cortejos, las bienvenidas triunfales.

Hitler, declarado admirador de Florencia, cuya legendaria belleza no había podido admirar en persona hasta ahora, parece absorto, soñador, embelesado por el panorama de la ciudad que representa para él la culminación de su viaje, su sueño de artista frustrado. Después de unos instantes de admiración extática, un gorgoteo ahogado comienza a brotar de su garganta, ese sonido bajo y gutural que —como Bianchi Bandinelli ya ha tenido ocasión de notar— acompaña siempre sus éxtasis de admirador diletante de las cosas bellas. Luego, de repente, como sacudido por una descarga eléctrica, el canciller del Tercer Reich comienza a maldecir a los bolcheviques que, según dice, de no haber sido detenidos, habrían destruido toda esa belleza.

Aunque delirante, el fervor anticomunista de Hitler parece sincero. De hecho, Bianchi Bandinelli tiende a puntualizar en su diario que al dictador alemán le gustan de verdad las obras de arte. Lo que ocurre es que se debe a las razones equivocadas. Como toda persona inexperta, admira el tema, la habilidad técnica, la viveza de los colores, la expresión psicológica, pero permanece ciego a una comprensión profunda de las cualidades artísticas reales de una obra. Con todo, el profesor cree reconocer en los éxtasis, repentinos y violentos, del Führer el signo del amor auténtico: «A Hitler le gustan realmente las falsas cualidades artísticas que descubre y se conmueve con ellas. Igual que el barbero aficionado a la música se conmueve ante los agudos del tenor». Por el contrario, Mussolini nunca deja de parecerle constantemente aburrido, insincero, vanidoso, incapaz de un verdadero arrebato y solo deseoso de agradar a toda costa, meta a la que consagra cada una de sus palabras y de sus gestos.

La visita a Florencia continúa durante todo el día con la misma pauta. En el Palacio Vecchio, en Boboli, o en la Galería de los Uffizi, frente a un Tiziano o un Miguel Ángel, cada vez que la mirada conmovida del frustrado pintor se encuentra con un objeto digno de su amor feroz, su garganta emite un murmullo de placer. Luego, al cabo de unos instantes, su voz metálica grita: «Si hubiera venido el bolchevismo...» y, una y otra vez, invariablemente, Benito Mussolini, influenciable, oportunista y tan dispuesto siempre a tomar prestadas las ideas ajenas como Hitler a permanecer obsesivamente anclado a las propias, completa la frase en alemán-romañolo: «... *alles zersteèt*», todo hecho trizas.

Y, así, tras haber visitado a paso ligero los principales museos de la ciudad, después de una concentración en piazza della Signoria, un almuerzo en el Palacio Riccardi y un espectáculo de gala en el Teatro Municipal, llega el momento de la despedida.

A las 23.30 horas del 9 de mayo de mil novecientos treinta y ocho, desfilando por viale Vittorio Emanuele, el Duce acompaña personalmente a Hitler hasta la estación de Florencia, donde lo espera el tren que lo llevará de vuelta a Alemania.

Las *Reichsfrauen*, cansadas y felices de haber saqueado durante todo el día las refinadas sastrerías florentinas y la tienda de Ferragamo, ya están sentadas en sus respectivos carruajes. A los dos dictadores solo les queda pasar revista a la enésima guardia de honor y después llegará el momento de despedirse.

Cuando llega ese momento, al dar las doce de la noche, Benito Mussolini, radiante por el éxito pleno de la grandiosa puesta en escena, pronuncia una de sus típicas frases altisonantes y fácilmente revocables:

—Führer, desde hoy ninguna fuerza podrá separarnos.

No pocos de los presentes serán testigos de la chanza con la que, en cuanto el otro le da la espalda, el dictador italiano hará alarde, en beneficio de los suyos, del vacío de su promesa. Serán muchos también los que testifiquen el hecho de que, al escucharla, los ojos de Adolf Hitler parecen haberse llenado de lágrimas de genuina emoción.

Sí, da la impresión de que, ante la idea de un vínculo indisoluble con el amigo italiano, como frente al primer Miguel Ángel de su vida, el Führer de los alemanes se dejó llevar a uno de sus tristemente célebres, incontenibles, totales abandonos.

Camisones italianos de seda; enaguas de raso; veinticuatro vestidos de noche; una docena de abrigos de piel, incluyendo un magnífico zorro plateado, un visón y una cibelina. Zapatos de fiesta dorados, zapatos negros de Ferragamo, zapatos de día de piel marrón y sandalias plateadas.

Lista de las compras florentinas de Eva Braun,
secretaria privada del Führer, mayo de 1938

A las 2 entro [en el Palacio Venecia]. Dice: «Los florentinos han hecho las cosas como es debido [...]. Nos hemos echado un montón de risas, especialmente con Goebbels. [Es] italiano, muy italiano [...], [tiene un] vivo sentido del humor, bromeamos».

Del diario de Clara Petacci, 10 de mayo de 1938

Galeazzo Ciano
Mayo-junio de 1938

El joven presuntuoso. El aguilucho atado. El chico imposible. El asegurado de por vida. El mantenido moral de Edda. El conde yerno. El yerno del régimen. El yernísimo. El Duce de complemento.

Estos son solo algunos de los apodos o epítetos con los que la maliciosa calumnia —única forma de crítica posible en un régimen asfixiante— se mofa en secreto de la inmensa y vertiginosa fortuna de Galeazzo Ciano de Livorno. Entre todos ellos, el único en el que el ridiculizado se reconocería con gusto es, por supuesto, el último.

A finales de la primavera de mil novecientos treinta y ocho, Galeazzo Ciano es hijo de Costanzo desde hace treinta y cinco años, marido de Edda Mussolini desde hace ocho y ministro de Asuntos Exteriores del padre de su esposa desde hace dos. Su infancia y juventud transcurrió, pues, como hijo de papá —padre insuperable, legendario héroe de guerra, acumulador de una fortuna multimillonaria en la posguerra, pilar del fascismo y actual presidente de la Cámara de Comercio—, entró en la madurez al casarse con la hija más querida de Benito Mussolini, la «hija del régimen», y, en estos momentos, consagra sus mejores años al servicio de un suegro, un padre putativo, incluso más insuperable que su padre natural. En definitiva, toda una vida como hijo.

No sorprende, por lo tanto, que para Galeazzo Ciano la cuestión de la sucesión sea el tema dominante de una existencia tan errada como la suya. Se trata, por otro lado, de un asunto que fascina a la cúpula del régimen desde mil novecientos veintiséis, cuando, tras escapar al atentado de Bolonia, el cuarto de una larga serie, Benito Mussolini señaló a Costanzo Ciano como su posible sucesor en caso de muerte repentina, hipotecando para Galeazzo, por entonces aún en funciones de joven diplomático trotacalles con aspiraciones literarias, el destino de eterno hijo. Desde entonces el Duce no ha dejado de tener en el bolsillo a los pretendientes a su trono, alimentando la leyenda de una misteriosa lista de delfines *post mortem* que tenía como único objetivo enfrentarlos entre sí, y desde entonces Galeazzo no ha dejado jamás de vivir en un futuro anterior, con vistas al día en que llegue a convertirse en lo que se sentía destinado a ser.

Dino Grandi, uno de los predecesores de Galeazzo en el Ministerio de Asuntos Exteriores y ahora embajador en Londres, lo sabe desde hace algún tiempo. Y, a veces, ante algunos pocos amigos íntimos, dejaba escapar sus pensamientos de inquietud. Sí, porque para él era precisamente esa condición la que había transformado al presuntuoso joven en una especie de monstruo del poder. En junio de mil novecientos treinta y seis, los italianos se enteraron con sorpresa de que Ciano había sido designado por el Duce para reemplazar a Grandi en el cargo de ministro de Asuntos Exteriores. Desde ese momento Ciano no ha vuelto a ser el mismo. Será que, en tres años, día tras día, Mussolini lo ha transformado, lo ha corrompido, lo ha hecho muy, demasiado, sensible a la adulación. Grandi no consigue quitarse de la cabeza que el Duce ha favorecido hasta ahora los defectos de la naturaleza de Ciano, se ha servido de ellos, convirtiéndolos así en instrumento de su política personal. En vez de contenerlo, refrenarlo, lo ha dejado suelto, lo ha empujado, lo ha animado a usar ciegamente, sin control y sin freno, esa tremenda arma que es el poder.

Otros, bien informados, juran en cambio que, justo en vísperas de la visita de Hitler, Mussolini, en el curso de una tormentosa conversación, encolerizado por la insistencia de su yerno, habría decapitado con un hachazo las esperanzas de Galeazzo de sucederle. A juzgar por lo que Nin' D'Aroma, amigo, colaborador personal de Mussolini y antiguo secretario federal del Fascio de Roma, susurra al oído de muchos rivales del «asegurado de por vida», a finales de abril de mil novecientos treinta y ocho, en plenas vísperas del viaje de Hitler a Italia, frente a su yerno que lo presionaba «con un imperceptible temblor que le sacudía las manos», con la voz estrangulada por la ira, parece ser que el Duce dictaminó que era su intención permanecer en el puesto de mando hasta el último momento, dejando luego a la ferocidad de una lucha interna entre jerarcas el inalienable derecho, sancionado por la ley del más fuerte, de designar a su heredero.

Tengan razón Grandi o D'Aroma —o ambos, como es probable— está bastante claro que, al no poder sustituir a su suegro, a finales de la primavera de mil novecientos treinta y ocho el yerno se está aprestando a ser una suerte de testaferro suyo. Al no poder convertirse en el hombre que le gustaría ser, tras haber llegado a la cima de su gloria política y mundana solo para descubrir que está llamado a decidir si vivir o morir por algo en lo que ya no cree, Galeazzo Ciano se complace en convertirse en el *alter ego* de Mussolini. Su otro yo.

De esta renuncia definitiva a su propio nombre, a su propia persona, da cuenta el diario que Ciano escribe todos los días y escrupulosamente, un diario privado escrito en público, es decir, bajo el dictado de la aguda conciencia de que un día será leído por otros.

Las pistas de esta táctica de camaleonismo suicida son numerosas. En mil novecientos treinta y seis, el ministerio de Ciano nace bajo el signo de sentimientos proalemanes, pero también de cierta reluctancia ante la idea de una alianza con Berlín. Será por su historia personal entregada a las comodidades de una existencia altoburguesa, será por su natural condición de amante de la buena vida y de las mujeres hermosas, pero ya a finales del año treinta y siete, en el momento de firmar el pacto anti-Comintern con Alemania y Japón, exaltado por su papel de protagonista de la política internacional, el «conde yerno» ha olvidado toda desconfianza y timidez.

«Esta mañana hemos firmado el pacto. Se notaba de verdad una atmósfera diferente a la de las ceremonias diplomáticas habituales. Tres pueblos enrolados en un mismo camino, que quizá los conduzca al combate [...]. Después de la firma nos dirigimos a ver al Duce. Pocas veces lo he visto tan feliz. Esta ya no es la situación de mil novecientos treinta y cinco. Italia ha roto su aislamiento: está en el centro de la más formidable combinación político-militar que ha existido jamás». Pocos meses más tarde, el 14 de febrero de mil novecientos treinta y ocho, después de haber bautizado incluso a su tercer hijo como Marzio en homenaje al vértigo belicista que ha tomado prestado de su suegro, el «joven presuntuoso» que se ha improvisado como estratega, en el curso de conversaciones casuales con el jefe del Estado Mayor del ejército, planea nada menos que invadir Suiza. Lo mismo ocurre con el problema racial, que en los últimos meses se repite varias veces en sus conversaciones con Mussolini. En lo que a los judíos se refiere —por más que no le despierten simpatía—, Ciano mantiene una actitud de indiferencia; para él —así lo escribe en su diario— «en Italia no existe un problema judío». Sin embargo, no tuvo nada que objetar, a principios del año mil novecientos treinta y siete, mientras el Duce aseguraba a los alemanes que estaba llevando a cabo «una campaña antisemita muy decidida y cada vez más intensa dirigida por el diputado Farinacci», a través de periódicos como *Il Tevere* y *Quadrivio.*

Y así llegamos al 10 de mayo, cuando suegro y yerno se encuentran solos en un vagón de tren que debe llevarlos de regreso a Roma. Hitler acaba de marcharse de Florencia rumbo a Alemania con los ojos llenos de lágrimas de genuina emoción. Ciano tiene varias horas por delante para hablar cara a cara con Mussolini. Es en ese momento cuando se produce el cambio de posición a favor de la alianza con los nazis. Lo que se lo sugiere es el deseo de brillar en el papel de *alter ego* del Duce, ofreciendo a los anhelos imperiales de su otro yo la conquista de Albania, una vieja obsesión suya: «En el tren, con el Duce hemos estado discutiendo mi memorando sobre Albania. Está de acuerdo con mis decisiones y considera que el mes más adecuado para actuar será el próximo mayo. Así tendremos un año para la preparación local y para la internacional. Dado que se producirá una crisis diplomática y que Francia e Inglaterra se pondrán inevitablemente en nuestra contra, es conveniente entablar un pacto con Alemania».

En los días siguientes, el diario de Ciano registra su total ósmosis con su suegro. El 14 de mayo, Mussolini pronuncia un discurso en Génova, se aparta del texto acordado con su ministro de Exteriores y se deja llevar a un improvisado y polémico ataque antifrancés con un tono amenazadoramente imperialista. Su ministro toma nota de ello sin objetar nada («Génova, que se derrite de la niebla y se cubre de sol, es muy hermosa. Banderas, sirenas, salvas... Bien: esperemos las reacciones de París y Londres»).

A partir de este momento, Ciano secunda la rabia antifrancesa del Duce y aprovecha la oportunidad para presentarle los planes para la invasión de Albania acordados con sus generales de confianza. No hay motivo alguno por el que preocuparse: los mandos le garantizan que en Albania «se puede dar el golpe con relativa facilidad» y Mussolini le asegura que no debe temer a Francia porque se trata de «un pueblo arruinado por el alcohol, la sífilis y el periodismo». La política exterior de la Italia fascista, por lo tanto, avanza confiadamente sobre la base de estos supuestos: la sumisión de los albaneses y la sífilis de los franceses.

A finales de mayo, la tensión entre Checoslovaquia y la Alemania nazi vuelve a agravarse por las reivindicaciones de esta última sobre los Sudetes, territorios fronterizos checos de mayoría germanoparlante. Ante el riesgo de una guerra europea, mientras que, según él mismo reconoce, «ahora los días cuentan como meses y la situación cambia con velocidad cinematográfica», otras fáciles certezas van sumándose a la lista de Ciano. El ministro de Asuntos Exteriores, además de reafirmarse en la convicción de que las democracias están decrépitas, se deja convencer por los diplomáticos alemanes de que Hitler, en el peor de los casos, aspira a una «pacífica» subdivisión en cantones de Checoslovaquia, que los alemanes aún no están preparados para la guerra y, sobre todo, que la «histeria pacifista» de los ingleses los mantendría en cualquier caso fuera del conflicto. El 23 de mayo, después de que las temidas elecciones municipales en Checoslovaquia se celebren sin derramamiento de sangre —la movilización general del gobierno de Praga en previsión de una invasión nazi había hecho temer lo peor—, Ciano confía sus certezas a su diario: «Lo sucedido demostró dos cosas: que Alemania no está tan preparada para la confrontación como algunos (especialmente Ribbentrop) quisieran hacer creer, y que Inglaterra está aterrorizada por la idea de un conflicto. Mussolini dice que esto es natural en un pueblo que lleva una vida cómoda y que ha hecho del comer y del jugar una religión».

Tranquilizado por las garantías del embajador alemán en Roma («Von Mackensen confirma las intenciones pacíficas de Alemania en Checoslovaquia») y por los análisis antropológicos de su suegro acerca de los ingleses, Ciano puede dedicarse al discurso que pronunciará el 2 de junio en el Instituto de Estudios de Política Internacional de Milán. Inmediatamente después, satisfecho consigo mismo, Galeazzo anota en su diario que «el discurso ha salido muy bien». También se jacta de haber «aterrorizado» a Alberto Pirelli, magnate, presidente del Instituto y comisario de la Confederación General Fascista de la Industria, quien ingenuamente le había confiado cierto descontento antialemán, y se dispone, con una patética carencia de prejuicios, a navegar hacia la alianza con la Alemania nazi.

En el diario de los días siguientes, Galeazzo Ciano recurre a menudo a la fórmula «nada nuevo». El embajador polaco, que se presenta ante él al frente de una misión militar, le ha agasajado abundantemente; los notables albaneses que tiene a sueldo le aseguran el apoyo de las masas populares en caso de ocupación italiana; el pueblo italiano muestra signos de aprobar con entusiasmo la campaña antifrancesa del régimen; el Duce, por último, ha soltado una regañina a Roberto Farinacci: lleva tiempo atacando políticamente a los judíos en

Il regime fascista, y luego resulta que tiene una secretaria judía, Jole Foà, en su bufete de abogados. Los extranjeros, los detractores —y, sobre todo, los alemanes— podrían encontrar en tal hecho pruebas de la falta de seriedad de los italianos. Todo va bien, por lo tanto, todo va lo mejor posible. Nada nuevo.

Sí, es cierto, también hay que constatar el revuelo de la prensa internacional: la aviación franquista apoyada por la italiana lleva meses bombardeando Barcelona, y la reciente explosión de unos depósitos de gasolina ha provocado un infierno de fuego. Parece que en algunas partes de la ciudad el fuego ha durado cuatro días y cuatro noches. A pesar de todo, según el diario de Ciano del 5 de junio, en resumidas cuentas, «nada nuevo. El Duce se ha ido a Romaña. Domingo en la playa». Lo mismo el siguiente domingo, 12 de junio. Galeazzo puede, de hecho, concederse él también un fin de semana de vacaciones con sus viejos amigos de cuando vivía la bohemia literaria en el café Aragno: «Nada nuevo. Domingo en Capri con Ciccino en hidroavión. Almuerzo con los antiguos tertulianos del Aragno. En los rostros y en los ánimos, los muchos años transcurridos han dejado una profunda huella».

Nada nuevo en el horizonte de la política europea a principios del verano de mil novecientos treinta y ocho según el ministro italiano de Asuntos Exteriores, ninguna nube que lo oscurezca. Puede irse tranquilamente a Capri en hidroavión con Ciccino.

Sin embargo, algo no cuadra. Empezando por algunos pequeños detalles, minucias, bagatelas incluso, si queremos considerarlas así. En el diario de Alberto Pirelli, por ejemplo, no hay rastro alguno de ese encuentro con Ciano el 2 de junio en el que, según alardea este último, habría llegado nada menos que a «aterrorizar» a los diplomáticos y veteranos presentes en el ISPI. No, ni rastro. Como si nunca hubiera sucedido.

He hablado con Pariani sobre nuestras relaciones militares con Alemania. Con la premisa de que Pariani está convencido de la inevitabilidad del conflicto con las potencias occidentales [...]. Pariani cree en el éxito de una guerra relámpago e inesperada. Ataque a Egipto, ataque a las flotas, invasión de Francia. La guerra se ganará en Suez y en París. Le he planteado la utilidad de crear un comité secreto ítalo-alemán de guerra a partir de ahora [...]. Lo hablaremos con el Duce. Le he sugerido que estudie el plan de invasión de Suiza para atacar a Francia.

Galeazzo Ciano, *Diario*, 14 de febrero de 1938

Renzo Ravenna
Ferrara, 5 de junio de 1938
Torneo de las barriadas

El 5 de junio de mil novecientos treinta y ocho, en piazza Ariostea de Ferrara, desfila una procesión de figurantes con trajes históricos. En las gradas, cuarenta mil espectadores entusiastas. Entre estos se sienta también un hombre de apariencia distinguida, estatura modesta, corpulencia maciza, mirada aguda —vagamente trastornada— y perilla negra. Su nombre es Renzo Ravenna, hijo de Tullio, comerciante de productos ultramarinos, nacido en el antiguo gueto de Ferrara en agosto de mil ochocientos noventa y tres, originario de la tierra de Romaña como Benito Mussolini, el Duce del fascismo, y otras leyendas del escuadrismo como Leandro Arpinati, Ferruccio Vecchi, Dino Grandi e Italo Balbo. Habiendo venido al mundo bajo esa estrella negra, el distinguido caballero no se sustrajo a su influencia: Renzo Ravenna fue el primer podestá judío del fascismo —fue él, reinventando la tradición, quien ha devuelto a la vida al torneo de las barriadas— y hoy, un mes exacto después de la visita de Adolf Hitler a Italia, es testigo de su propia creación festiva por primera vez como ciudadano de a pie.

Puede ver cómo, después de haberse bendecido los estandartes en las iglesias locales, las procesiones de las cuatro barriadas, cada una seguida por su propia multitud, se agolpan en los bordes del campo. Cónsules, mayorales y alabarderos de San Paolo enarbolan la bandera blanca y negra con la divisa del águila de la familia de los Este en lo alto de la rueda;

los de San Benedetto la bandera blanca y azul con la divisa del diamante; Santo Spirito la bandera verde y amarilla en la cruz de San Andrés, con la divisa de la granada llameante; Santa Maria in Vado la bandera alargada, violeta y amarilla, con la divisa del unicornio. Les siguen San Giorgio, San Luca, San Giacomo y San Giovanni, que aún no son visibles. Precediendo el estandarte municipal, empujados por el estruendo de las trompetas y el redoble de los tambores, criados, pajes y palafreneros son los primeros en entrar en la plaza con sus leotardos de colores. La multitud, encantada por el ondear de los estandartes, por la pompa variopinta de los trajes, por los destellos del sol en las alabardas, se retrotrae a la infancia. Luego se libera del hechizo con un aplauso desenfrenado cuando, tras los abanderados del municipio, y a la cola de los desfiles de las barriadas, los cascos de los purasangres berebere resuenan a una con cadencioso ritmo contra el prado verde bajo la estatua del poeta. Por un momento suspendido en el tiempo, la historia parece volver a la vida, parece resplandecer en el cruce de las resonancias, donde todo es falso y nada muere para siempre.

Fue él, Renzo Ravenna, el podestá que vino del gueto, quien quiso que así fuera. Joven, brillante abogado civilista, intervencionista y veterano combatiente de la Gran Guerra, persona amable, de buen corazón, querido, hombre práctico, Renzo sueña con una ciudad moderna, renacida de las memorias culturales de su pasado, desde que, en mil novecientos veintiséis, a petición de Italo Balbo, Benito Mussolini lo nombró podestá, irradiando sobre él un átomo de su poder de dictador. Desde entonces Renzo Ravenna, administrador capaz, eficiente y honesto, mientras el régimen perseguía su propio mito de origen en la Antigüedad clásica, pagana y romana, prefirió volverse al pasado medieval y renacentista de Ferrara, la «primera ciudad moderna de Europa», al mito de la familia de los Este, al culto a Ludovico Ariosto, el magnífico cantor de hazañas heroicas y locuras amorosas de los paladines cristianos. Desde entonces, a pesar de que la ciudad y su provincia vivieran —y vivieran con dificultades— solo de la agricultura —casi un monocultivo de la remolacha azucarera— en un territorio pobre, de jornaleros, aquejado por la miseria, el paro y la desnutrición atávica, el excelente podestá fascista se esmeró día y noche para llevar a cabo un programa de desarrollo industrial, obras públicas y esplendor cultural.

Primero llegaron las conspicuas partidas presupuestarias destinadas a las grandes celebraciones por el cuadringentésimo aniversario de la muerte de Ariosto, luego la financiación del Teatro Municipal, las exposiciones de pintura de la escuela de Ferrara, la inauguración de museos, los encargos arquitectónicos públicos, y, por último, el torneo de las barriadas también. Esta es la idea de modernidad del podestá judío, la idea de una nueva era en la que ya no existirán ni el escorbuto ni la pelagra porque ya no existirá la ignorancia, un lugar donde los abuelos que llegaban a la ciudad desde los campos cercanos, en los días de fiesta, irían de la mano con sus bien alimentados nietos a visitar las antiguas maravillas de los palacios de los Este, luego las de los edificios fascistas, y, al final del día, les dejarían como legado su orgullo de ciudadanos: «Estas bellezas son sagradas; siéntete orgulloso de ellas, nietecito mío, porque pertenecen al pueblo, porque son tuyas». La competición medieval había surgido también de esa visión. Estaba convencido de que la vitalidad de la fiesta, la salud de sus orígenes, el antiguo y radiante señorío de los Este habían conservado raíces profundas en el corazón del pueblo y que, para que esa pasión volviera a florecer, bastaría con reemplazar los consabidos colores grises, azul marino, marrón grisáceo de los tristes trajes de los años treinta con el terciopelo festoneado, el damasco, el brocatel, los bordados, el polvillo de oro y plata de los leotardos y casacas renacentistas. Con este propósito, la pintora Nives Comas Casati, protegida también de Balbo, maga de la fiesta, había copiado uno por uno cuatrocientos trajes de los frescos del Palacio de Schifanoia: por este motivo, el tradicional carro arrastrado por los blancos bueyes padanos enjaezados de verde se había desprendido de la pintura y había vuelto a ser el centro de la vida real, en medio de la plaza, mientras los gritos del podestá, judío y fascista, Renzo Ravenna, decretaban el renacimiento del Palio de Ferrara.

¿Una ilusión? ¿De verdad podía bastar con un toque de varita mágica, o la voluntad de un sabio encantador, para eliminar la lejanía de los siglos? Es posible... Pero no dejaba de ser una ilusión benigna.

¿Y cómo puede terminar de golpe todo esto, de repente, borrado con la brutalidad de un trazo de pluma sobre un nombre inoportuno, solo porque él, el hábil encantador, ya no se sienta en la tribuna de las autoridades?

Abajo, en la plaza, los abanderados han terminado su exhibición y han dado comienzo las carreras. Los primeros en competir por el palio en carreras a pie son los infantes, las chicas por delante y los chicos por detrás; se persiguen con ahínco en una pista con curvas elevadas y barreras exteriores acolchadas mientras la inmensa multitud abarrota las tribunas y las gradas. Todo un sector de las terrazas está ocupado por cinco mil amas de casa rurales que han venido de los campos cercanos con la cabeza cubierta por un pañuelo simbólico con mazorcas de maíz y amapolas silvestres. La tribuna de honor que perteneció a la familia Este alberga ahora al duque de Génova, al subsecretario de la presidencia del Gobierno, al diputado Medici del Vascello, al doctor Gardini en representación del Partido Nacional Fascista y al nuevo podestá de la ciudad, su señoría Alberto Verdi.

Renzo Ravenna también está sentado en las gradas, pero al margen. Después de doce años de excelente administración, el pasado 20 de febrero bastaron quince minutos en el despacho romano de Buffarini Guidi para poner fin a ese largo ciclo de renacimiento. La reunión tuvo lugar a puerta cerrada y nadie sabe cómo el subsecretario del Interior de Mussolini, un hombre entrado en carnes, arrogante y sin escrúpulos, justificó al podestá de Ferrara su defenestración. Solo se sabe que ni siquiera la enérgica intervención de Italo Balbo sirvió para evitarlo, era una decisión del Duce: el podestá judío debía pasar a segundo plano, sin protestas y sin clamores. Y así fue: el comunicado de la prefectura lo había explicado como un cambio normal, el traspaso de poderes se había visto honrado con la presencia de sus «ilustrísimas excelencias Balbo y Rossoni», los periódicos habían despedido con favor al podestá saliente: «Cambio de guardia en el municipio. Tras doce años de fructífera actividad, el abogado Renzo Ravenna deja el cargo de podestá». Italo Balbo había regalado a su amigo Renzo una estilográfica Waterman y él, en su discurso de despedida, se conmovió al celebrar «la gran alma fraterna, el corazón ardiente de su amigo». Sin embargo, ¿seguía habiendo aún amigos entre los amigos de antaño? Abajo en la plaza había empezado la carrera de asnos. Es el interludio cómico y el público lo disfruta entre risotadas obscenas y carcajadas escandalosas. Las bestias de carga no quieren saber nada de transformarse en corredores: se quedan clavados, dan coces, se alimentan de la hierba de la pista de carreras, uno incluso vuelve sobre sus pasos hacia el punto de partida.

El subterráneo, repulsivo *crescendo* antisemita y racista empezó hace meses, tal vez incluso años. Una sucesión de pequeños hechos inquietantes, de ecos engañosos, de falaces medias verdades, de actitudes ambiguas, inciertas, ingratas. Como la renuncia del director gerente judío de la Banca Commerciale Italiana Giuseppe Toeplitz; y además la de Gino Olivetti, judío también, que renunció en primer lugar a la presidencia de la Confederación General Fascista de la Industria y se retiró más tarde de los demás cargos que ocupaba. O como la sustitución de Guido Jung en el Ministerio de Hacienda. Coincidencias extrañas, temores infundados, ansiedades que hay que volver a tragarse de inmediato dentro de uno mismo. No puede negarse que no hubieran faltado ataques personales —ya en mil novecientos treinta y cuatro, siguiendo instrucciones ministeriales, se habían incrementado los controles a los israelitas que ocupaban cargos públicos en Ferrara, y dos años más tarde habían aparecido pintadas en los muros contra el podestá y contra los judíos—, pero podía tratarse de un descontento fisiológico contra él, el amigo de Balbo, un cuadrunviro malquisto por el jefe de Gobierno.

Y de hecho los habitantes de Ferrara no le habían dado mayor importancia. El propio prefecto siempre lo había defendido.

Es verdad que, en mil novecientos treinta y seis, *Il regime fascista* había lanzado una acalorada campaña antisemita. ¿Pero no era acaso el periódico de Farinacci, uno de los fascistas más siniestros e intransigentes?

Y si para complacer al Führer durante su visita a Italia Mussolini puso a centenares de judíos alemanes en «custodia cautelar», ¿no había sido acaso él mismo, el Duce del fascismo, quien los acogió en tropel en Italia cuando huyeron de Alemania tras la llegada del nuevo canciller?

No cabe duda de que el año pasado ese fanático de Alessandro Preziosi reeditó *Los protocolos de los sabios de Sion*, Paolo Orano escribió el odioso panfleto *Los judíos en Italia* y el periódico de los Mussolini publicó una reseña en la que se decía que los italianos se enfrentaban a «un nuevo problema por resolver», el de la posición de los judíos frente a la nación. Muchos de sus correligionarios en los últimos meses, incluido él mismo, han reafirmado su patriotismo. Y aquello parecía poner punto final al asunto.

Pero luego, en el transcurso del año mil novecientos treinta y ocho, las noticias favorables a los ciudadanos de religión judía desaparecieron por completo de la prensa mientras aparecían en los quioscos mugrientos periódicos humorísticos antisemitas. El 16 de febrero, la sórdida preparación psicológica culminó con la primera declaración oficial del régimen sobre la «cuestión judía» en el número 14 de *Informazione diplomatica*.

La carrera de los asnos ha terminado, no está claro quién ha ganado, pero poco importa. Los palafreneros ya están recogiendo el estiércol de los innobles animales para que la pista quede limpia y despejada para la carrera de los purasangres, montados a pelo por sus jinetes. Ahora viene lo bueno.

En las gradas y tribunas, el público se apacigua. El frenesí carnavalesco que lo había excitado durante la grotesca carrera de los asnos se desvanece rápidamente para dar paso a la admiración por esos magníficos animales, gráciles y poderosos, que ahora ocupan la pista. Renzo aguza la vista con ganas de divisar al campeón de la barriada de Santo Spirito, la suya, la misma de Italo Balbo, al haberse criado en la casa de corso Porta Mare, donde su padre trasladó a la familia cuando aún era un niño, abandonando definitivamente el gueto. Los espectadores más cercanos a Renzo comentan sosegadamente la belleza de los purasangres. En su voz resuena aún la deferencia hacia el hombre que ha estado durante más de una década guiando a la ciudad. Para sus conciudadanos, evidentemente, sigue siendo el podestá. Respetado, benemérito, tal vez incluso amado.

Los caballos y jinetes deberán dar cuatro vueltas a la pista. Hay un silencio casi sagrado. Luego el toque de una trompeta. Los cascos de los caballos muerden la pista en un galope tan donoso que parecen volar como el hipogrifo de *messer* Ariosto.

No, no es posible. Sus conciudadanos nunca le harían daño a causa de la religión de sus padres. El tendero, el jornalero, el barbero de via delle Calandre que todavía lo saludan con respeto no son ni serán nunca sus enemigos. Son ferrareses como él, fascistas como él, italianos como él, todos forman parte de su propia comunidad y ni siquiera sospechan lo que se esconde detrás de su forzada renuncia. Lo desconocen y seguirán desconociéndolo, sabiendo muy bien que se ha consagrado en cuerpo y alma, durante doce años, a su bienestar; saben que la puerta de su despacho siempre ha estado abierta para todos, que él, violando el precepto religioso, trabajaba incluso los sábados, saben que en mil novecientos treinta y seis hasta le dio un infarto por el exceso de trabajo. Él estuvo en la guerra, es un patriota, un buen fascista, un ciudadano italiano por encima de todo. Siempre ha amado Ferrara con un amor absoluto, casi morboso, y al Duce con un sentimiento honesto, incluso cariñoso. Todo esto lo sabe el barbero de via delle Calandre, lo sabe y no podrá olvidarlo porque esta..., esta es su gente.

Además, es el protegido de Italo Balbo, y Balbo nunca ha sido antisemita; ni tampoco Mussolini, en el fondo, lo ha sido nunca. ¿No fue el propio Duce quien vociferó su propio pesar ante las teorías raciales de Hitler en la Feria del Levante en mil novecientos treinta y cuatro? ¿No sigue en su cargo en Trieste, hoy por hoy, el otro podestá italiano de origen judío, Enrico Paolo Salem? No..., no..., son solo conveniencias políticas momentáneas, tacticismos diplomáticos, es solo política exterior..., el fascismo no tiene nada que ver con esos delirantes delirios germánicos..., no..., no..., no es posible..., es solo un mal momento..., pasará..., pasará...

Quien administra una institución debe saber despojarse muy a menudo de sus propias convicciones personales, y más aún de sus propias simpatías, de sus propias preferencias. Debe, en cierto modo, despersonalizarse, en aras de la tutela de un interés que está por encima de sus propias convicciones particulares.

Renzo Ravenna, reunión del consejo de administración
de la Obra de la Catedral, julio de 1934

¡Ferrareses! Hoy toda nuestra historia, toda nuestra gloria, regresa de tiempos pasados [...]. Hoy y siempre sus grandes y antiguas páginas de piedra encierran la sagrada epopeya de nuestra Ferrara, los fantasmas de los días que no murieron, las aspiraciones y los ideales de nuestra raza y de nuestro pasado [...]. La vida espiritual de nuestras gentes vuelve a nosotros para afirmarse como eterna y sagrada en esta primavera de la Patria que ve el Águila y la Cruz irradiar hacia el futuro las luces y las conquistas de un renovado Renacimiento.

Manifiesto del Comité para el octavo centenario
de la catedral de Ferrara, presidido por Renzo Ravenna,
8 de mayo de 1935

Como es natural, ya no existen razas puras, ni siquiera la judía. Es precisamente de las mezclas felices de donde se derivan a menudo la fuerza y la belleza de una nación. Raza: se trata de un sentimiento, no una realidad; el noventa y cinco por ciento es sentimiento [...]. El orgullo nacional no está necesitado de «delirios» raciales [...].

En Italia, el antisemitismo no existe.

Benito Mussolini en una conversación con el escritor
Emil Ludwig (nacido Cohn), primavera de 1932

El pueblo italiano ha dado, en su tres veces milenaria historia, formidables ejemplos de organización jurídica, política y social.

El Mediterráneo es ciertamente un mar del sur. Es a orillas del Mediterráneo donde nacieron las grandes filosofías, las grandes religiones, la gran poesía y un imperio que dejó huellas imborrables en la historia de todos los pueblos civilizados.

Treinta siglos de historia nos permiten contemplar con piedad soberana ciertas doctrinas de allende los Alpes, sustentadas en la progenie de pueblos que desconocían la escritura, con la que transmitir los documentos de su propia vida, en tiempos en los que Roma tenía a César, Virgilio y Augusto.

Discurso de Benito Mussolini con motivo de la
inauguración de la V Feria del Levante, Bari,
6 de septiembre de 1934

La impresión de que el gobierno fascista se dispone a instaurar una política antisemita [...] es completamente errónea [...].

El gobierno fascista nunca ha pensado, ni piensa, en adoptar medidas políticas, económicas, morales contrarias a los judíos como tales [...].

Con todo, el gobierno fascista se reserva el derecho de supervisar la actividad de los judíos llegados a nuestro país y de asegurar que el número de los judíos en la vida general de la nación no resulte desproporcionado con respecto a los méritos intrínsecos de los individuos y a la importancia numérica de su comunidad.

Informazione diplomatica, n.º 14 (redactada por Benito Mussolini), 16 de febrero de 1938

Italo Balbo —Me llegan algunas noticias... ¡Desde luego no imitaremos a los alemanes!

Víctor Manuel III —Escuche, Balbo, tengo la costumbre de no poner carne en el fuego antes de tiempo, pero para esta historia he prevenido a Mussolini: «Presidente, los judíos son un avispero, no metamos las manos dentro». Me dio la razón y fue aún más lejos: los hizo entrar en Italia en masa. No quiero mencionar las quejas de nuestros profesionales y comerciantes al ver llegar a estos judíos alemanes y austriacos [...] hasta un poco arrogantes y entrometidos, según me dicen. Y Mussolini silencioso y tolerante. Ahora lo sé, quiere echarlos, porque durante la guerra africana —y en eso no se le puede negar la razón— se alinearon con Estados Unidos, Inglaterra, Francia, contra nosotros, con una acritud que no puede describirse. Usted lo conoce tanto como yo y mejor; Mussolini se ha quedado con la copla de esta actitud hostil [...] y además está celoso —según creo— de que el antisemitismo alemán guste tanto a las naciones árabes del Mediterráneo oriental.

Conversación entre Italo Balbo y Víctor Manuel III,
mayo de 1938

Queridísimo amigo [...] habría que estar ciego para no darse cuenta de que nos hallamos ante un plan preestablecido.

Gino Luzzatto, judío y profesor de historia económica,
carta a su amigo Corrado Barbagallo, Venecia,
23 de enero de 1938

Benito Mussolini
Rocca delle Caminate, verano de 1938

¡Ah, qué satisfacción! ¡Ganar es de por sí una especie de orgasmo, pero ganar en casa de los rivales franceses es mejor que follar! Puro placer.

Los chicos de Vittorio Pozzo, que en su debut en Marsella reciben las protestas del público francés por el saludo romano, esos mismos *azzurri* que en los cuartos de final aplastan por 3 a 1 a los anfitriones, precisamente, vistiendo el uniforme negro deseado por el régimen, Giuseppe Meazza que marca un penalti en la semifinal contra Brasil, sujetándose con las manos los pantalones cortos con la goma elástica rota que se le caen... Puro placer.

El campeonato mundial de fútbol de junio de mil novecientos treinta y ocho había sido anunciado desde el principio como una versión incruenta y en pantalones cortos de la guerra europea. España, aún desgarrada por la lucha intestina entre franquistas y republicanos, ni siquiera ha podido participar en la ronda de clasificación; el Wunderteam de Austria, uno de los equipos favoritos gracias a su as Matthias Sindelar, tuvo que renunciar tras la anexión para que sus campeones más condescendientes jugaran en la selección alemana; luego, al final, la guerra europea en pantalones cortos la ganó, por segunda vez consecutiva, la Italia fascista. Y el Duce se apresuró a recibir al equipo victorioso al completo en el Palacio Venecia. Foto ritual con los dirigentes de la federación, con sus trajes de oficiales navales, y los futbolistas con un curioso uniforme parecido al de cabo primero.

Nadie podría haber imaginado nada mejor para humillar a los franceses después de que él, Mussolini, con su discurso en Génova, hubiera desatado una poderosa ola de galofobia en todo el país. «¡El que duda está perdido!» había gritado entonces. Luego, henchido por su propio arrebato, descendió del podio erigido en piazza della Vittoria entre sus mosqueteros, que lo flanqueaban con los puñales desenvainados.

Y, como era de esperar, el Duce del fascismo se siente ahora complacido, mientras recuerda los últimos acontecimientos en su residencia de verano en Romaña, el bastión medieval de Rocca delle Caminate. Se siente complacido y exaltado. ¿Por qué razón prestar oídos ahora a quienes le aconsejan moderación? ¿A los subterfugios de aquellos que, rigurosamente a sus espaldas, susurran que tras la visita de Hitler y con estas diatribas antifrancesas, aunque no se haya firmado todavía ningún pacto militar, se está deslizando peligrosamente hacia un abrazo letal con los nazis? Todo lo contrario, ¡Dios santo! Lo necesario, en cambio, es acelerar, radicalizar, totalizar. El encuentro entre la revolución fascista y la revolución nacionalsocialista es una necesidad histórica; es imperioso liberar a Italia de su última esclavitud, la francesa; es necesario romper las cadenas que impiden a este maravilloso pueblo, joven y pobre, abrirse una ruta hacia los océanos. ¿Por qué habría de contentarse Italia con las migajas que les dejan los británicos y los franceses (quienes ni siquiera tres años antes, en los días de la conquista de Etiopía, la castigaron con duras sanciones y ahora se inclinan pávidos ante Hitler en la cuestión de Checoslovaquia)? ¿Por qué habría de replantearse Italia su decisión de salir de la Sociedad de Naciones, esa asamblea de «turbias fuerzas enemigas ocultas» que ha intentado varias veces sofocar su espíritu heroico? ¿Por qué habría de renunciar Italia a apoderarse de un imperio cuya extensión no llega ni a la décima parte del que los británicos, e incluso los franceses, han acumulado con malas artes en el último siglo? Y, sobre todo, ¿por qué habría de renunciar él, Benito Mussolini, para complacer a los franceses, a ser el jefe de un Estado cuyas formas autoritarias aseguran la unidad, la paz y el trabajo de su pueblo?; ¿por qué habría de renunciar a ser él mismo? ¡Al diablo con los franceses!

Y así, en julio y agosto de mil novecientos treinta y ocho, Benito Mussolini se deja llevar por las alas de la furia antifrancesa y por las del entusiasmo hacia la política de poder propuesta por su amigo alemán. La expresión podría incluso entenderse en un sentido literal, dado que, en un temerario regurgito de audacia juvenil, el Duce ha retomado incluso los vuelos de adiestramiento para volver a pilotar personalmente su avión. Su euforia aumenta cuando le comunican la noticia de que las previsiones de las cosechas son buenas.

«En estos días, bajo este sol, que casa tan especialmente bien con los hombres del terruño y del largo verano», le oyen decir los campesinos de Aprilia, adonde acude para un reportaje de propaganda, «se están derrumbando las especulaciones sobre el hambre del pueblo italiano como consecuencia de las malas cosechas de trigo». Luego, sabiamente filmado por los operadores del Istituto Luce*, como un antiguo jefe tribal, el hijo del siglo XX, con la complicidad del cinematógrafo, «su arma más poderosa», se exhibe con el torso desnudo entre su pueblo de campesinos guerreros, empeñado en trillar el trigo: «Camarada maquinista», grita con un grito de guerra, «arranca el motor. Camaradas campesinos: ¡que dé comienzo la trilla!».

A su yerno y ministro de Asuntos Exteriores, el conde Galeazzo Ciano, la osadía del hombre del terruño le reserva sus exabruptos belicosos: «Cuando digo que Suiza es el único país que puede ser democrático, creen que es un cumplido, pero es una injuria atroz. Es como decirle a un hombre que solo él puede ser jorobado y eunuco. Solo un país vil, feo e insignificante puede ser democrático. Un pueblo fuerte y heroico tiende a la aristocracia».

---

* L'Istituto Luce (L'Unione Cinematografica Educativa) era una sociedad de producción cinematográfica, fundada en 1924 y convertida en aparato de propaganda del Estado fascista. Su modelo fue seguido por el NO-DO franquista. *(N. del T.)*

Con todo, es una aristocracia del espíritu, no del linaje ni de la riqueza, a la que aspira Benito Mussolini en el largo verano de mil novecientos treinta y ocho. En una de sus habituales llamadas telefónicas vespertinas al *Popolo d'Italia*, Giorgio Pini lo oye explotar contra quienes se quejan del pan con harina mixta: «¡Hay demasiados capullos sueltos por ahí, que nunca están contentos! ¡Yo de joven salí adelante a base de pan negro o polenta y me parece que he acabado siendo bastante robusto! Hay demasiados capullos que aprovechan cualquier excusa para quejarse. Primero fue el paso romano, luego el "vos". Ahora ni siquiera comprenden la autarquía».

El paso romano y la abolición del «usted» parecen representar ante sus ojos dos tránsitos simbólicos fundamentales hacia una Italia orgullosa, varonil y guerrera; su Duce lo escribe con todas las letras en un prefacio a la recopilación de las actas del Gran Consejo de los últimos años: «La revolución debe tener ahora un impacto profundo en las costumbres. En este sentido, la novedad del paso romano es de una importancia excepcional. El eco que ha tenido en el mundo es la mejor prueba. También la abolición del "usted", servil y extranjero, y detestado por los grandes italianos, desde Leopardi a Cavour, es de suma importancia. Habrá que dar otros pasos en este ámbito y resultará fácil arrollar los escepticismos residuales de imbéciles patrios y extranjeros que preferirían una Italia facilona, desordenada, divertida, entregada a una mandolina de tiempos antiguos y no la encuadrada, sólida, silenciosa y poderosa de la era fascista».

Siempre fiel como un perro de cadena corta, Achille Starace, secretario del partido, aplica de inmediato las consignas del Jefe en la organización de ruidosos torneos gimnásticos, que en la canícula veraniega obligan a los jerarcas con exceso de peso a quedar en ridículo en ropa de deporte, exhibiendo abdómenes prolapsados sobre pantalones cortos parecidos a los que llevaba Peppino Meazza antes de lanzar la pelota desde el punto de penalti.

La otra línea de ataque a la que Benito Mussolini aplica su recobrada audacia en las llamas del verano de mil novecientos treinta y ocho es la cuestión racial. El 14 de julio redacta personalmente una buena parte del comunicado con el que un grupo de profesores universitarios, manejados por él y reunidos en torno a una nueva revista programáticamente titulada *La difesa della razza*, aspira a transformar oficialmente Italia en una nación racista. En los días siguientes se dedica a escribir un artículo —aparecerá de forma anónima en la revista el 5 de agosto— en el que el Mussolini de mil novecientos treinta y ocho desmiente, oculto por el anonimato, las declaraciones antirracistas pronunciadas por el Mussolini de mil novecientos treinta y dos. Por último, anuncia oficialmente la discriminación de los judíos de Italia con la *Informazione diplomatica* n.º 18

A los odiados franceses, que se burlan de este punto de inflexión presentándolo como un acto de adulación hacia Hitler, el creador del imperio les responde con dureza: decir que el fascismo ha imitado a alguien o algo es simplemente absurdo. Las posiciones del fascismo y su Duce sobre la cuestión de las razas han cambiado porque el sol de la nación, alzándose en el cielo del imperio, ha arrojado luz sobre algunas cuestiones que antes habían permanecido en la sombra: «Sin una clara, definida y omnipresente conciencia de raza, los imperios no se sostienen». A los agregados militares en Berlín que le ponen en guardia acerca de los planes secretos de Hitler —parece que el Führer pretende resolver la disputa diplomática con Checoslovaquia por la región de mayoría alemana de los Sudetes invadiendo el país—, el Mussolini desatado de la hermosa estación estival de mil novecientos treinta y ocho, tras haber celebrado el quincuagésimo quinto cumpleaños de una sólida madurez, simplemente no les presta atención.

Que el mundo sepa que, en cuanto a la amistad con Hitler, así como en la cuestión de la raza, el hombre del largo verano seguirá adelante. Camarada maquinista, arranca los motores: que dé comienzo la trilla.

Mussolini está muy irritado contra estas fracciones de burgueses siempre dispuestos a bajarse los calzones [...], pretende crear campos de concentración, con sistemas más duros que el confinamiento policial. Una primera señal de la vuelta de tuerca la darán las hogueras de los escritos judíos, masonizantes, francófilos. A los escritores y periodistas judíos se les prohibirá toda actividad. Por lo demás, todo esto ha sido anunciado en el prefacio del Duce a las Actas del Gran Consejo. Ha llegado el momento de que la revolución incida en las costumbres de los italianos. Los cuales es necesario que aprendan a ser menos «simpáticos», para volverse duros, implacables, odiosos. Es decir: amos.

Galeazzo Ciano, *Diario*, 10 de julio de 1938

Los judíos italianos, y no solo italianos, se aferran en estos días a una especie de tabla de salvación: las declaraciones de Mussolini a Ludwig en las conversaciones celebradas en la primavera de 1932.

Detengámonos en la fecha: 1932. Desde entonces, son muchos los acontecimientos que se han sucedido en la historia de Italia y del mundo; es inútil enumerarlos, pero uno de ellos los domina a todos: el nuevo imperio de Roma. Y el segundo es que el antifascismo mundial es de pura matriz judía.

«Raza y porcentaje», artículo anónimo (pero escrito personalmente por Benito Mussolini) en el primer número de la revista *La difesa della razza*, 5 de agosto de 1938

Hablando del periódico de mañana, insistí en decirle que sería apropiado un comentario por su parte acerca del comunicado de hoy sobre la cuestión racial.

«Pero si el comunicado de prensa», me respondió, «prácticamente lo he redactado yo».

Sin embargo, no dejé de insistir, y concluyó con un genérico «de acuerdo». Hoy su voz era profunda, extraordinariamente lenta y plácida.

Giorgio Pini, redactor jefe de *Il Popolo d'Italia*,
notas sobre las conversaciones telefónicas con Mussolini,
14 de julio de 1938

Un grupo de estudiosos fascistas, profesores en universidades italianas bajo la égida del Ministerio de Cultura Popular, ha establecido en los siguientes términos la posición del fascismo en relación con los problemas de la raza:

Diversidad de razas

1. *Las razas humanas existen.* La existencia de las razas humanas no es ya una abstracción de nuestro espíritu, sino que corresponde a una realidad fenoménica, material, perceptible con nuestros sentidos [...].

2. *Existen razas grandes y razas pequeñas* [...].

3. *El concepto de raza es un concepto puramente biológico* [...].

4. *La población de la Italia actual es mayoritariamente de origen ario y su civilización es aria.* Esta población de civilización aria habita en nuestra Península desde hace varios milenios [...].

5. *La contribución de ingentes masas de hombres en tiempos históricos es una leyenda.* Después de la invasión de los lombardos no hubo en Italia otros notables movimientos de pueblos capaces de influir en la fisonomía racial de la nación [...].

6. *Definitivamente, existe una «raza italiana» pura* [...].

7. *Es hora de que los italianos se proclamen francamente racistas.* Todo el trabajo que el Régimen ha hecho hasta ahora en Italia tiene como base el racismo [...].

8. *Es necesario hacer una distinción entre los europeos mediterráneos (occidentales) por un lado, los orientales y africanos por el otro* [...].

9. *Los judíos no pertenecen a la raza italiana* [...].
10. *Las características físicas y psicológicas puramente europeas de los italianos no deben ser alteradas de ninguna manera* [...].

«El fascismo y los problemas de la raza»,
proclama en la portada de *Il Giornale d'Italia*,
14 de julio de 1938 (que más tarde se haría célebre como el
«Manifiesto de los científicos racistas»)

Renzo Ravenna
Ferrara, verano de 1938

En verano, cuando los colegios están cerrados y la familia se va a la playa, Ferrara vuelve a ser la ciudad metafísica de la posguerra, la ciudad más serena, inmóvil y desolada de la tierra. Renzo Ravenna también ha vuelto a ser el hombre de la posguerra, trabaja de nuevo como abogado civilista a tiempo completo, recorre todas las mañanas y luego todas las tardes el trayecto entre su casa y su bufete en viale Cavour, con su viejo bolso de piel de foca en la mano. La antinatural soledad de calles y plazas, sin embargo, evoca ahora de repente una historia de desamparo.

Pero ¿qué historia? ¿Qué historia titila hoy como un espejismo africano en el bochorno que asciende de las piedras antiguas y desiertas? ¿Será acaso la historia de los judíos de Ferrara, presentes en la ciudad desde hace casi mil años? ¿Una historia centenaria de pertenencia y de tolerancia religiosa, interrumpida solo en la época oscura de la contrarreforma católica, y luego restaurada inmediatamente con la unidad de Italia? ¿Es la historia de Obizzo d'Este, quien ya en el año mil doscientos setenta y cinco, con un decreto por escrito, confirió inmunidad y protección a los judíos en virtud de su utilidad?; ¿la de los príncipes liberales del Renacimiento, que invitaban a los judíos a sus ciudades para extender el crédito, estimular el comercio, financiar sus fastuosos proyectos de construcción?; ¿la historia de Ercole I d'Este, que rechazó los decretos de expulsión del papa y acogió a los judíos expulsados de España, que les permitió erigir una sinagoga en via Mazzini?;

¿la historia de los judíos que, a mediados del siglo XIX, cuando el poder eclesiástico llegó por fin a su ocaso, se reintegraron de inmediato en la sociedad después de pasar casi doscientos cincuenta años en el gueto, descubriéndose así más ferrareses que los ferrareses porque aún hablaban el dialecto renacentista de cuando los encerraron allí?; ¿la historia de dos mil almas y cuatro sinagogas que en veinte años de fascismo se sintieron protegidas por las simpatías de Italo Balbo, como lo habían estado por la magnificencia de la familia Este?; ¿la historia de la plena adhesión al fascismo de los judíos de Ferrara, ya fuera por convicción o por conveniencia? ¿Es esta la historia a la que pertenece Renzo hoy?

¿O es a la de su familia, los Ravenna, presentes en la ciudad desde el siglo XV? ¿La historia de su abuelo Isaia, el primer judío ferrarese en ocupar un puesto oficial como profesor de francés en el regio instituto de la ciudad? ¿Es la de su padre Tullio, que vivió toda su vida bajo el lema «judío en casa, ciudadano en la calle» y celebró la reconquistada igualdad jurídica, la recobrada libertad cívica, comprándose una nueva casa lejos del gueto, aquel hombre que amaba los ritos, los recuerdos familiares, el legado de generaciones, las lámparas rituales, los pergaminos de los sermones, los retratos de los ancestros, pero no tenía escrúpulos en desatender la prohibición de comer carne de cerdo cuando llegaba a la mesa el manjar típico de Ferrara, la *salama da sugo*?

¿O será más bien que, en esta mañana de agosto de mil novecientos treinta y ocho, las calles desiertas de su ciudad le cuentan a Renzo Ravenna la historia de un padre amoroso que cada atardecer da las buenas noches a sus hijos pequeños recitando el *Shemá*, de un judío devoto pero no militante, la historia de un italiano honrado que sacrificó su vida privada por el servicio público, que luchó por su patria ganándose la cruz de guerra, la historia de un fascista tardío, desde luego no instintivo —su amigo Italo Balbo, cuando se marchaba los domingos con sus escuadras para las expediciones punitivas, a las que seguían las visitas a burdeles, siempre decía que «esas no eran cosas para Renzo»—, un compañero de ruta, un simpatizante, uno que obtuvo el carné solo después de haber sido nombrado podestá, que en doce años de gobierno nunca fue recibido por Benito Mussolini y que, sin embargo, nunca dudó ni por un solo instante del hecho de que la historia de un judío devoto, la de un italiano honesto y la de un buen fascista no podían más que ser y seguir siendo para siempre la historia del mismo hombre?

¿Y ahora? ¿Quién eres ahora, Renzo Ravenna, ahora que la palabra «judío» ha sido pronunciada por la mandíbula volitiva, seguida a continuación por la palabra «discriminación», ahora que los hombres a los que has consagrado tu vida pública han escrito, negro sobre blanco, que perteneces a una raza diferente a la de ellos, ahora que las mujeres y los niños que amas en tu vida privada lloran en silencio, por la noche, en sus camas de tu hermosa casa fuera del gueto, ante la mera idea de que las antiguas puertas de roble puedan volver a cerrarse en sus vidas, confinándolos en esos callejones angostos, húmedos y asfixiantes?

Está anocheciendo. El abogado Renzo Ravenna, tras concluir su jornada de trabajo, con su bolso de piel de foca siempre apretado contra él, sale a la calle. Como en un cuadro de Giorgio de Chirico, viale Cavour se le aparece casi desierto, y retorcido, como en un lienzo de Alberto Savinio. El abogado de Ravenna lo recorre paso a paso, avanzando lentamente, exhausto, conmovido, como si estuviera recordando las grandes escenas de una vida en el breve tramo de una sola calle.

El abogado Renzo Ravenna pasa bajo la fachada del Palacio de Correos, en viale Cavour 27. Renacimiento imbuido de racionalismo. Fue él quien lo inauguró en mil novecientos treinta. Luego, continuando su recorrido, desfila junto al Palacio Aeronáutico en viale Cavour 118, un edificio extremadamente elegante, concebido para ser visto en diagonal. Este también lo inauguró él, junto a su amigo Italo Balbo, en su undécimo año como podestá, el decimoquinto de la era fascista.

Sus pasos inciertos lo conducen luego ante la nueva Casa del Fascio, una contribución de la llamada «adición fascista», también en viale Cavour. Otro edificio que inauguró él, el podestá judío, en mil novecientos treinta y uno.

Siguiendo un impulso repentino, Renzo Ravenna entra. Como atraído por el magnetismo de la historia, se dirige al mostrador de recepción. Bajo la mirada atónita de dos milicianos con camisas negras, el que fuera podestá de Ferrara durante doce años, lugarteniente del Duce en la ciudad, devuelve el carné. De vuelta al aire libre de la calle, el judío Renzo Ravenna se quita la insignia del Partido Nacional Fascista de la solapa de su chaqueta, colocando en lugar de los haces de lictores el pequeño emblema de las condecoraciones militares obtenidas durante la Gran Guerra. Luego, a paso rápido y afanoso —ahora se siente como vacío, aunque no por ello más ligero—, se encamina hacia casa.

Hoy permanecemos silenciosos frente al público con nuestro dolor [...]. Escribo mal porque me tiembla la mano [...].

Es el final de una realidad [...]. ¿Se trataba de algo fatal? No lo creo [...]. ¿Cuántos os han seguido con amor desde 1919 hasta hoy a través de los Fascios, las luchas, las guerras, viviendo de Vuestra vida? ¿Todo esto ha terminado hoy? ¿Fue un sueño lo que nos acunaba? No soy capaz de pensarlo [...].

¿Entonces, qué? Me dirijo a vos —DUCE— para que, en este periodo tan importante para nuestra revolución, no consintáis que la parte sanamente italiana quede excluida del destino histórico de nuestro país [...]. La emprendimos a disparos y cañonazos entre 1915 y 1918 contra los judíos de otros países. ¿Dónde está la internacional judía [...]?

Me inclino ante los sacrificios necesarios; pero Os pido que nos dejéis nuestra orgullosa e íntegra italianidad [...] no nos digáis que nunca hemos asimilado nuestro país.

Carta del banquero Ettore Ovazza, veterano de guerra y participante en la marcha sobre Roma, fundador de la revista de los judíos fascistas *La nostra bandiera*, a Benito Mussolini, 15 de julio de 1938

Volveremos a vernos a mediados de agosto, ¡disfruta cuanto puedas! Te mando un abrazo. Tómate unos días libres para venir a Misurina conmigo.

Italo Balbo, carta a Renzo Ravenna,
1 de agosto de 1938

Ya puedes imaginarte cómo estoy. Soy un poeta italiano que, por haber nacido de madre judía, me veré separado —así, de repente— de la vida de mi país que tanto he amado. Por no hablar de las otras consecuencias probables, incluso en lo que se refiere a la profesión con la que me gano la vida [...]. Estoy demasiado angustiado, y con demasiada razón.

Carta de Umberto Saba a Sandro Penna,
23 de julio de 1938

¿Quién soy? Ahora dicen: un judío, usando un término de manera trivial, tan idiota como vano.

Nota en el diario del abogado Vittorio Pisa, 1938

El podestá de Trieste renuncia

Habiendo presentado el caballero de la Gran Cruz Paolo Enrico Salem su dimisión como podestá de Trieste, el encargo de regir la administración municipal ha recaído en el actual vicepodestá comendador doctor Francesco Marcucci.

Corriere della Sera, 11 de agosto de 1938

Benito Mussolini
Rocca delle Caminate, finales del verano de 1938

No es el Mussolini belicoso y furibundo de las proclamas oficiales el que Giorgio Pini encuentra en el verano de mil novecientos treinta y ocho en su *buen retiro* de Rocca delle Caminate. Pini, combatiente en la Guerra Mundial con solo dieciocho años, fascista y escuadrista de primera hora, excelente periodista designado en mil novecientos treinta y seis por el propio Duce como redactor jefe de *Il Popolo d'Italia*, el periódico familiar, se encuentra en las colinas de Romaña con un hombre seráfico y, en apariencia, totalmente dueño de sí mismo.

Pini es recibido con cordialidad, casi con familiaridad, por un Mussolini en ropa informal. Tiene la piel bronceada, la barba aún por afeitar, y lleva un suéter azul claro. Su aspecto es muy modesto y casi descuidado. El periodista boloñés es uno de los pocos que tiene el privilegio de una conversación casi cotidiana con el Jefe, quien no olvida sus orígenes en la profesión y quiere que lo tengan constantemente al día sobre las tendencias económicas y las decisiones editoriales. El huésped tiene, además, el mérito de haber triplicado casi las ventas en dos años.

Mussolini lo recibe en un amplio salón. El Duce está solo, absorto en la lectura de documentos, sentado junto a la ventana abierta en los gruesos muros que dominan el valle del Rabbi. No tarda, sin embargo, en levantarse y salir al patio de la Rocca, seguido por el visitante que viene de Milán. El fundador del fascismo coge una sierra y un hacha en el cobertizo de las herramientas y se encamina por los senderos del parque. La conversación no tarda en derivar hacia la política internacional. Evidentemente, el tema del día es el recrudecimiento de la crisis checoslovaca. Tras la anexión de Austria, Hitler no parece tener ganas de detenerse: el próximo objetivo de su estrategia expansionista son los Sudetes.

La situación de alerta en Europa, que está haciendo fibrilar los temerosos corazones de las democracias liberales, al Duce campesino le parece, sin embargo, injustificada. Hitler —explica Mussolini a Giorgio Pini— está más obsesionado con la pureza de sangre que impulsado por los anhelos de conquista. Quiere una sangre aria pura, no otras tierras. Si los ingleses y los franceses supieran lo que él sabe, no estarían tan preocupados: ¡a nuestro amigo alemán no le deja pegar ojo la idea de que, al anexionarse los Sudetes, incorporará también parte de Bohemia y Moravia, regiones pobladas por varios miles de eslavos, que él considera inferiores!

Mussolini parece divertido con estos excesos de escrúpulos raciales del fundador del nazismo. Su tono, cuando habla del feroz antisemitismo de Hitler, tiende hacia la condescendencia de un hermano mayor ante la desatinada exuberancia del menor. La irónica bonhomía con la que Mussolini desestima la obsesión antijudía de su amigo alemán serviría de alivio, si pudieran asistir a la conversación, a los miles de judíos italianos que viven conteniendo la respiración desde el día en que el régimen fascista se proclamó abiertamente racista. El oírlo hablar así, vestido de jardinero, llevaría a pensar que no les falta razón a los muchos judíos fascistas, aún convencidos de que su ídolo, obligado a su pesar a dar algunos pasos en la dirección indicada por el alemán, no tiene en absoluto la menor intención de perseguirlos, a los no pocos que todavía se aferran tenazmente a la esperanza de que la ficha del censo, que ya ha llegado a todos los hogares de los judíos italianos, tenga, como se afirma en la hoja informativa, «una finalidad *exclusivamente* estadística». Por otro lado, ¿no ha sido acaso el propio Mussolini, en la *Informazione diplomatica* n.º 18, el que ha recalcado que «discriminar no significa perseguir»?

Mientras se entretiene amablemente con el lúgubre trasfondo de la política europea, Pini observa a su Duce que, de vez en cuando, casi como si fuera un pequeño propietario de tierras, se detiene a podar un árbol, a serrar una rama muerta o una especie silvestre.

No, no hay de qué preocuparse. Mussolini parece embelesado por su propia y sutil sabiduría política, gracias a la cual puede dar su justa medida a los peligros que se presentan como gigantescos ante los ojos de los histéricos, de los pávidos, de los bobos: lo que proporciona la mejor garantía para el mantenimiento de la paz es, según su lectura —se lo repite una vez más a Pini, con el hacha en la mano—, precisamente el fanático credo racista de Hitler. Checoslovaquia puede dormir tranquila.

Himmler le ha asegurado que el Führer también es sincero sobre el Tirol del Sur: no reclama esos territorios; solo le preocupa que los alemanes del lugar puedan regresar a la patria, si así lo desean. En esas palabras, el Duce de los italianos pone la misma flema sonriente con la que se dedica a desmochar un portainjerto de endrino.

En el camino de regreso, Giorgio Pini reflexiona con orgullo y estupor sobre el hecho de haber pasado largo tiempo con Mussolini en perfecta soledad. Sin toparse con ningún familiar, funcionario o agente, más allá de los pocos carabineros de guardia en la entrada.

La situación se está precipitando hacia un conflicto internacional. Es posible que dentro un mes tal vez estemos en guerra. Solo algunos pocos espíritus, más lúcidos, se dan cuenta de la inminencia de esta idea. El factor determinante de la nueva situación es el problema checoslovaco. Las exigencias alemanas no parecen poder ser satisfechas por vías pacíficas. Y entonces, una vez puesta sobre la mesa la ardua cuestión, retroceder se hace imposible y cada trivial incidente puede provocar una catástrofe.

De los diarios del conde Luca Pietromarchi, jefe de la Oficina en España del Ministerio de Asuntos Exteriores, 21 de agosto de 1938

Discriminar no significa perseguir. Así hay que decírselo a los demasiados judíos de Italia y de otros países [...]. El Gobierno Fascista no tiene ningún plan especial persecutorio contra los judíos en cuanto tales. La cuestión es otra. Hay 44.000 judíos en Italia en el área metropolitana, según datos estadísticos judíos que, sin embargo, deberán ser verificados mediante un próximo censo especial [...]. La proporción sería, por lo tanto, de un judío por cada mil habitantes.

Está claro que, de ahora en adelante, la participación de los judíos en la vida global del Estado deberá adecuarse, y así se hará, a tal relación.

Informazione diplomatica n.º 18, 5 de agosto de 1938

El Duce [...] me comunica también un plan que tiene para hacer de la región somalí de Migiurtinia una concesión para los judíos internacionales. Dice que el país tiene importantes reservas naturales que los judíos podrían explotar [...]. Está ansioso por conocer más a fondo las intenciones y los planes del Führer con respecto a la crisis checa.

Galeazzo Ciano, *Diario*, 30 de agosto de 1938

Renzo Ravenna
Igea Marina, 3 de septiembre de 1938

Igea Marina se encuentra justo en el centro de la costa de Romaña, a cuarenta kilómetros al sur de Rávena y diez al norte de Rímini. Sus veranos cálidos pero ventosos, sus parques arbolados, su larga franja de arena dorada, la han convertido, desde principios de siglo, en una de las localidades playeras más solicitadas del Adriático. En días despejados, como este del 3 de septiembre de mil novecientos treinta y ocho, desde la playa de Igea, dando la espalda al mar hacia el suroeste, se divisan fácilmente los peñascos del monte Titano sobre los que se yergue la República de San Marino.

Como todas las familias burguesas de la ciudad, también la del abogado Ravenna sigue disfrutando todavía de unos días de vacaciones antes de que vuelvan a abrir los colegios. Lucia Modena de Ravenna —esposa devota, madre amorosa, mujer humilde y modesta a pesar de estar emparentada con Guido Treves, influyente director de Fondiaria Assicurazioni, y con el científico Emilio Segrè, alumno de Enrico Fermi y, como él, pionero en el estudio de la física del neutrón— acompaña a sus cuatro hijos a tomar baños de mar: Tullio, el primogénito, con dieciséis años ya; Paolo, cuatro años más joven; Donata, que acaba de cumplir nueve, y Romano, de apenas tres, bautizado con el mismo nombre del barrio que su padre, cuando aún era podestá de Ferrara, recalificó a principios de los años treinta. El cielo es azul, el aire terso, los niños hacen lo que suelen hacer los niños en la playa, Lucia los vigila serena. Además, hoy es sábado, Renzo no tardará en unirse a ellos, aportando la bendición de un padre solícito y afectuoso a este plácido día de finales de verano.

Para que nada falte a la acogida que merece el cabeza de familia, Lucia ordena a Tullio que vaya al quiosco a comprar el *Corriere Padano*, el periódico favorito de su marido. Sin pestañear, Tullio se seca, se pone una camiseta, se embolsa los treinta céntimos que le da su madre y se dirige al quiosco de periódicos del paseo marítimo. Una breve separación de su madre y sus hermanos no puede desagradar a un chico de dieciséis años, aunque sea muy buen chico.

Al llegar al quiosco, en pocos minutos, Tullio descubre para su sorpresa y un poco de pesar que el periódico ya se ha agotado. Su asombro —es raro que los periódicos se vendan como churros en un plácido día de finales de verano— dura apenas un instante. El chico compra un ejemplar del *Corriere della Sera*, el prestigioso periódico milanés que nunca falta entre los que lee su padre.

Como Tullio sabe que a su padre no le gusta un periódico arrugado, ya se lo ha metido bajo el brazo aún doblado. Se dispone a volver a la playa, cuando capta una inexplicable mezcla de vergüenza y compasión en la mirada del quiosquero. Tal vez guiado por un instinto ancestral, el chico, sintiéndose más amenazado que consolado, despliega el diario. El titular campea a toda página:

Profesores y estudiantes judíos
excluidos de los colegios públicos y concertados

El ojo se dirige inmediatamente al breve editorial que comenta la noticia. A Tullio le basta con leer el título para olfatear el desastre: «El saneamiento de la escuela».

El chico echa a correr, corre hacia la playa, corre hacia su madre y sus hermanos como si de su rápido regreso dependiera su salvación.

Al llegar jadeando ante su familia, Tullio se la encuentra ya al completo: su padre, casi como si hubiera sido evocado por la terrible primera plana, con la camisa desabrochada y los pantalones remangados hasta las pantorrillas, descansa en la tumbona de madera junto a su madre. Los niños más pequeños lo rodean, el pequeño Romano ya está sentado en sus rodillas.

El primogénito, como si hubiera envejecido diez años, toma en brazos a su hermanito con un gesto responsable y protector, como si quisiera evitarle el contacto con un material venenoso, y le entrega el periódico a su padre.

—¡Corre a buscar el *Corriere Padano*!

La consternación de Renzo Ravenna se manifiesta de esta manera. Con un tono de voz más alto de lo habitual —que despierta la atención de sus vecinos de sombrilla hacia la familia Ravenna— y la imperiosa petición de esas hojas impresas en las que, desde hace muchos años, el antiguo podestá de Ferrara se encuentra cada mañana a sí mismo como si se mirara en un espejo.

El *Corriere Padano*, en efecto, está dirigido por Nello Quilici, amigo de toda la vida de Renzo y de Italo Balbo, cómplice de ambos en la política cultural de Ferrara, intelectual culto y refinado, profesor de periodismo y de historia política moderna, que ha sido capaz de transformar ese periódico de provincias en uno de los diarios nacionales más vivaces, entre otras cosas gracias a la colaboración de escritores y poetas de prestigio como Elio Vittorini, Giuseppe Ungaretti, Salvatore Quasimodo, Mario Soldati y gente muy joven como Giorgio Bassani y Michelangelo Antonioni.

Parece como si Renzo no pudiera asimilar lo que ha leído en el *Corriere della Sera* más que leyendo lo que dice «su» periódico, como si la aberración de la que es portadora la noticia pudiera ser revocada aún por un comentario indignado de su amigo, como si la terrible realidad, temporalmente suspendida hasta la eventual validación, aún estuviera pendiente de un punto de vista.

La incredulidad de Renzo Ravenna no es atribuible únicamente a un calambre psicológico. Ni siquiera en la Alemania de Hitler se ha adoptado una medida discriminatoria tan violenta como la exclusión de los alumnos judíos de los colegios públicos. Tullio corre en busca del *Corriere Padano*.

Cuando, por fin, Ravenna puede sostener en sus manos la hoja entintada de la que espera el pronto despertar de la pesadilla, reflejándose como cada mañana en sus páginas, ya no reconoce su propio rostro. El inequívoco titular destaca en tres columnas:

LAS MALAS HIERBAS DEL JARDÍN

El texto del artículo de opinión sofoca cualquier esperanza residual: «Dado que el espíritu de las nuevas generaciones se forja en la escuela, es natural que el gobierno trate de proteger la escuela de la contaminación judía [...]. Hoy en Italia el antisemitismo adopta formas y dimensiones de legítima defensa contra las bacterias físicas y morales». La infamia lleva las iniciales de un simple redactor, pero es como si la firmara Nello Quilici. Es él quien dirige el periódico.

Renzo, desplomado en la tumbona, aparta la mirada del diario y, en un esfuerzo supremo por retomar el contacto con una realidad creíble, aceptable, vivible, vuelve a mirar a su alrededor. El mar aún está ahí, sigue siendo todavía el mismo mar Adriático plácido y plano; también el sol sigue ahí, ese sol amansado de finales de verano, filtrado por la luz argéntea de septiembre. Ahora, sin embargo, alrededor de su sombrilla, aunque a una distancia segura, se ha formado un corrillo de bañistas. Miran a Renzo y su familia con la misma mirada que el quiosquero: en sus ojos se lee la terrible condena de la compasión humana. La asimetría, establecida en pocos instantes, entre esos hombres en traje de baño y la familia del judío Ravenna es evidente, irrevocable, fatal. La noticia del inicio de las persecuciones no ha aumentado de repente la humanidad de los compasivos veraneantes; por el contrario, eso sí, ha disminuido de inmediato la de los compadecidos. Renzo, Lucia, Tullio, Paolo, Donata y Romano Ravenna nunca han estado tan solos como en este momento. Están tan solos como solo los judíos pueden estarlo.

El desarrollo del fascismo sobre la clara base de la raza, que ha sido muy bien preparado, ha generado una extraordinaria satisfacción en Alemania [...]. Que el elemento de sangre nórdica es predominante en el pueblo italiano ya lo demuestra el hecho del fascismo y sus grandes consequiciones [*sic*] en todos los campos [...]. Este siglo y más allá, un periodo de mil años, quedará marcado por la revolución racista-popular, de la cual nuestros dos pueblos dan muestra los primeros.

Carta de Ludwig Pauler, destacado exponente del periodismo nazi, a Roberto Farinacci, 19 de agosto de 1938

El Duce se está exaltando mucho contra los judíos. Me menciona las medidas que pretende ordenar que se adopten en el próximo Gran Consejo y que constituirán, en su conjunto, la Carta de la Raza. En realidad, ya ha sido redactada de su puño y letra por el propio Duce. El Gran Consejo solo lo sancionará con su deliberación. En cuanto a la colonia de concentración de los judíos, el Duce ya no habla de Migiurtinia, sino de Oltre Giuba, que parece presentar mejores condiciones de vida y de trabajo.

Galeazzo Ciano, *Diario*, 4 de septiembre de 1938

En lo que a la política interna respecta, el tema de más candente actualidad es el racial. También en este ámbito adoptaremos las soluciones necesarias. Aquellos que dan a entender que hemos obedecido a imitaciones, o peor aún, a sugerencias, son unos pobres imbéciles a los que no sabemos si dirigir nuestro desprecio o nuestra piedad.

El problema racial no estalló tan repentinamente como piensan quienes están acostumbrados a los bruscos despertares, porque están acostumbrados a los largos sueños remolones. Está relacionado con la conquista del imperio [...].

En todo caso, los judíos de ciudadanía italiana, que posean méritos militares o civiles indiscutibles en relación con Italia y el régimen, encontrarán comprensión y justicia; en cuanto a los demás, se seguirá con relación a ellos una política de separación [...].

Al final, tal vez quede el mundo más asombrado de nuestra generosidad que de nuestro rigor; eso siempre que los semitas del otro lado de la frontera y los de dentro, y sobre todo sus improvisados e inesperados amigos, que los defienden desde demasiadas cátedras, no nos obliguen a cambiar radicalmente de rumbo.

Benito Mussolini, discurso en Trieste,
18 de septiembre de 1938

¡Duce! Tengo 63 años y mi pérdida auditiva es cada vez más grave [...]. Solo me faltan veinte meses para alcanzar la jubilación. En consideración a mi pasado y a la más Pura fe fascista de toda mi familia, pido que no se me expulse como a un vulgar ladrón, pido que me dejen proseguir en mi trabajo durante estos veinte meses por lo menos. Esa es la satisfacción, moral también, ese es el acto de justicia que Os pido, Duce. Lo espero con confianza, porque conozco Vuestro corazón. Y Dios... Os bendecirá.

Carta de un judío a Benito Mussolini,
5 de septiembre de 1938

Discriminar no significa perseguir.

«La defensa de la raza en Italia», *Corriere della Sera*,
6 de agosto de 1938

Hasta el momento me llegan noticias de la expulsión de los judíos extranjeros y de la exclusión de los colegios [...], preparaos espiritualmente para la eventualidad de que se haga necesario o conveniente hacer las maletas.

Vittorio Foa, carta a su familia desde la cárcel,
5 de septiembre de 1938

Parece que hacen todo lo posible para crearse enemigos. ¡El asunto de los judíos, que ha estallado como una bomba! Pero si decís que hace mucho tiempo que estabais al tanto de la influencia nociva de los judíos, ¿por qué no hablasteis antes? ¿Por qué habéis esperado el ejemplo alemán? Así razona el público. ¿Cómo van a excusar al final tantas incoherencias? Hasta un tonto como yo se da cuenta. La culpa es de Mussolini, pero son los que lo rodean quienes, en lugar de moderar sus impulsos, lo espolean. Parece que hay que hablar de ello en el Gran Consejo; tomaré la palabra yo también, que siempre he sido antisemita. Falta la medida, falta siempre equilibrio. El hombre deletéreo es Starace.

Emilio De Bono, *Diario*, 4 de septiembre de 1938

El único punto de incomodidad en la comparación de los programas nazi y fascista, hasta hace poco, era la ausencia, en este último, de la política racial. Ahora también se ha eliminado este punto y el Partido Nazi se complace sobremanera.

Walter Gross, jefe de la oficina política
de la raza del Partido Nazi, a su homólogo
fascista Guido Landra, Berlín, 1938

Benito Mussolini, Adolf Hitler
Roma-Berlín, 28 de septiembre de 1938, 10.00 horas

En la mañana del 28 de septiembre brilla sobre Roma uno de esos días claros, dulces y luminosos de finales de verano que nos dan la ilusión de poder vivir como inmortales saboreando un vino blanco. Sin embargo, el ultimátum de Hitler a Checoslovaquia expirará a las dos en punto de la tarde, hora del meridiano de Greenwich. Hoy, salvo un milagro, es el día en que, exactamente veinte años después del final de la Gran Guerra, estallará otro conflicto mundial.

Mussolini, catapultado a una realidad que desmiente todas sus optimistas ilusiones, espera acontecimientos en la inmensidad metafísica de la Sala del Mapamundi. Galeazzo Ciano los espera a su vez en su despacho del Palacio Chigi. Juntos recibieron ayer a los jefes del Estado Mayor del Ejército, la Aeronáutica y la Armada para acordar con retraso un inicio de movilización general que asegure en un primer momento la posibilidad, cuando menos, de una neutralidad armada. Italia es el único de los estados involucrados en la crisis de los Sudetes que aún no se ha movilizado.

Mientras se desarrollaba esa reunión tardía y frenética en Roma, una división motorizada al completo desfilaba con su armamento, siguiendo órdenes de Hitler, nada menos que por el centro de Berlín. Goebbels, mezclado en el anonimato con la multitud metropolitana, había estado sondeando los ánimos: fría indiferencia. Unas horas más tarde, Neville Chamberlain, el jefe de gobierno inglés, había pronunciado su último discurso en la radio. Nadie en Gran Bretaña, en

Europa ni en el mundo había prestado atención al significado de sus palabras, que invocaban «tres días más de tiempo» para trabajar por la paz. Todos entendieron lo que quedaba por entender por el tono irremediablemente deprimido de su voz.

Ahora que a la paz en Europa le quedaban apenas cuatro horas, en el Palacio Venecia, en el Palacio Chigi, así como en cualquier otra casa más modesta de Italia, todos se preguntan cómo se ha podido llegar a tales extremos. De acuerdo con el cinismo de las proclamas públicas de Mussolini, no deberían verse en esa situación: «Yo creo todavía», había declarado Mussolini a la multitud reunida en Verona, solo dos días antes, encaramado a un letrero de diez metros de altura donde estaba escrito DUX, «que Europa no querrá verse envuelta en sangre y fuego, no querrá abrasarse a sí misma para cocer el huevo podrido de Praga. Europa tiene por delante muchas necesidades, pero sin duda la menos urgente de todas es aumentar el número de osarios que con tanta frecuencia surgen en las fronteras entre Estados». Por el contrario, de acuerdo con el cinismo de las convicciones expresadas en privado —si hemos de dar crédito a lo que afirma Filippo Anfuso, joven y brillante diplomático siciliano, amigo íntimo de Ciano, playboy y maestro del sarcasmo—, resultaba imposible evitarlo: «Checoslovaquia», le confía Mussolini a Anfuso, «no es más que el comienzo. Hitler no solo no se detendrá, sino que querrá tomarse la revancha de Versalles persona a persona, nación a nación». Luego añade: «¡Mejor con nosotros que contra nosotros!».

Lo evidente es que hace meses que nadie ha dado muestras de querer arriesgarse siquiera a una pequeña quemadura para sacar «el huevo podrido de Praga» de las llamas. Hitler lleva meses avivando descaradamente el fuego nacionalista de la población germánica de los Sudetes, una región fusionada arbitrariamente con la naciente nación checoslovaca después de la derrota alemana en la Guerra Mundial. En un discurso frenético ante la asamblea plenaria del Partido Nazi en Núremberg, el 12 de septiembre, el Führer ha llegado incluso a acusar a los eslavos de torturar a la población de habla alemana. A pesar de la total falta de fundamento de las acusaciones y de la evidente intención depredadora del canciller alemán, los estadounidenses, los franceses y, sobre todo, los ingleses, que no están dispuestos a defender con las armas el error cometido veinte años antes en Versalles, no habían encontrado solución mejor que dejar a Checoslovaquia en la estacada a condición de que el agresor no usara abiertamente la violencia y de que la víctima fuera lo suficientemente débil o cobarde para no reaccionar. En pocas palabras, los emisarios de las democracias llamaron con cortesía a la puerta del gobierno checoslovaco exigiéndole que le entregara los Sudetes a Hitler, añadiendo, con no menos cortesía, que, de no doblegarse a los deseos del dictador alemán, lo considerarían responsable de la guerra. Neville Chamberlain, pese a regir un imperio que se extiende desde Irlanda del Norte hasta Nueva Zelanda, ha llegado a ir nada menos que tres veces en visita diplomática a Alemania en apenas quince días, vestido en cada ocasión con su traje gris de pacífico burgués, complementado por un improbable paraguas, y cediendo en cada ocasión ante las nuevas pretensiones planteadas por Hitler en uniforme de guerra. Como dejando que la fiera olfateara la sangre.

La Italia fascista, por su parte, ha decidido desde hace tiempo y sin titubeos que, entre la fiera y su presa, se pondrá del lado de la fiera. Ya el 26 de mayo Ciano ha informado de ello al embajador alemán: «Nuestro punto de vista no es diferente al que ya expusimos al Führer y a Ribbentrop: desinterés por los destinos de Praga; completa solidaridad con Alemania». Los únicos titubeos de Mussolini atañen a las tácticas para evitar verse envuelto en un conflicto generalizado sin perder los beneficios que le reportaría una victoria del aliado alemán. En un primer momento, el Duce había optado por la inacción diplomática total. Luego, en septiembre, mientras Hitler despeñaba la crisis hacia el abismo, el amigo italiano pasó a una frenética actividad retórica al proclamar las razones de los alemanes en una serie de discursos pronunciados en las plazas del Triveneto, amenazando con recurrir a «su majestad el cañón» y erigiéndose, al mismo tiempo, en defensor del derecho a la autodeterminación de los pueblos. Todo ello mientras negociaba en público con los ingleses presentándose como defensor de la paz, y le confiaba a Ciano en privado que había tomado una decisión a favor de Hitler: «Si el conflicto se desencadena en Alemania, Praga, París y Moscú, me mantendré neutral. Si Gran Bretaña interviene, generalizando la lucha y dándole un carácter ideológico, entonces nos arrojaremos a las llamas».

Ahora, sin embargo, el péndulo de Mussolini se ha visto obligado a detenerse. El 26 de septiembre Hitler rechaza la última propuesta británica, que le ofrecía lo que él mismo había pedido solo unas semanas antes. Ciano ya ha escrito a Ribbentrop solicitando una reunión para aclarar los términos de la intervención italiana. El ultimátum de Hitler expira en menos de cuatro horas. La altura de las llamas es cada vez mayor.

Unos minutos después de las diez, sin embargo, se produce el golpe de efecto. Ciano recibe una llamada telefónica del embajador inglés. Lord Perth solicita una audiencia. Concedida.

Al llegar al Palacio Chigi, sin aliento y conmovido, Perth transmite un mensaje de Chamberlain: Gran Bretaña pide una intervención amistosa de Mussolini ante Hitler para prorrogar el ultimátum a Checoslovaquia. Aunque solo sea por veinticuatro horas. ¿Se trata de una solicitud formal de mediación por parte del Duce? Sí, lo es. Ciano se precipita al Palacio Venecia.

Mussolini está estudiando unos documentos militares sentado en su escritorio. Ciano le ofrece en bandeja de plata lo que su suegro andaba buscando: la oportunidad de sobresalir en la escena mundial presentándose como un defensor de la paz sin privarse del favor del dios de la guerra. Benito Mussolini pide inmediatamente a la telefonista que le comunique telefónicamente con la embajada de Italia en Berlín.

Son las once y cinco minutos de la mañana cuando Bernardo Attolico descuelga el auricular para escuchar el mensaje de Mussolini. Desde hace días, el embajador italiano no sale de un estado de consternación. La semana anterior presenció en persona el incendiario discurso de Hitler en el gran salón del Sportpalast y vio de repente cómo los rostros de los diez mil alemanes presentes cambiaban de fisonomía: labios contraídos, ojos muy abiertos, silencios impenetrables como preparándose para el gran misterio de la guerra que les esperaba al día siguiente. Ahora Attolico nota el rugido apagado de la marea que va creciendo de manera inexorable; lo percibe casi físicamente; sabe que, si la máquina de guerra germánica se pusiera en marcha, nada ni nadie podría detenerla. El diplomático agarra con una mano la hoja de papel en la que está transcrito el texto del mensaje taquigráfico de Mussolini, con la otra su sombrero, y sale corriendo a la calle.

Su automóvil oficial no está listo. Attolico se lanza en busca de un taxi. El taxista se queda pasmado: ese extranjero consternado y distinguido, que apenas habla alemán, le pide que lo lleve a la residencia del Führer.

Cinco minutos después, el embajador italiano pasa casi a la carrera ante los asombrados centinelas, se precipita a la antesala y desde allí, sin poder esperar ni unos minutos, le grita a Hitler el mensaje que lleva:

—Führer, he de transmitiros un mensaje urgente del Duce.

Hitler está en ese momento conversando con el embajador francés, François-Poncet, quien intenta persuadirlo, en vano, para que ocupe los Sudetes sin correr con los riesgos de una guerra. Hace días que las oficinas de Hitler son un agitado e interminable ir y venir de embajadores, ayudantes, asesores personales, miembros del partido, ministros y militares, todos ellos obligados a escuchar, en un clima de marasmo general, las largas disquisiciones del adalid sobre cada uno de los aspectos de la crisis. La cancillería, más que a una organizada central gubernativa, se parece a un campamento militar.

La reunión con François-Poncet se suspende de inmediato. Hitler sale de su despacho en compañía del intérprete Paul Schmidt, quien ofrece un testimonio del paroxismo de la situación. Schmidt ve venir hacia ellos al embajador italiano «alto, ligero, encorvado, con la respiración afanosa y el rostro enrojecido de emoción. Sus pequeños ojos inteligentes corren vivaces aquí y allá detrás de sus gruesas lentes».

Traduce improvisando las palabras de Attolico:

«El gobierno británico ha hecho saber recientemente al de Roma que está dispuesto a aceptar una mediación del Duce en la cuestión de los Sudetes. Londres define los puntos de divergencia como de leve entidad. El Duce manda que se os comunique que, sea cual sea vuestra decisión, Führer, la Italia fascista estará a vuestro lado. Sin embargo, es de la opinión de que sería oportuno aceptar la propuesta inglesa de no proceder a una movilización».

Hitler escucha y se queda en silencio durante unos momentos. En la antesala de la cancillería, además de él mismo, solo están Attolico y Schmidt, pero no sería exagerado decir que los ojos del mundo entero, a través de los suyos, están pendientes de los labios del dictador alemán. Faltan unos minutos para las doce y apenas dos horas para el vencimiento del ultimátum. Si Hitler se negara, la culpa del conflicto recaería total e inequívocamente sobre Alemania. Hitler no se niega:

—Decidle al Duce que acepto su propuesta.

Las siguientes horas transcurren en un frenético torbellino de embajadas entrecruzadas. En Berlín, Attolico recorre ocho veces el trayecto entre la embajada italiana, la cancillería alemana y Wilhelmstrasse, sede del Ministerio de Asuntos Exteriores del Reich. En Roma, Ciano va y viene entre el Palacio Chigi y el Palacio Venecia. Por encima de todo, estas horas fatídicas están marcadas por los timbrazos de los teléfonos. La embajada italiana recibe dieciocho llamadas telefónicas desde Roma. Todas taquigrafiadas. Hitler y Mussolini no llegan a hablar directamente. Es el teléfono el que salva al mundo. El teléfono y una joven italiana que no pasará a la historia, la señorita Jolanda Ondoli, una mecanógrafa excepcional, excelente conocedora de varios idiomas.

A las cuatro de la tarde la perspectiva ha cambiado radicalmente. La propuesta británica, respaldada por los estadounidenses, ha sido aceptada por Hitler con dos condiciones: que Mussolini esté presente en las negociaciones y que los embajadores de las potencias victoriosas de la Gran Guerra se humillen acudiendo a Alemania para evitar el conflicto. La conferencia está programada para la mañana siguiente en Múnich. El tren desde Roma saldrá a las seis de la tarde.

Mussolini, acompañado de Ciano, llega a la estación a las 17.30. Adopta un aire severo y solemne, como considera que las circunstancias exigen, pero está íntimamente alborozado por una alegría infantil. Su buena estrella le ha ayudado una vez más.

De ensuciar la solemnidad del momento se encarga Achille Starace, fanático y ridículo secretario del Partido Nacional Fascista. Giuseppe Bottai —ministro de Educación Nacional y, según dicen muchos, el más culto e inteligente de los hombres de Mussolini— es testigo de un Starace que se pavonea balanceándose sobre las piernas abiertas y estiradas, rodeado de ministros, jerarcas y periodistas. Cuando está seguro de haber captado la atención de todos, extiende el pulgar y el índice de ambas manos, junta los dedos y etiqueta la situación, evocando, con su tosca mímica, la versión plebeya de la buena suerte.

A ojos de Starace, y de muchos como él, haber salvado al mundo de la catástrofe y millones de vidas de la carnicería, a despecho de los aires de gran estadista que asume su amadísimo Duce, no ha sido más que un gran golpe de chorra[**].

Es de esperar que los dioses de la paz y la guerra, sensibles como ningún otro a la ultrajante estupidez de los hombres, hayan girado la cabeza por un instante.

---

* El original italiano reza literalmente «*botta de culo*», golpe de culo, que en un registro muy vulgar significa suerte, expresado mediante el característico gesto que poco antes realiza Starace, con el que se representa el ano. *(N. del T.)*

Ayer, a las cinco y media de la tarde, nos llamaron apresuradamente a la estación. Mussolini estaba a punto de marcharse a Múnich para la cumbre con Hitler, Daladier, Chamberlain. Un denso seto de curiosos, mantenidos a raya. Starace, entre ministros, jerarcas, periodistas, bajo la marquesina, con aire de domador. Me acerco. Con las manos hace un gesto vulgar de alusión a la «suerte» de Mussolini. Quizá pretenda referirse a la buena fortuna de haber amenazado con la guerra sin la íntima convicción de tener que hacerla o desearla, incluso temeroso de ella: y de estar llamado, ahora, a salvar la paz.

Giuseppe Bottai, *Diario*, 29 de septiembre de 1938

Benito Mussolini, Adolf Hitler
Múnich, 29-30 de septiembre de 1938

En el tren que se dirige a Múnich, Mussolini está de pésimo humor.

Filippo Anfuso atribuye su gesto sombrío a su pasión por los «legajos». El Duce odia improvisar, sobre todo en asuntos de Estado; los dosieres meticulosamente elaborados, en los que no faltan resúmenes, esquemas cronológicos, cuadros sinópticos, lo tranquilizan; a menudo los traduce incluso en anotaciones en trocitos de papel dispersos que siempre tiene a mano. Esta vez, sin embargo, su amigo alemán, el despótico señor del juego, le tiene completamente a oscuras sobre lo que se espera de él como mediador. Mientras Ciano, en su vagón reservado, disfruta de una tertulia con su pequeña corte de periodistas, funcionarios y aduladores varios, Mussolini observa, sombrío, a través de la ventanilla, las multitudes de curiosos que abarrotan las estaciones al paso del tren. En los últimos días, los carteros de Occidente han entregado a sus hijos las variopintas postales de movilización y, ahora, padres y madres se dirigen a él, transmutado en benigna divinidad de la paz tras décadas de predicar la guerra, con silenciosas oraciones de adoración: «¡Vuelve con la paz, Duce, vuelve con la paz!».

En la frontera alemana, el anuncio: «El Führer saldrá al encuentro del Duce en la estación de Kufstein». El humor del mediador mejora de repente: pronto recibirá sus instrucciones.

Cuando el tren llega al andén, los italianos encuentran en efecto a los alemanes que les dan la bienvenida. El Führer invita al Duce a subir a su vagón-sala de estar. Lo acompañan Heinrich Himmler, el general Wilhelm Keitel, Joachim von Ribbentrop y el embajador alemán en Roma Georg von Mackensen.

A diferencia del de Mussolini, que utiliza uno que ya no usa el rey, el saloncito ferroviario de Hitler es amplio, diáfano, completamente nuevo. A primera vista, Anfuso ve una gran mesa sobre la que se ha desplegado un mapa. Se imagina que se tratará del mapa de los Sudetes, mediante el cual Hitler ilustrará con detalle el perímetro de los territorios que reclama para el Reich. Con un gesto convencional, el jefe de gabinete de Ciano tranquiliza a los secretarios de la delegación italiana asomados al borde del pasillo: «Muy bien: todo parece estar en orden».

Un instante después, Anfuso se ve obligado a cambiar de opinión. La voz estridente de Adolf Hitler resuena en el vagón ferroviario.

—He completado la línea Sigfrido y la he perfeccionado.

El mapa no representa la frontera oriental entre Alemania y Checoslovaquia, sino la occidental entre Alemania y Francia.

Hitler, fiel a su fama de monologuista incesante, se sumerge en una exhibición de su aparato militar desplegado para hacer frente a los franceses. Diserta acerca de una línea invencible de fortificaciones, de un nuevo tipo de búnker concebido por sus ingenieros militares, habla —observa Anfuso— de la guerra contra las democracias «como si ya hubiera estallado y él la estuviera dirigiendo desde ese tren». Se declara listo para lanzar sus tropas de asalto y hacer estragos entre las filas francesas antes de que los enemigos hayan completado la movilización. Ni una sola palabra sobre Checoslovaquia.

El día es hermoso, las ventanas del tren enmarcan «paisajes tersos de belén nórdico» y Hitler sigue pontificando sobre la guerra en Occidente. Todos los italianos presentes están desconcertados. Mussolini aprovecha una de las raras y brevísimas pausas:

—¿Y cuáles son vuestras peticiones a Checoslovaquia?

Activado por una mirada de Hitler, Ribbentrop se acerca a Ciano para entregarle una hoja con el texto de las reivindicaciones nazis. El tiempo justo para permitir que los italianos lo lean, y Hitler reanuda sus disquisiciones sobre el futuro de Europa en términos de búnkeres inexpugnables, tropas de asalto, asumiendo el sorprendente e inquietante papel del estratega a largo plazo. El dedo índice no deja de señalar la línea Maginot.

Anfuso hace un gesto a los delegados italianos apiñados en el pasillo de que las cosas no van bien.

El Führerbau es un monumental conjunto arquitectónico en estilo neoclásico que, junto con el edificio administrativo del NSDAP, sobresale sobre las veinte mil losas de granito de la Königsplatz de Múnich y rodea los mausoleos de los caídos en el intento de golpe de Estado hitleriano de mil novecientos veintitrés. Un ejemplo típico de la arquitectura nazi, que repudia el detalle, el ornamento, la línea curva, para plasmar el espíritu con la sencillez de las líneas y el aspecto macizo de las proporciones. Es allí, en el «palacio del Führer», en esa especie de santuario del totalitarismo nazi, donde se recibe a quienes dirigen las libres democracias liberales. Llegan hasta allí desfilando entre dos alas, sigue observando Anfuso, de «una extraña multitud que no parece querer despertar a los sonámbulos, por miedo a verlos despeñarse en un abismo», una «multitud de puntillas».

Édouard Daladier, pequeño y fornido primer ministro de Francia, que permanece en silencio al margen, asume de inmediato el aire disgustado del francés molesto. Los alemanes, que esperaban exactamente eso de él, están encantados. Neville Chamberlain, con su aplomo de anciano distinguido, fiel al estilo británico, intenta entablar una conversación civilizada sobre asuntos neutrales e inofensivos. Después de una alusión al tiempo, le pregunta a Mussolini: *«Do you like fishing?»*. El italiano, estólido, inamovible en su pose de domador de panteras, se limita a mirarlo con ojos desorbitados. Hitler, por su parte, hace alarde de su siniestra cortesía habitual. Los apretones de manos, sin embargo, son tibios, las miradas fugaces, el almuerzo frío.

Una vez acabadas las formalidades, los cuatro dirigentes se alejan con algunos diplomáticos hacia una sala de gusto moderno, equipada con «suntuosos sofás de color caqui propios de estación monumental». Daladier, aún asqueado, se niega a entrar hasta que no esté presente también Alexis Léger, su experimentado jefe de delegación de origen guadalupense. Se le contenta. La conferencia da comienzo con el habitual monólogo torrencial de Hitler.

Al contrario de lo que uno podría imaginarse, el ambiente es distendido. Paul Schmidt, dispuesto como siempre a traducir en tres idiomas, nota que alrededor de esa mesa redonda y demasiado baja «reina una atmósfera de armonía general», perturbada solo brevemente por un par de ataques furibundos de Hitler contra Beneš, presidente checoslovaco. Por lo demás, nada digno de resalte. El discurso de Hitler solo se ve salpicado por un par de encontronazos con Daladier, que sigue disgustado, y por una pequeña disputa con Chamberlain, que lo interrumpe para aclarar algunas cuestiones de poca importancia. El antiguo ministro de Hacienda británico, siempre distante y afable, quiere saber si el patrimonio zootécnico de los Sudetes permanecerá en la región germanizada o se transferirá en parte a Checoslovaquia. Hitler lo manda al diablo y retoma su monólogo. Nadie se interpone en su camino. La decisión en favor de la paz y de la amputación de Checoslovaquia ya está tomada.

Poco antes de las tres de la tarde, el anfitrión agota su discurso:

—Ya he hablado demasiado, ahora es asunto vuestro.

Se cede la palabra al Duce del fascismo.

Mientras los ojos de todos se vuelven hacia él, Benito Mussolini saca una hoja de papel doblada en cuatro de su bolsillo. Lee los términos de su propuesta de mediación. La hoja es la misma que le ha entregado Ribbentrop unas horas antes en el tren que iba a Múnich. Hitler lo acuna con los ojos mientras su amigo italiano se presta a hacer de títere en este espectáculo de ventriloquia. La mirada del Führer está hipnotizada por el sonido de sus propias palabras pronunciadas por boca ajena. En una auténtica mímesis vertiginosa, Hitler insinúa una sonrisa si Mussolini, al proponer sus condiciones como propias, insinúa una sonrisa, frunce el ceño si Mussolini frunce el ceño. Una vez que cae el telón sobre la propuesta de paz, se hace una pausa para el almuerzo.

Después de comer, se reanudan las negociaciones de forma más desordenada. Durante la tarde entran en escena también los ministros de Exteriores y su respectivo personal; por la noche, la conversación se va fraccionando en una serie de coloquios menores confiados a asesores legales. Todo lo que sigue es procedimiento, academia. La conferencia que debe garantizar la paz para toda una época ya ha concluido. Hitler invita a todos a cenar a las nueve.

Daladier y Chamberlain aducen una excusa. Han salvado la paz, pero, evidentemente, no pretenden dejarse fotografiar mientras se van de parranda con el hombre al que han sacrificado Checoslovaquia y su propio prestigio.

Los trabajos se reanudan al final de la cena, y a la una de la madrugada el texto está listo: media hora más tarde, las firmas de los dirigentes se estampan en el documento.

Hitler, que ha recibido solo a sus amigos italianos en su apartamento privado en Heidemannstrasse, puede finalmente dar rienda suelta a sus convicciones. Es cierto que los ingleses se lanzaban al ataque durante la Gran Guerra, pero temblaban por el exceso de whisky que habían ingerido; Alexis Léger, a pesar de su piel clara, no es más que un «pequeño martiniqués saltarín»: un «negro». No debería permitírsele ocuparse de los asuntos europeos. Mussolini se muestra de acuerdo en ambos puntos. Insiste en particular en la decadencia inequívoca de la estirpe británica.

Los camareros sirven un manjar de caza: pechugas de becada sobre pan tostado con mantequilla. Adolf Hitler, abstemio y vegetariano, los desprecia. Sus invitados alemanes lo imitan de mala gana. Los italianos, en cambio, se lanzan. Abajo, en la calle, la multitud llora de alegría y entona espontáneamente himnos por la paz. «*Frieden! Frieden!*», grita, junto con «¡Führer!» y «¡Duce!».

Cuando en un país se adora a los animales hasta el punto de construirles cementerios, hospitales y hogares, cuando se hacen legados a los papagayos, es señal de que la decadencia está en marcha. Por lo demás, aparte de las muchas razones, ello también depende de la composición del pueblo inglés. Cuatro millones de mujeres en exceso. Cuatro millones de insatisfechas sexualmente, que crean de manera artificial una serie de problemas para excitar o apaciguar sus sentidos. No pudiendo abrazar a un solo hombre, abrazan a la humanidad.

Benito Mussolini, comentario en el tren
con destino a Múnich,
29 de septiembre de 1938

Benito Mussolini
Brennero-Roma, 30 de septiembre de 1938
Vagón de ferrocarril reservado

Paz para nuestro tiempo. *Peace for our time.* Hay victorias que tienen sabor a derrota.

Peace for our time. Chamberlain lo proclama a su regreso a Inglaterra agitando una hoja de papel bendecida con la firma de Adolf Hitler frente a una multitud que lo vitorea. También Mussolini, a su regreso a Italia, es recibido entre vítores por las multitudes, pero a él no parecen gustarle las alabanzas. Hay aclamaciones que tienen sabor a mofa.

El Duce, en efecto, vuelve a estar de mal humor. Los miembros de la delegación italiana que regresan de Múnich ven crecer su irritación a medida que el tren se adentra en territorio italiano. Y eso que el clima popular es un delirio de entusiasmo y gratitud. Si en Múnich los bávaros lloraban quedamente de alegría ante el anuncio de la paz, tras cruzar el Brennero el convoy presidencial se encuentra con grupos de italianos, postrados incluso ante su Duce. Las primeras multitudes espontáneas —y lo son, en este caso no cabe duda alguna. ninguna orden del partido las ha promovido— se arremolinan entre aplausos a lo largo de las vías del tren al otro lado de la frontera. Mussolini los observa con las cejas contraídas y los labios fruncidos como si, en lugar de rendirle homenaje, esos campesinos descalzos hubieran pasado la noche a la intemperie para propinarle sus insultos personales.

Al llegar a Verona, donde solo cuatro días antes el Duce había arengado a una multitud oceánica, exaltando la prontitud marcial del pueblo italiano, la estación de tren se ve literalmente asediada por una multitud no menos oceánica y exultante a causa de la paz. Allí, en piazza Bra, el tribuno había hecho redoblar los tambores de guerra: «Y este pueblo italiano está poderosamente encuadrado, espiritualmente armado y dispuesto a estarlo también materialmente». «¡Sí! ¡Sí! ¡Estamos dispuestos, estamos dispuestos!», había rugido la masa fascista. Ahora ese mismo pueblo ha transformado su ardor en ternura, su furor en amor filial por el benévolo padre de su patria.

El buen padre, sin embargo, no da señales de querer ser amado. Benito Mussolini anuncia que no quiere dar discursos de saludo. El Duce no habla, no se exhibe. En cambio, se retira a la sombra de una cortina echada y espía sombrío a sus hijos como si los repudiara.

El tren reemprende su camino hacia Roma. El astro solar completa su rotación celeste hacia el punto cenital. En la campiña del Po, multitudes de campesinos endurecidos por el cansancio esperan de rodillas la aparición del convoy. Vistos así, en la inmensidad de los campos, con esa postura de sumisión, tienen toda la apariencia de estar rindiendo su tributo de devoción a una ancestral y despiadada divinidad de las cosechas. En Bolonia, la multitud y el arrebato exultante son tales que algunos corren el riesgo de sacrificarse bajo las ruedas de hierro de la locomotora. Mussolini vuelve a ordenar que el tren arranque otra vez lo antes posible. Su amargura crece junto con el rugido hipnótico de los pistones en los cilindros.

No hay duda: los italianos han elegido, y han elegido la paz. Hace veinte años que se esfuerza en vano por plasmar un pueblo de guerreros. Su alborozo le informa ahora de que ha fracasado. Esas rodillas dobladas para besar la tierra son la inequívoca señal de que el dios de los ejércitos ha sido degradado a uno de esos santos mansos, una de esas deidades menores que se te aparecen en sueños para darte los números de la lotería.

Y con todo, un entusiasmo similar solo se había visto el 9 de mayo de mil novecientos treinta y seis cuando, al llegar la noticia de la entrada de las primeras vanguardias fascistas en Adís Abeba, se había precipitado al balcón del Palacio Venecia para pronunciar palabras memorables: «Todos los nudos han sido seccionados por nuestra espada resplandeciente y la victoria africana quedará en la historia patria, intacta y pura, como los legionarios caídos y los supervivientes la soñaron y la quisieron. Italia tiene *finalmente* su propio imperio». En ese instante, todo el pueblo italiano, vivientes y difuntos, había suspirado. En ese «fi-nal-men-te», silabeado a martillazos en la noche romana, había resonado el alivio ante siglos de opresión, siglos de soledad cósmica, siglos de juventud. Aquel día de mayo, el futuro había satisfecho las plegarias de un pasado secular. Un futuro varonil, un futuro de redención y venganza.

Pero ahora se revela el engaño. El hombre integral, el hombre nuevo, el hombre fascista, no existe, no ha existido nunca. Italia es una nación de madres y esposas. Solo sus lastimeras plegarias recorren el país.

Y, entonces, si llevas veinte años presentándote como un dios de la guerra ante un pueblo que al final implora en ti al ángel de la paz, ¿qué ves cuando vislumbras involuntariamente tu rostro reflejado en el espejo de cortesía sobre los asientos de cuero de un vagón ferroviario?

Al llegar a la capital, Mussolini descubre que el celo idiota de sus jerarcas le ha organizado la bienvenida debida a los emperadores victoriosos. Aquille Starace ha ordenado construir un facsímil del Arco de Constantino hecho de follaje. El falso arco está rematado por un cartel con la inscripción ROMA DOMA. No está claro a quién se supone que doma Roma, ya que a Mussolini se lo celebra por su tarea de mediador de paz. Si admitimos que hay un domador, ese será en todo caso Hitler.

—¿Quién ha tenido la idea de construir este arco?

El tono sádicamente neutral de la pregunta del Jefe induce a algunos miembros del séquito a inclinarse instintivamente hacia adelante para recibir su elogio. Mussolini los deja helados:

—¿Quién ha concebido este disparate? ¡¿Quién ha organizado este carnaval?!

La culpa se le echa rápidamente al gobernador de Roma, Piero Colonna. Los pacíficos romanos, sin embargo, reclaman a su Duce pacificador y no hay tiempo para represalias contra el idiota belicoso. Benito Mussolini, sea cual sea su estado de ánimo y haya visto lo que haya visto en el espejo de cortesía del vagón de tren, cediendo al impulso irresistible de la autocelebración retórica, ya ha aparecido en el balcón:

—¡Camaradas! Habéis vivido horas memorables. En Múnich hemos trabajado por la paz según la justicia. ¿No es ese el ideal del pueblo italiano?

La marea humana se arquea, la aclamación que sigue es formidable. Tras decir esas pocas frases con voz vibrante, el Duce se retira. La gente lo saluda repitiendo obsesivamente su nombre.

Mientras tanto, Galeazzo Ciano dirige un apresurado rito propiciatorio al tibio dios de los ignavos. Al pie del informe sobre las «horas memorables» de Múnich, el ministro de Asuntos Exteriores anota: «Ribbentrop me ha entregado un proyecto para una alianza tripartita entre Italia, Alemania y Japón. Dice que es "lo más grande del mundo". Qué hombre más hiperbólico, ese Ribbentrop. Creo que habrá que estudiarlo con mucha calma, y quizá lo dejemos de lado por algún tiempo».

Excelencia, ¡Salvad a Italia! Abandonad a ese criminal. El soldado italiano no lucha por bandoleros. Os queríamos tanto, no nos destruyáis ahora [...]. La guerra también os destruirá. Tened piedad de las muchas madres, sois padre vos también.

Carta de una madre que perdió a su hijo en la Primera Guerra Mundial a Benito Mussolini, septiembre de 1938

¡Duce! ¡Pensamos que nada es imposible para vos! ¡Si lo queréis, podéis salvar la paz!

¡Duce, salvad la paz!

Carta a Benito Mussolini de un grupo de mujeres milanesas en vísperas de la conferencia de Múnich, septiembre de 1938

Duce, no se puede reconstruir un pueblo con el amor y el coraje de estos veinte años para sacrificarlos a una cuestión sudetana.

Carta de una huérfana de guerra genovesa a Benito Mussolini, septiembre de 1938

Es imposible que una mente divina y sobrenatural como la vuestra no pueda encontrar una solución pacífica a la discrepancia. ¡Duce! Intentad lo imposible y seréis bendecido por millones de madres y de esposas.

Carta de una mujer milanesa a Benito Mussolini,
28 de septiembre de 1938

Duce, solo vos podéis salvar a Europa del flagelo que la amenaza [...]. ¡Si vos lo pidierais y si Hitler os lo concediese, os convertiríais en más de lo que ya sois para los biempensantes, el Ídolo del Mundo!

Carta de una señora napolitana a Benito Mussolini,
septiembre de 1938

Os dieron a elegir entre el deshonor y la guerra. Elegisteis el deshonor y ahora tendréis la guerra.

Winston Churchill al día siguiente de la conferencia
de Múnich, 1938

Benito Mussolini, Italo Balbo
Roma, noche del 6 al 7 de octubre de 1938
Centésima septuagésima quinta reunión del Gran Consejo del Fascismo

El Gran Consejo de la cúpula suprema del fascismo se reúne en Roma, en el Palacio Venecia, desde las 22.00 horas. Están presentes veinticinco personas, todos varones, y todos sus nombres deben figurar en la lista: Mussolini (presidente), Starace (secretario), luego Acerbo, Alfieri, Angelini, Balbo, Bottai, Buffarini Guidi, Cianetti, Ciano Costanzo y Ciano Galeazzo, De Bono, De Stefani, Thaon di Revel, Farinacci, Federzoni, Grandi, Lantini, Marinelli, Muzzarini, Rossoni, Russo, Solmi, Tringali y Volpi. Estos son los nombres y no hay otro orden para ellos que el mero orden alfabético. Porque esta noche solo hay un único asunto en el orden del día: la infamia.

Lo sabe Benito Mussolini, que ha pasado el último mes, incluso mientras corría hacia Múnich para salvar el mundo, escribiendo y reescribiendo el texto con el que Italia dará estatuto legal a la persecución de sus ciudadanos judíos; ha sopesado durante mucho tiempo, una a una, cada palabra, ha escrito numerosas versiones sucesivas, ha aportado continuas, obsesivas modificaciones, las últimas de las cuales datan de unas horas antes del inicio de la reunión. Cuando el personal de servicio ya estaba montando la gran mesa en forma de herradura, el Duce del fascismo, para quitarse de encima la sospecha de paranoia, ha reemplazado la afirmación según la cual todas las fuerzas antifascistas estarían encabezadas «por un judío» con la más genérica de «por elementos judíos»; para reforzar la tesis de la necesaria autodefensa del complot judío, ha aceptado la sugerencia de Ciano de insertar una referencia negativa a Palestina; por último, para quitarse de encima el estigma de infamia que probablemente imprimiría en él la idea de la persecución racial, en la letra *d* del primer párrafo, anunciando el castigo para quienes atenten contra la pureza de la raza, ha sustituido la palabra «sanciones» por la más blanda de «medidas».

Todos saben lo que están llamados a hacer esta noche en el Palacio Venecia, pero, por encima de todos los demás, lo sabe Italo Balbo, el matón, el terror de los socialistas, el aviador, el ídolo de los fascistas, el amigo de los judíos. Italo Balbo ya no es el hombre que en el verano de mil novecientos veintidós encabezó una caravana de camiones atestados de escuadristas (la tristemente famosa «columna de fuego») para incendiar todas las cámaras de trabajo y cooperativas agrícolas de Romaña, y tampoco es ya siquiera el hombre que, once años después, capitaneó personalmente la travesía trasatlántica de una formación de aeronaves, acogido triunfalmente en Chicago y Nueva York, recibido por el presidente Roosevelt, retratado en la portada de *Time*. Ahora Italo Balbo, exiliado por Mussolini como gobernador de los desiertos de Libia, melancólico ante la próxima alianza con los odiados alemanes, aislado del poder fascista que, después de Mussolini, quizá más que ningún otro, ha contribuido a crear, vive casi solo de su propia leyenda. Pese a todo, esta noche —Mussolini lo sabe—, se prepara para presentar batalla contra una persecución que considera absurda y cobarde.

Benito Mussolini, sin embargo, que no se ha topado con una auténtica resistencia ni por parte del rey ni del papa, pudiendo contar con la supina sumisión de casi todos los jerarcas gracias a sus recientes éxitos diplomáticos, sabe también que no será desde luego una abotargada leyenda la que le bloquee el camino. A las diez de la noche clavadas, puntual como un reloj suizo según su costumbre, el Duce abre la reunión con un polémico alegato contra eventuales, hipotéticos e improbables adversarios de sus medidas racistas. En primer lugar, silencia a los maliciosos sobre su tardía conversión al antisemitismo nazi:

—Llevo desde mil novecientos ocho reflexionando acerca del problema judío. Podría, si fuera necesario, documentarlo. Como botón de muestra, léase mi discurso de Bolonia «este linaje nuestro ario y mediterráneo», del 3 de abril de mil novecientos veintiuno.

Luego, tras haber hecho una rápida referencia a la cuestión racial en el imperio (parece que hay incluso casos de «coexistencia de blancos con mujeres negras» que requieren «tomar medidas inmediatas»), Benito Mussolini vuelve a los judíos.

—El residuo del antifascismo —afirma enfurecido— es en su totalidad de impronta judía, los conatos de acción hostil contra Hitler durante su viaje a Italia se debieron todos a judíos, no es cierto que los cuatrocientos setenta mil judíos alemanes se vean perseguidos, porque tienen su propia cámara cultural, periódicos, revistas, sus propios teatros. —El cierre es perentorio—: Esta persecución a fondo, por lo tanto, no existe. Los judíos simplemente han sido separados y aislados.

Por último, Benito Mussolini esgrime unas hojas sueltas, desprendidas de un periódico.

—Escuchad lo que ha ocurrido en una ciudad de la llanura padana —anuncia con una sonrisa maliciosa—. «En una ciudad de provincia, digamos en la que vive quien esto escribe, hay alrededor de setecientos cincuenta judíos: pocos, pues, en términos absolutos, muy pocos en proporción al número total de las gentes cristianas [...]. Pero he aquí el fenómeno, que impresiona más precisamente en función del limitado número de ese núcleo judío [...]. Hasta hace unos meses, es decir, hasta el comienzo de la campaña racista, la ciudad contaba con un podestá judío, los directores de los dos institutos de secundaria eran judíos, el secretario provincial era judío, el juez instructor era judío, el director de la prisión era judío, cuatro profesores titulares de la universidad (de quince) eran judíos, dos de los cuatro consejeros del Banco de Italia eran judíos, un consejero de la prefectura era judío, el presidente de la comisión provincial de impuestos era judío, el presidente de primera instancia para los impuestos era judío [...]. La invasión judía se ha desplegado en los dieciséis años del régimen fascista en discreto silencio, por las galerías subterráneas de la adhesión racial...».

La letanía continúa con ensañamiento durante unos minutos. Al final, reina el silencio. La andanada es contra Italo Balbo.

La enumeración, desconcertante por su minuciosidad, proviene de un artículo titulado «La defensa de la raza», publicado en la revista *Nuova Antologia* el 16 de septiembre. El artículo lo firma Nello Quilici, un amigo de Balbo de siempre y hasta ayer íntimo de Renzo Ravenna, el antiguo podestá de esa ciudad padana, nunca nombrada, que según Quilici había sido invadida y conquistada por la horda judía.

Balbo acusa el golpe, pero encuentra la presencia de ánimo para ostentar desenvoltura. Escucha en silencio mientras Mussolini lee el documento presentado al Consejo («una especie de Carta de la raza, incluso más importante que la Carta del trabajo»), luego tolera en silencio los trillados clichés antisemitas de Farinacci, el más cercano al nazismo entre los jerarcas. El aviador que cruzó el Atlántico guarda silencio y anota en el esbozo de la *Declaración sobre la raza*, copiada en ciclostil y distribuida a todos los participantes, los puntos sobre los que pretende oponerse a las medidas. Y lo hace.

Cuando da comienzo la larguísima discusión, Balbo se afana para que los niños judíos sean readmitidos en los colegios italianos («¡¡Los niños al colegio!!» se lee en sus notas). Pero nadie lo apoya. Una intervención de Bottai, que los invita a mantenerse firmes respecto a los profesores expulsados, en realidad acaba debilitando su petición («Al permitir que los judíos vuelvan a dar clase, rebajaríamos el nivel moral de la escuela. Nos odiarían, por haberlos expulsado, y nos despreciarían por haberlos readmitido»). Entonces, el gobernador de Libia da un paso atrás, pero insiste en que se establezcan por lo menos centros escolares de secundaria, no solo de primaria, para los «judíos no discriminados».

Una perversa ironía del lenguaje, en efecto, hace que, cuando se las requiere para enmascarar la infamia (para construir puentes improvisados sobre grietas), a veces las palabras signifiquen lo contrario de lo que dicen. Este es sin duda el caso de la palabra «discriminación» que en la *Declaración sobre la raza* indica la exención de las medidas discriminatorias de la que se beneficiarán los judíos que se distingan por especiales méritos patrióticos y fascistas.

En este punto Balbo intenta su último asalto a un Mussolini casi inflexible (en los intervalos de la reunión, en efecto, mientras los demás se entregan a una orgía de café para mantenerse despiertos, el jefe del fascismo sigue retocando el texto de la declaración, haciendo algunas concesiones a quienes le piden que la suavice).

Son ya las dos de la madrugada cuando el condecorado soldado de montaña, el organizador del escuadrismo militar, el cuadrunviro de la marcha sobre Roma, el aviador que cruzó el Atlántico, el gobernador de la colonia, toma la palabra por última vez en defensa de los judíos italianos, pidiendo al Duce del fascismo que el beneficio de la «discriminación» se extienda a todos los veteranos judíos de la Primera Guerra Mundial a los que se les concedió la simple cruz de guerra y no solo a los pocos que obtuvieron medallas al valor. Se trata, tal vez, de una tentativa extrema y desesperada por salvar a su amigo Renzo Ravenna, combatiente voluntario y licenciado con honor, pero, casi por sorpresa, la tentativa de Balbo obtiene el apoyo de Luigi Federzoni y Emilio De Bono, uno de acuerdo con su credo nacionalista, el otro porque es un viejo soldado.

A pesar de esto, Benito Mussolini se niega.

—Pero si a ti también te dieron solo la cruz de guerra. ¡Si fueras judío, no serías discriminado!

El grito de Italo Balbo, uno de los poquísimos que se permite «tutear» al Duce en público, resuena en la sala enmudecida; cuando se pierda en la noche romana —bastan unos instantes—, de él quedará solo el halo de la protesta teatral, no la huella profunda del acto político.

Benito Mussolini, impermeable a esa forma de piedad que desciende sobre los hombres con capacidad para imaginarse la vida de los demás, mantiene su cruel postura. La *Declaración sobre la raza* votada, aunque no por unanimidad, esta noche por el Gran Consejo del Fascismo, propone al Parlamento italiano la legislación antisemita más dura de las que hay en ese momento en vigor en cualquier país del mundo, incluida la Alemania nazi.

El Gran Consejo del Fascismo, a resultas de la conquista del Imperio, declara la urgente actualidad de los problemas raciales y la necesidad de una conciencia racial. Recuérdese que el fascismo ha desarrollado desde hace dieciséis años y sigue desarrollando una actividad positiva, encaminada a la mejora cuantitativa y cualitativa de la raza italiana, mejora que podría verse seriamente comprometida, con incalculables consecuencias políticas, por mestizajes y mezclas bastardeadas [...].

El Gran Consejo del Fascismo establece:

a) la prohibición de matrimonios de italianos e italianas con elementos pertenecientes a las razas camitas, semíticas y otras razas no arias [...].

El Gran Consejo del Fascismo considera que la ley relativa a la prohibición de la entrada al Reino de los judíos extranjeros no puede demorarse más, y que la expulsión de los indeseables —según el término popularizado y aplicado por las grandes democracias— es indispensable [...].

Los ciudadanos italianos de raza judía que no pertenezcan a las categorías antes mencionadas, en espera de una nueva ley relativa a la adquisición de la ciudadanía italiana, no podrán:

a) estar inscritos en el Partido Nacional Fascista;

b) ser propietarios o administradores de empresas de cualquier naturaleza que empleen a cien o más personas;

c) ser propietarios de más de cincuenta hectáreas de terreno;

d) prestar el servicio militar en paz y en guerra; el ejercicio de las profesiones estará sujeto a ulteriores normativas [...].

Declaración sobre la raza aprobada por el Gran Consejo del Fascismo, Roma, 6 de octubre de 1938

Hablan Edvige, hermana de Benito Mussolini, y el padre Tacchi Venturi:

E. M. —¿Ha visto usted?

T. V. —Desgraciadamente; ¡esperamos que el Señor le abra la mente y el corazón!

E. M. —¿Ha ido a verle?

T. V. —Sí; le hablé también de esa nota suya; ¡parece mostrarse inamovible!

E. M. —Yo también sentí la misma impresión cuando le solté mi discursito, enfatizando [...] el hecho de que él también tenía varios amigos queridos en esa clase [...].

T. V. —Lo sé; hace algo en contra de su voluntad. Pero habiéndose puesto las cosas así, ahora se ve obligado a seguir los pasos del otro, quien, al parecer, tiene lo suficiente para terminar en los brazos de Lucifer.

Conversación telefónica interceptada por el
Servicio Especial Reservado, otoño de 1938

Margherita Sarfatti
Roma, 4 de noviembre de 1938

La señora Grassini, viuda de Sarfatti, madre de un mártir de guerra caído a los diecisiete años en el Col d'Echele, célebre musa del fascismo revolucionario y heroico, amante y mentora de Benito Mussolini desde antes de la Gran Guerra, se ve obligada ahora a peinarse sola, a atarse sola los botines, y luego a enganchar pacientemente en los ojales los innumerables botones del corpiño y del abrigo de finísima lana inglesa, aquel sobre el que el Duce, en los ya lejanos tiempos de su intimidad, la poseía para no arrugar el terciopelo del sofá.

Su melena, convulsa, rala, desgastada por los tintes, recuerda esa tela inmensa y caótica que se exhibió en el pabellón de la España Republicana en la Exposición Universal de París del año anterior. En ese lienzo, evidentemente, el artista había querido representar el cuerpo de la nación desgarrado por la guerra civil. Por desgracia para él, sin embargo, el arte no es cuestión de sentimiento. A ella, madrina de todas las vanguardias artísticas desde el futurismo en adelante, aquel cuadro grandioso y desmañado le había parecido pintado por un niño incapaz de conferir orden a la escena, a las mismas partes de una misma figura. *Guernica*, se llamaba. También la crítica internacional lo había juzgado con severidad. Toda la atención y los elogios se habían concentrado en los pabellones alemán y ruso: uno al lado del otro, se elevaban decenas de metros, rematados, uno por la impasible águila ganchuda y el otro por la colosal estatua de acero de un obrero y una campesina que elevaban al cielo la hoz y el martillo. En cambio, Margherita Sarfatti permaneció largo rato observando las rarezas de tres al cuarto de Picasso, esas manos desarticuladas extendidas hacia un cielo negro, esas bocas de hombres y bestias dilatadas en un grito, arrancadas de cuerpos barridos por un viento dantesco.

Ya basta, es hora de irse. Unas pocas horquillas serán suficientes para mantener a raya sus penosos cabellos, total, seguramente no se presente la oportunidad de quitarse el sombrero. Margherita hace de tripas corazón: habría tenido que despedir de todos modos a su criada, dado que se marcha. ¡Sin embargo, tener que renunciar al servicio de la noche a la mañana porque las nuevas disposiciones prohíben que una familia judía tenga sirvientes *goyim* a sueldo es una verdadera estupidez! Hasta la reina Elena se lo ha susurrado, unas horas antes, cuando fue a despedirse de ella. Pero para Margherita las medidas raciales de los últimos meses son algo peor que una estupidez, son la negación capaz de revocar el sentido de toda una vida, la mofa despiadada de un dios idiota que te incinera con una mueca tras una existencia consagrada a la devoción hacia él.

Una última mirada en el espejo de la entrada, el único que aún no está colocado en las cajas junto a los cuadros, que se enviarán en parte a casa de su hija Fiammetta y en parte al *buen retiro* del Soldo: Margherita se concede su aprobación, hoy ha preferido no excederse con el maquillaje, quiere que Benito note su palidez, su elegantísima desesperación.

Cierra la puerta detrás de ella, doña Margherita, baja en silencio hacia via dei Villini. Buscará un coche por la calle, mientras el rugido de los cien mil veteranos que han acudido a la capital ya se eleva desde el corazón de la ciudad.

En Roma hoy es fiesta, se celebra el vigésimo aniversario de la victoria en la Gran Guerra, pero un detalle colocado a la izquierda de ese lienzo de la Expo parisina vuelve con insistencia a sus ojos: el hocico alelado de un buey abierto en una mueca casi humana que se concilia con el grito de una mujer, debajo de él, que parece preguntarle el porqué de su desgarro. Esa mujer es una madre, su cabeza está inclinada hacia atrás, pero sus brazos en cambio están compuestos, rodean a un niño ya muerto sobre el que cuelgan unos senos incapaces de dar vida.

A ella, Margherita, ni siquiera le correspondió el espantoso consuelo de tener en sus brazos el cuerpo aún infantil de Roberto, alcanzado en pleno rostro por las balas austriacas en la helada de un día de enero donde permaneció durante años, hasta el hallazgo de sus restos. En mil novecientos treinta y seis, en la inauguración del monumento que su madre había hecho erigir en su honor, frente a las piedras desnudas escogidas por el escultor Terragni para proteger los restos, Margherita no pudo llorar como la mujer de aquel cuadro.

Su único consuelo siempre ha sido que Roberto hubiera caído por Italia, el joven hijo de un pueblo orgulloso que reivindica su lugar en el mundo. En cambio, aquí, hoy, en Roma, al final del camino, de todo ese ardor no quedan sino cenizas. Los veteranos se apresuran hacia via del Corso seguidos por madres y esposas. Margherita Sarfatti los mira, envejecida, despeinada. Ya no hay envidia ni dolor, solo una profunda repugnancia.

El cielo parece pesado a despecho del hermoso día. Una riada tricolor pasa bajo el arco de Constantino. Las fuerzas armadas de Italia que lucharon en la Gran Guerra y las de los regimientos que conquistaron el imperio se suman a los ocho mil estandartes de las asociaciones de combatientes, fundidos en un flamear de símbolos gloriosos. Piazza Venezia se ha transformado en un templo al aire libre, la misa se celebrará en el Altar de la Patria. La perspectiva de la plaza es impresionante: enfermeras de la Cruz Roja listas para cantar con voces angelicales junto a batallones que enarbolan estandartes y pendones, mutilados colgados de sus trípodes rodeados por una multitud jubilosa hasta donde alcanza la vista.

Al bajar del coche, a Margherita la golpea una ráfaga de aire frío. Quién sabe qué heladas se encontrará en París. Siempre que consiga cruzar la frontera... Cuando la madre del joven héroe caído por la patria, ensalzado por el propio Duce, cantado por Gabriele D'Annunzio, la mujer que en los años veinte fue la más influyente del régimen, ocupa su lugar en las gradas, no hay un solo patriota, un solo fascista que le haga el menor gesto de saludo. Sin embargo, sus horquillas resisten el viento de noviembre. A fin de cuentas, ha sido capaz de sujetarse el pelo incluso sola.

Una salva de ametralladoras y los aplausos de la multitud, mientras la tropa se cuadra, anuncian la llegada de las máximas autoridades, el rey emperador con la reina emperatriz a la derecha y a la izquierda él, Benito, Duce y ministro de las fuerzas armadas. El trío sube la escalera seguido por una multitud de cortesanos, encabezados por el príncipe de Piamonte. Todos los altos cargos del Estado se encuentran a los lados, frente a ella. Un profundo silencio desciende sobre la plaza mientras se elevan las notas del canto del Piave y, monseñor Bartolomasi, el arzobispo ordinario castrense, inicia la celebración de la eucaristía de acción de gracias por la victoria sancionada en Villa Giusti el 3 de noviembre de mil novecientos dieciocho, ni siquiera un año después de la muerte de Roberto en el altiplano.

La ceremonia es, como siempre, interminable.

Por más que ella también, judía de nacimiento, haya optado por convertirse a su religión, debe constatar que los católicos no están dotados de humor ni de sentido de la proporción. De todos es sabido que el momento más esperado es aquel en el que los soberanos se quiten de en medio y Benito, de regreso al Palacio Venecia, arengue a la plaza. Sin embargo, ese momento se pospone durante horas.

Margherita es pasto del vértigo. Se ve a sí misma desde lo alto, una de las muchas figurillas que veía pasar con Benito cuando aún tenía acceso a sus habitaciones, antes de que el gran hombre se asomara al balcón de la concurrida plaza. El arrullo de la misa trae consigo una sutil náusea, un pequeño regurgito acre surge de la salmodia de los sacerdotes y evoca de inmediato los meses pasados al lado del lecho de Benito, aquí en Roma y en Soldo, para tratar de curarlo de su úlcera, para evitar sus excesos, para devolverlo a la tarea de guiar al pueblo italiano... ¿Cuántas veces ha sostenido en sus manos la palangana metálica de su vómito, cuántas veces ha estado a su lado, secándole la frente fría o consolándolo cuando protestaba débilmente? Solo ella lo ha visto dormir, exhausto, con la respiración agitada y la boca abierta, solo ella lo ha visto despertarse afligido, o por el contrario lleno de osadía como un niño pequeño, solo ella conoce el olor envenenado de sus labios por la mañana. *Munda cor meum, ac labia mea, omnipotens Deus [...] ut sanctum Evangelium tuum digne valeam nuntiare*, responden en latín a su alrededor.

Alza los ojos hacia Benito, sabe que no puede darse la vuelta, debe mantener la mirada inflexible del líder, pero nota un parpadeo en sus pupilas imperiales, sigue su dirección y la ve: Claretta Petacci, la hembra que la ha reemplazado, la joven exaltada, está allí, con el rostro contraído en una mueca como si toda esa multitud estuviera allí solo para evitar que deseara a su amado. Margherita todavía recuerda las cartas que Benito le había mostrado con una sonrisa después de uno de los muchos atentados con los que algunos débiles mentales habían tratado de oponerse al destino. En aquel momento, la osada chiquilla de trece años le escribía: «¡Duce, mi vida es para ti!». Entonces, Margherita se alegró incluso por tales testimonios de amor de una pequeña desconocida.

Crucifixus etiam pro nobis sub Pontio Pilato...

Una sonrisa sube a los labios. Un domingo, cuando Benito estaba con ella en Cavallasca, les había explicado a Amedeo y Fiammetta que el verdadero poder reside en el espíritu de un pueblo más que en sus fronteras. ¿Quién triunfó realmente, Cristo o Pilato? Precisamente por eso ella estaba segura de que el horror de las últimas semanas nunca llegaría a producirse. Lo único que importaba era la fe fascista y el amor por la patria. ¡El Duce no era antisemita, el fascismo tampoco!

Ella desplegó toda su energía para evitar que los fanáticos sionistas desbarataran el purísimo plan mussoliniano de unir a católicos y judíos bajo la bandera del Fascio. Estaba segura de que la vacuna liberal protegía el organismo fascista de la bacteria que la facinerosa formación nazifascista estaba extendiendo allá en Weimar y luego en Berlín. Cuando, poco antes de mudarse a Roma, se enteró del Congreso Sionista de Milán de mil novecientos veintiocho, se sintió desfallecer, pero pasó de inmediato al contraataque. ¿Es que no se daban cuenta esos visionarios de que estaban dando argumentos a quienes querían reavivar la mecha nunca extinguida del odio antijudío? «Que se vayan pitando lejos de Italia, ¿qué hacen en Italia si no se sienten italianos? Que se vayan a Palestina, a Jerusalén o a Tiflis. Que se vayan todos al infierno, pero lo que no tiene nombre es dañar con sus idioteces a muchas decenas de miles de excelentes y trabajadores y devotos ciudadanos, italianos desde hace siglos e italianos por cultura, sangre, tradición y sacrificio de sangre», le había escrito a su amigo Carlo Foà. Y Carlo la había tranquilizado, porque el Duce en persona le había dicho a él que «un gobierno que cargara con la culpa de cerrar una iglesia, una sinagoga o cualquier otro lugar de culto no merecería el respeto de las naciones civilizadas». Pero ahora hasta Carlo está lejos, su condición de miembro de la Academia dei Lincei se ha declarado prescrita, se halla en un transatlántico rumbo a Brasil. Quién sabe si su bisturí de anatomopatólogo encontraría diferencias entre las glándulas de un judío y las de un ario...

Ab aeterna damnatione nos eripi et in electorum tuorum iubeas grege numerari.

Los elegidos, claro. Todos los pueblos de todos los tiempos desean sumarse a las filas de los elegidos, pero desde que Eva mordió la manzana eso no es posible ya para nadie. Margherita siempre ha estado sola, más que Eva en el jardín del Edén, en medio de filas de machos resentidos y asustados por su inteligencia. Pese a todo, ella siguió adelante. No reniega del amor que sentía por aquel joven tosco que supo dejarse habitar por el espíritu de su tiempo.

Aunque Margherita no solo se limitó a la entrega en privado. Piensa en la paciencia con que se dedicó a la revista

Gerarchia, mes tras mes, escribiendo sin firmar los artículos, mediando ante cada embolado, como cuando el Duce le ordenó acallar al histérico jefecillo del joven partido alemán NSDAP, furioso por un artículo poco amistoso, y fue necesario redactar un panegírico de compensación. Pero las mujeres lo saben, a los hombres hay que dejarlos ladrar mientras se hacen las cosas importantes sin que ellos se den cuenta. Así, en mil novecientos treinta consiguió que Von der Schulenburg escribiera, en las columnas de la revista, que «hoy ya resulta inquietante que una cuestión de raza se eleve a contenido de programa político. Incluso al margen de la dificultad de definir en qué consiste una raza, solo aquellos que vivan completamente fuera del mundo podrían no esperar de tales ataques contra los judíos alemanes un colapso definitivo de la vida germánica, tan sacudida ya moral, económica e intelectualmente».

Pero la vida germánica había elegido los delirios de Hitler, no las razones de Von der Schulenburg, y ella creyó hasta el final que el fascismo sería diferente. Creyó en ello hasta su magnífico viaje a Estados Unidos, en mil novecientos treinta y cuatro. Todavía recuerda la luz en los ojos de Eleanor Roosevelt y Clare Boothe mientras les hablaba de Mussolini como de un pionero consagrado a dar vida a un sueño tan grande como el estadounidense.

¡Cuántos ejemplares de su célebre biografía sobre el líder del fascismo firmó, durante esas semanas, para lectores norteamericanos fascinados por la vida del Duce! Ahora, en cambio, de sus libros no es posible encontrar una copia. Proscritos, como los judíos. El siguiente paso es que los quemen, esos libros, y quizá la cosa no se quede ahí. El siguiente paso es el fuego.

Memento etiam, Domine, famulorum famularumque tuarum qui nos praecesserunt cum signo fidei et dormiunt in somno pacis.

Margherita se espabila cuando la ceremonia concluye y el silencio se transforma, como en una pesadilla, en una ensordecedora ovación. No, su hijo nunca tendrá paz, arrancado de su patria por la muerte y ahora destinado a quedarse solo bajo la piedra gris. No hay tiempo para pasar a darle un último saludo, debería haberlo hecho en agosto, volviendo del balneario, pero nunca hubiera pensado en verse obligada a huir... Nadie recuerda ya nada de Roberto, su memoria se ha quebrado como las líneas de los cuerpos en la tela de Picasso. Y, al igual que esos cuerpos, todo el pueblo judío se ve barrido también por un viento implacable, ciego, capaz de volver sobre sí mismo como si la historia de los siglos equivaliera a la nada.

Todo está listo, mañana por la mañana se marcha, es lo único que le resta por hacer: no detenerse. Un abrazo a su hija, Fiammeta, que se queda como prenda del tirano, y luego hacia Soldo y hacia Suiza. Margherita ha pedido consejo al banquero Calabi, se ha movido con cautela: casi todas las obras de su colección están de camino a Cavallasca; las miles de cartas del Duce reunidas en un gran paquete secreto han sido confiadas a sus allegados, en Blevio; su otro hijo, Amedeo, está vendiendo sus propiedades a cambio de diamantes, que no pierden valor: ya tiene un pequeño montoncito dentro de su corsé. Con un inmenso suspiro de alivio obtuvo la renovación de su pasaporte; es consciente de que la están espiando, pero serlo en la *rive gauche* es otra cosa. Se pondrá todas sus joyas, en sus dos maletitas solo llevará algunos billetes, sus efectos personales y varios dibujos de artistas contemporáneos.

La representación ha terminado. Las gradas se vacían. Petacci pasa a su lado, desdeñosa, del brazo de su hermana pequeña y de su madre, pero lista para dejarlas y colarse por alguna puerta trasera del Palacio Venecia. Margherita se da la vuelta por última vez: Benito baja por la escalera como un autómata, el gólem que escapó de las manos de su creadora.

Margherita tiene que armarse de valor, marcharse, morderse los labios para que no parezcan exangües: como dice el libro que tiene en su mesilla de noche, mañana será otro día.

La Señora Sarfatti quiere irse a Estados Unidos para una gira de conferencias. Se lo comentaré al Duce, aunque creo que es una de las poquísimas mujeres capaces de hacernos quedar bien en el extranjero. Me ha hablado de la cuestión judía con notable preocupación y se alegró de escuchar mi modesto parecer a tal propósito. Además, ya estaba al tanto del proyecto de declaración pública que se hará en breve y en un sentido tranquilizador.

Galeazzo Ciano, *Diario*, 13 de febrero de 1938

Look out, you are watched.

Frase escrita en una postal enviada a Margherita Sarfatti
por una pariente veneciana, verano de 1938

Angelo Fortunato Formìggini
Módena, 29 de noviembre de 1938

Angelo Fortunato Formìggini es el quinto y último hijo de una familia judía de antiguos orígenes, sus antepasados fueron en otros tiempos joyeros de la corte de los Este y luego financieros. Él, sin embargo, ha consagrado su vida a la cultura. Tras una primera licenciatura en Derecho, obtuvo una segunda en Filosofía con una tesis titulada *La filosofía de la risa*, donde afirmaba que solo la risa —ensalzada como la «mayor manifestación del pensamiento filosófico»— puede hacer fraternalmente solidarias a las personas. Más adelante, Formìggini se ha mantenido siempre fiel a esta convicción suya: tras fundar su propia editorial, junto a colecciones de tema filosófico, religioso (de todas las religiones), pedagógico y de alto nivel intelectual, fue el primero en dar vida en Italia a los «Clásicos de la risa», seguidos por toda una biblioteca de humor llamada «Casa de la risa».

Partidario desde siempre de una total asimilación cultural de los judíos, hasta la exhortación, dirigida a sus correligionarios, para disolver su identidad cultural y religiosa, durante mucho tiempo admirador personal de Benito Mussolini, obligado al final a causa de las inminentes leyes raciales a recordar lo que durante toda su vida había tratado de olvidar o, tal vez, de sublimar en la risa, es decir, su condición de judío, en la mañana del 29 de noviembre de mil novecientos treinta y ocho, Angelo Fortunato Formìggini sube la larga escalinata que conduce a lo alto de la torre Ghirlandina, en la ciudad de Módena, su ciudad natal, y se arroja al vacío.

Se estrella contra un pequeño cuadrado de adoquines que él mismo, en una de sus últimas cartas, pedía renombrar irónicamente, en su memoria, *al tvajol ed Furmajin* («la servilleta del Quesito», en dialecto modenés).

En los bolsillos de su chaqueta empapada en su propia sangre se encontraron sus documentos de identidad, dos cartas, una dirigida al rey, la otra a Benito Mussolini, y un cheque de treinta mil liras destinado a los pobres de su ciudad. Para que nadie pudiera zanjar su extremo gesto de protesta atribuyéndolo a las dificultades económicas de sus empresas editoriales.

El suicidio de protesta de Angelo Fortunato Formìggini no obtiene el menor eco. Por voluntad de Mussolini, la consternación aterrorizada que genera en la comunidad judía no pasa de ser un sentimiento privado. Ni uno solo de los periódicos italianos da la noticia de lo ocurrido. Por otro lado, ninguno de los protagonistas de esta historia parece atribuirle la menor importancia: ni una línea sobre esta muerte atroz aparece en los diarios de Bottai, Ciano o de los demás altos exponentes del régimen. El único fascista de relieve que se inclina idealmente sobre el cuerpo destrozado del suicida es Achille Starace, secretario del Partido Nacional Fascista. Este fue su comentario: «Murió como lo hacen los judíos: se tiró de una torre para ahorrarse una bala».

En este triste final de noviembre, la muerte de Formìggini, una tragedia en la tragedia general de las distorsiones que la historia está imponiendo al problema de los judíos, me ha entristecido profundamente. Formìggini había sido uno de los maestros de mi juventud. Una de sus preciosas colecciones de obras clásicas, «Pamphlets», se inauguró en 1927 con una recopilación de artículos míos. Y ahora su muerte arroja —pesadamente— la lobreguez de su sombra sobre una temporada en la que la justicia y la injusticia están tristemente colaborando [...]. El caso Formìggini me induce a meditar sobre la responsabilidad de la que soy trasfondo. Cuando se toma una decisión en política, ¿se tiene alguna vez la posibilidad de reservarse un margen de discrecionalidad para permanecer fiel a ella?

De una conversación de Benito Mussolini
con Yvon De Begnac, noviembre de 1938

No puedo renunciar a lo que considero mi deber específico: debo demostrar la absurda maldad de las medidas racistas llamando la atención sobre mi caso, que me parece el más típico de todos [...].

Suprimiéndome, libero a mi amada familia de las vejaciones que pudieran derivarse de mi presencia: así recobra su condición de pura aria y quedará tranquila. Mis cosas más queridas, es decir, mi obra, mis criaturas conceptuales, en vez de desaparecer, podrán resucitar a una nueva vida.

Angelo Fortunato Formìggini, carta a su mujer,
18 de noviembre de 1938

Galeazzo Ciano
Roma, 30 de noviembre-1 de diciembre de 1938

La reapertura de la Cámara fascista para el último periodo de sesiones de la vigésimo novena legislatura tiene lugar al día siguiente del suicidio de Formìggini, el 30 de noviembre de mil novecientos treinta y ocho. El orden del día anuncia un discurso del ministro de Asuntos Exteriores, el conde Galeazzo Ciano, sobre la política internacional después de Múnich, un discurso que la propaganda del régimen ha estableció como de la mayor importancia incluso antes de que sea pronunciado. Los comunicados ministeriales que se pasan esta mañana a los directores de los periódicos para el día siguiente son prueba de ello: «Ciano, con un gran discurso, consagra a la historia la labor del Duce, que sienta las bases de la nueva Europa en Múnich», titula la directiva gubernamental impuesta al *Corriere della Sera*.

El aula de Montecitorio está repleta, tanto en los escaños de los parlamentarios como en las tribunas reservadas para el público. Los cronistas, además de los numerosos embajadores, generales, damas y caballeros de la corte, constatan la presencia de las condesas Carolina Ciano y Edda Ciano Mussolini, madre y consorte del ministro respectivamente. También se destaca la presencia de una comisión de la Sección Femenina de la Falange Española, encabezada por Pilar Primo de Rivera, y de la delegación del Frente Alemán del Trabajo con uniforme nazi.

Galeazzo Ciano entra en el aula a las 15.50 horas, vestido con una camisa negra y con el pecho decorado con medallas coronadas por la insignia de piloto. El presidente de la Cámara, el conde Costanzo Ciano, abre la sesión con un mensaje de felicitación a la princesa Maria Francesca de Saboya: Su Alteza Real acaba de anunciar su compromiso con el príncipe Luigi di Borbone-Parma. Poco después entra Benito Mussolini. Ovación. Todos de pie. Saludos al jefe de Gobierno. Desde el círculo de la tribuna se eleva el boato habitual: «¡Duce! ¡Duce!». Navegando entre los vítores, Mussolini toma asiento en su escaño y cruza los brazos sobre el pecho. Ya se puede empezar. El presidente de la Cámara cede la palabra al ministro de Asuntos Exteriores. Galeazzo Ciano puede dar comienzo ahora a su «grandioso discurso» de celebración de las hazañas de su suegro, después de haber recibido la palabra de su padre y bajo la atenta mirada de su esposa.

—¡Camaradas! El 18 de diciembre del decimosexto año de la era fascista, le dije al señor Chvalkovský, entonces ministro plenipotenciario de Checoslovaquia en Roma, preocupado por los nubarrones que se cernían sobre su país, quien me había interpelado...

No hay nada que hacer. Bastan las primeras frases del «grandioso discurso» para darse cuenta de que Ciano no ha asimilado las indicaciones del gabinete del Ministerio de Cultura Popular que lo invitaba a adoptar un tono sosegado, evitando absolutamente pronunciar las palabras en voz alta.

Sordo a cualquier consejo, el ministro prosigue reconstruyendo los antecedentes de la crisis checoslovaca, levantando la voz varios tonos más de lo necesario. El orador se obstina en una dicción altisonante, silábica, perentoria, profundamente incisiva. Mientras lo hace, el rito de aplausos y vítores que jalonan su discurso se degrada irresistiblemente hacia la farsa. Y no se trata de lo que el ministro está diciendo. El problema no es la descarada e hiperbólica adulación con la que Galeazzo Ciano celebra a Benito Mussolini al presentar todos los fatídicos acontecimientos que han tenido lugar en los últimos meses como fruto de la genialidad política de su Duce. No. El problema estriba en la voz.

Ya sea exaltando la «posición clara e inequívoca, derivada lógicamente de la concepción de la vida política europea del Duce» asumida por Italia en la crisis checoslovaca, o magnificando «la conquista de Abisinia por el pueblo italiano, que eleva a un plano imperial a nuestro país», el pobre Ciano no puede evitar exaltar y magnificar con una voz aguda, tendente a lo nasal, a la voz de cabeza. En algunas frases roza incluso el falsete.

Así, mientras el fiel ejecutor de la voluntad del Jefe miente sin pudor alguno acerca de la preparación militar de Italia en caso de conflicto, o celebra el supremo llamamiento a Mussolini por parte de los extraviados líderes europeos, la histórica acción decisiva de su Duce, por la cabeza de cualquiera que se encuentre en el hemiciclo de Montecitorio, en la tribuna o en los escaños, corre un solo pensamiento:

«Ya está, lo ha vuelto a hacer; está imitando de nuevo a su suegro».

Este es un juicio que, como un genio maligno, puede por sí mismo revocar cualquier declaración del orador, invalidándola en el mismo momento en el que se pronuncia.

El problema no es que Ciano, aunque de por sí tienda a la obesidad y cojee a causa de una constitución enfermiza, insista en imitar a Mussolini en el tono y en sus poses. Italia está repleta de replicantes que aprietan las mandíbulas, fijan su mirada siniestra en la línea del horizonte y practican frente al espejo «posturas de granito». El problema es que la imitación de Galeazzo Ciano pone al país frente a su propio espejo, lo obliga a mirarse ante el ridículo. Lo que pierde a Galeazzo es esa voz nasal y clueca con la que pretende proclamar imperios y amenazar con guerras mundiales.

A veces basta un pequeño detalle como ese para decretar un destino. Los italianos, como es bien sabido, casi siempre se encuentran desprevenidos frente a la tragedia, pero tienen un oído de una finura absoluta para la comedia. Esta es su condena y es también la condena de Galeazzo Ciano. El hijo del héroe de Buccari es uno de esos hombres a quienes sus madres intentaron en vano enseñar de niños a caminar con los pies rectos. Su paso es torpe, su expresión tiende a una amable timidez y por ello está convencido de que debe mostrar una actitud marcial en público. No se le puede perdonar el que haya revelado a todo un pueblo el alto precio del patetismo.

Los amigos del círculo más íntimo del ministro fascista de Exteriores lo saben: se le puede decir cualquier cosa menos esto. Le acarrearía una amargura insoportable y, por tanto, nunca te creería. Puedes decirle que es un pésimo hombre de letras, que no gusta a las mujeres, que pronto engordará tanto como su padre, pero no puedes hacerle notar sus torpes imitaciones de Mussolini. Sabe perfectamente que, en su caso, imitar a su suegro sería una torpeza grotesca y, por eso, ha decidido no darse cuenta.

Y, así, siempre en pos del dicho memorable, una vez más se obceca hoy Ciano, impertérrito, en la imitación de Mussolini hasta el final de su discurso, hasta el punto culminante, minuciosamente consensuado con el imitado, en el que el imitador, inconsciente de sí mismo, tendrá que enviar un oblicuo mensaje de amenaza a los franceses, los más feroces adversarios de los objetivos expansionistas del régimen:

—La entrada en vigor del pacto de Pascua ha supuesto una contribución concreta y eficaz a la consolidación de la paz. Esta consolidación es y será el objetivo de nuestra política y la perseguiremos con tenacidad y realismo, lo que no es incompatible con la circunspección que resulta indispensable cuando se pretende proteger con inflexible firmeza los intereses y las *naturales aspiraciones* del pueblo italiano.

La voz cloquea, el discurrir sintáctico resulta tortuoso, la alusión, esquiva. Sin embargo, basta con que Ciano pronuncie las palabras acordadas con la claque —«naturales aspiraciones»— para que estalle la trifulca en el aula. Habiendo escuchado la contraseña, en varios lugares del hemiciclo los agitadores fascistas se ponen de pie entre gritos para dar un nombre a esas «naturales aspiraciones»: «¡Túnez, Córcega, Yibuti!», «¡Túnez, Córcega, Yibuti!», corean las voces roncas de los diputados fascistas, relanzando las reivindicaciones italianas sobre las posesiones francesas que, según Mussolini, deberían pertenecer «de forma natural» a Italia. Algunos, con el ardor, añaden también Niza y Saboya, que no se cuentan entre los objetivos del Duce.

La idea es fingir un movimiento espontáneo por parte de los representantes del pueblo italiano, pero resulta del todo evidente que en la manifestación escenificada en Montecitorio no hay nada que sea «natural». Asimismo, todos saben que la insistencia en reclamar, aunque no sea más que una de esas posesiones francesas, descartará definitivamente la posibilidad de un acuerdo político entre Italia y las democracias occidentales. En efecto, mientras en la tribuna de invitados las delegaciones falangista y nazi se despellejen las manos a fuerza de aplausos, el embajador francés, a quien se había invitado insistentemente a asistir a la sesión, abandona indignado la sala.

Al mismo tiempo que el incidente diplomático, intencionadamente orquestado, se consuma, Galeazzo Ciano concluye su discurso evocando la visión de una Italia «unida, armada, guerrera, que conquista su imperio».

También estas últimas frases, como es obvio, son pronunciadas en tono demasiado alto por una voz clueca, nasal, voz de cabeza, que acaba estrangulándose en la antinatural aspiración a lo imposible.

El cuarto está lleno de vapores que emanan de la bañera en ebullición, impregnando el aire con los aromas almizclados de las sales de baño. El papel entintado de los diarios que el ministro hojea con satisfacción se le afloja entre las manos. Para poder admirarse en el espejo, Galeazzo se ve obligado, de vez en cuando, a pasar la toalla por la superficie empañada.

Orio Vergani —discípulo de Pirandello, uno de los fundadores del Teatro del Arte de Roma, ahora llamado a dirigir el *Corriere della Sera* a sus escasos veintiocho años— preferiría no tener que asistir a las abluciones del ministro de Asuntos Exteriores en el cuarto de baño, que ha mandado construir expresamente en el Palacio Chigi. Sin embargo, los dos se conocen desde los tiempos en que el predestinado cultivaba ambiciones literarias en la tercera salita del café Aragno, Vergani conoce a fondo la vanidad de su amigo y por eso acepta su insistencia cada vez que lo invita a no esperarlo en el vestíbulo.

Al día siguiente del discurso sobre las «naturales aspiraciones», Ciano se muestra ante Orio plenamente satisfecho consigo mismo. Lo complacen las reacciones intensas, incluso violentas, y hasta «histéricas» del lado francés suscitadas por su discurso. Galeazzo se complace sobre todo con los elogios que le ha tributado el Duce. La orquesta europea arremete a bombo y platillo contra sus proclamas imperialistas, pero esto deja completamente indiferentes tanto al yerno como al suegro. Todo lo contrario: les interesa alimentar intencionadamente la polémica. Les favorecerá cuando llegue el momento de engullir Albania.

Orio escucha y observa a su amigo que, completamente desnudo, escruta continuamente su propia silueta en el espejo empañado. Galeazzo está convencido de que los baños con agua muy caliente, combinados con ejercicios gimnásticos, evitarán que engorde tanto como su padre. Una bicicleta fija lo espera, en efecto, justo al lado de la repisa donde descansa la muy grasienta mezcla de hierbas chinas con la que Galeazzo no tardará en abrillantarse el pelo.

Esa mañana, la casualidad ha querido que en el *Corriere della Sera* se haya publicado el anuncio de un preparado contra el aumento de peso junto al titular con el que el diario milanés alimenta la vanidad del ministro: «CIANO ACLAMADO»; «un GRANO DE VALS durante las comidas elimina las grasas y ayuda a regular la digestión». Galeazzo comenta ambos satisfecho. De su cuerpo emanan vapores de baño y de su rostro se irradia la certeza de que el futuro será magnífico. Un discurso memorable por la mañana y un grano de Vals por la tarde y todo saldrá a la perfección.

Por otro lado, ¿por qué no debería estar satisfecho Galeazzo consigo mismo? Con solo treinta y cinco años es el ministro de Asuntos Exteriores de la Italia fascista, el delfín de Benito

Mussolini, es muy rico, tiene hordas de amantes, cientos de millones de liras en el banco y miríadas de aduladores a su alrededor. Su papel en el gobierno y su parentesco político lo han convertido en un personaje destacado en el escenario mundial, los infaustos y tumultuosos acontecimientos de los últimos meses lo han convertido en un triunfador. La guerra civil en España —que él ha apoyado intensamente— se inclina por fin a favor de los fascistas; Ribbentrop, que acudió a Roma a finales de octubre para el aniversario de la marcha, le suplica con el sombrero en la mano que Italia firme la alianza militar con Alemania; mientras tanto, los ingleses, ratificando los acuerdos de Pascua a finales de noviembre, han reconocido formalmente el Imperio italiano. Será suficiente con seguir jugando a dos bandas para hacerse con la apuesta completa. La banca no llegará a saltar.

El amigo de su juventud se muestra tan satisfecho de sí mismo que Orio Vergani no se siente capaz de darle un disgusto cuando, subiendo por enésima vez a una pequeña báscula, su pueril vanidad le hace la misma pregunta por enésima vez:

—No he engordado, ¿verdad?

—No, no has engordado, Galeazzo.

Más tranquilo, Ciano dispensa un dicho memorable:

—Hay que encontrar tiempo para todo. La historia sigue su curso y uno no puede descuidar su cuerpo.

Orio Vergani aparta la mirada del sexo flácido del ministro y asiente con la cabeza.

—Un hombre fuerte y con los músculos entrenados siempre estará mejor preparado que un hombre fofo y mantecoso para afrontar las crisis de la historia.

Estas inolvidables palabras, pronunciadas con su incorregible voz clueca, se desvanecen en el cuarto de baño junto con el inconsistente vapor de agua.

Galeazzo Ciano asegura estar justo por encima de su peso ideal. Luego insiste en que su amigo de juventud también se someta a la prueba de la balanza. Orio, aunque de mala gana, acepta.

Las reacciones a mi discurso son cada vez más intensas, en todas partes, y se han vuelto histéricas en Francia.

En la patria, sin embargo, el éxito es notable.

Recibo cientos de cartas y telegramas de complacencia. Los italianos comprenden ahora que el Eje tiene objetivos que no son únicamente germánicos: también están nuestras reivindicaciones, a las que no podemos ni pretendemos renunciar [...].

Nuestras solicitudes son Yibuti, Túnez y la participación en el Canal de Suez.

La gran orquesta europea no se detiene. Esto nos deja absolutamente indiferentes, es más, mantenemos viva la polémica intencionadamente. El Duce está muy contento con todo lo sucedido.

Galeazzo Ciano, *Diario*, 2-3 de diciembre de 1938

En todo caso, sería muy oportuno aconsejar a S. E. Ciano que hable con el mayor sosiego que pueda, con el tono más discursivo que le resulte posible, evitando pronunciar las palabras en voz alta, como tiene por costumbre, porque en la radio ello agrava el defecto de la voz de cabeza.

Nota de gabinete para el ministro de Cultura Popular
Dino Alfieri, 29 de noviembre de 1938

Roma, 14 de diciembre de 1938
Montecitorio, Cámara de Diputados

Miércoles, 14 de diciembre de 1938, a las 16.00 horas, bajo la presidencia de Costanzo Ciano, la Cámara de Diputados del Parlamento italiano se reúne para la segunda parte de esta jornada de la vigésimo novena legislatura. En el orden del día están la discusión y votación de las medidas para la «defensa de la raza italiana» y el proyecto de ley que instituye la Cámara de los fascios y de las corporaciones en lugar de la actual cámara electiva. En definitiva, el Parlamento italiano ha sido convocado para debatir y decidir en una única sesión vespertina acerca de su propia supresión y sobre la discriminación de los ciudadanos de «raza judía».

El secretario Luigi Scarfiotti lee la transcripción verbal de la sesión de la mañana. Se aprueba. Sigue la ritual manifestación de apoyo al jefe de gobierno: como prescribe el protocolo del régimen, y como atestiguan las actas parlamentarias con la fórmula acordada, ante el ingreso en el hemiciclo de Benito Mussolini, la Cámara se pone de pie prorrumpiendo en una apasionada aclamación que se prolonga durante varios minutos. «¡Duce! ¡Duce!». A los gritos se suma el público que abarrota las tribunas. El presidente ordena el saludo al Duce y la Cámara responde con un solo y potente: «¡Por nosotros!», el grito de los Osados.

Una vez finalizada la bienvenida ritual, se pasa a la discusión y votación de la conversión en ley de los cinco reales decretos que «contienen disposiciones para la defensa de la raza italiana». Además de las prescripciones generales, habrá que discutir y votar las relativas al establecimiento de un Consejo Superior para la demografía y la raza, las concernientes a la defensa de la raza en la escuela fascista, así como la institución de «centros de enseñanza primaria para niños de raza judía» y, por último, las medidas de coordinación e integración en un solo texto de los cuatro anteriores.

Por lo tanto, la sesión promete ser larga, muy larga. No lo será.

En efecto, el presidente Costanzo Ciano pide que, dada la analogía del asunto, se realice una sola discusión general de las cinco disposiciones. Sin embargo, justo cuando transmite esta propuesta a los parlamentarios, llega a la mesa presidencial una solicitud, «firmada por numerosos diputados», en la que se requiere que los proyectos de ley sean aprobados por aclamación. Al escuchar la petición de sus colegas, toda la Cámara se pone de pie. Aplausos calurosos y prolongados. Y, por tanto, dado que la Cámara es soberana, no habrá discusión.

Así pues, el presidente ordena al secretario Scarfiotti que proceda a la lectura de los respectivos títulos de las leyes. Solo los títulos, ni siquiera el texto completo. El secretario Scarfiotti, en poco tiempo, los lee. El presidente dispone también que se proceda a la lectura de los artículos únicos de los respectivos proyectos de ley. Scarfiotti también los lee. Después Costanzo Ciano se remite a la voluntad soberana del Parlamento para que se manifieste a través de la antigua, inapelable, indiscutible modalidad de la multitud aclamatoria. La Cámara vuelve a ponerse de pie y aclama. El presidente ratifica:

—Declaro aprobados por aclamación estos proyectos de ley, que serán votados a continuación mediante escrutinio secreto.

Todo el procedimiento ha durado, como mucho, veinte minutos. Los representantes del pueblo italiano no han considerado oportuno dedicarle ni una sola palabra. Esta es la medida de la importancia que el Parlamento fascista atribuye a la legislación racial.

El resto de la sesión se dedica al establecimiento de la Cámara de los fascios y las corporaciones. El proyecto de ley se lee en su totalidad, artículo a artículo, párrafo a párrafo. Uno de los diputados más ancianos, Paolo Orano, periodista y autor de *Los judíos en Italia*, el panfleto que abrió la campaña de prensa antisemita el año pasado, pide la palabra. Se le concede. Para subrayar el significado histórico de la disposición, le dedica una larga disertación, salpicada de intervenciones espontáneas de algunos diputados y acompañada de un emotivo discurso pronunciado por el propio presidente Ciano. La sesión finaliza con una segunda aprobación por aclamación y numerosas ráfagas de saludos al Duce.

Todo lo que le queda al presidente Ciano, medalla de oro al valor militar, es comunicar los resultados de la votación secreta sobre la conversión en ley de los reales decretos que contienen disposiciones para la defensa de la raza italiana:

Presentes con derecho a voto	*351*
Mayoría	*176*
Votos favorables	*351*
Contrarios	—

Al día siguiente, el principal periódico italiano no se sentirá obligado a prestar especial atención a las leyes raciales. Bastará con un escueto artículo titulado «Aclamando al Soberano y al Duce». La primera plana del diario, a ocho columnas, quedará reservada para la aprobación de los presupuestos estatales de los próximos dos años.

El Consejo de Ministros presidido por el Duce
aprueba los presupuestos del Estado
para el ejercicio económico 1939-XVII — 1940-XVIII
10.000 millones asignados para el incremento
de armamento

Corriere della Sera, 15 de diciembre,
titular a ocho columnas

1939

Benito Mussolini, Clara Petacci
Roma, 1 de enero de 1939

Benito Mussolini sale al encuentro de mil novecientos treinta y nueve envuelto en el velo de un humor negro. De la sombría mirada del Duce ese primer día del nuevo año son muchos los que dan fe. La primera en pagar las consecuencias es su joven amante, su último amor, tal vez el único.

Su descontento se manifiesta ya a las 9.15 de la mañana de Año Nuevo, cuando llega la primera llamada telefónica del día desde el Palacio Venecia. El gran hombre destila amargura:

—Estoy en el trabajo, tengo mucho que hacer. Se ausenta uno un par de días y todo se desmorona. Te llamo dentro de una hora: mientras tanto, haz tus pastelitos.

Clara Petacci —Claretta para los allegados, veintiséis años, casi treinta menos que su amante, y desde hace tres concubina predilecta del Duce— está acostumbrada ya a ser el blanco de los desahogos, morales y físicos, de su ídolo. Esta hija de la burguesía media romana, que creció en el culto a Mussolini, de pocos escrúpulos y arribista hasta el extremo de ser ella la que se le acercó, primero en persona y luego con cientos de cartas de adoración, pasa su juventud, en efecto, a la espera de llamadas telefónicas desde el Palacio Venecia o en una habitación escondida de este, destinada a tocador, anhelando su llegada en carne y hueso. La intimidad cotidiana con el hombre más poderoso de Italia en el Salón del Zodiaco, donde Clara se cuela a hurtadillas por una puerta secundaria para guardar un secreto conocido por todos, es uno de esos regalos que te otorga el destino solo para que puedas sufrir íntegramente su condena. En esa habitación, una especie de bastidores del régimen, Mussolini atormenta a su favorita, luego se reconcilia con ella en el sexo, luego vuelve a humillarla, luego la exalta confiándole los misterios del mundo y sus propios y formidables planes para este. La joven, como una colegiala meticulosa y nínfula, registra en *déshabillé* cada pelea, cada palabra y cada coito en su diario.

Por más que esté adiestrada, tras un largo periodo de aprendizaje, en encajar el despotismo de los humores del Duce, Clara sufre los excesos de bilis de este Año Nuevo. Las llamadas telefónicas se suceden a un ritmo acelerado. A las 11 Mussolini le pide permiso para irse solo a la playa, a las 13 se queja por no haberlo obtenido, a la media hora acusa a la joven de crueldad. A las 14.45 Clara se reúne con él en el Palacio Venecia para ser embestida personalmente por los miasmas de su pesadumbre. Está en el sillón, ceñudo, melancólico. Ella enciende la pequeña luz de la habitación:

—Estoy aquí en la oscuridad. Tendré que acostumbrarme, ya que hasta un poco de sol se me veda... No, no podemos ir juntos a la playa... Es verdad, mi mujer y mis amigos no están aquí y nadie sabe que estoy en Roma, pero tenía ganas de estar solo... Todavía no has entendido que de vez en cuando necesito estar solo, solo con mis pensamientos...

Clara se sienta en el sillón y lo observa, flexiona las piernas, rectas y hermosas. Pone en su rostro una expresión de perplejidad. Pero no responde.

—En definitiva, ha sido un acto de crueldad. Has sido inhumana, me has decepcionado profundamente. Es cierto: ya no te amo... Tiendo a la soledad, envejezco, está claro que envejezco... Me gusta estar solo. Te veré de vez en cuando, una vez al mes, así... me sentiré mejor... ¿Por qué no he de poder descansar yo como Hitler? Que trabajen otros; yo doy el impulso: ya es mucho. Quiero descansar... Pero sí, estoy cansado, y de ti también. Necesito soledad..., solo con mis pensamientos... Ahora necesito dormir: vela mi sueño, eso te pido: vela mi sueño.

Claretta asiente, hace ademán de levantarse.

—Por favor, no des más vueltas, que me pone nervioso. Ven aquí y siéntate, vela por mí, tengo sueño. Es la comida lo que me derrota.

En este caso, Clara Petacci no sabe ni puede saber —son secretísimos, un secreto de Estado— los pensamientos que inquietan a su amante, que acaba de regresar a Roma de una estancia solitaria en su refugio de la Rocca delle Caminate. Por lo demás, últimamente los pensamientos, los proyectos, las aspiraciones del fundador del fascismo yacen por lo general envueltos en el misterio. Benito Mussolini se rodea de un secreto cada vez más impenetrable, languidece bajo un manto de decepción y hastío, no recibe a nadie, a nadie se le permite sacarlo de sus sopores enfermizos. Algunos incluso llegan a susurrar que el Duce parece haber cambiado mucho, que no tiene ya tan claro su objetivo, incluso que «no parece ser ya el hombre que fue».

A despecho de todo esto, Claretta vela por su sueño. Lo custodia, devota, con la mirada de sus ojos verdes.

Cuando se despierta, refrescado por la cabezada, la posee. («¿Adónde quieres ir? ¡¿Marcharte?! ¡Pues te quitaré el pasaporte! He dormido y ahora estoy mejor: ven aquí, no te hagas la tontita. ¿Por qué siempre nos peleamos? ¿De verdad quieres tanto a este animal?»).

Después del sexo —que Clara anota en su diario con un recatado adverbio afirmativo y subrayado: «Sí»— él se come enseguida una mandarina y se viste rápidamente. Está distraído, ausente, distante ya. El estadista vuelve al trabajo en la sala contigua, su despacho, la Sala del Mapamundi. Clara Petacci se queda esperando en la retaguardia.

Mussolini reaparece en la Sala del Zodiaco a las 19.30 horas, con un fajo de periódicos. Está furioso con los franceses:

—¡Esos cerdos franceses! Escucha esto.

Y empieza a leer en voz alta. El primer ministro Daladier, de visita en Córcega, uno de los territorios reclamados para Italia por el expansionismo fascista, en el apogeo de un mitin antiitaliano, tras recibir un estilete como regalo, ha imitado el gesto del corte en la yugular pasándose la hoja recta bajo la garganta. De izquierda a derecha. Corte limpio. Muerte segura.

¡La amenaza va dirigida a él, Benito Mussolini! Un insulto trivial, una advertencia truculenta. La furia vuelve a presentarse. Con un pretexto, el amado se dirige de nuevo a su amante. Le dice un montón de cosas desagradables, amenaza con abofetearla.

Clara ya está curada de espanto. Lleva así meses, desde que volvió de la conferencia de Múnich. En lugar de disfrutar del enorme éxito diplomático, empezó a envenenarse la sangre contra esos degenerados franceses que le niegan la ampliación del imperio («Solo aspiran a pasarse los días bebiendo aguardiente»); contra el delirio de sus aliados alemanes, incapaces de una estrategia clara y rotunda («Por nuestra parte, sabemos hacia dónde tenemos que ir. ¡¿Pero y Alemania?! Göring quiere organizar la paz, Ribbentrop pretende prepararse para la guerra. ¿Cuáles son sus objetivos?»); contra la burguesía italiana, enemiga espiritual del régimen, aún refractaria a la mentalidad fascista («Les molesta el paso romano, les irrita el "vos" que sustituye al "usted" femenino y españolizante, se muestran contrarios incluso a las directivas raciales necesarias para una política imperial seria. Qué turba de xenófilos desmadejados, pesimistas, viles pacifistas, antideportivos, infecundos»). Mussolini arremete incluso contra el pueblo italiano, incapaz todavía de digerir a su amigo alemán.

Mientras tanto, a fines de octubre, Ribbentrop ha vuelto a Roma para el aniversario de la marcha y, frente a la Milicia que desfilaba con paso romano —las suelas herradas golpeaban, rítmicas y obsesivas, contra los pedrejones de via dell'Impero—, con su habitual histeria belicista, insistió en que la Italia fascista suscribiera una verdadera alianza militar con la Alemania nazi. La Italia fascista contrapuso una vez más su habitual táctica dilatoria: no, sí, tal vez, no ahora, no aquí, no de inmediato. La opinión pública no está aún preparada.

La insistencia de Ribbentrop tenía que ser eludida, de acuerdo. Pero él, el único Duce de los italianos, está harto de estas dudas de mierda, de los pacifistas que temen hasta a su propia sombra, de los escépticos profesionales. Ha llegado el momento de deshacerse del último lastre, el rey, la Iglesia, la pequeña burguesía. Ya pueden hartarse los derrotistas de decir que el celo fanático y teatral de Starace transforma a Italia en una tierra de chiste, el caso es que, mientras tanto, ese idiota útil está enseñando a los italianos a saltar las bayonetas, a lanzarse al círculo de fuego. Esa es la dirección adecuada. Debemos quemar las etapas del totalitarismo, debemos radicalizarnos, prusianizarnos, soltar nuestras amarras hacia la soledad perfecta.

Tras este desahogo político, Benito pasa a evocar a sus mujeres en beneficio de su joven amante. Es una perversa costumbre a la que se entrega a menudo y de buena gana, provocando estallidos de celos. En este comienzo del nuevo año, sin embargo, la provocación sádica se ve mitigada por una premisa conciliadora:

—Yo nunca he amado.

Pausa retórica que deja caer con toda intención. Luego llega la sentencia:

—He tenido muchas mujeres, pero como en un carrusel. Nunca he amado a ninguna mujer, solo atracción sexual.

Claretta lo escucha con paciencia, frunce los labios y mientras tanto se pasa una mano por la cabeza rizada. Este monólogo también se cierra con una nota oscura:

—Me gustaría pasar contigo esta noche, pero no es posible. Desde que murió mi hermano Arnaldo, paso el Año Nuevo durmiendo. Después de todo, este no es el nuevo año para mí: el arranque del año es el 28 de octubre, el aniversario de la marcha sobre Roma, y el 29 de julio, mi cumpleaños. No he recibido ninguna carta de felicitación, ni de ninguna otra clase: nadie se ha acordado de mí y no me apetece dar señales de vida.

Sigue compadeciéndose de sí mismo, piensa Claretta. Todo el mundo sabe que el Duce del fascismo recibe cada año miles de mensajes de felicitación. Por otro lado, ¿cómo culparlo? Al Duce le llegan por miles las tarjetas de felicitación pero ya nadie escribe a Benito Mussolini. Los dos siguen juntos un rato, luego ella se va a casa a las 20.50.

A las 23 él la llama para darle las buenas noches. Esta vez le susurra dulces palabras («Buenas noches, cariño mío, buenas noches, amor, hasta mañana»), pero no lo abandona esa misma sombra misteriosa que oscurece su voz.

Lo que Claretta no sabe es que su Benito, tan pronto como regresó en secreto a Roma desde la Rocca delle Caminate, donde ha pasado las fiestas en soledad, debatiéndose sobre qué hacer, convocó a Galeazzo Ciano. La decisión está tomada: el pacto de amistad con Alemania tendrá que transformarse en una verdadera alianza militar. Su yerno debe escribirle de inmediato una carta a Ribbentrop sobre el asunto. Los horizontes nacionales e internacionales se están oscureciendo una vez más, los Estados totalitarios y las democracias plutocráticas están de nuevo en ruta de colisión. La firma debe estamparse lo antes posible. Para este juego sirven las leyes raciales, son un instrumento diplomático, por el momento no tienen mayor interés que ese. Desde luego no será eso lo que le quite el sueño.

Las preocupaciones del estadista insomne, una vez que ha asumido el papel del estratega hábil y sin escrúpulos de mundos en conflicto, se centran en una cuestión completamente diferente: hay que jugar con astucia, tocar con partituras sólidas, es vital que la alianza militar se presente ante el mundo como un pacto de paz. La apertura de compás de la política exterior italiana no debe reducirse sino, en todo caso, ampliarse. Debemos asegurarnos de poder trabajar con total tranquilidad durante el mayor tiempo posible. Insistir en la táctica del «peso decisivo», de permanecer siempre en la aguja de la balanza. En definitiva, hay que seguir jugando a dos bandas, quizá incluso a tres. Un sistema «de tres ejes», eso es lo que se necesita. Italia, Alemania, Inglaterra, con Italia como vértice del tridente. Los belicistas alemanes de Ribbentrop solo pueden ser refrenados, engatusados, si marchan a su lado. No conviene enfrentarse a ellos. Mejor tenerlos al lado que de frente.

Benito Mussolini cuelga el auricular. Ahora por fin está solo. En unos momentos podrá acostarse sin extraños en su cama. De la ermita de la Rocca no ha vuelto el Duce de los ejércitos sino el calculador, el maestro de los equilibrios, el afortunado que siempre cae de pie. Es él quien inaugura el año mil novecientos treinta y nueve declarando su amor a Claretta con pesadas frases rituales justo antes de la medianoche.

Estimado Ribbentrop:

En la conversación que tuvo lugar en el Palacio Venecia el 28 de octubre, el Duce, si bien otorgando su adhesión en términos generales al proyecto que Vos nos presentasteis para transformar el acuerdo tripartito Anticomintern de Roma en un pacto de asistencia militar, manifestó sus reservas acerca del momento en el que tan fundamental acto político podría verificarse [...]. Ahora, disueltas sus reservas, el Duce considera que el Pacto puede firmarse y propone los últimos diez días de enero como momento de la firma. Os deja a Vos la elección del lugar de la ceremonia [...]. Las verdaderas razones que han inducido al Duce a aceptar Vuestra propuesta en este momento son las siguientes:

1.º) la ya probada existencia de un pacto militar entre Francia y Gran Bretaña;

2.º) el predominio de las tesis belicistas en los círculos de responsabilidad franceses;

3.º) la preparación militar de Estados Unidos, que tiene como objetivo proporcionar hombres y sobre todo medios a las democracias occidentales en caso de necesidad.

Dicho esto, el Duce considera ahora necesario que el Triángulo Anticomunista se convierta en un sistema y el Eje podrá hacer frente a cualquier coalición si tiene en su órbita y ligado [a su] destino a los países que puedan abastecerlo de materias primas en Europa, es decir, principalmente, Yugoslavia, Hungría y Rumanía.

El acuerdo, como Vos mismo nos propusisteis, tendrá que ser presentado al mundo como un pacto de paz, que asegure a Alemania e Italia la posibilidad de trabajar en completa tranquilidad durante un periodo lo suficientemente largo de tiempo.

Os ruego, querido Ribbentrop, que consideréis absolutamente confidencial esta decisión del Duce, al igual que será conveniente mantener en secreto la estipulación del Pacto hasta el mismo momento de su firma.

Carta de Galeazzo Ciano a Joachim von Ribbentrop,
ministro de Asuntos Exteriores del Reich,
2 de enero de 1939

Nos metemos debajo de las pieles y poco a poco se va calentando [...] y luego sí con amor. Después come fruta como de costumbre. Le caliento los piececitos que los tiene fríos. Hablamos de muchas cosas. Insiste en decir que su amor es cada vez más grande.

Del diario de Clara Petacci, 1 de enero de 1939

Renzo Ravenna, Italo Balbo
Ferrara, enero de 1939

La puerta del restaurante Italia, el más célebre de Ferrara, se abre de golpe, como si alguien la hubiera emprendido a patadas desde afuera. En marcado contraste con la impetuosidad de la apertura, Renzo Ravenna se detiene tímidamente en el umbral. La mirada profesional de los camareros lo calibra de inmediato. El personal, que hasta ayer lo habría visto como el podestá digno de que se le asignara la mejor colocación, lo reclasifica rápidamente como el judío que ha de ser marginado en una mesa esquinera en la sala más interior.

Detrás de él, sin embargo, irrumpe Italo Balbo, el aporreador, el piloto transoceánico, el cuadrunviro, el gobernador de la colonia africana, el ras ciudadano. Balbo, con la cabeza erguida y el pecho hacia fuera, clava en señal de desafío sus famosos ojos llameantes directamente en los del encargado de la sala. El hombre, alertado por su instinto servil, curva de inmediato la espalda hacia delante e inclina la cabeza, escenificando una postura de sumisión. También esta noche el abogado Renzo Ravenna, el antiguo podestá, el judío, disfrutará de la mejor colocación. Renzo e Italo se sientan, como tantas otras veces en el pasado, en la mesa circular del salón central.

Solo unos meses antes, su entrada habría sido recibida por una cohorte de camareros altivos, por ceremonias de bienvenida, por miradas curiosas y admiradas. Esta tarde, sin embargo, los acoge un silencio glacial, como si la escena formara parte de una película muda. El menú, sin embargo, no cambia: Balbo solo necesita un gesto para que la cena comience, como siempre, con la *coppia*, el típico pan de cuernos de Ferrara, suave y fragante, para acompañar un entrante de fiambres de sabor fuerte, especialmente salchichón y panceta. ¿El judío comerá cerdo? Aunque la pregunta cruce por la mente de los camareros, nadie se atreverá a formularla.

Mientras los comensales de las mesas vecinas vuelven a sus propias animadas conversaciones, la de Italo y Renzo da comienzo, verosímilmente, con la habitual pregunta entre dos viejos amigos frente a una copa de vino: «¿Qué tal, qué tal estás, hombre?». Un viático obvio, casi trivial, hacia una velada alegre, que, sin embargo, en la Italia fascista y racista se ha convertido, de repente, en un escollo.

«¿Y cómo quieres que esté? Vivo al día, me adapto a las mareas». Renzo Ravenna, fiel a su estilo sobrio, tal vez incluso a una obcecada ceguera ante la evidencia del final, no tiene intención de dejarse llevar a las lamentaciones en el elegante comedor del restaurante Italia. Su vida, por lo demás, no se ha hundido bajo los embates de las leyes raciales, sino que ha virado de bordada hacia un pequeño cabotaje. Por supuesto, a Renzo se le ha prohibido la entrada al Circolo Unione, histórico lugar de reunión de la burguesía de la ciudad, pero se ha resignado; ha tenido que despedir a Judith, la histórica gobernanta de la familia, pero también este pequeño dolor lo ha sobrellevado con estoicismo. Lo hirió mucho más profundamente la licencia racial de las fuerzas armadas, impuesta precisamente a él que, como oficial de reserva, desde la época de la Gran Guerra siempre se ha mantenido muy apegado al ambiente militar y, en particular, al cuerpo de soldados de montaña.

De todos modos, y aun a pesar de esto, Renzo no se desespera. Aunque obligado a devolver el carné, el distintivo y el pase ferroviario («todos los oficiales de raza judía deben abandonar el servicio y truncar cualquier lazo con nuestra administración»), el viejo artillero de montaña ha conservado escrupulosamente su uniforme y el sombrero con pluma en el armario del dormitorio. Se ha esforzado incluso por mantener una rendija abierta a un atisbo de vida social. De hecho, el abogado Ravenna mantiene ciertas relaciones, aunque sea en su condición de perseguido, con sus viejos amigos fascistas, quienes lo ignoran en público, por más que le demuestren su afecto en privado —ni siquiera a Nello Quilici es capaz de guardarle rencor—, e incluso ha mantenido la costumbre mundana y cortés de enviar tarjetas de felicitación con ocasión de cumpleaños y festividades señaladas a colegas y autoridades públicas. Tampoco en los primeros días de este infausto mil novecientos treinta y nueve ha dejado Renzo Ravenna de expresar sus buenos deseos a Vittorio Cini, al arzobispo de Bolonia, a Emilio De Bono y al antiguo prefecto Amerigo Festa, al pintor Achille Funi, al ministro Edmondo Rossoni, así como a decenas de otros. De cada uno de ellos, el paria ha guardado las tarjetas de respuesta en un sobre especial.

La cena, por lo tanto, puede continuar sin problemas con los dos primeros platos típicos de la cocina ferraresa: *cappellacci* de calabaza sazonados con mantequilla derretida, y el *pasticcio*, compuesto por una masa de hojaldre, relleno de macarrones, ragú, bechamel, champiñones, trufa y nuez moscada.

Incluso la actividad profesional del antiguo podestá de Ferrara continúa a buen ritmo, entre empresarios que recurren a él con la esperanza de obtener ventajas en sus negocios con la colonia libia y antiguos clientes que no le niegan una confianza que se ha ganado a lo largo de décadas. Sin embargo, también hay que añadir que, en los últimos meses, la profesión de Ravenna se ha ido transformando cada vez más en una desgarradora sucesión de causas perdidas. De hecho, muchos judíos, de Ferrara y otros lugares, se encomiendan a él, animados por la esperanza de eludir la legislación racial. En la mayoría de los casos que defendió a favor de los perseguidos, la petición de los clientes es siempre la misma: conseguir probar su no pertenencia a la raza judía. Son muchos los que lo intentan, y de todas las maneras, aduciendo matrimonios mixtos, declarando que nunca han estado inscritos en ninguna comunidad judía, que no han sido educados religiosamente, incluso confiando al Ministerio del Interior que no están circuncidados.

A los que realmente no pueden aspirar a renunciar a la religión de sus antepasados no les queda otra que aspirar a la «discriminación», es decir, a la exención del destino común de su pueblo, sea por «títulos específicos» o por «méritos excepcionales» (familias de caídos en guerra, voluntarios de guerra, condecorados con una cruz de guerra o una medalla al valor, caídos por la causa fascista, antiguos legionarios de Fiume inscritos en el Fascio de los años mil novecientos diecinueve al mil novecientos veintidós, y del segundo semestre de mil novecientos veinticuatro, cuando todos se deshacían de la insignia fascista tras el asesinato de Matteotti). Los gemidos desesperados de estos perseguidos que imploran la condición de perseguidores están todos recogidos en una voluminosa carpeta que, después de la cena, Renzo entregará a su amigo Italo, su protector y el de los judíos libios, para quienes logró obtener de Mussolini un tratamiento menos oneroso.

Por el momento, sin embargo, aún les queda por honrar la *salama da sugo* —un plato a base de carne de cerdo amasada y enriquecida con vino, sal, pimienta y especias, embutida después en una vejiga de tripa de cerdo— y la torta *«tenerina»*, suave por dentro, crujiente por fuera, con una fina corteza de chocolate, una delicia que saborear al final de una comida, para rematar la cena con un broche de oro.

Sin pretender estropear los placeres de la mesa, Renzo, habiendo llegado al postre, no puede ocultar su preocupación por sus hijos. Por Paolo y Donata, que a sus doce y nueve años han debido afrontar la expulsión del colegio —la pequeña Donata, incluso, bajo vigilancia y sospechosa de «conspirar contra el gobierno» porque sus padres la mandaban a clases de inglés—, y sobre todo por Tullio, su hijo mayor, obligado a interrumpir a la fuerza sus estudios o a emprender el camino de la emigración para poder acudir a la universidad. Afortunadamente, se está instalando un colegio judío de emergencia, donde alumnos de todas las edades, desde la primaria hasta el bachillerato, se reúnen en una misma aula, a menudo en los mismos pupitres, para seguir las clases de profesores que también han sido expulsados de sus cátedras, de modo que un catedrático de renombre, un estudioso de anatomía patológica, termina enseñando a niños de doce años los primeros rudimentos de las ciencias naturales. La situación es paradójica, incluso absurda, si se quiere, pero se trata de no quedarse de brazos cruzados. Hay incluso un joven licenciado, profesor de literatura e historia del arte, que está organizando clases de boxeo con el prometedor peso pluma Primo Lampronti, vetado de los cuadriláteros profesionales como consecuencia de las leyes raciales, para enseñar a los niños judíos algunas mínimas técnicas de defensa personal y, sobre todo, para ahuyentar de las cabezas de los pequeños perseguidos la apremiante sensación de impotencia. Ese voluntarioso maestro se llama Giorgio Bassani y el colegio judío está ubicado en el viejo jardín de infancia de via Vignatagliata, en el antiguo gueto. Al final, es ahí adonde toca volver.

Italo Balbo, mientras escucha las preocupaciones de su amigo, no necesita que lo persuadan para indignarse. A ese respecto, su emoción es sincera. Desde el pasado agosto la esposa del gobernador de Libia oye a su marido imprecar contra las decisiones del Duce, a quien sigue, sin embargo, sirviendo: «¿Es que no te das cuenta de que a los hijos de Renzo se les impide ser como los nuestros?».

Al acabar la cena, los dos amigos dan un paseo por las calles de la ciudad donde crecieron juntos, la ciudad que fue de ambos y ahora es solo de uno de los dos.

Su vagabundeo los lleva fatalmente desde la catedral a recorrer via Mazzini, en cuya entrada estuvo en otros tiempos una de las cinco puertas que cerraban el gueto. Dejando atrás el antiguo oratorio de San Crispino, donde en el pasado se veían obligados los judíos de Ferrara a asistir a las funciones religiosas católicas, y mientras desfilan junto a las antiguas y características tiendas de los comerciantes judíos, Italo Balbo nunca pierde la oportunidad de intercambiar ostentosos apretones de manos, que prefiere al obligatorio saludo fascista, con amigos y conocidos judíos, como si esos retazos de buenos deseos pudieran bastar para redimir vidas enteras dadas en prenda a la infamia.

Al ver a su amigo todavía solidario, a pesar de todo, Ravenna relega al silencio la auténtica situación de su existencia y la de sus familiares. ¿Con qué corazón hablarle de su sobrino Gianni, despedido, de los primos de Lucia, emigrados, de la vergüenza que se siente en el momento de presentar una solicitud de discriminación?, ¿con qué corazón describir la espera cotidiana y angustiada del diario hablado en la radio, la maniática lectura de la *Gazzetta Ufficiale* en busca de nuevas restricciones? ¿Cómo encajar a la fuerza en una agradable sobremesa una vida de disciplinada resignación, de desencanto y silencio, de desesperanza contenida, ancestral? ¿Cómo convertirlo en un tema para una conversación ligera? Al final de via Mazzini, en el cruce con via delle Scienze, ningún obstáculo físico se interpone en el camino de los dos viejos amigos. Y, sin embargo, Renzo Ravenna, mirando hacia atrás, no puede dejar de notar que las cinco puertas de roble del gueto, aunque invisibles para los gentiles, se han cerrado.

Jefe mío:

En Libia se están aplicando las leyes promulgadas en defensa de la raza; se ha procedido a separar del servicio a los funcionarios del gobierno y a los oficiales de raza judía, y los alumnos pertenecientes a la misma raza han sido excluidos de las escuelas secundarias [...].

Del diligente examen que en estas circunstancias he querido hacer de todo el problema judío local, han salido a la luz situaciones y aspectos dignos de notable consideración sobre los que me parece oportuno llamar Tu alta atención.

En esta región, la población judía tiene características especiales tanto en calidad como en cantidad. Constituye un elemento étnico nada despreciable [...]. La permanencia en Libia de destacados grupos judíos se remonta a tiempos inmemoriales; desde la época de Augusto gozaron de la protección de los romanos. Incluso antes de la ocupación italiana se consideraban protegidos por Italia, fundaron colegios y difundieron nuestra lengua. La gran mayoría vive en condiciones sociales muy atrasadas, sin participar en la más mínima actividad de carácter político. En su mayoría son hombres tranquilos y temerosos, que viven en sus pequeñas tiendas de artesanos y de modestos comerciantes, con la única intención de ganar dinero con su trabajo.

A esta gran masa corresponden unas pocas decenas de judíos adinerados que centralizan en sus manos casi todas las industrias y comercios locales, que son los principales clientes de los bancos y que subvencionan la mayoría de las iniciativas musulmanas.

El cese repentino de todas estas actividades por su parte, antes de que surja en su lugar una categoría de comerciantes e industriales católicos, *provocaría indudables desequilibrios en la vida económica de Libia* [...].

Ya he presentado oficialmente todas estas dificultades al Ministerio pidiendo instrucciones, pero hasta el momento no he recibido respuesta. Del mismo modo, tampoco se me ha respondido de manera precisa a esta pregunta: si las reglas establecidas para los israelitas con plena ciudadanía italiana deben aplicarse también a los israelitas con ciudadanía libia. En un país como este, que siempre ha hecho ostentación con gran orgullo ante los países vecinos de permitir la más pacífica convivencia entre árabes y judíos, sería, en mi opinión, aconsejable no dar un carácter demasiado áspero a la lucha por la defensa de la raza. *Los judíos ya están muertos:* no hay necesidad de encarnizarse contra ellos [...].

Con devoto respeto.

¡Siempre a tus órdenes!

Italo Balbo, carta a Benito Mussolini, 19 de enero de 1939

60870. RESPONDO A TU CARTA CONCERNIENTE JUDÍOS LIBIOS. NADA HA DE VARIAR EN CUANTO A LOS CASOS AGRUPADOS POR TI EN LAS LETRAS A) B) C). EN CUANTO A LOS JUDÍOS NO INDÍGENAS, ES DECIR DE CIUDADANÍA METROPOLITANA, DEBEN RECIBIR EL TRATO QUE SE LES OTORGA EN ITALIA SEGÚN LEYES RECIENTES. POR LO TANTO TE AUTORIZO A LA APLICACIÓN DE LAS LEYES RACIALES EN EL SENTIDO ANTERIOR, RECORDÁNDOTE QUE LOS JUDÍOS PUEDEN PARECER MUERTOS PERO NUNCA LO ESTÁN DEFINITIVAMENTE.

Benito Mussolini, telegrama a Italo Balbo,
23 de enero de 1939

Benito Mussolini, Galeazzo Ciano
Roma, 11-14 de enero de 1939

Neville Chamberlain llega a Roma la mañana del 11 de enero de mil novecientos treinta y nueve. En ese momento, el primer ministro británico sigue gobernando el imperio más grande de la historia de la humanidad, un imperio que se extiende por los cinco continentes. En él, sin embargo, la miopía fascista se limita a ver a un anciano con paraguas.

Al leer los informes de la visita, el quitaguas de Chamberlain parece decidir la política exterior italiana y el futuro de Europa. El diario de Dino Grandi, el embajador italiano en Londres, resulta dramáticamente explícito al respecto: «Fueron días marcadamente tristes. Cuando vi a Chamberlain bajarse del tren con un paraguas, en la estación de Roma, como un viajero normal, y a Mussolini salir a su encuentro, con casaca militar, Ciano a su lado y la legión de la Milicia fascista que rendía honores militares [...], no pude dejar de preguntarme si aún era posible un entendimiento entre dos mentalidades, entre dos mundos espirituales tan diferentes».

Este interrogante acompaña a Grandi durante los tres días de la visita de Estado de la delegación británica. Lo acompaña a los numerosos banquetes, fiestas, ballets organizados en honor de los invitados ingleses sin escatimar en medios, con el estilo ceremonial que Ciano ha aprendido en Alemania. Lo acompaña mientras observa a Mussolini que, con una cortesía demasiado ostentosa para ser auténtica, escolta a Chamberlain al Teatro Real de la Ópera con frac, como pocas veces puede vérsele; mientras tanto observa al Duce, aparentemente de excelente humor, manteniendo una larga conversación durante un almuerzo en el Palacio Venecia con la duquesa de Sermoneta sobre las *Confesiones* de San Agustín; al final, el interrogante no se le quita de cabeza a Grandi ni siquiera cuando su reconocida perspicacia advierte la irritación de Mussolini al escuchar el discurso «humano, cálido» con el que Chamberlain responde al frío y sobrio del fundador del fascismo.

El dilema parece resolverse en una melancólica evidencia cuando al embajador italiano, que no viste uniforme, se le permite asistir a una recepción oficial vestido de civil «siempre que sea la última vez». En la sala abarrotada, los únicos que llevan un traje formal de etiqueta, además de Grandi, son los miembros de la delegación británica. Todos los demás llevan extraños uniformes, chaquetas blancas, pantalones negros y camisas negras. Además, las mujeres son demasiado jóvenes y demasiado hermosas.

También Galeazzo Ciano concentra su atención en el paraguas de Chamberlain. También a él le parece el accesorio un detalle revelador: «Llegada de Chamberlain. La visita se mantiene sustancialmente en un tono menor ya que tanto el Duce como yo estamos poco convencidos de su utilidad. La recepción de la multitud es particularmente buena en los distritos centrales, en las zonas burguesas donde el viejo con paraguas es muy popular».

Sin embargo, a diferencia de Grandi, la afabilidad cálida e inútil del primer ministro británico no despierta ninguna añoranza en Ciano. Al contrario, en esas cansadas conversaciones, esas charlas sobre temas secundarios (España, el destino de los judíos), Ciano no deja de sentirse complacido. En la sincera voluntad inglesa de llegar a una reconciliación con los italianos, obstinadamente eludida, el ministro de Asuntos Exteriores fascista lee el inequívoco signo de la decadencia, del miedo a combatir. El voluntarioso Chamberlain se le aparece como un anciano afable, alto y delgado, larguirucho, un poco tontorrón, que ha vivido días mejores. A ojos de Galeazzo, los hijos y nietos de los hombres que conquistaron el mayor imperio de la historia no pasan de ser ahora señores ancianos, temerosos de la lluvia. Para el conde de Cortellazzo, la mejor prueba de ello es el mordaz juicio emitido por su suegro en un aparte durante uno de los banquetes: «Estos hombres ya no son», sentencia Mussolini, «de la pasta de Francis Drake y de los demás magníficos aventureros que crearon el imperio [...]. Estos son ahora simplemente los hijos cansados de una larga serie de generaciones ricas».

Por lo tanto, no hay razón para preocuparse por los ingleses. Los ingleses no lucharán. Uno puede seguir engañándolos sin mayor preocupación. De este modo, Ciano cumple fielmente las directrices de Mussolini: finge mantener la puerta abierta a Gran Bretaña mientras negocia en secreto para concluir el acuerdo militar con el Tercer Reich. Por otro lado, Galeazzo considera que no hay siquiera motivos para preocuparse por las consecuencias de la inminente alianza con la Alemania nazi: se da ampliamente por descontado, no modificará la opinión internacional en detrimento de Italia.

Al doble juego buscado por Mussolini, Ciano añade por su cuenta tan solo una nota de cinismo afectado y amateur: después de las conversaciones del 12 de enero con los ingleses, se apresura a permitir que el embajador alemán Von Mackensen lea las transcripciones; después de la partida de Chamberlain, envía incluso a Hitler copias auténticas de todas las actas de las sesiones en el Palacio Venecia; después de cada intento inglés por evitar la enemistad fatal entre Italia y el Imperio británico, llama rápidamente a Ribbentrop para presumir de la tomadura de pelo.

El equívoco de Ciano respecto a la cordial melancolía de aquel anciano del paraguas no podía ser mayor. Tampoco hace falta convocar al tribunal del futuro para comprobarlo. Con el presente será suficiente.

Mientras que, en Italia, en efecto, incluso los antifascistas se obstinan en ver en la diplomacia sin escrúpulos de Mussolini un ejemplo de audacia ganadora, en el resto del mundo, sobre todo tras la aprobación de leyes raciales en los últimos meses, la prensa liberal internacional decreta el definitivo ocaso de cualquier prestigio residual del dictador italiano. Y lo que es más importante aún, inmediatamente después del encuentro romano, el primer ministro británico decide mantener el plan de ataque preventivo desarrollado en mil novecientos treinta y cinco por el capitán Arthur Lumley Lyster: anticipándose a cualquier ofensiva del adversario, los británicos se preparan para asestar un golpe mortal a las fuerzas navales italianas atracadas en el Dodecaneso, y neutralizar así la base de Taranto para obligar a la armada real a salir a mar abierto y afrontar una batalla desigual. En otras palabras: atacar los primeros para aniquilar la flota italiana, provocar una colosal derrota militar, barrer toda base de consenso con el régimen fascista. En eso consiste el plan inglés ratificado ahora por Neville Chamberlain.

En definitiva, el viejecillo del paraguas, que la arrogancia de Mussolini pretende ver como hijo de una larga serie de exhaustas generaciones, nada más pisar suelo inglés confirma a sus almirantes la despiadada táctica corsaria del *first strake*.

El encuentro de esta tarde [...] se ha caracterizado por el profundo sentimiento de preocupación que aqueja a los británicos con respecto a Alemania [...]. Los ingleses no quieren luchar. Intentan retroceder lo más lentamente posible, pero no quieren luchar. Mussolini defendió Alemania con gran lealtad y se mostró algo hermético sobre sus planes futuros y los del Führer. Las conversaciones con los británicos han terminado sin llegar a conclusión alguna.

Llamo a Ribbentrop para decirle que la visita ha sido una «enorme gaseosa» absolutamente inofensiva.

Galeazzo Ciano, *Diario*,
12 de enero de 1939

La suerte sigue favoreciendo la audacia del «duce» y el aura de gloria está a punto de envolver su frente. Hoy está en Roma, venido de Londres, el amigo Chamberlain con su paraguas. Brindis. Mussolini brinda por la «gran nación amiga», que es Inglaterra, y por la nueva realidad mediterránea y africana instaurada por la amistad de los dos países.

El huésped inglés responde levantando su copa en honor de S. M. el Rey de Italia y *¡Emperador de Etiopía!*

Anotación en el diario de Luigi Gasparotto
bajo las fechas 11 de enero-15 de febrero de 1939

Que hombres de tal temperamento tengan el poder hoy es una desgracia no solo para los países que gobiernan sino también para el mundo.

Emil Ludwig, «The Nazi Internacional»,
The Quarterly Review, octubre de 1938

Es una suerte de broma repetir que él [Mussolini] ha salvado a Italia del bolchevismo [...].

En realidad, el hombre se parece a sus retratos: es un prisionero de la imagen que se ha creado. Cuando el cuadro se haga añicos y la ilusión óptica haya desaparecido, ¿qué quedará?

Le Pays Wallon, periódico belga,
12 de marzo de 1935

Hoy Hitler es el maestro, Mussolini, el discípulo.

The New York Times Magazine,
30 de octubre de 1938

Benito Mussolini, Galeazzo Ciano
Terminillo-Roma, 26 de enero de 1939

Barcelona ha caído. Ha caído la ciudad que desde la Edad Media fue símbolo de libertad y refugio de los hombres libres perseguidos por el poder. A Benito Mussolini le llega la noticia mientras está esquiando en Terminillo.

La aviación nacional ha machacado a diario y sin piedad a la población civil (cuarenta incursiones aéreas en cinco días), las tres líneas defensivas se han derrumbado una tras otra bajo el peso aplastante de la inferioridad numérica (en proporción de uno contra seis), el frente republicano ha dejado de existir. Benito Mussolini ha soltado de inmediato sus bastones de esquí, las botas de cuero y los guantes de gamuza y se ha apresurado a ir a Roma.

Mientras Mussolini baja en automóvil desde los montes de Rieti hacia la capital, el general Juan Yagüe lanza en Cataluña a las tropas indígenas reclutadas en el Sáhara español contra la ciudad rebelde, autorizando un bárbaro saqueo nada menos que de cinco días. En las calles de la ciudad catalana se saquea, se viola y se practican fusilamientos sumarios. En los campos de los alrededores, para escapar de la masacre, decenas de miles de soldados y civiles republicanos, incluidas muchísimas mujeres, ancianos y niños, se dirigen a pie hacia la frontera francesa en medio de una tormenta de nieve fina y helada.

No se trata solo de una victoria de los nacionales sobre los republicanos. La intención de Franco es abolir por completo la autonomía de Cataluña. Se han colocado de inmediato carteles hostiles («Si eres español, habla español», «¡Habla el idioma del imperio!»), se requisan los periódicos, los libros prohibidos por los militares y la Iglesia se queman en hogueras. No hay piedad ni para los muertos: se ha dado la orden de retirar las inscripciones de las tumbas del cementerio de Montjuïc que conmemoraban a los héroes de la lucha libertaria, Francisco Ferrer Guardia, Francisco Ascaso, Buenaventura Durruti.

Hablando al pueblo fascista reunido en piazza Venezia, la retórica de Mussolini adopta un lenguaje no menos despiadado. En su impiadosa prosopopeya, el Duce se hace eco gratuitamente de la ferocidad con la que se ha librado sobre el terreno la guerra civil:

—La espléndida victoria de Barcelona es un capítulo más en la historia de la nueva Europa que estamos creando. No es solo el gobierno de Juan Negrín el que ha sido derrotado por las magníficas tropas de Franco y por nuestros intrépidos legionarios: muchos otros entre nuestros enemigos muerden el polvo en estos momentos.

En la nueva Europa que los legionarios fascistas están creando junto a las tropas nazis y franquistas, parece no haber lugar para el honor de las armas debido a los enemigos vencidos. Tras una hábil pausa retórica, el orador pliega en su rostro una mueca burlona y se mofa de la famosa consigna de los vencidos:

—La consigna de los rojos era esta: «*¡No pasarán!*». Pues hemos pasado y os digo que seguiremos pasando.

A Galeazzo Ciano, por su parte, le llega la noticia de la caída de Barcelona mientras se halla en el césped de un campo de golf. Aunque la mayor parte de los italianos desconoce hasta lo que significa la propia palabra «golf», o quizá precisamente por eso, Ciano ha identificado en el círculo de golf Acquasanta, siguiendo via Apia Nuova, su lugar predilecto. Allí tiene su tertulia, allí trama sus propios embrollos sentimentales, allí recibe a su corte de recomendados y favoritos. De vez en cuando, a despecho de toda etiqueta, se anima a hacer unos cuantos hoyos en pantaloncitos blancos y sin camiseta.

Aunque los republicanos aún conserven parte del territorio español, la caída del frente del Ebro significa, de hecho, su derrota en la guerra. Para Galeazzo Ciano, la satisfacción adquiere el sabor de una victoria personal. Fue él, apenas tres meses después del final de la guerra de Etiopía, cuando acababa de asumir su cargo en el Ministerio de Asuntos Exteriores, quien impulsó una intervención italiana masiva y comprometedora en apoyo de los nacionalistas golpistas. Era él quien tramaba y centralizaba en sus propias manos cualquier decisión relativa a «la heroica empresa de España». Él también, en cada revés militar, quien se abandonaba al desánimo por su implicación en lo que de pronto se convirtió en «esta maldita guerra» («Apunta en tu diario», se lee en mil novecientos treinta y ocho, «que hoy, 29 de agosto, preveo la derrota de Franco»).

Ahora que la victoria llega casi de forma inesperada, el viento sangriento de la historia parece no causar más efecto en Ciano que un agradable cosquilleo en su vanidad. A la hora de la victoria, el pensamiento del ministro no se concentra en los setenta mil soldados desplegados por Italia, en los miles de italianos muertos y heridos, en los miles de millones que desangraron el erario público, en las mil novecientas piezas de artillería que se han quedado en España, en las enormes cantidades de equipos y materias primas dilapidadas sin posibilidad de reintegración, en el hecho de que la «heroica empresa» haya comprometido las posibilidades de reconciliación con Inglaterra y Francia, alineadas junto al bando republicano, condenando a Italia a una alianza cada vez más irremediable con Alemania. El pensamiento de Ciano se concentra en su triunfo personal sobre sus rivales y detractores italianos, esos «alelados que tanto despotricaron sobre nuestra intervención y que tal vez algún día comprendan que en el Ebro, en Barcelona, en Málaga, se han puesto los auténticos cimientos del imperio mediterráneo de Roma».

Tampoco en su caso hay piedad para los vencidos. Ya al comienzo de la guerra, el joven ministro de Asuntos Exteriores había presionado a Franco con una mano para que limitara los fusilamientos masivos de sus enemigos, mientras que con la otra hacía presión para que se exterminara a los enemigos del fascismo: «Queda entendido», había telegrafiado a Farinacci cuando se hallaba en misión con el Caudillo, «que mientras los prisioneros españoles deberán ser respetados por nuestra parte, los mercenarios internacionales deben pasarse inmediatamente por las armas. Naturalmente, en primer lugar, los renegados italianos».

Ahora, con la guerra casi acabada, entre un *putt* y un *flop* en el *green* del Acquasanta, Galeazzo Ciano suscribe con entusiasmo la orden de su suegro de exterminar a los antifascistas italianos que han acudido en ayuda de la República en España. Su crueldad encuentra consuelo en una típica convicción cínica respecto a la narración de la historia humana, una miserable máxima tan sugerente como falsa.

También han sido muchos los italianos prisioneros: anarquistas y comunistas. Se lo digo al Duce, que me ordena fusilarlos a todos, y añade: «Los muertos no cuentan la historia».

Galeazzo Ciano, *Diario*, febrero de 1939

Galeazzo Ciano
Bosques polacos-Terminillo,
del 24 de febrero al 3 de marzo de 1939

Imaginad el mar Mediterráneo como una inmensa prisión de agua. Los barrotes de esta celda asfixiante son Chipre, Malta, Túnez, Córcega; las puertas —atrancadas—, el Estrecho de Gibraltar y el Canal de Suez. La costa norteafricana se ha convertido en un muro. Quien ha transformado el mar del mito, el mar de Ulises, en cárcel es la dominación británica, el carcelero que vigila los accesos al mar pequeño, el *mare nostrum* de los padres latinos. Los pueblos que no se asoman al mar, el gran mar de las futuras generaciones, constreñidos entre otros pueblos del continente, no son libres. Italia es prisionera del Mediterráneo. Es misión de la Italia fascista, por lo tanto, romper los barrotes de esa prisión, desplegarse hacia el océano, conquistar su propio espacio vital navegando los mares que no navegamos. Avanzar por el océano, marchar por inauditos caminos acuáticos, escuchar la llamada de la vida marina, sus salobres presagios. Sea que tal expansión haya de producirse hacia oriente, por el océano Índico, o que haya de producirse hacia occidente, por el Atlántico. Sin temor alguno al inevitable choque con el bloque anglo-francés que nos aprisiona por todos lados.

Esta es la visión que Benito Mussolini, galvanizado por los éxitos de los fascistas en España, cultiva en febrero de mil novecientos treinta y nueve. Este es el sueño que le entrega a Galeazzo Ciano, su ministro de Asuntos Exteriores y su yerno, quien, como nunca hasta ahora, le tributa su incondicional admiración. Con esta visión grandiosa e improbable en los ojos, parte Ciano a finales de mes en su enésimo viaje diplomático. No marcha, sin embargo, hacia los océanos sino hacia las llanuras interiores del continente. Se dirige a Polonia, un país gris y llano como pocos.

Pese a todo, no puede decirse que le falte entusiasmo. Antes de marcharse, se jacta ante un miembro del cuerpo diplomático de los triunfos fascistas. Italia —sostiene el ministro— nunca ha sido tan fuerte como en estos momentos: cuenta con un acuerdo con Alemania y el contrapuesto refrendo inglés en Yugoslavia y en Hungría le corta el paso a Alemania hacia Europa Central, y la victoria de Franco en España se lo corta a Francia hacia el norte de África y el Mediterráneo occidental. Según las intenciones de Galeazzo, el viaje a Polonia debería permitirle perfeccionar lo que le gusta denominar el «plan Ciano»: establecer un bloque oriental bajo el liderazgo italiano para contrarrestar las pretensiones hegemónicas de Alemania. Hace años que, en aras de este propósito, entreteje maquiavélicas relaciones diplomáticas oficiales, o relaciones secretas, con jefes de Estado, con autodenominados jefecillos de sus pueblos y aventureros variados procedentes de Atenas, Belgrado, Bucarest, Budapest, Tirana y Sofía.

Polonia recibe al emisario de Mussolini con toda suerte de honores, con toda suerte de placeres —cenas de gala, lujosas recepciones, visitas a monumentos y palacios—, y Galeazzo no deja de complacerse con ello. Eso sí, el clima general se ve lastrado por algunas manifestaciones antialemanas espontáneas en diversas ciudades de Polonia y, eso sí, Italia parece ser más admirada por su arte de los siglos pasados que por su actual capacidad de liderazgo político-militar. Por otro lado, sin embargo, todo en Polonia parece estar bajo el signo de lo «provisorio», y lo provisorio bien puede volverse a favor de uno.

Y luego están las excursiones a la reserva de los bisontes, las fantasmagóricas expediciones de caza en los arcanos bosques de Białowieża, «una magnífica foresta, salvaje y sobria, rica en piezas de lo más raro». No cabe duda de que Ciano prefiere el golf en el Acquasanta al arte venatorio, pero no puede negarse que hay algo pintoresco en estas colosales partidas de caza con el telón de fondo de viejos castillos, entre aristócratas de antiguo linaje que, orgullosos hasta el fanatismo de sus ancestrales tradiciones, aún defienden la eficacia de las cargas de caballería contra las divisiones blindadas. Para no ser menos, el ministro de Asuntos Exteriores del gobierno fascista, célebre por su exquisita elegancia de sastrería, no pierde ocasión de vestir los pesados gabanes de caza de los condes polacos.

El sagrado sentido de la hospitalidad premoderna cultivada por la aristocracia polaca, sumado a su desprecio por todo homenaje plebeyo a la verosimilitud, atribuirá al final de la jornada de caza al conde Ciano el haberse cobrado cinco jabalíes. A Edda, su mujer e hija del Duce, quien, a despecho de la crisis de las relaciones maritales, lo acompaña a menudo en estos viajes diplomáticos, las voces palaciegas le asignarán nada menos que dos jabalíes y un lince. No es solo galantería. Es un homenaje al poder, una genuflexión a sus arcanos. Por toda Europa, en efecto, a Edda Ciano Mussolini le precede una leyenda negra que la señala como la auténtica ministra de Asuntos Exteriores de la Italia fascista, la única persona que ejerce influencia en Benito Mussolini. Una influencia que lo empuja con prepotencia hacia la Alemania de Adolf Hitler. Según el fantasioso relato de esta novela popular en salsa latina, Ciano no solo es el títere de su suegro, sino también el de su mujer.

Sordo a estas patrañas y convencido de su intuición política, antes de su regreso a Italia, Galeazzo Ciano consigna en su diario una profecía en la que confiar para la implementación de su brillante estrategia geopolítica: cuando se llegue al enfrentamiento entre democracias y Estados totalitarios, Polonia permanecerá al margen, neutral, a la espera de tomar partido por los vencedores. Queda, así pues, tiempo para seguir tejiendo la sutil trama del «plan Ciano».

Tan pronto como llega a Roma, Ciano acude inmediatamente a informar a Mussolini, quien se halla de nuevo en

Terminillo. De hecho, la pasión de su suegro por la montaña se ha inflamado últimamente, y, en cuanto le resulta posible, el Duce se apresura a ponerse los esquís.

Mussolini se muestra de acuerdo con el análisis de Ciano: Polonia es «una nuez vacía». Su yerno aprovecha para proponer de nuevo la ocupación de Albania que, según su visión, podría relanzar la Italia imperial y bloquear el acceso británico al Mediterráneo oriental. El Duce vuelve a estar de acuerdo. Hay que poner a punto los planes operativos para la invasión. Antes, sin embargo, debe acelerarse la firma de la alianza ítalo-alemana, la única que tutela los intereses italianos, la única que permite, en perspectiva, romper los barrotes de la prisión mediterránea. La única, entre todas las posibles, que ofrece garantías.

No son independientes los pueblos que no se asoman al mar y están encerrados entre otros pueblos del continente. Son independientes a medias los pueblos que no se asoman al océano. Entre estos estamos nosotros. Debemos desplegarnos hacia el océano. Salir de la cárcel mediterránea.

Benito Mussolini, discurso ante el Gran Consejo del Fascismo, 4 de febrero de 1939

Cuando se produzca la gran crisis, Polonia permanecerá durante mucho tiempo con las armas a los pies y solo cuando el destino haya quedado decidido se pondrá del lado del vencedor.

Galeazzo Ciano, *Diario*, 27 de febrero de 1939

Benito Mussolini
Roma, 15 de marzo de 1939

—Que no se informe a la prensa de esta visita. Los italianos se reirían de mí. ¡Cada vez que Hitler ocupa un Estado me envía un mensaje!

El príncipe Felipe de Hesse acaba de salir de la sala de audiencias del Palacio Venecia. El emisario de Hitler ha recorrido el largo trayecto sobre el mármol resbaladizo impuesto a los visitantes del Duce sin ninguna incertidumbre. Cuando la puerta monumental se cierra tras sus pasos, el que deja a sus espaldas el aristócrata intermediario ya no es el mundo de antes.

Con las primeras luces del alba, las fuerzas militares alemanas han recibido la orden de proceder a la ocupación inmediata de Praga, Brno y Jihlava. La orden ha sido ejecutada. Checoslovaquia ya no existe. Adolf Hitler, según su costumbre, ya está a bordo de su coche descapotable, rumbo a la capital checa. Mañana a más tardar, desde el gran castillo que domina Praga, anunciará el protectorado alemán sobre Bohemia y Moravia. En apenas cuarenta y ocho horas, siglos de historia han sido borrados del mapa, Europa Central ha cambiado de rostro.

Los objetivos alemanes y las tácticas para alcanzarlos han resultado ser idénticos a los desplegados para la anexión de Austria. A ultranza, éxito completo, sin mediación; amenazas, prepotencia, uso sin escrúpulos de la máxima fuerza. La guerra, nada menos que la guerra, el único medio para llegar al único fin, el poder.

En la noche del 14 al 15 de marzo de mil novecientos treinta y nueve se repitió al pie de la letra el guion que ya se había visto un año antes, cuando los nazis ocuparon Austria. Al igual que había ocurrido con el canciller austriaco Kurt von Schuschnigg, al presidente checoslovaco también se le obligó a realizar un desesperado viaje nocturno a Alemania. El propio Hitler comunicó a Emil Hácha, anciano y enfermo del corazón, prisionero en el edificio de la cancillería de Berlín, el ultimátum que iba a marcar el fin de su país: rendición incondicional, o de lo contrario la aviación alemana recibiría la orden de arrasar la magnífica Praga. Un médico alemán esperaba en la antesala, en caso de que el viejo corazón del señor Hácha no resistiera la prueba. En una habitación para invitados distinguidos, su hija, que había acompañado incautamente a su anciano padre a la guarida del lobo, lo esperaba, rehén ella también del chantaje, mordisqueando los bombones que le había regalado el Führer de los alemanes.

Además, el presidente Hácha había sido debidamente informado de que, mientras entraba en el patio de la cancillería el coche diplomático que lo conducía a él, a su hija y al ministro de Asuntos Exteriores, František Chvalkovský, a la entrevista decisiva, las tropas alemanas ya habían cruzado las fronteras y ocupado la región de Moravia-Ostrava. Fue entonces cuando Hácha cedió. En plena noche, hablando por teléfono con Praga, había ordenado que no se opusiera resistencia alguna. La incredulidad de sus compatriotas lo había obligado a repetir la orden: ninguna resistencia.

El nudo gordiano, en definitiva, había sido cortado nuevamente con la espada. La Alemania nazi había vuelto a precipitar la maraña diplomática entre naciones hacia la violencia unilateral. Adolf Hitler volvió a informar a su amigo italiano a hechos consumados, rompiendo sin titubeos los pactos solemnemente suscritos. Había jurado que no pretendía anexionarse ni a un solo checo y se los anexionó a todos. Pero lo más grave es que esta vez los acuerdos que se han convertido en papel mojado son los de Múnich, firmados tan solo seis meses antes; esos mismos acuerdos de los que él, Benito Mussolini, era hasta ayer el celebrado artífice.

Si el príncipe de Hesse hubiera arrojado una granada en la Sala del Mapamundi, no habría obtenido un efecto mayor. Mussolini, al quedarse solo con Ciano, se comporta como un individuo alcanzado por la onda expansiva de una explosión, pero sin llegar a ser herido por las esquirlas: el oído obstruido durante unos segundos, el vértigo de la desorientación, el zumbido de fondo. Da la impresión de que el Duce quiere verificar el estado físico en el que ha quedado, dando pequeños pasos en el inmenso salón. Los pies avanzan lentamente, uno tras otro, probando con cautela el suelo. Sus andares recuerdan a los de un convaleciente en proceso de rehabilitación tras una lesión en los meniscos.

La insólita ponderación de cada mínimo gesto, la inaudita cautela en el acercamiento a la realidad, son el signo exterior de la íntima reticencia que experimenta todo ser humano cuando se da cuenta de haber cometido un error fatal.

Entro a ver al Duce después de que Hesse se haya retirado. Lo encuentro descontento con el mensaje y deprimido [...].

Vuelvo a ver otra vez al Duce a última hora de la tarde. Es consciente de la reacción hostil del pueblo italiano [...].

Mussolini me llama a Villa Torlonia a las 9 de la mañana. Tiene aspecto de cansancio [...].

Por último, veo al Duce por tercera vez esa noche. Recibe a De Valera, con quien mantiene una breve e intrascendente conversación. Luego a Muti, que le presenta el plan operativo en España a partir del día 23. Lo aprueba sin discutirlo. Muti, que no veía al Duce desde hacía dos meses, lo encuentra cansado y «envejecido de muchos años».

Galeazzo Ciano, *Diario*, 15 y 16 de marzo de 1939

Benito Mussolini, Grigore Gafencu
Roma, primavera de 1939

En los días que siguen, el eco de la explosión llega a todo el país. El sometimiento de Checoslovaquia suscita una indignación generalizada en Italia. La inveterada aversión hacia los alemanes se reaviva. Sobre la mesa de Mussolini se acumulan informes policiales que constatan unánimemente los sentimientos antialemanes del pueblo italiano. Hay que parar las negociaciones para el pacto militar con Hitler. Si se firmara ahora, «se rebelarían hasta las piedras».

Según el diario de Giovanni Ansaldo, periodista de confianza y confidente de Ciano, ese sentimiento no expresa el odio de los italianos por el creciente poder alemán, la envidia hacia los dominadores, sino, por el contrario, la empatía con las víctimas, la memoria secular de un pueblo de dominados: «A fin de cuentas, la impresión italiana deriva, más que del miedo al crecimiento material alemán, de una especie de mortificación interna. No tengo información precisa; pero yo creo que también en *lo alto* todo esto ha caído como una bala de cañón. De ahí también, en *lo alto*, un comportamiento, en mi opinión, inadecuado. Imagínate que para hoy los diarios recibieron órdenes de publicar en primera plana... ¡los aumentos salariales!».

En *lo alto*, efectivamente, el golpe ha sido demoledor. El diario de Ciano describe a un Mussolini como nunca se lo ha visto: «El Duce está distraído y deprimido. Es la primera vez que lo veo así. Incluso en el momento del *Anschluss* reaccionó con mayor falta de escrúpulos». En él se va abriendo paso la conciencia de que la hegemonía prusiana en Europa ya está establecida, y que solo puede haber movimiento en sus márgenes; se va asentando la desconfianza en las promesas y garantías alemanas; se revela la evidencia de una conciliación imposible con Hitler: él trata de preservar el equilibrio del mundo en su propio beneficio, el otro quiere ponerlo patas arriba para imponerle el rumbo que desea. Y por encima de todo, en el alma atribulada de Benito Mussolini se esparce la única pasión política más poderosa que la esperanza, la que veinte años antes, hábilmente orquestada, lo encaramó al poder: el miedo.

Bien lo sabe Emilio De Bono, un general de los más fascistas, que fue cuadrunviro de la marcha sobre Roma y ha sido ministro de las Colonias, convocado de manera urgente con la orden de realizar inmediatamente un reconocimiento «en el frente norte, desde el paso de Resia al Tarvisio», para estudiar la manera de potenciar las fortificaciones fronterizas entre Italia y Alemania. Ya desde el año anterior, cuando Hitler se anexionó Austria, esa carcoma no ha dejado de excavar en el cerebro reptiliano del Duce, entre los receptores animales encargados de percibir la llegada del depredador; pero ahora parece llegado el momento de atender las sinapsis del terror primario. Por eso ha vuelto a tomarse en serio el llamado Muro Alpino Occidental, un sistema de defensa destinado a bloquear cualquier posible invasión de los odiados franceses, y, sobre todo, a planificar un refuerzo defensivo del Muro Norte, el segmento destinado proteger a Italia de sus amigos alemanes. Búnkers, sistemas de contención, cuarteles fortificados en hormigón o en cuevas, material del que está formada la confianza que, en el momento supremo de conciencia del error fatal, siente Benito Mussolini ante el destino común, proclamado en voz alta, de la Italia fascista y la Alemania nazi.

De los pensamientos que atormentan a Mussolini sirva de confirmación el testimonio de Grigore Gafencu, ministro rumano de Asuntos Exteriores, a quien recibe en el Palacio Venecia en esos mismos días. En el curso de su conversación, el Duce, sin provocación alguna, niega espontánea y repetidamente que tema a los nazis: «Estamos unidos por un mismo propósito y un mismo impulso revolucionario. Por eso no les tengo miedo a los alemanes».

«No», repite Mussolini a Gafencu con la obsesión del síntoma, «Italia no tiene realmente motivo alguno por el que temer a Alemania. No hay intereses divergentes. Los alemanes ejercen su presión hacia el este, Italia, en el Mediterráneo. Alemania nunca ocupará a Italia. Hitler nos ha dado garantías categóricas al respecto. De miedo, nada».

El ministro rumano de Exteriores nota con agudeza que el Duce del fascismo ya no afirma su propia política: la defiende; rechaza las objeciones que siente que surgen a su alrededor y aboga cálidamente por su causa como si quisiera darse a sí mismo razón y valor. En otras palabras: tiene miedo. La elección de estar siempre del lado del más fuerte, del más brutal, del más violento, lo ha llevado al desenlace más paradójico y al mismo tiempo obvio: al terror de encontrarse solo frente a él.

Mussolini había desafiado al destino durante demasiado tiempo para no sentir la amenaza de un revés siempre posible. Como el afortunado Polícrates, advertido por sombríos presentimientos, parecía preocupado por evitar la suerte. Le preocupaba su unión con Hitler, que disponía de fuerzas infinitamente mayores. Se veía arrastrado por un camino que él mismo había abierto, prisionero del sistema que le debía la vida y de las pasiones que había desatado, hacia una meta que le parecía cuando menos incierta. Habiendo provocado el viento, temía la tormenta.

De las memorias de Grigore Gafencu,
ministro rumano de Asuntos Exteriores

Benito Mussolini, los viejos escuadristas
Roma, 21-26 de marzo de 1939

Las zozobras, los ataques de ira y los arrebatos de orgullo antialemán de Benito Mussolini duraron tres días. Ya el 18 de marzo mandó publicar un artículo en el que endosaba a Checoslovaquia toda la responsabilidad de la crisis que la había aniquilado, y dio a conocer por fin a la embajada italiana en Berlín la respuesta al mensaje de Hitler entregado por el príncipe de Hesse: «Estamos de acuerdo con lo ocurrido en Checoslovaquia. Ante eventuales acciones italianas en relación con Francia no pedimos "intervenciones extranjeras", solo queremos saber si Alemania está dispuesta a facilitarnos materias primas, carbón, armas».

Tampoco esta vez, en definitiva, se ha dado marcha atrás. Desvincularse de Alemania hubiera significado dar la razón a los opositores internos, el aislamiento, el ocaso de cualquier sueño de hegemonía mediterránea. Y, además, a fin de cuentas, también se correría el riesgo de quedar a la altura del betún. La síntesis de la situación en la que se ha metido, con la soga al cuello, se la sugiere al jefe de gobierno el viejo asiduo a los burdeles que aún pervive en él: «Nosotros no podemos cambiar de política porque no somos putas».

En la noche del 21 de marzo, ante el Gran Consejo del Fascismo, el Duce puede, por lo tanto, hacer gala de su sabiduría sin escrúpulos. Después de haber ordenado a Alfieri y Buffarini Guidi que dieran lectura al boletín de la prensa extranjera, una interminable sucesión de quejas y disgusto por la «vil agresión alemana», Mussolini la aplasta en bloque:

—Quiero haceros una declaración cínica: en las relaciones internacionales solo hay una moral: el éxito. Fuimos inmorales cuando atacamos al negus, cuando atacamos Etiopía. Luego ganamos y nos volvimos morales, de lo más morales... ¿Qué se nos pide hoy? ¿Que dejemos en la estacada a los amigos? Me sonrojo al pensar que puede considerarse a Italia capaz de un giro copernicano semejante [...]. El problema para nosotros es otro. Es el equilibrio de fuerzas dentro del Eje. Debemos seguir la política del Eje como un pueblo serio. Nada de giros copernicanos [...]. Los checos han demostrado ser un pueblo cobarde. Son los judíos de los eslavos [...]. En definitiva, debemos aumentar nuestra estatura frente a nuestro camarada del Eje. ¿Cuándo? ¿Dónde? Ya veremos.

A pesar de que el generalizado descontento antialemán se haya extendido también a la cúpula del régimen, ningún miembro del Gran Consejo osa objetar nada. Solo Italo Balbo se atreve a hablar abiertamente de «limpiarles los zapatos a los alemanes». La respuesta de Ciano es muy dura. El Duce lo aprueba. Así es como se avanza: mintiéndose ante todo a sí mismos. «Hay que poner al mal tiempo buena cara», le susurra Benito Mussolini a su yerno.

Ahora todo lo que queda es purificarse sumergiéndose en las multitudes que lo adoran, restaurarse en estrecho contacto con el resplandor de los orígenes. La próxima semana se cumplirán veinte años desde la fundación de los Fascios de Combate. Veinte años, ni más ni menos. Una generación, un día y toda una vida.

Así llegamos al aniversario de los *sansepolcristas*,* de los hombres nuevos, de los pioneros de la revolución. Para celebrar el vigésimo aniversario de los Fascios, el 26 de marzo de mil novecientos treinta y nueve, en el Foro Mussolini, ha sido convocada en Roma toda la «vieja guardia» de los escuadris-

---

* Participantes en la reunión celebrada el 23 de marzo de 1919 en Milán, en Piazza Santo Sepolcro, de la que surgieron los Fascios de Combate italianos. *(N. del T.)*

tas, como en las lejanas concentraciones de la víspera de la insurrección. Son miles, decenas de miles los que acuden, de todos los rincones del país, después de haber sacado brillo a los puñales, de desempolvar los uniformes, los estandartes negros de la ferocidad adormecida. Son ellos, los «que allí estaban», llegados a las faldas de Monte Mario al final de una vida de desengaños. Sin embargo, todavía están todos aquí, incluidos los difuntos, los «mártires» de la revolución que responden «presente» al llamamiento de sus camaradas supervivientes.

Las banderas ondean al viento, se alzan las oriflamas, se exhiben los gallardetes, todo está listo para el triunfo de la autoexaltación. Sin embargo, llueve, no está claro por qué debería llover en un día como este, pero llueve. Llueve sobre los aporreadores de mil novecientos diecinueve, sobre sus vientres dilatados, llueve sobre sus frentes con entradas, sobre los cordones color sangre, distintivos de los veteranos. Es una lluvia que los envejece veinte años. Menudo cabrón el tiempo, menudo cabrón, mascullan maldiciendo.

Pero luego, a las 11 en punto, el sol se abre paso entre las nubes. El primer aplauso es para él, para el camarada-sol. El segundo es para el Duce. Benito Mussolini, en efecto, ha aparecido en el escenario, entre el enjambre de los jerarcas, tan pronto como la estrella solar aparece en el cielo, y lo oscurece. La exaltación se reaviva en los rostros abatidos, como por reflejo. Con la cabeza envuelta en esa aureola de luz cegadora, inobservable como una antigua y sangrienta deidad sumeria, el Duce del fascismo, en el momento oportuno, se ofrece al frenesí de esta plebe pequeñoburguesa suya poco después de las once.

—¡Camaradas, escuadristas de primera hora y de todas las horas! Me embarga una profunda emoción al dirigirme a vosotros, veinte años después de la fundación de los Fascios italianos de Combate, y mientras os miro fijamente a los ojos, veo los muchos días que hemos vivido juntos, felices, tristes, tormentosos, dramáticos, pero siempre inolvidables... —Mussolini se toca el bolsillo por un momento. Sabe lo que tiene que decir y cómo tiene que decirlo. Pero primero es hora de recordar—. Puede ser que exista gente por ahí que haya olvidado los durísimos años de la víspera de la insurrección...

La multitud grita: *¡Nadie!*

—... pero los hombres de las escuadras no los han olvidado, no pueden olvidarlos...

Entre la multitud se oyen gritos: *¡Nunca, nunca!*

—Puede ser que entre tanto alguien haya encontrado un asiento, pero los hombres de las escuadras están de pie, listos para empuñar el mosquetón, para subirse a los camiones, como hicisteis en las expediciones de antaño.

La multitud escucha, encandilada, las palabras de su Duce. Le oye pasar revista a los logros en política exterior, lanzar una advertencia a Francia, ensalzar la fuerza del Eje, el encuentro de las revoluciones fascista y nazi. Y es entonces cuando el timonel de la patria enuncia la ruta de navegación.

—¡Debemos armarnos! —aúlla a su pueblo de guerreros que festejan—. Esa es la consigna: más armas, más barcos, más aeroplanos. Al coste que sea, al precio que sea, aunque haya que arrasar con todo eso que se llama vida civil. Cuando eres fuerte, te ganas el cariño de tus amigos y el temor de tus enemigos. ¡Ay de los inermes!... ¿Cuáles son las tres palabras que componen nuestro dogma?

La multitud, con una sola voz, pronuncia tres palabras: *¡Creer! ¡Obedecer! ¡Luchar!*

—¡Pues bien, camaradas, en estas palabras estuvo, está y estará el secreto de toda victoria!

En oleadas, los vítores de los escuadristas envejecidos lo envuelven. Su Duce lleva en el bolsillo una carta de Hitler que ha recibido el día anterior, pero sus camaradas eso no lo saben: el Führer ha pedido que no se divulgue. Tal vez, por un instante, hasta él mismo la olvide y se ahogue en el entusiasmo, en la hecatombe del pasado. Más tarde, entre las mesas de las tabernas de Porta del Popolo, llegará el momento de la nostalgia. ¿Te acuerdas? ¿Te acuerdas?, se repetirán durante horas, como alelados por el misterio del tiempo, los hombres de los manípulos cansados. Llegarán las emociones, las carcajadas, las añoranzas, y entre los platos de macarrones, los medios litros de vino y los estribillos de sus dieciocho años cantados a voz en grito, mientras los dedos alisan en secreto el precioso cordón bermellón, se extenderá, hacia el ocaso, el presentimiento de que podría ser esta la última vez.

El Gran Consejo del Fascismo, ante la amenaza del establecimiento de un «frente único de las democracias asociadas al bolchevismo» contra los Estados autoritarios —un frente único que no es presagio de paz, sino de guerra—, declara que lo ocurrido en Europa Central hunde sus raíces más profundas en el Tratado de Versalles y reafirma, especialmente en este momento, su plena adhesión a la política del Eje Roma-Berlín.

Gran Consejo del Fascismo, orden del día, Roma,
21 de marzo de 1939

Galeazzo Ciano
Roma-Tirana, finales de marzo de 1939

Albania. Hace semanas que en el círculo de Acquasanta no se habla de otra cosa: desde que Galeazzo Ciano decidió que la conquista militar del país, ya en la órbita italiana desde hace décadas, ha de ser su empresa, la que transformará de una vez por todas al «aguilucho atado» en conquistador.

A partir de ese momento, un enjambre de ninfas aristocráticas, capaces apenas de situar en el mapa el Estaducho balcánico, en los intervalos entre un doble mixto de tenis y un coqueteo con el «conquistador», diserta sobre aquel áspero, desnudo y miserable territorio, poblado por clanes tribales aún gobernados por una ancestral ley del talión, como si de un edén exótico para futuros ocios de lujo se tratara. La agresión la decidió con Mussolini el 29 de marzo, inmediatamente después de conocerse la caída de Madrid, anuncio del inminente fin de la guerra civil: la gran tragedia de España significa para Ciano luz verde para su pequeña epopeya albanesa. Se supone que el plan de invasión está sujeto al más alto nivel de secreto, el que vela por los intereses vitales del Estado. Ciano, sin embargo, como bien saben los alemanes, que evitan revelarle información confidencial, es simplemente incapaz de guardar un secreto.

Y así, en los días previos a la Pascua de Nuestro Señor de mil novecientos treinta y nueve, Galeazzo, mientras roza impunemente los muslos de sus amantes de alto rango en los sofás del Golf Club, puede entregarse a sus halagos, a su descarada exaltación, a sus vaticinios de pronta sucesión en el trono dictatorial. Un tren de vida suntuosa corre en esta primavera temprana sobre los prados del Acquasanta, se viven horas trepidantes en las que las intrigas del amor se entrelazan con las de la política y las hermosas favoritas comparten los peligros y placeres del poder con sus señores. La compañía del conde Ciano, inamovible por razones familiares, es la más buscada entre las jóvenes avispadas de la capital porque en él, por más que diserte con grandilocuencia acerca de conquistas militares a diestra y siniestra, el resorte de la violencia fascista parece haberse aflojado, porque con él el régimen, a despecho de todo heroísmo proclamado, parece haber llegado a un brillante compromiso con lo que el fascismo tiene de más fácil, de más agradable, de menos heroico.

El apuesto Galeazzo, rodeado de émulos y fámulos, puede incluso abandonarse en público a manifestaciones de disenso respecto a su suegro. Después de Checoslovaquia, el ministro de Asuntos Exteriores de Mussolini ha cambiado de rumbo. A despecho de la línea proalemana oficial, se declara convencido, en efecto, de que no hay política alguna que pueda hacerse de acuerdo con Hitler. Le parece «desleal y traicionero». La conversión antigermánica de Galeazzo, lanzada como si nada entre la hora del té y la hora del aperitivo, se nutre de rumores y chismes, se alimenta de la actitud de desprecio de un público de jóvenes princesas y condesitas esnobs que lo rodean cómplices mientras le presentan a los alemanes como paletos, siempre mal vestidos, siempre acompañados por mujeres feas, pesadas, poco elegantes:

—Son todos unos paletos, unos villanos, rodeados de hembras duras, vulgares, poco elegantes..., eso es, sobre todo, poco elegantes... La civilización somos nosotros, somos nosotros... —le repiten incesantemente las jóvenes damas al conde de Cortellazzo.

Todo ello no impide que Galeazzo Ciano secunde la política de su Duce sin ninguna oposición real y juzgue como «maravilloso, lógico, heroico» su discurso ante el Gran Consejo del Fascismo con el que el 21 de marzo reiteró la férrea necesidad de la alianza con Alemania. La conversión antialemana escenificada en el Golf Club no altera las relaciones entre suegro y yerno, solo las hace más intrincadas; el juego de papeles entre ellos se ha vuelto más sutil desde que Galeazzo lleva la máscara del criado fiel aunque huraño, que escucha y obedece en silencio, pero lo hace meneando la cabeza en beneficio de su público imaginario. Así lo ve y lo pinta, después de una recepción, en un comunicado al secretario de Estado, justo en esos días, el embajador estadounidense en Londres, Joseph Kennedy, vástago de una familia de origen irlandés que se ha enriquecido durante los años de la ley seca con el contrabando de whisky:

«También he conocido a Ciano [...]. No tengo idea de la capacidad que posee para el cargo que ocupa, pero nunca en mi vida me había tropezado con una persona tan fatua y pomposa. Se pasó la mayor parte del tiempo apartándose con alguna joven a algún rincón para charlar, y durante el almuerzo no hubo manera de oírlo hablar seriamente por el temor que sentía a perder de vista a las dos o tres chicas que habían sido invitadas para convencerlo de que viniera. Me fui con la convicción de que conseguiríamos mucho más enviando a Roma a una docena de actrices guapas que a un grupo de diplomáticos o una escuadrilla de aviones».

Edda también estaba presente en la recepción. Su *ménage* como pareja abierta, anunciada a los cuatro vientos como ultramoderna, mundana y chic, no prevé escenas de celos, si bien dada la inacción de su marido, es la hija del Duce quien lleva a cabo las funciones diplomáticas. Es ella, notoriamente pronazi, la que declara a Kennedy su pesar por la «disipación de la cordialidad que había caracterizado las relaciones entre las dos naciones al comienzo del régimen de Mussolini», cuya responsabilidad atribuye a la política de las democracias, que supuestamente han forzado a su padre a la necesidad «de tener que tratar con Hitler con el fin de protegerse a sí mismo».

El enésimo intento de los angloamericanos de aproximarse a la Italia fascista fracasa sin estruendo, y la velada aporta más argumentos a las nutridas filas de detractores, que ven en el «yerno del régimen» el emblema de una patética esclavitud familiar y política, en sus críticas a Hitler una no menos patética rebelión adolescente contra el padre totémico, en su mujer Edda, que prolonga el dominio de su padre hasta el interior de las paredes de su hogar, una especie de «Mussolini con útero».

A Galeazzo Ciano, sin embargo, no parece causarle mayor preocupación todo este drama edípico. Ahora que ha quedado decidida *su* conquista albanesa, la ostentosa complacencia mostrada en el club Acquasanta es plena, sólida, inquebrantable. Rodeado por sus princesitas adorantes, les explica que la empresa no ha de entenderse como una emulación de las anexiones alemanas sino, muy al contrario, como un guante de desafío lanzado a Alemania, una advertencia y un antemural concreto frente a posibles objetivos germánicos en los Balcanes y el Mediterráneo. «Italia ocupará Albania no con Alemania, ni mucho menos para Alemania, sino contra ella», explica Ciano. Los jóvenes aristócratas aplauden, desbordando entusiasmo, ante tan sabia estrategia.

Y, sin embargo, con mayor honestidad, ya el 15 de marzo, día de la anexión de Checoslovaquia, Ciano había confiado en su diario la naturaleza de su indignación hacia los alemanes:

«El asunto es grave, sobre todo porque Hitler había asegurado que nunca se anexionaría ni a un solo checo [...]. ¿Qué peso se le podrá dar en el futuro a las demás declaraciones y promesas que más nos conciernen? Es inútil ocultar que todo esto preocupa y humilla al pueblo italiano. Hay que darle una satisfacción y una recompensa: Albania».

La estratagema concebida por Ciano está clara: aprovechar la violencia depredadora alemana contra Checoslovaquia para apoderarse de Albania, con idéntico ímpetu de atropello. Esta es, además de no saber guardar un secreto, otra cosa que el conde de Cortellazzo no sabe hacer: es incapaz, absolutamente incapaz, de no pasarse de listo.

... Vuelvo a ver al Duce a última hora de la tarde. Es consciente de la reacción hostil del pueblo italiano [a la invasión alemana de Checoslovaquia], pero afirma que a estas alturas es mejor poner buena cara a los jueguecitos alemanes y evitar así servir «a Dios o al diablo en menoscabo propio». Todavía menciona la posibilidad de un golpe en Albania, pero se muestra aún dubitativo. Ni siquiera la ocupación de Albania podría, según mantiene, contrarrestar, en la opinión pública mundial, la incorporación al Reich de uno de los territorios más ricos del mundo, como es Bohemia. Estoy convencido de que no se hará nada [...]. ¡Qué lástima! En mi opinión, la conquista de Albania habría levantado la moral del país, habría sido un fruto efectivo del Eje, y una vez recolectado, podríamos haber reexaminado nuestra política. Incluso respecto a Alemania, cuya hegemonía empieza a dibujarse con perfiles muy preocupantes.

Ahora la maquinaria está en marcha y ya no puede detenerse: o se hará con [el rey de Albania] Zog o se hará contra él. Por muchas razones —por encima de todas la de no ser nosotros los italianos los primeros en disparar los cañones en Europa—, preferiría la primera solución. Pero si Zog no cede, habrá que recurrir a las armas y hacerlo con toda decisión.

Cae Madrid y, con la capital, todas las demás ciudades de la España roja. La guerra ha terminado. Es una nueva y formidable victoria del fascismo: tal vez la mayor hasta ahora...

El Duce está radiante. Señalando el atlas geográfico abierto en la página de España, dice: «Lleva abierto aquí desde hace casi tres años, ya basta. Pero ya sé que tengo que abrirlo en otra página». Lleva a Albania en su corazón.

Galeazzo Ciano, *Diario*, 15 y 28 de marzo de 1939

Galeazzo Ciano
Roma-Valona, 7-16 de abril de 1939

La invasión estaba prevista para el 6 de abril, al cumplirse el ultimátum enviado al rey Zog: o suscribía formalmente al protectorado italiano o le sería arrebatada la corona (que, por otro lado, se había puesto él solo en la cabeza; Ahmed Zog es, en efecto, el antiguo presidente de la República de Albania, que se ha autoproclamado soberano). En realidad, la invasión se produciría de todos modos, independientemente de lo que el rey hubiera decidido (Ciano había hecho distribuir a los pilotos dos tipos de folletos para lanzarlos al estilo de D'Annunzio sobre el país, uno en caso de desembarco con el consentimiento del rey y otro sin él).

Justo en la víspera del desembarco, la reina consorte, Géraldine Apponyi —queda en el recuerdo su suntuosa boda y su viaje de luna de miel a bordo de un Mercedes descapotable rojo vivo, obsequio para los recién casados del mismísimo Adolf Hitler—, ha dado a luz al heredero al trono. Que han bautizado con el nombre de Leka. Quizá también por ello, el presidente de la República transformado en rey se ha negado a someterse. Y como incluso el rey de Italia seguía mostrando sus reticencias —«no vale la pena correr el riesgo para apoderarnos de cuatro piedras»—, la invasión se ha pospuesto un día.

Por desgracia, la nueva fecha señalada para la agresión coincide con el Viernes Santo y al nuevo papa, que ha elegido el nombre de Pío XII, está claro que no le hará gracia que sus compatriotas inicien una guerra el día en que se conmemora la Pasión de Cristo. Galeazzo Ciano, aunque muy atento a las relaciones con el Vaticano, no siente la menor preocupación por ello. Después de haber recibido al embajador británico y haber tomado contacto con el estadounidense, y de haber mentido descaradamente a ambos negando cualquier intención de amenazar a Albania, solo le preocupa que el general Pariani reafirme su compromiso de llegar a Tirana en el plazo de las cuarenta y ocho horas posteriores al desembarco. Pariani, contactado por teléfono, se lo reitera personalmente a Mussolini: ya ha asignado a los comandantes Messe y Guzzoni a la cabeza de la fuerza expedicionaria. Esto es lo único que importa. Adelante pues.

Los marineros italianos desembarcaron cerca de Valona al amanecer del 7 de abril de mil novecientos treinta y nueve. La organización es pésima. «Si los albaneses», anota Filippo Anfuso, «hubieran contado con una brigada de bomberos bien adiestrada, nos habrían repelido a patadas al Adriático». Sin embargo, dado que los albaneses no cuentan con una brigada de bomberos bien adiestrada y se limitan a algunos disparos sueltos desde las ventanas con viejas escopetas de caza, el general Pariani puede cumplir su promesa. Los soldados italianos entran en Tirana antes de que expire el día sucesivo al desembarco. Sin encontrar resistencia armada. Los notables locales y los líderes tribales de las zonas montañosas han sido profusamente corrompidos gracias a los fondos secretos del ministerio de Ciano. Ni siquiera la fuerza aérea italiana tiene que lidiar con acciones enemigas de contraataque. De hecho, Albania, sencillamente, carece de aviación.

Galeazzo Ciano vuela a Tirana el 8 de abril. Lo acompaña Alessandro Pavolini, antiguo escuadrista florentino, hijo de un indianista de fama internacional, antiguo miembro del escuadrón de bombarderos capitaneado por Ciano durante la guerra de Etiopía, periodista personal, protegido y amigo del ministro. Para Pavolini y para otros funcionarios ministeriales, se están preparando ya las medallas de una campaña consistente en ese vuelo y en una fuga general.

Cuando Ciano y Pavolini aterrizan en el aeródromo de la capital albanesa, en efecto, el rey ya ha huido al extranjero con su esposa, su pequeño hijo y el tesoro de la corona. Los pocos compatriotas leales a él se han dispersado. La ciudad es presa de bandas de saqueadores. El pueblo albanés, acostumbrado a la presencia italiana, desde el fondo de un ancestral fatalismo, aclama por hábito a los conquistadores.

Solo queda el problema de la corona. Los notables albaneses querrían al menos un príncipe de sangre real, un Saboya o un Aosta. Mussolini piensa en la hipótesis de una regencia. Ciano, perplejo, preferiría no contrariar a Víctor Manuel III, que ya se oponía a la anexión. Cuando una delegación de exiliados albaneses se lo ofrece a él para halagar su vanidad, el ministro se muestra, en efecto, muy complacido. Al final, sin embargo, el viejo soberano de la Casa de Saboya, aunque no deje de hacer alarde de su desprecio por las «cuatro piedras albanesas», a despecho de todos sus principios y con la fórmula de la «unión personal», acepta de buena gana el trono que había pertenecido a los Scanderbeg.

La ceremonia de la ofrenda de la corona se desarrolla en un ambiente solemne y gélido. Algunos de los notables albaneses, jefes de las tribus montañesas bajo dominio musulmán durante siglos, que deambulan incómodos por los inmensos salones del Quirinal, aún se suenan la nariz con los dedos. Es el propio Ciano quien nota el ambiente surrealista: «El rey responde con una voz insegura y temblorosa: definitivamente, no es un orador que impresione a su auditorio, y estos albaneses, gente dura, montañesa, guerrera, observan entre asombrados e intimidados a ese hombrecillo sentado en una gran silla dorada, a cuyos pies se alza un gigante de bronce: Mussolini. Y no entienden cómo puede pasar algo así».

A despecho de todas las predicciones de Ciano, las consecuencias internacionales de la ocupación de Albania son gravísimas. Aparte de las princesitas del Golf Club, nadie lo interpreta como una jugada antialemana, sino como un preludio a la invasión de Grecia y Rumanía. Con sus descaradas mentiras al embajador Phillips, Ciano pierde toda confianza por parte de los Estados Unidos de América. Con la agresión militar, no menos inútil y gratuita, Italia pierde toda credibilidad residual frente a Gran Bretaña. El gobierno británico, de hecho, se apresura a ofrecer garantías a Grecia y Rumanía en caso de agresión: Chamberlain y el Foreign Office están definitivamente convencidos de que ya no se puede confiar en Mussolini, el equilibrio en el Mediterráneo ha quedado roto. Deben resignarse, por lo tanto, a tratarlo igual que a Hitler, como a un enemigo.

Por último, con respecto al canciller del Reich, en las semanas posteriores al «rapto de su propia esposa» albanesa por parte de los italianos, el embajador Bernardo Attolico envía desde Berlín numerosos despachos muy alarmantes: en su opinión, los alemanes, después de la de Austria y Checoslovaquia, están preparando también la invasión de Polonia.

Ciano, sin embargo, decide hacer caso omiso del embajador, por considerarlo uno de esos «sembradores de pánico» estigmatizados por Mussolini. El ministro de Exteriores de la Italia fascista prefiere prestar oídos a Massimo Magistrati, primer consejero de la embajada en Berlín, quien sostiene que se trata de alarmismos histéricos e infundados. Por otra parte, el «conquistador» Galeazzo confía en Magistrati como si fuera alguien de su familia, y no podía ser de otra manera: el diplomático, al haberse casado con su hermana Maria, es también, ante todo, su cuñado.

Desde su punto de observación en el fuselaje de un bombardero en vuelo nocturno entre Roma y Tirana, Galeazzo Ciano no quiere y, a esas alturas, aunque quisiera, ya no podría, prestar oídos a los anticipadores de catástrofes, a los fatalistas de profesión. Alzando la vista por encima del Adriático hacia los Balcanes —y, quién sabe, tal vez incluso más lejos—, el conde de Cortellazzo ve un suntuoso tren de vida, nuevos aparatos ministeriales para colocar a sus favoritos, lujosos pabellones de caza construidos a expensas del erario público, Tirana, primera ciudad balcánica, Tirana como centro de deportes de invierno, ve los nombres de lugares y calles reemplazados por otros nombres de lugares y calles, destinados a perpetuar su gloria y la de su familia en labios de la posteridad.

La propuesta que cambiará el nombre de Santi Quaranta, una localidad costera de la prefectura de Valona, ya está lista. En la espectacular visión del futuro de Galeazzo Ciano, a vista de pájaro, la posteridad la llamará Porto Edda en honor a su esposa, la hija predilecta del Duce.

Albania es la Bohemia de los Balcanes. Quien tenga en sus manos Bohemia posee la cuenca del Danubio. Quien tenga Albania en sus manos tiene la región de los Balcanes en sus manos. Albania es una «constante» geográfica de Italia. Nos asegura el control del Adriático. Hemos convertido el Adriático en un lago italiano.

Benito Mussolini, discurso ante el Gran Consejo del Fascismo,
13 de abril de 1939

Es hora pues de silenciar a los sembradores de pánico, a los anticipadores de catástrofes, a los fatalistas profesionales, que muchas veces encubren con una gran bandera su miedo, su odio insensato o la defensa de intereses más o menos inconfesables.

Discurso de Benito Mussolini en el Capitolio,
20 de abril de 1939

¿Le has hablado [al Rey Zog]? Pero recuerda que si las cosas se tuercen, yo no sabía nada.

Galeazzo Ciano a Francesco Jacomoni,
ministro consejero en Tirana, en vísperas del
desembarco en Albania

Los acontecimientos de hoy han electrizado mi espíritu [...]. Después de la venganza de Adua, la venganza de Valona. Este fiel colaborador tuyo, que ha tenido el privilegio de ser, durante ocho años, el testigo diario de tu actuación, sabe que jamás has desistido de esta actuación, ni por un segundo. Esta conquista convierte al Adriático, por primera vez, en un mar militarmente italiano y abre a la Italia de Mussolini los antiguos caminos de las conquistas romanas en Oriente.

Dino Grandi, carta a Benito Mussolini,
Londres, abril de 1939

Mencionaré entre paréntesis [...] que le dije a Ciano que esa historia albanesa me parecía un enorme error, no por temor a las inmediatas reacciones yugoslavas o franco-inglesas, sino por el hecho de instalarnos en los Balcanes mediante un golpe de mano que nos proclamó agresores de un país en el que estábamos establecidos desde 1921, y que solo pedía ser conquistado pacíficamente.

De las memorias de Filippo Anfuso, jefe de gabinete
del ministro de Asuntos Exteriores

Desde la oficina de telégrafos nos informan de largos mensajes cifrados desde Tirana al Foreign Office. No podemos detenerlos. Sin embargo, ordeno que se retrasen y que se produzcan muchos errores en la transmisión de las cifras. Es bueno ganar tiempo, por más que Chamberlain haya dado en la Cámara de los Comunes una muy buena versión para nosotros de lo sucedido y haya declarado que Gran Bretaña no tiene intereses específicos en Albania.

Me dedico a preparar el discurso para la Cámara. La reacción de las Potencias [a la invasión] disminuye de tono. Con la ceremonia de mañana [la ofrenda de la corona albanesa a Víctor Manuel III] daremos un pretexto a las democracias, que en el fondo no están pidiendo nada mejor, para lavarse las manos.

Galeazzo Ciano, *Diario*, 6 y 11 de abril de 1939

Me asombraba que se hubiera propinado a sí mismo este castigo cuando sabía que sucedería justo lo contrario. Lo indudable es que ha perdido toda nuestra confianza con esa mentira inútil y gratuita.

William Phillips, embajador de Estados Unidos en Roma (sobre los desmentidos de Ciano en vísperas de la invasión de Albania)

En consecuencia, el Gobierno de Su Majestad ha llegado a la conclusión de que en el caso de una acción que amenace claramente la independencia de Grecia o de Rumanía y a la que los gobiernos griego o rumano, respectivamente, consideren necesario resistir con sus fuerzas nacionales, el Gobierno británico se sentirá obligado a prestar inmediatamente toda la ayuda a su alcance a los gobiernos griego o rumano, según el caso.

La acción del gobierno italiano [...] arroja sombras sobre la sinceridad de sus intenciones de cumplir con sus compromisos [...]. Hoy debemos endurecer nuestra determinación: determinación no solo destinada a hacernos fuertes para defender nuestro país, sino también determinación entendida como el cumplimiento de nuestra parte para acudir en ayuda de quienes, si son agredidos o amenazados con perder su libertad, deciden resistir.

Neville Chamberlain,
discurso ante la Cámara de los Comunes,
13 de abril de 1939, primera hora de tarde

Los acontecimientos históricos que se desarrollan en estos días son fruto de nuestra voluntad, nuestra fe y nuestra fuerza [...].

Al mundo se le pide que nos deje tranquilos, concentrados en nuestro gran y cotidiano esfuerzo. En todo caso, el mundo debe saber que mañana, como ayer, como siempre, seguiremos adelante.

Discurso de Benito Mussolini desde el balcón del
Palacio Venecia, 13 de abril de 1939, última hora de la tarde

Benito Mussolini
Roma, 14-16 de abril de 1939

¿Cómo no dejarse hechizar por los hombres legendarios?

Hermann Wilhelm Göring lo es, no cabe duda de que lo es. En la foto difundida a los periódicos de su llegada a la estación Termini el 14 de abril de mil novecientos treinta y nueve, Mussolini concede una instantánea en la que incluso él, frente a la guardia de honor de sus mosqueteros, figura dos pasos por detrás del mariscal de campo.

La leyenda de Göring pertenece al fascinante reino de la encarnación: en él la idea sobrenatural del superhombre nazi asume un cuerpo físico, un cuerpo rebosante de carne gruesa, tejidos preciosos y hierro gamado. Nacido en una rica familia de tradiciones militares, ingresó en la Fuerza Aérea Imperial Alemana en mil novecientos quince, tras la muerte de Manfred von Richthofen, el Barón Rojo; fue el último comandante del «circo volador», la escuadrilla de cazas más temible de la Guerra Mundial, y presumía, al final del conflicto, de hasta veintidós duelos aéreos victoriosos. Terminada la guerra, tras casarse con la baronesa Carin von Kantzow, una de las mujeres más hermosas de Suecia, epiléptica y tuberculosa, abrazó la causa de un cabo austríaco que hasta hacía poco vagabundeaba por las calles de Viena, lo introdujo en la alta sociedad alemana, organizó las SA, la Sección de Asalto, el brazo armado de su partido político (el Partido Nacionalsocialista Obrero Alemán) y, diez años más tarde, como presidente del Reichstag, apoyó su nombramiento como canciller. Una vez conquistado el poder, Hermann Göring no tardó en convertirse en el número dos del régimen nazi, acumulando cargos, honores y riquezas. En mil novecientos treinta y tres creó la Gestapo, la policía secreta del Tercer Reich; en mil novecientos treinta y cuatro —en la Noche de los Cuchillos Largos, ajuste de cuentas entre las dos alas armadas del nazismo— encabezó a las SS en la matanza de las Secciones de Asalto (los mismos camisas marrones a los que él, diez años antes, había regimentado); en mil novecientos treinta y cinco dirigió la creación de la Luftwaffe, la aviación de guerra germánica; en el treinta y seis Hitler le otorgó plenos poderes para el plan industrial cuadrienal que independizaría a Alemania de cara a una segunda guerra en el mundo. Industria pesada, química, textil, alimentaria: todo está en sus manos rebosantes de preciosos anillos.

Presidente del Parlamento del Reich, comandante en jefe de la aviación, general de infantería, primer ministro del Estado Libre de Prusia, titular de los ministerios alemanes de Economía, Aviación y Bosques, morfinómano, glotón inmoderado, saqueador compulsivo de tesoros artísticos, cazador frenético de todo tipo de piezas, el día en que el mariscal de campo Göring desembarca en Roma en la primavera de mil novecientos treinta y nueve, puede lucir uno de los vistosos uniformes que le encanta diseñar personalmente. Ojos de zafiro luciferino, mandíbula fuerte, mole imponente, gorra blanca con visera negra, uniforme militar cruzado azul con botones dorados y solapas inmaculadas, pantalón largo con franja vertical blanca, una gruesa bandolera de cuero que le cruza el pecho para sujetar el sable. La mano izquierda en la empuñadura del sable, la derecha apretada alrededor del bastón de mariscal.

Así lo retrata la fotografía elegida por la oficina de propaganda de la jefatura del gobierno para la prensa diaria. Detrás de él, Mussolini aparece casi como un émulo en clave menor. Misma mandíbula, gorra y chaqueta militar parecida (aunque negra), bandolera pequeña de cuero, pantalones de monta, postura marcial innatural y rígida casi hasta el ridículo (Göring, en cambio, camina con desenvoltura, pasando revista a las armas fascistas). Y, sobre todo, mientras Benito Mussolini exhibe en la pechera de la chaqueta algunas condecoraciones obtenidas en casi dos décadas de poder político, Hermann Göring luce las cruces de hierro de primera y segunda clase conquistadas en la guerra y, más aún, la Orden *Pour le Mérite*, el más alto honor militar prusiano, una cruz de ocho puntas esmaltada en azul y decorada en las esquinas con águilas doradas. Esta última, en lugar de tenerla prendida al pecho, el pionero del vuelo de combate, con displicencia aristocrática y amenazadora, la deja colgar del mango de su sable.

El encuentro político se lleva a cabo al día siguiente en el Palacio Venecia, en la enorme y vacía habitación de trabajo del Duce, la Sala del Mapamundi. Frente a la gigantesca chimenea de mármol, además de Mussolini y Göring, solo se hallan presentes Ciano y Paul Schmidt, el joven intérprete del Ministerio de Asuntos Exteriores alemán. Es el mariscal de campo quien lleva la voz cantante. Göring se afana, en primer lugar, por explicar a su amigo italiano la necesidad de una acción alemana contra Checoslovaquia. La necesidad y los beneficios: la adquisición de la renombrada fábrica Skoda aumenta considerablemente el potencial para la producción de armamento, especialmente de artillería pesada. Mussolini asiente. Luego, Göring emprende una amplia descripción general del marco político europeo: en una perspectiva a largo plazo, el choque entre las potencias totalitarias y democráticas se le antoja inevitable; ante ello, no puede descartarse ninguna táctica diplomática, ni siquiera el acercamiento instrumental a la Unión Soviética, para sustraerla a una posible alianza con las potencias occidentales.

Habiendo pronunciado la blasfemia de un arreglo entre el nazismo y el comunismo, Göring guarda silencio por unos momentos. Un escalofrío recorre la habitación. El mariscal de campo acaba de formular la hipótesis de una alianza monstruosa que desmentiría la primera razón de ser del fascismo: la lucha contra el bolchevismo. Ciano, que nunca toma la palabra en presencia del Duce, se revuelve nervioso en su silla. Mussolini, sin embargo, da también su consenso a esto.

Göring ataca entonces los puntos críticos del escenario europeo, que son Polonia y Túnez, a su juicio. Hablando de Túnez, está invocando claramente la razón más probable de Italia para emprender un conflicto armado, ligado a los contenciosos con Francia; nombrando Polonia, el mariscal de campo indica el próximo *casus belli* alemán. Su tono se vuelve enardecido, despreciativo. Hitler considera amortizados los acuerdos de paz entre Alemania y Polonia, y los responsables son esos sinvergüenzas de los polacos que están bloqueando las legítimas reivindicaciones alemanas en el corredor de Dánzig.

La escarcha cae sobre la Sala del Mapamundi, el sonido de las palabras de Göring recuerda claramente a las que precedieron a la invasión de Austria y Checoslovaquia. Paul Schmidt nota que el rostro de Mussolini se oscurece, volviéndose «cada vez más pensativo». Ciano, como siempre en estas circunstancias, permanece relegado en su silencio de sometido.

—Estoy de acuerdo, mariscal. La guerra es inevitable, lo llevo diciendo mucho tiempo. Dentro de unos años habrá una guerra entre el Eje, Francia e Inglaterra. Pero necesitamos un periodo de paz de no menos de tres años para prepararla. Por ahora debemos discutir de paz y prepararnos para la guerra.

Benito Mussolini ha hablado. Paul Schmidt, aunque asombrado, traduce fielmente sus palabras. Y traduce fielmente la posterior invectiva de Mussolini contra Yugoslavia y, sobre todo, contra Francia, pronunciada con un tono belicoso que parece querer emparejarse con el adoptado por Göring respecto a Polonia.

Complacido, el viejo piloto de guerra vuela ahora a menor altura. Las últimas frases de Hermann Göring se pronuncian con un tono tranquilizador.

El mariscal de campo se declara de acuerdo con el Duce; le asegura que Alemania no está preparando ninguna acción militar contra Polonia. Nadie piensa que el conflicto pueda y deba estallar antes del año mil novecientos cuarenta y tres o, mejor aún, antes de mil novecientos cuarenta y cuatro. Alemania e Italia están, por tanto, perfectamente de acuerdo «en evitar cualquier provocación que pueda desembocar en un conflicto, a la espera del momento oportuno». Mientras tanto, seguirán armándose. Paul Schmidt traduce también al pie de la letra estas últimas declaraciones de Hermann Göring. Mussolini y Ciano las entienden perfectamente. Italianos y alemanes, antes de prodigarse en sus saludos fascistas, se dan la mano calurosamente. Y, sin embargo, todo esto no impide que la infausta ala de un inmenso equívoco, de un agudo y recíproco malentendido, caiga sobre los hombres presentes en la Sala del Mapamundi.

Terminado el encuentro, Mussolini reafirma su táctica ante Ciano: seguir adelante con Alemania, pero dejar la puerta abierta a Inglaterra. Y su eterna estrategia: amenazar con la guerra para conseguir lo que desea con la política de la pistola en la cabeza (en este caso, concesiones de Francia sobre Túnez, Suez, Yibuti).

Göring, por su parte, mientras sale del Palacio Venecia, se topa con la delegación albanesa que ha venido a ofrecer simbólicamente al rey de Italia la corona de su país. El mariscal de campo parece divertirse mucho al observar los pintorescos trajes —fez blanco, chaleco, falda fruncida— de los nuevos súbditos ganados al fascismo por su reciente, fácil e inútil conquista.

En general, la impresión que me he formado es que también en Alemania las intenciones son pacíficas. Un solo peligro: Polonia. Más que por lo que dijo, me dejó impresionado el tono despectivo que empleó al referirse a Varsovia. Pero que no crean los alemanes que también en Polonia podrá bastar una marcha triunfal: si son atacados, los polacos lucharán. El Duce también lo cree así.

Galeazzo Ciano, *Diario*, 17 de abril de 1939

Benito Mussolini
Roma, finales de abril de 1939

—¡Claro que sí! Esto es lo que nos haría falta.

Los hombres que rodean en pie el escritorio estiran el cuello para ver qué ha despertado la admiración del Duce. Sobre la mesa de trabajo destaca una imagen fotográfica difícil de descifrar. No es su complejidad sino, por el contrario, su enorme sencillez lo que la hace enigmática.

La mirada de Benito Mussolini ha quedado hechizada por un rechoncho paralelepípedo metálico, estólido, obtuso, toscamente tallado, aparentemente inamovible a pesar de las ruedas con orugas sobre las que descansa. Del objeto misterioso emana diáfana la idea de la sorda resistencia que las entidades inanimadas oponen tozudamente a las razones de vida de los seres humanos. Un peñasco errático desprendido de un terraplén de roca no se mostraría más intratable. El pie de foto aclara que nos encontramos ante un tanque soviético de nueva producción. Parece que el dispositivo es un arma escasamente manejable, pero que la resistencia a los proyectiles penetrantes de su triple armadura es formidable. Todo en esta imagen es mastodóntico, mortal, manifiesto: la fotografía no ha sido astutamente robada a los rusos por los servicios de inteligencia militar. Aparece simplemente en la página 15 de una revista comercial especializada en armamentos.

Agarrando un lápiz azul, justo debajo de la oruga, la mano del Duce anota: «Hagámoslo nosotros también». Añade su firma: «*Mussolini*». Luego, la revista se envía al general Caracciolo, jefe de la Inspección Superior de Servicios Técnicos.

Un momento después, la ira de Mussolini adquiere tonos de reproche lastimero. La administración del ejército no funciona, nunca está uno seguro de nada, nunca se saben las cifras exactas. Todos le lamen las botas, pero nadie le dice nunca la verdad. Entre mil novecientos treinta y cinco y mil novecientos treinta y nueve el gobierno fascista adquirió veintitrés mil vehículos entre camiones medianos y pesados y tractores de artillería, pero solo ahora se descubre que varios miles de ellos han sido dilapidados en las campañas de Etiopía y España. El ejército pronto podrá contar con un millón y medio de efectivos, divididos en setenta y tres divisiones, pero son casi todas de infantería, sin una verdadera mecanización. Y eso no es todo. Precisamente en España se ha demostrado que los tanques medianos y pesados serán decisivos en la guerra moderna, pero Italia solo tiene tanques ligeros de tres toneladas. Los soldados se mofan amargamente de ellos llamándolos «latas de sardinas» o «estuches de maquillaje».

La industria nacional debe iniciar de inmediato programas de investigación de vehículos acorazados ultramodernos. Hay que darse prisa, hay que progresar, avanzar, el que se detiene está perdido. Movernos, movernos, movernos. El general Pariani defiende la teoría de que los futuros conflictos se resolverán en una «guerra de desarrollo rápido». Ataques relámpago y sorpresa. A Egipto desde el oeste, concentrando tropas en Libia y simultáneamente desde el sur y el este, desembarcando en Suez y Port Said. Por poner un ejemplo. Pero para ello es necesario motorizar, mecanizar, acorazar. ¿Y qué hacen los generales? Enterrar los expedientes en los cajones, delirando sobre las cargas de caballería, proclamando que la infantería debería volver al estilo antiguo, a las bayonetas y a las granadas de mano. Además, si algún subordinado valeroso se atreve a hacer notar que sin los medios adecuados no hay guerra de movimiento que valga, se le responde que cuando se tiene un plato de pasta se tiene todo. ¿Pero es que no saben ustedes, señores míos, que carecemos de piezas de artillería? Todavía nos quedan las de la Gran Guerra que ya estaban obsoletas en mil novecientos dieciocho. Él, el Duce en persona, lanzó el año pasado un plan de modernización de dos mil millones cuyo programa inicial aspiraba a producir 2.206 unidades cuando estuviera en pleno funcionamiento, pero la capacidad de producción de las grandes empresas armamentísticas, como Ansaldo y Oto, es, en cambio, ¡solo de 60-70 piezas mensuales! ¿Es que no se dan cuenta ustedes, señores míos, de que a este ritmo la Italia fascista no estará lista antes de mil novecientos cincuenta?

Los destinatarios de este desahogo son Ciano, el general Soddu y los dirigentes industriales más importantes, Giordani, del IRI, el Instituto para la Reconstrucción Industrial, y Rocca, de Ansaldo. Es a ellos a quienes Benito Mussolini pide una modernización de las instalaciones para implementar un programa inmediato de renovación de la artillería.

—Tendríamos que haberlo pensado hace diez años, Duce.

La consternación en la Sala del Mapamundi roza la incredulidad. Quien ha hablado es Francesco Giordani, eminencia de la electroquímica y presidente del IRI. Más tarde, es posible que alguien se plantee la hipótesis de que ese valeroso gesto de lanzarle la verdad a la cara a Mussolini haya podido subirle al científico desde el hígado a la cabeza en forma de lejano recuerdo de su juventud, cuando en el Nápoles de principios de siglo fue discípulo de la química Marussia Bakunin, tercera hija del gran revolucionario anarquista ruso. Por el momento, sin embargo, todos aguardan a que la ira de Mussolini se abata sobre él.

En cambio, la turgencia polémica del Duce se desinfla por completo. La ola se vuelve resaca, la sangre refluye a los alvéolos de donde ha venido.

—Pues sí, tenéis razón, Giordani, tendríamos que haberlo pensado antes.

La voz de Benito Mussolini ya no conoce la ira, solo una áspera arruga de melancolía. Es la mueca de disgusto de alguien a quien, a esas alturas, ya no le es posible esconderse de la verdad.

El cargo que sea con tal de poder seguir disfrutando aún de la oportunidad de informarle, de escuchar su voz, de recibir sus órdenes [...].

La benevolencia del Duce es el precipuo propósito de mi vida: si me faltara, nada tendría ya valor.

Cartas del general Giuseppe Valle, jefe del Estado Mayor del Ejército del Aire, a la Secretaría privada del Duce para obtener un cargo,
14 de noviembre de 1938 y 16 de mayo de 1940

Esta Administración del Ejército no funciona. Uno nunca puede estar seguro de nada. Sus cifras nunca son exactas. Hemos sido inducidos a engaño a propósito de los cañones. La artillería de la que disponemos es insuficiente y vieja. Lo mismo puede decirse de la aviación: siempre hay una cierta brecha entre las cifras anunciadas y las cifras reales.

Benito Mussolini, discurso ante el Consejo de Ministros,
29 de abril de 1939

El ejército y la milicia, la marina y la aviación de la Italia imperial, alimentándose de la experiencia adquirida en una sucesión de guerras victoriosas, han perfeccionado sus organismos, elevándolos a un nivel hasta ahora nunca alcanzado, y que cada vez se adapta mejor a las necesidades de prestigio y de seguridad de nuestro Imperio.

Pietro Badoglio,
prólogo a *Las Fuerzas Armadas en la Italia fascista*, 1939

Señores, dejémonos de historias, la infantería debe volver al estilo antiguo, bayonetas y granadas de mano.

El mayor Torsiello, dirigiéndose al general Ettore Bastico, 1939

Galeazzo Ciano, Benito Mussolini
Milán-Roma-Berlín, 5-7 de mayo de 1939

Las vistas del lago de Como son propias de un idilio romántico. Los jardines privados, decenas de hectáreas majestuosas y muy cuidadas, una fantasía arcádica. La sucesión de cascadas de agua que presentan al visitante el alzado del Ninfeo —de estilo barroco romano, enteramente recubierto con un mosaico de guijarros de colores—, un triunfo para el esteta. Frecuentada por la aristocracia desde finales del Renacimiento, tras pasar de mano en mano por cardenales, princesas, condes y zarinas, Villa d'Este se convirtió a finales del siglo XIX en un elegante hotel de renombre mundial, reservado exclusivamente a la clientela más prestigiosa. Y, en efecto, los pintorescos escorzos de los que puede disfrutarse en cada habitación dejan boquiabiertos.

Es en este escenario de ensueño donde Galeazzo Ciano tiene previsto recibir a Von Ribbentrop y su séquito de jóvenes diplomáticos mundanos, el 5 de mayo de mil novecientos treinta y nueve. Ciano, fiel a su método de seductor, está convencido de que esa atmósfera hechizada bastará por sí sola para conjurar cualquier acuerdo político dramático. Para asegurarse su objetivo de amansar la histeria belicista del ministro de Asuntos Exteriores del Reich, Galeazzo ya ha convocado en Cernobbio a las más agraciadas representantes de la joven aristocracia milanesa.

Tras la agresión alemana a Checoslovaquia el imperativo que queda es uno solo: ganar tiempo. En las cancillerías y embajadas ya no se ha vuelto a hablar de forma concreta de la estipulación del pacto de alianza ítalo-alemana, y Ciano ha salido de Roma con una nota en el bolsillo, escrita a mano por Benito Mussolini, en la que los ocho puntos gritaban una sola plegaria: dadnos tiempo.

Con su caligrafía torcida, el Duce del fascismo no pide más que tiempo. Para poder pensar siquiera en lanzarse a la guerra, Italia necesita «un periodo de paz no inferior a tres años». Le es absolutamente necesario. Lo necesita para una serie de propósitos: para consolidar militarmente Libia y Albania y para pacificar Etiopía; para completar la remodelación de los barcos de transporte; para la renovación de toda la artillería de mediano y gran calibre; para perfeccionar los planes de autarquía; para completar el traslado de las industrias de guerra; para mejorar las relaciones entre los pueblos italiano y alemán, etcétera, etcétera. En otras palabras: Italia, si es que alguna vez podrá estar lista, no se halla actualmente preparada para la guerra y el encanto de Villa d'Este debe ayudar a mantenerla a distancia. Las deidades coléricas de las batallas, según cree Ciano, deberían sentirse halagadas.

Ganar tiempo no es solo un objetivo italiano. El mundo entero confía en una prórroga, en un freno que aminore la furiosa precipitación alemana. Toda la política internacional europea se reduce a estas alturas a eso: evitar que Alemania invada Polonia, impedir que las reivindicaciones de Hitler sobre el llamado corredor de Dánzig, un territorio polaco habitado prevalentemente por una población de habla alemana, arrastren de nuevo al mundo a la barbarie de la guerra. Con su habitual estilo fanfarrón, el propio Ciano, poco antes de reunirse con Ribbentrop el 6 de mayo, lo proclama en voz alta al grupo de periodistas agolpados en el vestíbulo del Albergo della Città de Milán: «Es evidente que, si vamos a destriparnos, no será por Dánzig».

En efecto, Ciano y Ribbentrop se reúnen al final en la capital lombarda. La visita del emisario de Hitler, que según las intenciones italianas debería terminar en un punto muerto, ha sufrido una primera variación imprevista: para desmentir los rumores sobre un intenso sentimiento antialemán de la población milanesa, alimentado astutamente por la habitual y odiada propaganda francesa, en el último momento un Mussolini herido en el orgullo ha ordenado que la conferencia diplomática se celebre en Milán en lugar de en Como.

Joachim von Ribbentrop se aloja, pues, acompañado por su esposa y séquito, en el Grande Albergho Continental; Galeazzo Ciano se hospeda en el Città. Obviamente, al secretario local Rino Parenti se le encarga con toda urgencia que monte un jubiloso recibimiento al invitado alemán. Y aquí ocurre el segundo hecho imprevisto: no hay ninguna manifestación hostil. Al contrario. La población civil milanesa se encierra en una gélida indiferencia hacia su enemigo histórico, pero los hombres de las instituciones de la ciudad le dan la bienvenida con una cordialidad inesperada.

El primer coloquio entre los dos ministros tiene lugar en la Sala Amaranto, en el primer piso del Palacio de Gobierno de via Monforte, donde cien años antes los milaneses iniciaron la insurrección contra los ocupantes austriacos (los *todèsc* en dialecto) degollando a un granadero croata de guardia en la entrada.

El ambiente, sin embargo, a pesar de las premisas históricas adversas, resulta sorprendentemente agradable. Al contrario de lo habitual, Ribbentrop se muestra educado y servicial. Cuando Ciano le recita la nota de Mussolini, enfatizando la pretensión de un periodo de paz «no inferior a tres años», el hombre partidario de la guerra inmediata y a toda costa responde: «Por supuesto; mejor aún si son cuatro o cinco». Ciano está encantado.

A pesar de la feroz antipatía que siente por Ribbentrop, Galeazzo informa a Roma esa misma tarde con entusiasmo acerca de la primera reunión. De esta manera, por la noche, el ministro puede disfrutar de una cena para cientos de invitados en el gran salón del Continental. El menú exhibe un compendio de los «tres colores», trucha del Garda, capones jóvenes al estilo forestal, filete de buey en gelatina, orla de guisantes romanos, *cassata* toda de frutas, fresas de Nemi. La lista de vinos incluye un blanco Soave de Verona, Corvo de Sicilia, espumoso de Trento y malvasía de Cerdeña.

De vuelta en el hotel a una hora tardía, justo antes de irse a la cama, el conde Ciano, a través de la centralita del hotel, recibe una llamada telefónica totalmente inesperada desde Roma. Al otro lado de la línea está el Duce. Galeazzo oye la voz de su suegro que lo conmina: «¡Cierra el acuerdo!».

La repentina decisión de Mussolini deja atónito y hechizado al interlocutor. El imperativo, insuflado en el oído de Galeazzo después de viajar por las cavidades de la tierra a lo largo de quinientos kilómetros de cables telefónicos, trae consigo la fascinación siniestra de los desastres naturales. ¿Qué habrá ocurrido? ¿Habrá sido el airado despecho hacia la prensa francesa, que se ha atrevido a inventarse manifestaciones lombardas hostiles a Alemania, llegando incluso a afirmar que el Duce de los italianos podría estar perdiendo el apoyo de su pueblo? ¿Habrá sido la noticia de un inminente acuerdo entre el Foreign Office británico y Turquía que, junto con el apoyo que los ingleses garantizan a Grecia, completa el cerco de Italia en el Mediterráneo? En cualquier caso, Galeazzo Ciano mira hacia su interior por un momento. Sin embargo, además de los restos de la trucha de Garda y los capones jóvenes reducidos a pulpa por los jugos gástricos, no encuentra nada en absoluto. Nada que oponer a la decisión de su suegro. No queda otra que callar. Callar y obedecer.

La sorpresa del ministro de Exteriores fascista no es menor que la que demuestra su colega. De hecho, cuando Ciano comunica a Ribbentrop los deseos de Mussolini, el alemán acusa el golpe, vacila, retrocede. Nada hacía presagiar que el fatídico pacto de armas entre Italia y Alemania, pospuesto y eludido durante tanto tiempo, pudiera firmarse aquí en Milán. Mussolini quiere incluso que se anuncie al mundo al día siguiente, en la noche del 7 de mayo, como cierre de las conversaciones. Ahora es Ribbentrop el que intenta ganar tiempo. No ha recibido ningún mandato de Hitler para eso.

Que lo llame por teléfono y lo obtenga.

Ribbentrop llama a Berlín.

Hitler, como de costumbre, arrolla todo titubeo al ordenar a su subordinado que cierre el acuerdo con la Italia fascista en el acto. Ribbentrop regresa a la Sala Amaranto reanimado por la voluntad irrefutable de su Führer y, sin embargo, completamente desprovisto de instrumentos para llevarla a cabo. De hecho, no existe siquiera un esbozo preliminar. Por primera vez, el diplomático alemán está desarmado.

Galeazzo Ciano, sin embargo, no aprovecha la ocasión. Al contrario: deslumbrado por una especie de infausta insensatez, olvida que es el ministro de Asuntos Exteriores, que tiene encomendado el destino de cuarenta millones de italianos y cuatrocientos millones de europeos, por no hablar del resto de la población mundial. Ciano no aprovecha los titubeos del otro para aplazar la delicadísima cuestión, no opta por encargarse él mismo de la redacción del documento que vinculará definitivamente, incluso desde el punto de vista formal, en un pacto político y militar, los destinos de los dos Estados del Eje. El conde de Cortellazzo, por el contrario, acepta confiar la redacción del proyecto de alianza a los juristas alemanes e incluso omite discutir, y acordar preventivamente, por lo tanto, sus líneas generales. Italia y Europa se entregan a la oscuridad junto con él.

De esta manera, a la mañana siguiente, después de una visita a los principales monumentos de la ciudad, Ribbentrop se reúne con Galeazzo Ciano en el Palacio Sormani para el almuerzo. Aquí, durante el segundo y brevísimo día de conversaciones, los dos no tienen ya mucho que decirse. Se decide una visita no programada al Palacio Marino antes del baño de multitudes en piazza della Scala.

La fiesta, sin embargo, no puede faltar. La noche del 7 de mayo, mientras se informa al mundo de la alianza entre la Italia fascista y la Alemania nazi, Ciano y Ribbentrop, recibidos con suaves ovaciones por las mujeres de la aristocracia milanesa, llegan por fin a las orillas del lago de Como para iluminar con su presencia el banquete de honor celebrado en Villa d'Este.

La velada es alegre, no ha faltado ninguna de las beldades de la alta sociedad italiana, todos hablan con júbilo del inminente pacto. Ribbentrop, de excelente humor, baila una ronda de valses con la condesa Durini. Cuando la aristócrata, asustada por la gigantesca y amenazadora patria del comunismo, archienemigo del fascismo y el nazismo, pregunta a su caballero cómo se comportaría la Unión Soviética en caso de guerra, lo oye reír cortésmente y responder, casi canturreando al compás del aria que toca la orquesta:

—Ah, no, Rusia está con nosotros, como es natural.

El señor Mussolini, que no oculta su admiración por el autor del *Príncipe*, debería meditar mejor sobre sus axiomas. «El Príncipe solo debe desear aumentar su poder y sus tierras en detrimento de todos los demás». El señor Mussolini ha conquistado Etiopía, es cierto, lo que por otra parte parece una carga para él. Pero ha permitido que Alemania se asiente en el Brennero y que rodee Polonia. También firmó un pacto de alianza militar que hace de Italia, ocurra lo que ocurra, un vasallo en tiempos de paz, un campo de batalla en tiempos de guerra.

Pol Harduin, «Mussolini et Machiavel», *Express*, periódico suizo, 17 de junio de 1939

Galeazzo Ciano
Berlín, 21-23 de mayo de 1939

En Berlín, por todo Unter den Linden y en la Pariser Platz, se levantaron una vez más los grandes postes adornados con banderas italianas y alemanas que ya habían servido para la visita de Mussolini. En la gran avenida de Charlottenburg, los haces de lictores se alternan de nuevo con las esvásticas. El Ministerio de Propaganda ha tomado medidas para remediar la ausencia del pueblo alemán en torno a la caravana de automóviles movilizando a miles de fanáticos de las juventudes hitlerianas.

El 21 de mayo, Galeazzo Ciano, recibido en la estación por la habitual formación de jerarcas nazis, queda plenamente satisfecho. Considera la bienvenida sincera. Incapaz de distinguir entre la gente común y los militantes nazis, anota en su diario: «Llegada a Berlín. Grandes manifestaciones populares en las que se reconoce una calidez que es espontánea». Antes de marcharse, su autoexaltación no ha pasado inadvertida para Giovanni Ansaldo, el periodista amigo, profundo y agudo conocedor tanto de la Alemania nazi como del ministro de Exteriores fascista: «A las cinco de la tarde Ciano nos llama para un cenáculo. Sin los diplomáticos, para poder decir de todo. El ministro vive su pequeño triunfo al anunciar que el tratado que firmará el lunes también será "ofensivo" y operará de forma automática. Estos gravísimos detalles, que anuncian el final de la independencia italiana, y el estallido de la catástrofe a corto plazo, le parecen todos pruebas de su energía».

El vaticinio de desventuras de Ansaldo, en el momento en que se formula, no excede la dignidad de la opinión personal, pero el texto del pacto —redactado íntegramente por Friedrich Gaus, jefe de la oficina jurídica del Ministerio alemán de Asuntos Exteriores— lo justifica ampliamente. Tras un breve preámbulo ideológico, el artículo primero prevé que Italia y Alemania permanezcan «permanentemente en contacto con el fin de ponerse de acuerdo en todo lo relativo a sus intereses comunes o a la situación general de Europa». El segundo y el tercero, sin embargo, prevén la obligación de consultas y de asistencia inmediatas cada vez que los intereses comunes de los dos aliados se vean amenazados «por acontecimientos internacionales de cualquier naturaleza», y la recíproca ayuda automática e integral en caso de conflicto bélico. Ningún artículo establece quién debe evaluar la amenaza. La voluntad de una de las dos partes es suficiente para declarar lesos sus intereses vitales y arrastrar a la otra a la guerra. Previa consulta.

El borrador del texto, escaso, apresurado, entregado a los italianos tan solo nueve días antes de la fecha prevista para la firma, ha sido objeto de mínimas e insignificantes revisiones. El ministro de Asuntos Exteriores fascista, como presa de una especie de sonambulismo, tal vez de una inconsciente voluntad de desastre, no ha protestado ante la alteración del criterio puramente defensivo de la alianza, sobre el que los alemanes habían dado ya amplias garantías; no ha exigido la delimitación de las esferas de influencia en los Balcanes y en el Adriático; no ha exigido una aclaración resolutiva sobre la cuestión del Tirol del Sur; y, por encima del todo, Galeazzo Ciano no ha pedido que el pacto ratifique el compromiso alemán, manifestado verbalmente por Ribbentrop en Milán, de mantener la paz durante tres años por lo menos.

Ni siquiera los artículos adicionales del protocolo secreto lo mencionan. Ese detalle decisivo ha quedado en un mero acuerdo verbal, *flatus vocis*. Lo que ahora, en cambio, es indiscutible, plasmado negro sobre blanco, es esa frase lapidaria. En la que se dice que «si una de las partes contratantes se viera inmersa en un conflicto de carácter defensivo u ofensivo, la otra parte actuará inmediatamente como aliada, junto a ella, con todas sus fuerzas militares por tierra, mar y aire».

Inmediatamente. A su lado. Con todas sus fuerzas. Giovanni Ansaldo se estremece ante esta fórmula que es como una soga al cuello. Galeazzo Ciano, en cambio, no pierde el apetito.

Convencido de haberle atado las manos al aliado al someterlo a la obligación de las consultas, la noche del 21 de mayo Ciano se dispone de buena gana a asistir a la cena de gala en los salones de la antigua cancillería. El ambiente no es tan alegre como el de Villa d'Este, las mujeres son decididamente menos atractivas, pero Ciano, sin embargo, se siente complacido con la actitud sosegada, cordial, casi simpática de Ribbentrop y emite juicios paternalistas sobre Adolf Hitler en su diario: «Lo encontré bien, muy sereno, menos agresivo, un poco avejentado».

A la mañana siguiente, solemne ceremonia de firma del pacto en el interior de la nueva y colosal cancillería del Reich. La delegación italiana llega allí recorriendo la galería de honor, bella, austera, bien ejecutada, bien acabada, bien cuidada. Así describe Ansaldo el fatídico momento:

«Se ha colocado una enorme mesa en el Salón de los Embajadores, detrás de la cual se sitúan los séquitos. Feria de las vanidades. Estos diplomáticos, como Magistrati, Buti *and Company*, firmarían cualquier pacto, incluso el más desastroso, con tal de exhibirse en los noticieros cinematográficos con un metal extra en el pecho. Los periodistas nos acomodamos en medio de la sala. Entra Ribbentrop, que ordena que retrocedamos hasta el fondo. Llegada de Ciano, por la galería; luego Ribbentrop se retira. Regresa con el Führer, que se sienta en el centro; Ciano a la derecha, Von Ribbentrop a la izquierda. Lectura, firmas, fotos. Hitler, como de costumbre, es el único que no posa. Lleva su chaqueta amarilla, modesta, que hace resaltar aún más, en medio del lustre y el bruñido de los demás, el poderío del hombre. Tras plasmar las firmas, estrecha la mano de Ciano tres veces, mirándolo directamente a los ojos, como diciendo: "Y ahora, nada de traiciones"».

Una vez firmados los acuerdos, lisonjeado el huésped italiano con la entrega de la cruz de oro macizo de la Orden del Águila alemana, llegan los discursos oficiales. Los pronuncian los ministros de Exteriores. Ambos son breves.

Ciano habla primero. Ribbentrop después. Sus escasas palabras, en total disonancia con el ambiente ceremonial y en plena estridencia con respecto a las pronunciadas hasta la noche anterior, son duras, polémicas, estridentes.

Es en este momento, solo en este momento, cuando la tinta de su firma aún está fresca sobre el papel del Pacto de Acero, cuando a Galeazzo Ciano de Viareggio lo embarga el sublime escalofrío de la atrición. Tal vez haya refrendado su propia sentencia capital. Tal vez haya recibido, en lugar de haberlo dado, el beso de la muerte.

Media hora después Ansaldo lo encuentra descontento. Todas las promesas de la víspera parecen haber desaparecido de repente. Ciano aparece por un momento encorvado bajo el peso de la conciencia. Luego, como de costumbre, se refugia en la distracción. Se consuela con la solemnidad de la ceremonia. Pregunta a los domeñados periodistas «si ha resultado muy imponente», le preocupa saber «quién realizará la crónica».

Al darse cuenta del mutismo de su amigo, Galeazzo se aparta con él y le pregunta qué ocurre. Ansaldo se escabulle como puede. Responde recordando una anécdota que evoca la engañosa cena de la noche anterior. Ciano lo aprovecha para escapar de la conciencia de haber cometido un error fatal para sí mismo y para su propio pueblo, recurriendo al eterno y falso consuelo de la vulgaridad borreguil:

—Pues claro —le oye decir Ansaldo—, en las *diners interalliés* de París todo era más divertido: mujeres hermosas, coños de primera.

Esa misma noche, tal vez para no ser menos que su aliado ni siquiera en eso, Von Ribbentrop ofrece una grandiosa *gar-*

den party en su villa en Dahlem. Bajo dos enormes toldos se agolpan más de quinientas personas, entre políticos, altos oficiales, señoras de la aristocracia alemana, actrices y prostitutas.

Sin embargo, a pesar de todos los esfuerzos del anfitrión, la atmósfera no acaba de resultar cálida. Alemania Oriental no es el lago de Como. En mayo todavía hace frío en Berlín.

Von Ribbentrop ordena que se enciendan enormes estufas eléctricas. En las salas, sin embargo, hay demasiada aglomeración. Las elegantes capas de piel de las damas se prenden fuego. Alguien ya la ha bautizado como «la noche de las pieles quemadas».

Afortunadamente, en la Giesebrechtstrasse está el Salon Kitty. Las mejores putas de Europa reunidas bajo un mismo techo en el barrio más elegante de Berlín. Comidas refinadas, coñacs añejos, cualquier deseo sexual cumplido, incluso los más perversos, incluso la violencia física, incluso los cuerpos torturados, para los invitados más exigentes y prestigiosos. Escondidos por todas partes hay micrófonos puestos por Reinhard Heydrich, el jefe de los servicios secretos del Reich, para descubrir sus secretos.

Galeazzo Ciano abandona Berlín la mañana del 23 de mayo de mil novecientos treinta y nueve. En el mismo momento en que su tren con destino a Roma devora los primeros kilómetros de la llanura prusiana, Adolf Hitler se reúne en secreto con su Estado Mayor en una sala de la cancillería. El Führer ordena preparar el plan para la invasión de Polonia. No deja de señalar que considera el secreto un requisito fundamental de su éxito. El ataque debe ocultarse también y sobre todo al aliado italiano que la noche anterior se confiaba sin restricciones con las putas del Salón Kitty.

Salida para Florencia [...]. En el tren me entregan el esquema alemán del Pacto de Alianza. En principio todo está bien [...]. Nunca he leído un pacto así: es auténtica dinamita.

Galeazzo Ciano, *Diario*, 13 de mayo de 1939

Benito Mussolini
Roma, 28 de mayo-6 de junio de 1939

UNA IMAGEN DEL PODER Y DE LA BELLEZA DE LA RAZA ITALIANA

Este será el titular del día siguiente en los periódicos, sugerido por los comunicados ministeriales.

El 28 de mayo, setenta mil «mujeres fascistas» desfilan por las calles de Roma, llegadas de toda Italia en trenes organizados por el Partido para el «formidable encuentro de la Urbe». Participan las princesas de Italia, las secretarias de los Fascios femeninos —entre ellas, de uniforme negro, está presente Rachele Mussolini, esposa del jefe de Gobierno, muy aplaudida—, las madres y viudas de los soldados, incluso hileras de mujeres con uniformes coloniales y mosquetes. Luego aparecen, ligeras, firmes frente a los aplausos, las cohortes de las jóvenes fascistas. La visión del poder y la belleza viste una camisa blanca virginal y una casta falda por debajo de la rodilla. Camisas blancas y banderas negras. El Duce les pasa revista con el uniforme de cabo de honor de la Milicia. Las elogia con acento marcial: «Habéis sido las protagonistas de un día inolvidable. Habéis demostrado que sois una fuerza segura al servicio de la patria y del régimen».

Esa misma tarde del 28 de mayo de mil novecientos treinta y nueve, cuando la formidable jornada se encamina hacia el crepúsculo, Mussolini se coloca sus anteojos de présbite y se inclina sobre su escritorio para escribir un memorándum que ha de entregarse a Adolf Hitler.

Ahora que se ha firmado la alianza con los alemanes, ahora que él mismo, con su instinto de viejo periodista, ha ideado para ella el altisonante nombre de «Pacto de Acero» —al principio pensó incluso en llamarlo «Pacto de Sangre»—, existe el riesgo de que Alemania se le escape de las manos. El pacto debe servir para unir a Alemania con ellos, no para unir a Italia como peso muerto con Alemania. Es necesario reconquistar su prestigio ante Hitler, es absolutamente necesario asegurarse de que el vínculo funcione para retrasar la guerra, no para desencadenarla. Mientras tanto, se podrá preparar para otro Múnich, para una, dos, tres conferencias de paz, para nuevas alianzas tripartitas, cuatripartitas, pentapartitas. La política debe poder continuar indefinidamente su juego a varias bandas, en todas las bandas. La bomba del pacto debe ser desactivada inmediatamente.

En la primera parte de la nota, el maestro de los equilibrismos toca la habitual tonadilla ideológica: «La guerra entre naciones plutocráticas y por lo tanto egoístamente conservadoras y las naciones populosas y pobres es inevitable». La segunda parte, sin embargo, la única que cuenta de verdad, reafirma con el corazón abierto la plegaria dirigida por Ciano en Milán y atendida por Ribbentrop: hay que evitar a toda costa un conflicto europeo antes de que pasen tres o cuatro años. Ya no queda rastro en esta segunda parte del tono intrépido de las proclamas ideológicas. Italia se confiesa poco preparada en medios, materiales, recursos financieros.

En la tercera y última parte Benito Mussolini recupera la prosopopeya del maestro que se dirige al alumno, del imitado que amaestra al imitador. El Duce pontifica como gran estratega. La guerra que preparan las grandes democracias será una «guerra de desgaste». Debemos partir, así pues, de la hipótesis más dura, que es al cien por cien posible: el Eje ya no recibirá nada del resto del mundo. Por lo tanto, será absolutamente necesario apoderarse de toda la cuenca del Danubio y de los Balcanes desde las primeras horas de la guerra para asegurarse los suministros bélicos, industriales y militares de Grecia, Rumanía y Turquía, dejándolos fuera de juego de manera instantánea; el probable acuerdo anglo-franco-soviético no debe preocuparnos, bastará concentrar los esfuerzos para resquebrajar su unidad interna, favorecer los sentimientos antisemitas, estimular los movimientos pacifistas, «suscitar la revuelta» de sus poblaciones coloniales para acelerar «la descomposición de las tradiciones» de las podridas democracias.

El memorando se le confía a Ugo Cavallero, un experto en producción bélica, antiguo presidente de la empresa Ansaldo de Génova, obligado a dimitir a causa de un escándalo financiero, y recuperado para la causa por Mussolini con el grado de general del ejército. Es él quien recibe el encargo de llevárselo a Hitler.

El memorial se entrega el 30 de mayo. Al cabo de una semana, el 6 de junio, el embajador de Italia en Berlín, Bernardo Attolico, recibe la respuesta a través de Ribbentrop: el Führer está plenamente de acuerdo con las consideraciones expresadas por Mussolini.

Sin embargo, la educada respuesta no tiene efectos prácticos. La nota de Mussolini no pasa a formar parte del pacto como segundo protocolo adicional. Ante sus acólitos, en los meandros de la cancillería y de la historia, Hitler ha hablado claro. Dánzig no es de ninguna manera el motivo de la disputa con Polonia. Para Alemania, se trata de expandir su espacio vital hacia el este. En la primera ocasión factible, por lo tanto, habrá que lanzarse hasta el final. Esta vez no se repetirá la «cuestión checa».

—Esta vez habrá guerra.

El pueblo italiano y el pueblo alemán, estrechamente vinculados entre sí por la profunda afinidad de sus concepciones de la vida y por la completa solidaridad de sus intereses, están decididos a avanzar también en el futuro uno al lado del otro y con sus fuerzas unidas en aras de la seguridad de su espacio vital y del mantenimiento de la paz.

En este camino señalado por la historia, Italia y Alemania se proponen, en medio de un mundo inquieto y en disolución, honrar su tarea de asegurar los cimientos de la civilización europea.

Pacto de amistad y alianza entre Italia y Alemania, prólogo, 22 de mayo de 1939

Todo lo nuestro, después de este Pacto, depende absolutamente de Berlín [...]. Esta es gente que sigue su camino muy en serio, de una manera que los pobres italianos ni siquiera se imaginan.

Italia nació mal: agobiada por sueños demasiado vastos, por ambiciones demasiado grandes [...]. La desproporción entre los fines inmensos y los medios mezquinos ya golpeó *ab antiquo* a todas las cabezas frías de nuestro país. Durante cincuenta años, las desgracias y los problemas nos hicieron, en el mejor de los casos, conservar aún cierto sentido de la realidad... Luego vinieron los tiempos de los golpes de suerte: 1911, 1918, 1935-1936. Cada vez más fuertes. Y nos hicieron perder el sentido de la realidad. El último ha sido, a efectos de la seriedad del país, el más sensacional y ruinoso. Hubo realmente gente que creyó de verdad que Italia había ganado cincuenta y dos naciones, como está grabado en las lápidas de todos los atrios de los edificios municipales. La palabra «imperio» hizo que se les secaran los cerebros a muchos. Elevados a un nivel político de prestigio, pero sin que al mismo tiempo el mundo nos tomara en serio, entonces, por despecho, por vanidad, por puro orgullo ofendido, por cabezonería, nos arrojamos a los brazos de Alemania. El Eje, desde el primer momento, no fue una combinación diplomática fríamente meditada, sopesando sosegadamente todas las consecuencias: fue un golpe de efecto, hecho para impresionar a Francia.

Giovanni Ansaldo, *Diario*, 23 y 26 de mayo de 1939

Benito Mussolini, Clara Petacci
Verano de 1939

Benito Mussolini se siente feliz. Según el diario de su joven amante, el Duce de los italianos afronta el verano de mil novecientos treinta y nueve, el quincuagésimo sexto de su vida, con un ánimo decididamente alegre. Alegre y sentimental.

Justo en vísperas de la temporada estival, Benito y Claretta pasan un domingo en la playa en la finca de Castel Porziano, que el rey de Italia ha puesto a disposición del dictador. Ella acusa un malestar pasajero, una punzada en el abdomen, él la ayuda amorosamente. Luego, amorosamente, hacen el amor.

Después del sexo, el varón quiere sumergirse en el mar. La temperatura del agua ya es cálida, pero fuera hace frío, sopla el viento. Los amantes se zambullen, salen enseguida, se secan, pasean por la orilla. De repente, al varón maduro le asalta la idea de la muerte: la radio canta *Aida* y él se ensombrece, no quiere escuchar el aria de *Tu... in questa tomba*. Sale del cobertizo, reemprende el paseo, la melancolía lo confunde: «Para mí, el amor va de la mano con el pensamiento de la muerte», le confiesa a la hembra joven que camina a su lado, tomando por el carisma de una sensibilidad individual lo que es un rasgo universal de la condición humana: después del coito, todo animal está triste. Pero es una tristeza fugaz, de un desvanecimiento erótico. Esa leve pesadumbre que envuelve los momentos felices de la vida. Benito se recupera de inmediato, socorre un arbolillo esmirriado, lo apuntala para dar un apoyo a los pajaritos cansados. Suspira, sentado al lado de su doncella enamorada: «Qué hermoso es este mar tan azul, qué hermoso, pero el tiempo se va a estropear: ya verás cómo mañana llueve. Me siento feliz...». El tiempo, en efecto, se estropea, pero luego se arregla. Llega el verano, llega julio y con julio prosigue el idilio. Las llamadas telefónicas del Palacio Venecia le llegan a Claretta temprano en la mañana: «Amor..., hoy podríamos ir a la playa: hace buen tiempo. Espera solo una hora más». Los versos de Dino Campana resuenan, lánguidos, como la banda sonora: «Trabajar, trabajar, trabajar, / prefiero el sonido del mar».

El entretenimiento con su amante en la finca real del mar Tirreno se alterna con las vacaciones familiares en Romaña, con las manifestaciones de hostilidad de la vieja mujer, con los trámites de la aburrida rutina del dictador (los informes policiales sobre las odiosas calumnias de los disidentes). Tampoco faltan algunas desavenencias, algunas riñas, la escena de celos provocada por el descubrimiento de la horquilla de otra mujer. Sin embargo, Benito Mussolini se siente feliz, a Claretta le parece vigoroso, hermoso, el arbolillo que han apuntalado juntos resiste el viento salobre, los pájaros se posan en él. Las efusiones sentimentales del Duce llenan las páginas del diario de Claretta: «Cariño, hoy he pensado mucho en ti: constantemente, todo el día... Sabes, no sé estar sin ti. Y tú, dime, ¿te acostumbras a estar sin mí? Por el contrario, yo, cuando estoy lejos de ti, ¡cada momento es peor! No lo aguanto: hay algo mucho más fuerte. A estas alturas estamos tan engarzados el uno al otro que nunca nos separaremos».

A finales de julio el hombre cumple cincuenta y seis años y sin embargo el verano despierta en él todos los deseos que tenía de niño. Él se dedica al deporte, ella lo admira. No es solo la natación: le da acceso por primera vez a Villa Torlonia para que admire sus dotes de jinete. Luego, dos días después de su cumpleaños, el Duce juega al tenis en Riccione. Claretta está entre el público, con gesto de adoración: «Primeros juegos del partido cara al sol. Luego se mueve al otro lado y me hace señas con la raqueta en la mano para que pase detrás... Yo voy. Me mira, me sonríe, es ágil, está alegre, encantado de sentirse tan fuerte. Gana varios juegos. El público lo aplaude cuando juega tan bien».

Después de ganar —ya sea por sus propios méritos, o porque se ve favorecido—, el chico de cincuenta y seis años se siente bendecido, complacido, reflejado en los ojos de su enamorada: «Se sube a la lancha, arranca, levanta la vista y me ve: su sonrisa está tan llena de alegría y sorpresa, tan feliz de amor que me siento conmovida [...]. "¿Qué te parece? ¿Cómo me has visto? ¿He jugado bien? ¿Sí, en serio? Cómo me gustas. ¿Eres feliz? Somos dos chicos, y yo soy tu novio"». Los dos amantes se hablan con los ojos. Claretta suspira, como superada por la emoción. Benito se siente amado, admirado y está radiante.

Los vientos de guerra que soplan desde Alemania sobre Europa, la crisis polaca provocada por la disputada ciudad de Dánzig, un rico puerto fluvial a orillas del mar Báltico, no tienen cabida en este pintoresco idilio mediterráneo. El diario de Claretta no deja de mencionar estas sombras, pero parece que es el propio Benito el que se apresura a disiparlas, impulsado por una genuina y fatalista sabiduría campesina.

El 2 de agosto, Mussolini vuela a Cameri para asistir a las grandes maniobras. Corre el rumor de que al bajar del avión le dio un mareo. Las maniobras consagran la desastrosa falta de preparación del ejército; Attolico, desde Berlín, asaetea con despachos alarmantes sobre Alemania, que se prepara al parecer para declarar la guerra a Polonia; United Press difunde la noticia según la cual el Duce se ha visto afectado por un derrame cerebral.

La noticia es falsa. Según Claretta, el Duce está perfectamente bien y se siente feliz. El testimonio de Giorgio Pini también lo confirma desde Milán. El 8 de agosto el redactor jefe del periódico de Mussolini recibe la llamada telefónica del propietario después de nada menos que dos meses de silencio ininterrumpido. El humor del Jefe es excelente, su voz, estridente, lo felicita por los periódicos de las últimas semanas. Pini, muy halagado, deberá informarle sobre las pérdidas que ha supuesto la aplicación del horario festivo impuesto recientemente. Son graves. El horario obliga al periódico a salir tarde, cuando ya han partido muchos trenes para las provincias. Treinta mil ejemplares perdidos de repente.

El jefe de redacción aguarda una reprimenda; el estallido de ira, sin embargo, no llega. Por el contrario, Mussolini responde confiado: «Bueno, no tardaremos en recuperarlos. Adiós».

Pini cuelga el teléfono aliviado, pero siente vibrar en su interior una nota discordante. Ese encomendarse a Dios, en realidad, es un saludo que el Duce nunca había usado antes.

«Los franceses y los ingleses no quieren darse cuenta de que Dánzig es una pera madura que inevitablemente tendrá que caer, y que es inútil montar tanto alboroto [...]. Todos están asombrados por mi silencio. ¿Qué dicen? ¡Ah, claro, que me quedo callado!». Sonríe mefistofélico.

Del diario de Clara Petacci, verano de 1939

Galeazzo Ciano
Verano de 1939

El hidroavión procedente del norte vira ciento ochenta grados a estribor, trazando en el azul perfecto una curva justo por encima de los Farallones, y ameriza suavemente a poca distancia de los escollos más famosos del mundo. Un pintoresco bote de remos transporta al pasajero, muy elegante con su sahariana de lino blanco, confeccionada a medida para él por las sastrerías romanas más exclusivas, a un balneario de renombre colgado de las rocas. Tan pronto como pone un pie en la orilla, es recibido jubilosamente por su esposa e hijos, ella con un bañador de dos piezas apenas velado por un pareo de estilo oriental y ellos con trajes de marineritos. El hombre se prodiga, bajo las miradas de admiración de los bañistas de lujo, en efusiones afectuosas hacia sus hijos y en galanterías apenas melindrosas hacia su mujer. El esplendor del idilio mediterráneo circunda toda la escena.

A los espectadores ocasionales que presencian el desembarco de Galeazzo Ciano en la isla de Capri el 30 de julio de mil novecientos treinta y nueve les asiste sin duda el derecho a pensar que el del ministro de Asuntos Exteriores de la Italia fascista es también un verano feliz. Estarían muy equivocados, sin embargo. Cada familia, es bien sabido, tiene su propio, peculiar e infalible instinto para la infelicidad.

En el verano de mil novecientos treinta y nueve, Edda Ciano Mussolini es sin duda la mujer objeto de más habladurías en Italia y, probablemente, una de las más desesperadas. El amor por su marido se extinguió ya durante el embarazo de su primer hijo, dejando el campo libre para una especie de tregua de armas que tiene el sabor amargo de la capitulación: nada de amor, nada de sexo (excepto para procrear), nada de celos. El acuerdo diplomático entre marido y mujer se mantiene, pero la Italia fascista es un país demasiado mezquino y Edda una mujer demasiado apasionada para que el tratado conyugal no se traduzca en píldoras de veneno cotidiano para ambos. La moral hipócritamente mojigata del régimen asedia a la pareja abierta con un ejército de chismes escandalizados, y Edda se atormenta, oscilando sin descanso entre días de negra depresión y noches de euforia de naufragios.

Es ella, la hija de Benito Mussolini, la reina de la *café society* de Capri, de su electrizante escena mundana, aparentemente ajena a un mundo que se desliza hacia el abismo. Las marrullerías, las extravagancias, los adulterios se suceden entre los salones de suntuosas villas, las mesas al aire libre de los bares indolentes, los maravillosos jardines, en un carrusel perenne de príncipes y princesas, actores y actrizuelas, escritores de vanguardia y de retaguardia, políticos de renombre y vividores desesperados. Les sirve de marco una multitud de espías aficionados, reporteros gráficos, agentes de la policía secreta que documentan sin piedad la vida disoluta de la hija predilecta del Duce, de la esposa del ministro, de la condesa enferma de alegría de vivir. A ella, Edda, no parece importarle demasiado: les deja chismorrear sobre borracheras desaforadas, sobre fiestas nocturnas que degeneran en ritos orgiásticos con hombres y animales, sobre bacanales grotescas. Que hablen, que informen incluso a su padre y a su marido. Las mujeres como ella están más allá del bien y del mal, se pasan las noches encadenadas al tapete verde por el demonio del juego, consagrándose a los dioses de la disipación y, durante el día, esperan a que caiga la tarde midiendo el tiempo con el Milán-Turín, un cóctel a base de Punt e Mes, Campari, sifón, limón y hielo creado especialmente por el barman del Quisisana.

El embajador británico Sir Percy Loraine describe a Edda como «una ninfómana que, presa de los vapores del alcohol, lleva una vida de sórdida promiscuidad sexual». El escritor Curzio Malaparte, asiduo de la isla, en la que se está haciendo construir una villa a su imagen, la ve descender año tras año por la ladera de la abyección, luciendo alternativamente «la máscara del asesino y la del suicida», empujada hacia su propio sombrío destino por la «sangre negra de los Mussolini». Los atestados policiales, por último, precisamente en referencia al verano de mil novecientos treinta y nueve, informan a Roma de los excesos en Capri, que culminan incluso en presagios ominosos y declaraciones derrotistas. Derrengada en las mesitas de la plaza, parece ser que a la hija del Duce se le oyó decir que «hacia finales de año, y en concreto a partir de noviembre, no habría café en toda Italia».

Ciano, como es lógico, lo sabe todo, pero finge no saberlo. Esconde la cabeza en la arena por varias excelentes razones. Como vociferan las voces malignas, Edda es un «seguro de vida» para Ciano y, como él mismo admite ante sus amigos, si se divorciara de ella sería «un hombre perdido». Además, de momento, el café, sobre todo en Capri, no falta en absoluto.

Para Galeazzo, la vida disoluta de su mujer no es el único disgusto de ese verano de mil novecientos treinta y nueve. El 26 de junio, justo al comienzo de la «temporada estival», el número dos del régimen fascista tuvo que enterrar a su padre. El héroe de Buccari cayó fulminado, a la edad de sesenta y tres años, por una cena demasiado copiosa y un atracón de vino de Chianti. Parece que, sintiéndose mal en el camino de regreso, el gigante, negándose a todo apoyo, consiguió arrastrarse hasta el interior de la casa, al pasillo donde había montado una galería fotográfica de sus hazañas, como implorando auxilio a esas reverberaciones de una gloria pasada. Luego, frente a aquellas esplendorosas remembranzas sordas, el viejo marinero se derrumbó. Galeazzo, según su propia confesión, lloró la partida terrenal de su padre con el mismo llanto con el que, de niño, despedía sus partidas por mar.

Por último, de estropear los placeres del verano de Galeazzo se encargan los despachos de Bernardo Attolico, que se multiplicaban cada día que pasaba. El embajador, que, a diferencia de Galeazzo, pasa el verano en Berlín, alberga la firme convicción de que Hitler, a pesar de todos sus compromisos y promesas, está preparando la invasión de Polonia. Aquel hombrecillo de mediana estatura, ligeramente encorvado, catapultado en Prusia a ayuno de alemán, detrás de sus gruesas lentes de miope cree incluso poder predecir la fecha exacta de la invasión: según su opinión, los ejércitos del Tercer Reich atacarán Polonia antes de que acabe el mes de agosto.

A pesar de todo esto, Galeazzo Ciano no consiente que las adversidades y la histeria estropeen la mucha o poca felicidad que nos depara cada verano. En junio vistió su mejor uniforme para recibir en Nápoles a los veteranos de infantería de la victoria en España —«su» victoria—, y luego en Génova, con el uniforme de piloto de guerra, presidió el regreso de los aviadores. En la segunda semana de julio zarpa rumbo a la península ibérica para su gira triunfal por las tierras arrancadas a la hidra comunista. En el puente del Eugenio de Saboya, escoltado por una escuadrilla de cruceros y cazatorpederos, acompañado por su fiel Ettore Muti, otro héroe de guerra, Galeazzo puede dejarse llevar así a un melancólico recuerdo de su difunto padre, tan gran marinero.

El ministro de Asuntos Exteriores desembarca de esta forma la tarde del 10 de julio en Barcelona, al día siguiente estaba en Tarragona, luego visita los cementerios de guerra de Santander, llega hasta San Sebastián y, por último, vuela a Madrid, donde lo espera Francisco Franco, dispuesto a rendirle todos los honores. Los españoles, en efecto, bien conscientes de la vanidad de su aliado italiano, le han organizado suntuosas recepciones y grandes corridas de toros en cada etapa del viaje. En una ocasión memorable, incluso Juan Belmonte ha bajado al ruedo en honor a Ciano. Según la costumbre, el ministro le ha regalado una pitillera de oro macizo.

De regreso a Italia, colmado de honores, el ministro debe ahora sofocar la molesta insistencia de Mussolini, que pretende organizar otra conferencia internacional a seis bandas, siguiendo el modelo de la de Múnich, tan afortunada para él, o, si de verdad no resulta posible poner en pie las conversaciones de paz, al menos una reunión en la cumbre entre Hitler y él. Contrario a ambas iniciativas —que considera insignificantes, exageradas y, por lo tanto, dañinas—, Ciano se alegra cuando los alemanes rechazan la propuesta de la conferencia y en última instancia Hitler decide aplazar la cumbre con Mussolini en Brennero. Por otro lado, el ministro, sustentado en sus opiniones por Massimo Magistrati, marido de su hermana y su hombre en Berlín, se convence cada vez más de que Attolico está viendo un espejismo.

No tiene la menor intención de dejarse contagiar por los ataques de pánico de un embajador ansioso o por la depresión maníaca de su mujer en Capri. De regreso tras la misa de recuerdo al mes de la muerte de su padre, tras el viaje a España y una visita a su familia, Ciano es visto en el Golf Club de Acquasanta. En traje de baño, tumbado en la hierba al borde de la piscina, rodeado de chicas semidesnudas, con los ojos protegidos por lentes oscuras y la cabeza apoyada en los muslos de una belleza con aroma a Oriente Medio, como un león al sol, el marido traicionado y el hijo de luto puede disfrutar por fin de su verano.

Las noticias que envía Attolico siguen despertando preocupación. Según dice, los alemanes están preparando el golpe de mano contra Dánzig para el 14 de agosto [...]. ¿Será posible que todo esto suceda sin conocimiento por nuestra parte, precisamente después de las numerosas protestas pacíficas realizadas por los camaradas del Eje? Ya veremos.

Massimo [Magistrati] no es tan pesimista sobre la situación y confirma lo que yo me había imaginado: es decir, que Attolico se ha dejado llevar por un ataque de pánico que no está del todo justificado.

El Duce, tras leer el informe, confirma su intención de aplazar el encuentro con Hitler y tiene mucha razón. Telefoneo a Attolico, que sigue dándole vueltas a lo mismo. Esta vez, Attolico ha visto un espejismo: se ha asustado de su propia sombra.

Nada nuevo. De Berlín todavía no conseguimos obtener una respuesta sobre la reunión del Brennero.

Volando hacia Capri.

Sin novedad, salvo el aplazamiento de la reunión de Brennero, decidido personalmente por Hitler. Me alegro de que ese evento, exagerado y por lo tanto insignificante y peligroso, se haya evitado, al menos por ahora.

Galeazzo Ciano, *Diario*,
20, 21, 28, 30 y 31 de julio de 1939

Ahora que la soledad se ciñe a mi alrededor, así como dentro de mí, deseo, papá, quedarme un rato en tu compañía, en esta gran sala en el Palacio Chigi, donde a veces venías a visitarme y a traerme la seguridad de tu optimismo confiado y perspicaz.

La noticia, la atroz noticia de Tu tránsito me hirió de improviso, como una punzada traicionera [...]. Tú, Papá, que supiste desde mi infancia mi admirado amor por Ti, solo tú podrás comprender a fondo mi dolor. ¿Recuerdas cuando, de niño, en La Spezia, me despedía de ti, en cada una de tus salidas, desde la terraza de nuestra casa que daba al mar? Se me quebraba la voz y mis ojos se llenaban de lágrimas, pero me contenía mientras Tú estabas allí, pues no quería mostrarle al gran soldado mi debilidad. Pero mis esfuerzos eran inútiles, y tú sabías muy bien que en cuanto desaparecieras tras la esquina de via dei Colli y del Torretto, me derrumbaría en el suelo, vencido por el llanto y la soledad. Pues bien, Papá, ahora ha pasado lo mismo: una vez más me ha doblegado un dolor irrazonable, como entonces, con la diferencia de que ya no soy el niño vestido de marinero, orgulloso de la cinta con el nombre de tu barco.

Carta de Galeazzo Ciano a su padre,
contenida en las páginas de su diario en las fechas del
26 de junio al 2 de julio de 1939

Renzo Ravenna
Trípoli, agosto de 1939

El único placer que el verano de mil novecientos treinta y nueve le reserva a Renzo Ravenna es un viaje a Trípoli en compañía de su mujer. Con un ostentoso pero fútil gesto de disidencia, Italo Balbo hospeda a su amigo judío en su palacete personal. De esta manera, el proscrito puede quedarse unos días con su esposa en una de las habitaciones de ese suntuoso edificio de novela colonial, con las terrazas que dan a corso Vittorio Emanuele III, los *zaptiè* en uniforme de gala haciendo guardia en la entrada y el magnífico follaje de las palmeras meciéndose al viento. Para dar la bienvenida a los esposos Ravenna, no sin provocarles un escalofrío de vergüenza, hay un cartel colgado descaradamente en el vestíbulo de entrada: «Aquí nos hablamos de usted y respetamos a los judíos».

Unas vacaciones africanas coronarían los sueños de muchísimos italianos, amaestrados por la propaganda del régimen para anhelar un «lugar bajo el sol», pero es una África amarga la que saborean los esposos de Rávena en su primer verano como perseguidos. Además de su condición, es el estado de ánimo de su anfitrión lo que les infunde una nota amarga. Renzo ya estuvo en Libia con Balbo en años anteriores y recuerda su entusiasmo ante los grandilocuentes proyectos de repoblación rural de las zonas predesérticas, de saneamiento urbano y arquitectónico de los antiguos barrios árabes de la capital, de construcción de la grandiosa carretera costera destinada a abrir nuevos caminos al imperio. Ahora, sin embargo, en Balbo no parece quedar rastro de tal entusiasmo. De vez en cuando el amigo de la infancia, aviador a toda costa, despega aún hacia alguna fantasía de vuelo, pero, en su mayor parte, sus viajes parecen haber terminado, el trópico parece haberlo entristecido también a él.

La carretera costera ha llegado a construirse, eso es cierto, gracias al empleo de once mil trabajadores libios y mil italianos, que asfaltaron ochocientos kilómetros de arena a través del desierto de Sirte, trabajando incluso a temperaturas de cincuenta grados a la sombra, y Mussolini la inauguró ya en marzo de mil novecientos treinta y siete, en un día memorable, desenvainando, a lomos de su caballo, como el «fundador del imperio», la «espada del Islam» ante las cámaras de reporteros de todo el mundo. Pero ahora que la obra ha concluido, el hombre que la concibió no duda en constatar que, al final, tanto hacia oriente como hacia occidente, esa grandiosa cinta de asfalto se pierde en la nada de los desiertos egipcio y tunecino.

También se ha llevado a cabo el proyecto de repoblación de las inmensidades libias con colonos inmigrantes de las zonas rurales más pobres de Italia. El antiguo mito de las tierras coloniales que proporcionaría trabajo a los italianos que de otro modo se verían obligados a emigrar al extranjero se ha hecho realidad. La realidad, sin embargo, a diferencia del mito, trae consigo el inconveniente de la decepción.

Es cierto que la población italiana de la colonia se ha duplicado incluso desde que Balbo la gobierna; es cierto que los viajes de los colonos han sido objeto de la propaganda del régimen con tonos de epopeya cívica en los noticiarios cinematográficos («la marcha de los veinte mil»); también es cierto que en los campos libios se han construido miles de casas rurales con cocinas, baños y luz eléctrica para albergar a campesinos nacidos y criados en tugurios palúdicos, pero todo ello no ha bastado ciertamente para transformar un páramo desolado en el Edén prometido por el gobernador.

Los funcionarios del Comisariado de emigración interna actuaron con apresuramiento y superficialidad, corrompidos tal vez por prefectos, jefes de policía, secretarios federales y podestás interesados en deshacerse de la escoria. De esta manera, quienes han llegado a la colonia no son campesinos industriosos sino gente desgraciada, inadaptada, turbulenta, desempleados crónicos, que se distinguían más por el hambre que por la fe política. Además de los venecianos, los mayores problemas los crearon precisamente los inmigrantes de la zona de Ferrara: despilfarradores, bebedores, casados con mujeres «demasiado libres». ¡Y pensar que Balbo, infatigable organizador, les había dado la bienvenida a Libia con un talonario que contenía vales para dos litros de vino, cinco bebidas a elegir, cinco entradas de cine para cada uno, baile y cigarrillos a su antojo!

La amargura de Italo Balbo no se limita, sin embargo, al fiasco de sus proyectos coloniales. La hiel que lo invade se segrega, gota a gota, de los desengaños del fascismo, de Mussolini, de sus fracasos personales. A su amigo Renzo puede confiárselos sin reservas: no solo no ha logrado obtener la nacionalidad italiana para sus subordinados libios, sino que no ha podido salvar a los italianos del delirio senil de Mussolini, cada vez más obstinado en la infausta alianza con Hitler y en sus propósitos bélicos. Él, después de cinco años de confinamiento en África, tenía esperanzas de suceder a ese idiota de Starace en la secretaría del Partido, pero justo antes de la llegada de Renzo a la colonia el Duce ha mortificado sus ingenuos deseos. «Jamás. Quítatelo de la cabeza», fue su sentencia. No hace falta añadir que sus intentos de mitigar la legislación antisemita también han quedado en nada. Su amigo Renzo lo sabe mejor que nadie.

Por detrás del desfile de manifestaciones oficiales, el gobernador de Libia es a estas alturas un cuerpo ajeno al régimen, el Duce le hace saber que está dispuesto a «mandarlo al paredón», no tiene amigos entre los jerarcas salvo Bottai y ni siquiera él, el más inteligente de todos, lo ha respaldado en su disidencia contra las leyes raciales. El fascista más célebre del mundo después de Mussolini, el mito más resplandeciente del fascismo, es un hombre solitario, amenazado, constantemente vigilado por sus propios criados, en su mayoría espías de la Policía Política de la OVRA, que le sirven la cena en el inmenso salón vacío de su palacio de gobernador africano.

No le quedan más que los gestos exteriores de infructuosa rebeldía, de revancha infantil, y el consuelo de una joven amante ni siquiera excesivamente agraciada. Por si fuera poco, a pesar de sus entrenamientos diarios de pugilato, Italo Balbo también está engordando. Un vientre blando y prominente de bebedor se dilata ineluctablemente bajo la faja elástica que lleva incluso en verano a cuarenta grados a la sombra. Entre las pequeñas venganzas masoquistas del gobernador, entre sus proverbiales intemperancias suicidas, Balbo incluye la costumbre de hablar mal del Jefe durante la cena, proporcionando a los hombres que le sirven con guantes blancos el estofado de carnero cocinado al estilo bereber abundante material para informar a la dirección de la policía política de Roma.

Y así, en agosto de mil novecientos treinta y nueve, el judío Renzo Ravenna se encuentra en la mesa del gobernador fascista de Libia, sudando frío a despecho del calor africano, mientras escucha a su amigo de juventud que, después del tercer vaso de vino, desvaría sobre ir volando a Roma para dejar caer «dos bombitas» sobre el Palacio Venecia, define a Mussolini como «un trapo», maldice su «megalomanía» y vaticina: «Si Mussolini se obstina en la locura de la guerra junto a Hitler, seremos derrotados, caerá el fascismo, caerá la monarquía, perderemos las colonias y podremos considerarnos afortunados si se salva la unidad de Italia».

Después de la cena, sin embargo, el tono se apacigua y el cuadrunviro se aplaca inesperadamente. Paseando a los pies de las palmeras, Italo toma del brazo a Renzo y con voz recargada por el vino, por los años, por la amargura, como en un intento de consolar a un niño ante la noche, le susurra:

—Somos diez años más jóvenes que *él*, amigo mío. El tiempo está de nuestra parte.

Hay luz incluso en el baño.

Campesino de Udine emigrado a los pueblos diseñados por Balbo, carta a sus familiares, 1938

Si [Balbo] cree poder pescar en aguas revueltas por aquí dentro, que no olvide que puedo mandar a cualquiera al paredón, sin excluir a nadie.

Comentario de Benito Mussolini a Galeazzo Ciano, 1939

Galeazzo Ciano
Salzburgo, 11 de agosto de 1939

El tren especial que lleva a Galeazzo Ciano hacia el Nido del Águila alcanza las fronteras del Reich en la madrugada del viernes 11 de agosto de mil novecientos treinta y nueve. El ministro de Asuntos Exteriores italiano lleva en el bolsillo interior de su chaqueta, ya listo, el borrador del comunicado conclusivo del inminente encuentro, redactado por Mussolini de su puño y letra, con el que se remacha la plena identidad de visión de los estados totalitarios y, sobre todo, se reafirma la voluntad común de Alemania e Italia de garantizar la paz resolviendo la crisis de Dánzig «por las vías diplomáticas normales». Una leve euforia anima a la delegación italiana que se dirige a Salzburgo con la convicción de viajar hacia la distensión europea, hombres de los que emana un intenso deseo de paz mezclado con agua de colonia.

El paisaje alpino enmarcado por las ventanillas entre Innsbruck y Salzburgo resulta revitalizador. Así lo admira el periodista Giovanni Ansaldo que, como de costumbre, va en el séquito del ministro: «La región es maravillosa por su riqueza de cimas montañosas, de bosques de abetos negros por los que descienden de las montañas, a través del acentuado verdor de sus prados, corrientes de agua. Está tan ordenado como un jardín: las aldeas rurales son pulcras, las casas refulgen de pintura fresca y de limpieza, las pilas de leña se amontonan con precisión de orfebre, y hasta las herramientas de los campesinos, colocadas en sus lugares de trabajo, están alineadas como los objetos del soldado que espera la revista

[...], tanto es así que en determinado momento uno quisiera —por más que lo desee en vano— encontrar una empalizada rota, un murete en ruinas, un montón de leña en desorden, algo espontáneo, natural, descuidado».

En la estación de Salzburgo, la ciudad de la alegría de Mozart, Joachim von Ribbentrop, como si no quisiera estropear el risueño clima, recibe a sus aliados vestido de civil. Los papeles parecen, pues, invertirse: los italianos son los únicos que desfilan con sombríos uniformes militares por los pasillos del Österreichischer Hof, el hotel donde los turistas ataviados con el juguetón traje alpino de las montañas austriacas los miran atónitos.

El idilio se rompe justo antes del almuerzo. Ribbentrop ha llevado a los invitados al castillo de Fuschl, una de sus muchas residencias veraniegas, que hasta abril de mil novecientos treinta y ocho perteneció a un noble tirolés nacionalista que ahora pasa sus días recibiendo latigazos en un campo de concentración. Antes de que se sirva la sopa, el propietario deja helados a sus invitados prorrumpiendo en furiosas invectivas contra los polacos: su ultrajante arrogancia es inadmisible, el prestigio alemán está en juego, la reacción solo podrá ser rápida y destructiva.

Galeazzo Ciano comprende, comprende por fin. El almuerzo, al que asisten los dos ministros, los embajadores, el séquito de Ciano y el *gauleiter* de Salzburgo, se desarrolla en un ambiente funerario. Von Ribbentrop, como arrebatado por su burbuja alucinatoria, diserta de caza y pesca ilustrando la diferencia entre una becada y una agachadiza. Los italianos engullen en silencio la habitual trucha de lago.

La primera reunión oficial entre los dos ministros está prevista para primera hora de la tarde. Dura casi tres horas y tiene lugar a puerta cerrada. La delegación italiana engaña la espera caminando entre los bosques de abetos, en busca de un rayo de sol.

En el salón del castillo robado a la aristocracia de Salzburgo, el alemán no pone freno a su delirio: maldice a Francia y a Inglaterra, insulta a los polacos, proclama en un falsete histérico la voluntad germánica de ocupar Dánzig militarmente en la primera ocasión, se deja llevar a declaraciones grotescas sobre la potencia alemana. El único testigo de la escena, el intérprete Paul Schmidt, describe a un hombre «en un estado de excitación febril, como un perro de caza que espera agitado de impaciencia a que su amo lo lance sobre su presa».

Ciano, aunque consternado, responde, aguanta el pulso. Le recuerda a Ribbentrop el compromiso, asumido tan solo unas semanas antes, de garantizar al aliado italiano no menos de tres años de paz; le previene de que un ataque a Polonia supondría la entrada en guerra de Francia e Inglaterra; manifiesta que el tratado de alianza preveía la obligación de consultar al aliado antes de tomar una decisión fatídica. Luego, al no obtener satisfacción, el ministro fascista pasa a tonos de súplica: implora, ruega, confiesa la debilidad italiana. Ribbentrop, por toda respuesta, da rienda suelta a su furor. Su voluntad de lucha parece implacable; su mente, presa del demonio de la destrucción; la decisión de ir a la guerra, inapelable.

Tan pronto como termina la reunión, los italianos son invitados a montar en una columna de coches de gran cilindrada que los llevan, a través de los verdes valles alpinos, al restaurante Cavallino Bianco. La vista, magnífica, se encuentra en Wolfgangsee, famoso punto de encuentro de la nobleza hausbúrgica en los tiempos soberanos y despreocupados de Francisco José, quien acudía a menudo allí, incluso ya anciano, cuando iba a visitar a una fiel amante desde su finca en Bad Ischl.

La comitiva ministerial italiana, conmocionada por la revelación de que antes de fin de mes se verá arrastrada a la guerra, entre veraneantes a oscuras de todo y canciones de borrachos que evocan la dulzura de la vida en los buenos tiempos perdidos, en la atmósfera alegre de una fiesta popular —barquillas, festones, globos de colores—, se sienta muda frente a los hombres que la arrastrarán a la catástrofe.

De vuelta en el hotel, los diplomáticos italianos se reúnen a deliberar. Para escapar de posibles micrófonos ocultos, se apiñan todos en el cuarto de baño de la habitación de Ciano. Entre la cerámica esmaltada blanca, un lavabo y la taza del váter, el ministro refiere los detalles de su conversación con su colega alemán. Ribbentrop no ha presentado argumentos, solo axiomas. Axiomas que repetía automáticamente como si se hubiera tragado un mecanismo de resorte. No era un interlocutor, era un muro.

Francia e Inglaterra no intervendrán.

Pero ¿y si intervienen?

No intervendrán. El conocimiento psicológico que tengo de ellos lo asegura.

Pero ¿y si intervienen?

En tres meses serían liquidados.

¿Y Rusia?

No hará nada.

¿Y Estados Unidos?

No hará nada.

Pero ¿y si la guerra tuviera otro desenlace?

No puede tener otro.

Ribbentrop, no somos unos críos: la guerra también puede tener otro desenlace.

No lo tendrá. Un ejército dirigido por Hitler y Mussolini es invencible.

Tras escuchar el resumen de Ciano, el embajador Attolico apoya con vehemencia la necesidad de impugnar el tratado de alianza para garantizar a Italia el derecho a permanecer ajena al conflicto: los alemanes están incumpliendo la obligación de consulta preventiva. Las proclamas exaltadas de Ribbentrop son, evidentemente, en opinión de Attolico, el *diktat* impuesto a un súbdito, no el acuerdo requerido de un aliado. Magistrati, por el contrario, sugiere esperar a que los aliados, tras ver desmentida por los hechos su convicción de la imposibilidad de que se desencadene una guerra general, una vez confesado su error, vengan a pedir, sombrero en mano, la intervención italiana. Sería, según él, una verdadera lástima desperdiciar la oportunidad de erigirse, frente a toda Europa, en el útil y prestigioso papel de pacificadores. Lo más conveniente es no romper con nadie y, quedarnos como de costumbre, «viéndolas venir».

La reunión en el baño se disuelve con estas palabras. Hombres conmocionados, agotados, angustiados. Que necesitan dormir. A la mañana siguiente a Galeazzo Ciano lo espera Adolf Hitler.

Le señalé a Ribbentrop que una guerra perdida conduciría a un tratado de paz comparado con el cual el de Versalles sería una golosina; le dije que aquello llevaría a la ruina de los dos regímenes; le dije incluso que, por mucho que el honor del Régimen haya manifestado su compromiso, me siento más italiano que fascista, y de lo que tengo que preocuparme sobre todo es de salvar a mi país. ¿No lo entiendes?, Libia se iría al garete, se iría al garete el Imperio donde basta que los aviones británicos arrojen octavillas para provocar un *cataplum*, se iría al garete el Dodecaneso. Pero ¿por qué precisamente ahora, que hemos encontrado hierro en Albania, y que empezamos a poder construir algo, nos vamos a meter en la boca del lobo por ellos? ¿Por qué razón comprometer cien años de esfuerzos, de penurias, por ellos?

Desahogo de Galeazzo Ciano con Giovanni Ansaldo,
12 de agosto de 1939

Galeazzo Ciano, Adolf Hitler
Nido del Águila, 12 de agosto de 1939

Y Adolf Hitler espera en su nido, el Nido del Águila. Para llegar hasta él, los huéspedes se ven obligados a emprender una ascensión —hasta dos mil metros de altura—, pero es una ascensión que requiere un descenso por profundísimas cavidades basálticas de la tierra, un hundirse hacia la luz, un abismo que conduce al cielo, una especie de ascenso a los infiernos. Galeazzo Ciano lo realiza la tarde del 12 de agosto de mil novecientos treinta y nueve.

Tras la primera conversación de la mañana, el canciller del Reich ha querido, en efecto, dar la bienvenida al aliado italiano en su nueva residencia —una especie de lugar de meditación, un retiro en el que apartarse a tomar el té y contemplar el porvenir—, de la que toda Alemania rumorea. Se trata de una estancia con inmensos ventanales en forma de arco tallados íntegramente en la roca viva de un pico que domina el valle. En la gran sala, amueblada de manera sobria, solo hay una mesa para reuniones y cuatro mesitas de té, dispuestas en forma ajedrezada. Nada más. Solo descansos de sobremesa, meditaciones, silencios. Soledades, cimas, pequeñas hojas de la planta del té. Y nieblas. Nieblas casi eternas.

Para llegar al nido, la delegación, después de haber atravesado oscuros bosques de abetos, debe primero cruzar un túnel horizontal de 124 metros excavado en las faldas de la montaña, luego entregarse a un ascensor —del tamaño de una habitación y revestido de latón y bronce— que sube otros cien metros por una galería vertical. Ni siquiera los gigantescos soldados de la escolta, catafractos con el uniforme negro de las SS, son capaces de ocultar la angustia primaria de quien se siente enterrado en vida.

Y, sin embargo, se trata, a fin de cuentas, de una excursión turística. Durante la reunión de la mañana en el Berghof, Hitler, retorciéndose las manos como de costumbre, ya le ha reiterado a Ciano lo que le había anticipado Ribbentrop: es todo culpa de Inglaterra, Polonia se merece una lección, las democracias occidentales son inferiores y no van a intervenir. Lo dijo con calma, embotado por un aire embelesado, sin la histeria febril de su ministro de Exteriores pero con la misma determinación.

Ciano, por su parte, afrontó a su aliado con agudeza y energía, rebatiendo punto por punto, cumpliendo punto por punto las directrices que le había dado Mussolini: la guerra sería una «locura», Inglaterra y Francia socorrerían a Polonia desencadenando un conflicto europeo, o tal vez mundial; Italia no está preparada en absoluto para apoyarlo. Hitler, sin embargo, como quien ya está en otro lugar, no da señales de escuchar la voz de su interlocutor. La voz de Ciano se pierde en el estruendo de la lluvia torrencial. La reunión se deslizó hacia un café aguado y la audición de aburridas arias de operetas vienesas.

El ascenso al Nido del Águila es, por lo tanto, desde el punto de vista de Hitler, una visita de placer gratuita, pero, desde el de los italianos, podría ser la última oportunidad para evitar una catástrofe, para conjurar la carnicería, para salvar a otros y a ellos mismos.

El anfitrión recibe a los huéspedes con cortesía. Hitler, elegante y educado, acompaña a Ciano a la terraza que da al infinito. Curiosamente, sin embargo, cuando los italianos se asoman al mirador, el Führer se queda unos pasos atrás, evidentemente incómodo, como quien sufre de vértigo o no tolera la altura.

¿Cómo no vamos a entenderlo? Ahora que ha dejado de llover, el panorama te deja literalmente sin aliento. La mirada cae a pico, como desde un avión en vuelo, sobre un inmenso escenario de inflexibles montañas. Solo allá abajo, inciertos en la neblina, se vislumbran, tal vez, las aglomeraciones de los pueblos que rodean Salzburgo pero que quedan como aniquilados, hasta donde alcanza la vista, por un horizonte de cadenas montañosas y de picos, de prados y de sombríos bosques. Justo al lado de la casa, suspendida sobre el acantilado, hay una pared áspera de roca desnuda. El conjunto, ahogado por la luz declinante de un día de finales de verano, es grandioso, salvaje, casi alucinante. Al contemplarlo, el espectador no puede evitar preguntarse: ¿dónde estoy? ¿Estoy en alguna parte? La vida y el mundo sobreviven allí solo como un recuerdo lejano, la vaga nostalgia de algo triste.

Tan pronto como los visitantes vuelven a entrar en la gigantesca cueva, la atención de todos se ve atraída por los mapas militares desplegados sobre la mesa de reuniones. Saltando del territorio a sus mapas como si no hubiera diferencia entre ellos, ni estatuto distinto de realidad, Hitler, con la misma cortesía, comienza a ilustrar al detalle, con extrema precisión, la línea de fortificaciones que acaban de terminar en el oeste los ingenieros alemanes, la «línea Sigfrido», según él, insuperable. Por ahí no se pasa. Si se atrevieran a intentarlo —pero no lo harán—, los franceses y los ingleses se estrellarían contra el muro germánico. Menos sólida —admite Hitler pasando al segundo mapa— es la línea defensiva alemana hacia el este. Pero tampoco allí hay ningún problema: por ese lado no nos defendemos, atacamos.

Ciano se queda estupefacto ante la extraordinaria competencia técnico-militar mostrada por Hitler, notablemente superior a la exhibida por su ministro de Asuntos Exteriores. Estupefacto y sin palabras. En ausencia de réplicas, pasan a sentarse para tomar el té.

Cuando toman asiento en los cómodos sillones de cuero negro, cerca de una imponente chimenea en cuya boca aguardan el invierno enormes troncos de madera, Ciano esboza por fin un tímido intento de disuadir a Hitler. Con resultados tan titubeantes que el propio intérprete alemán, el Schmidt de siempre, no puede evitar fijarse en ello y sorprenderse.

Teniendo en cuenta la pasión con la que hasta esa mañana el ministro italiano había tratado de llamar a la sensatez al canciller alemán, el Ciano de la tarde le parece a Schmidt «inexplicablemente encerrado en sí mismo, de repente, como una navaja».

A Hitler no se le plantean, pues, reparos cuando reitera sus certezas:

—Estoy firmemente convencido de que ni Francia ni Inglaterra querrán entrar en una guerra general.

Ciano, cada vez más sumiso, se reprime. Schmidt le oye, cada vez más perplejo, pronunciar su conclusión:

—Ya habéis tenido razón muchas otras veces, cuando nosotros éramos de la opinión contraria. Considero ciertamente posible, por lo tanto, que una vez más veáis la situación mejor que nosotros.

La reunión ha terminado. Los sabuesos de la guerra han sido desatados. Solo queda descender hacia el valle dejándose engullir por ese ascensor titánico, esa tumba vertical de bronce y latón enterrada en más de cien metros de granito.

Bajar de nuevo y dejar a Adolf Hitler en su reconquistada soledad, en su té de la tarde, en su cómodo sillón de cuero negro desde el que contemplar sus cumbres, sus bosques brumosos y oscuros, el sueño de un porvenir de masacres. Por otro lado, ¿qué mejor lugar que este para ordenar y gestionar el matadero? Por mucho que la vista se extienda hacia el horizonte sin límites, no se divisan, en dirección alguna, las huellas de los seres humanos.

Al día siguiente, Ciano fue recibido una vez más en el Berghof [...]. En ese segundo día, Ciano ya no siguió la orden de Mussolini de desaconsejar a Hitler el lanzarse a una absurda acción de fuerza contra Polonia. Tampoco volvió a hablar de la imposibilidad de que Italia participara en una difícil campaña militar.

Inexplicablemente se encerró en sí mismo [...].

Me quedé profundamente decepcionado con el nuevo cariz de las cosas. El embajador Attolico, a quien le mencioné la forma en la que su ministro había cambiado de rumbo, examinó con aprensión, junto con los demás italianos, las posibles consecuencias de esta diferente actitud de Ciano. Como es natural, en tales circunstancias, el asunto del comunicado de prensa cayó en el olvido. Ciano, por su parte, omitió señalar que, en virtud del pacto de alianza, Italia habría tenido derecho a exigir que se formulara una resolución conjunta sobre la actitud de los dos países en la cuestión polaca.

De las memorias de Paul Schmidt, intérprete del
Ministerio de Asuntos Exteriores del Reich

Benito Mussolini
Roma, 20-21 de agosto de 1939

Un enorme tintero de bronce bruñido y decorado con dragones rampantes, a la izquierda una ordenada pila de carpetas con indicaciones tipográficas en letras grandes *(Telegramas para el Duce, Para la supervisión del Duce, Para las decisiones del Duce),* a la derecha un libro (*Historia de Europa* de Fisher), en el centro, una pila de recortes de papel utilizados para detalladas notas miniaturizadas. Bajo el conjunto de las notas, el mapa de Europa Central. El escritorio gigantesco de Benito Mussolini, en vísperas de la decisión más grave de su vida, parece el de un estudiante que se prepara para hacer trampas en su examen escolar. Él, el Duce, con la cabeza inclinada sobre el mapa, detrás de unas gafas de montura de carey, se esfuerza por trazar la línea fronteriza entre Alemania y Polonia.

Tan pronto como el ujier anuncia la próxima visita, Mussolini se quita rápidamente las gafas, las guarda en el cajón y observa a un hombre de mediana estatura, evidentemente nervioso, que recorre a grandes zancadas la Sala del Mapamundi. Como no se le invita a sentarse, el huésped tendrá que comunicar de pie lo que ha venido a decir. Sin embargo, el embajador italiano en Berlín no tiene el aire de alguien que se deja desanimar por esta evidente técnica de intimidación.

Bernardo Attolico tiene cincuenta y nueve años y hace más de treinta que abandonó su humilde cátedra de ciencias financieras en el instituto técnico de Foggia para representar a Italia en numerosos organismos y comisiones internacionales. Aunque provenga de la provincia más atrasada del sur, ha viajado por el mundo y lo conoce. Nacido en Canneto di Bari, ha sido subsecretario de la Sociedad de Naciones, alto comisionado en Dánzig, embajador en Moscú, ha vivido en Londres, en Rusia, en Brasil. Lejos ya de la juventud, usa dos gruesas lentes de miope y es de salud quebradiza. Podría, por lo tanto, sentir legítimos deseos de disfrutar de lo poco que le queda para vivir en su tierra natal. En cambio, Bernardo Attolico abandonó su lujosa residencia diplomática en Berlín y corrió al aeródromo de Tempelhof para venir a Roma y decirle al dictador indiscutible de Italia que está cometiendo un error muy grave. El hombre sabe que lo respalda únicamente la autoridad de los profetas de la desventura. Fue él solo, durante meses, quien se enfrentó a Ribbentrop desnudándolo en sus mentiras; quien predijo, cuando todos lo consideraban alucinaciones, el terrible desenlace de la crisis de Dánzig, estableciendo además la fecha exacta con meses de antelación; fue él, aunque solo sepa unas cuantas palabras de alemán, quien adivinó el destino final del incontenible demonio nazi. El embajador, sin embargo, tiene demasiada experiencia en el mundo para no saber también que esta autoridad podría conducirlo no al éxito de la misión política, sino a su desgracia personal.

A pesar de ello, Attolico habla claro:

—¡Duce! En Berlín, a despecho de toda costumbre, todo principio y todas las demás obligaciones de la letra y el espíritu de la alianza, se ha optado por ir a la guerra. Ahora, en unos días, poniéndonos frente a los hechos consumados.

Ir a la guerra. En su cruda sencillez, en su fórmula casi infantil, la expresión escogida por el embajador resuena en la sala como el timbre de un despertador matutino. Mussolini abre mucho los ojos, escucha y no replica.

Attolico le cuenta que, nada más regresar a Berlín después de las sobrecogedoras conversaciones en Salzburgo, tuvo que leer en la prensa el comunicado de la agencia DNB con el que el gobierno alemán daba a entender la unidad de propósito de los dos aliados sobre la controversia polaca, es decir, lo contrario de lo que realmente había sucedido. Un documento gravísimo. Alemania sigue marcando las cartas. Aunque en Salzburgo no se llegara a emitir ningún comunicado compartido, Ribbentrop pretende hacer pasar esa reunión como el primer acto de esa consulta prevista por el Pacto de Acero en caso de crisis. Esto significa involucrar a Italia en la responsabilidad del drama que se está gestando, significa que Hitler dentro de unos días hará estallar la guerra.

—¿Estáis seguros?

—Absolutamente seguros.

—En este caso, el camino de Italia está claramente trazado: honrar la alianza.

Al escuchar la sentencia de Mussolini, las manos de Bernardo Attolico se ven sacudidas por un temblor convulsivo. Para ocultarlo, contraviniendo todas las etiquetas, el embajador las coloca sobre la mesa del dictador, se apoya en ellas con todo su peso y contrargumenta: no es cierto, no puede ser cierto, aún nos quedan tres caminos por recorrer para evitar el precipicio. El primero es lanzar una amplia e intensa acción diplomática para evitar la crisis bélica a través de una conferencia internacional: otro Múnich, en definitiva. El segundo es obtener de los alemanes una declaración sobre la imposibilidad y falta de voluntad de un conflicto generalizado, para eximir a Italia de la obligación de intervenir en la cuestión de Dánzig, descatalogada a problema de política interna. El tercero es denunciar sin demora a Berlín a nivel legal por el incumplimiento del artículo 2 del Tratado, para liberar a Italia de sus obligaciones en virtud del mortífero artículo 3. Italia, lesa en sus derechos, no tiene motivos para atender a sus deberes. Al no haber habido consulta, no hay obligación de entrar en guerra. Él, Attolico, se inclina por esta tercera opción.

—¡Duce! Todavía estamos a tiempo. Solicitad una declaración moratoria por parte de Alemania mediante una apelación formal a las cláusulas y a los compromisos de la alianza, con el compromiso de que Italia los cumplirá, negándose, sin embargo, a respaldar cualquier gesto unilateral.

Mussolini frunce los labios, los humedece y luego los estira:

—Nunca. Eso nunca. Yo proclamé en la concentración de Maifeld que la Italia fascista tiene una sola palabra y una sola voluntad. Le dije a Alemania frente a un millón de alemanes que con los amigos se cuenta hasta el final. No, esta vez no se nos echará en cara el insulto de «*Verräter*».

Verräter. Traidor. El estigma con el que austriacos y alemanes marcaron a los italianos en mil novecientos quince cuando, tras décadas de alianza en tiempos de paz, al estallar la Guerra Mundial, a los pocos meses, se pasaron al frente opuesto.

Verräter. La palabra, pronunciada en lengua germánica —la lengua del enemigo de entonces y del aliado de hoy—, cae sobre la conversación como una guillotina, decapitándola. Mussolini parece inamovible. Es inútil insistir en el hecho de que esta vez los traidores son más bien ellos, los alemanes. El orgullo no es un músculo lógico. Bernardo Attolico sale aturdido de la Sala del Mapamundi y vuelve a subirse al aeroplano que lo llevará de regreso a Berlín.

Tras la marcha del embajador, Benito Mussolini se encierra en un mutismo absoluto. Los pocos que tienen la oportunidad de acercársele durante estas horas observan en él a un hombre rehén de vaivenes y de dudas estremecedoras. En un raro momento de sincera desesperación, abandonando la pose de héroe, se los confiesa incluso a Claretta.

Fuera de las habitaciones donde se consuma, solitaria, la lucha interior del Duce, Italia, por voluntad de este, se ve patas arriba a causa de ese grandioso programa de pacíficas obras públicas planeadas durante décadas: los saneamientos de terrenos palustres, la sede napolitana de la Exposición de las tierras de Ultramar, ¡y hasta la construcción de toda una ciudad monumental para la Exposición Universal de mil novecientos cuarenta y dos! Mientras tanto, sin embargo, en su encierro en esas habitaciones, él, sin armas, sin escoltas, sin oro, se ve atrapado en la trampa de una guerra que no ha decidido y que no puede combatir. Pero la trampa se la ha puesto él mismo. Ahora que Adolf Hitler ha conseguido ver su farol, todo lo que puede hacer es enseñar sus cartas. ¿Será posible que no haya forma de escapar de la emboscada del destino?

Galeazzo Ciano, que ha regresado apresuradamente de un inoportuno viaje a «su» Albania, intenta por primera vez convencer al fundador del fascismo de que desista de secundar a los nazis. Después de hacer mutis con Hitler, con sus amigos y aduladores, así como en su insincero diario, el ministro se entrega a infantiles fanfarronerías. Ante su suegro, aparentemente decidido a marchar con los alemanes, Ciano no llega como Attolico a aconsejarle que abandone la alianza. Sugiere exigir nuevas conversaciones en las que reclamar sus derechos como socios paritarios y, tal vez, asegurarse ciertas ventajas. Una vez más, ardides, en definitiva, siempre y solo ardides. Mussolini se muestra de acuerdo.

Telefonean a Ribbentrop. Durante mucho tiempo, el hombre de Hitler se deja querer. Luego, a las 17.30 del 21 de agosto, Ciano consigue por fin hablar con él y solicita una reunión inmediata en el paso del Brennero. El otro responde que no puede responderle en ese momento porque está esperando un mensaje importante de Rusia. Que volverá a llamar por la noche. No lo hace.

Ciano y Mussolini engañan la espera preparando un detallado documento de cuatro puntos destinado a orientar la próxima reunión, con la ridícula esperanza de poder seguir dirigiendo la política de Berlín desde Roma. A las 22.30 llega por fin la llamada de Ribbentrop: la reunión en el Brennero no puede efectuarse. Está a punto de marcharse a Moscú «para firmar el pacto político con los soviéticos».

Yerno y suegro se quedan petrificados. Se avecina una alianza impensable entre el nazismo y el comunismo. Toda la estrategia anti-Eje de los anglo-franceses, centrada en un inevitable enfrentamiento entre Alemania y la Unión Soviética, salta por los aries. Veinte años de frenética contraposición ideológica y de sangrientas refriegas en las calles del mundo, cancelados de golpe. El mapa de Europa, trastornado. Los archienemigos de ayer se sentarán mañana en la misma mesa.

Hoy he hablado claro: he quemado todos mis cartuchos. Cuando entré en la sala, Mussolini me confirmó su decisión de marchar con los alemanes. «Vos, Duce, no podéis ni debéis hacerlo [...]. Fui a Salzburgo para discutir una línea común: me encontré frente a un *diktat*. Son los alemanes, no nosotros, los que han traicionado la alianza, según la cual deberíamos haber sido socios y no siervos [...]. ¿Queréis que vaya a Salzburgo? Pue bien, iré y sabré hablar con los alemanes como es debido. Hitler no me hará apagar mi cigarrillo, como hizo con Schuschnigg».

Galeazzo Ciano, *Diario*,
21 de agosto de 1939

Alemania actuará contra Polonia lo antes posible. La acción será rápida, decisiva, implacable. Las potencias occidentales no intervendrán [...].

Tomo nota de estas afirmaciones del Führer y le pregunto, si puede y quiere decírmelo, cuándo dará inicio la acción.

Hitler dice que eso aún no ha sido establecido. Sin embargo, todo está listo y si la acción se iniciara a raíz de un accidente grave, podría producirse en cualquier momento [...]. Dice que no tiene otras comunicaciones que realizar.

La conversación termina con un cordial intercambio de saludos. Hitler insiste en repetirme varias veces su deseo de reunirse con el Jefe de Gobierno, pero no menciona cuestiones políticas y dice que «le gustaría tenerlo alguna vez como invitado en las representaciones musicales en Bayreuth».

Galeazzo Ciano,
actas de la segunda entrevista con Adolf Hitler,
Berchtesgaden, 13 de agosto de 1939,
11.30-12.00 horas

Benito Mussolini, Adolf Hitler
Roma-Berlín, 25-26 de agosto de 1939

A Su Excelencia
el Jefe de Gobierno
BENITO MUSSOLINI

Duce:

Hace mucho tiempo que Alemania y Rusia meditaban respecto a la posibilidad de enfocar sus recíprocas relaciones políticas sobre una nueva base.

La necesidad de alcanzar resultados concretos en este sentido se ha fortalecido [...].

Estas razones me han inducido a acelerar la conclusión de las conversaciones ruso-alemanas. Todavía no os había informado detalladamente, Duce, sobre esta cuestión, porque no solo me faltaba la visión de la amplitud que podían llegar a alcanzar estas conversaciones, sino también, y sobre todo, la certeza de sus posibilidades de éxito.

Ahora, en las últimas semanas, la buena disposición del Kremlin para alcanzar un cambio en sus relaciones con Alemania [...] me ha parecido cada vez más fuerte y me ha permitido así [...] enviar a mi ministro de Asuntos Exteriores a Moscú para estipular un tratado, que es básicamente el pacto de no agresión más amplio hoy existente y cuyo texto está destinado a ser hecho público [...].

En cuanto a la situación en la frontera polaco-alemana, solo puedo comunicar a Vuestra Excelencia que llevamos semanas en estado de alarma [...]. Desde ayer Dánzig está rodeada por tropas polacas, lo que constituye una situación insoportable. En tales condiciones, nadie puede predecir lo que se verificará en un futuro inmediato. Lo que sí puedo aseguraros, en cualquier caso, es que existe en cierto modo una frontera de la que no puedo retirarme bajo ningún aspecto. Por último, puedo aseguraros de nuevo, Duce, que en una situación análoga yo otorgaré a Italia mi plena comprensión, por lo que vos podéis estar seguro desde ahora de mi postura en cualquier caso parecido a este.

ADOLF HITLER

La carta, dictada por teléfono desde Berlín al embajador alemán en Roma Hans Georg Viktor von Mackensen, le es entregada a su destinatario a las 15:10 horas del 25 de agosto de mil novecientos treinta y nueve.

Mussolini inicialmente la acoge con beneplácito: hacía días que esperaba una comunicación de Hitler y, sobre todo, le halaga el tono deferente adoptado por el canciller del Reich. Sin embargo, en estas circunstancias, basta poco para dispersar el vapor de agua de la vanidad que vela su mirada.

El mensaje de Hitler encierra dos significados, ambos tan mortíferos como mortificantes para el dictador italiano. El primero es que la alianza con la Rusia soviética, comunicada una vez más a hechos consumados —el pacto se estipuló dos días antes y ya se ha dado a conocer por medio de la prensa—, desmiente la reputación de veinte años de Mussolini como dique infranqueable para la expansión del comunismo. El segundo es que los alemanes se preparan para atacar Polonia y esperan la ayuda de su aliado italiano.

Mussolini y Ciano llevan días pensando en enviar a Berlín un comunicado en el que, oficialmente y por escrito, se reafirme lo que ya ha sido reiteradamente declarado durante los encuentros de Salzburgo: en caso de conflicto localizado, Italia proporcionará toda clase de apoyo político y económico, pero, en caso de un conflicto generalizado, provocado por el ataque alemán, dadas las actuales condiciones de su preparación militar, repetidamente señaladas, «no tomará la iniciativa de las operaciones bélicas».

A causa de sus vaivenes, la nota ha permanecido mucho tiempo sobre el escritorio del Duce, aún propenso a perseverar en la hipótesis rapaz de aprovechar la oportunidad para hacerse, a precio de saldo, con un botín de nuevas conquistas fascistas (ha encargado incluso al general y subsecretario de Guerra Alberto Pariani que estudie un plan para la invasión de Yugoslavia y Grecia). Ahora, sin embargo, Hitler se le ha vuelto a adelantar. Y otra vez vuelve a mostrarse totalmente sordo a las razones de sus aliados, tratados a la altura de subordinados. Su vaga apelación final a la «comprensión» significa que Adolf Hitler, a despecho de todas las admisiones de falta de preparación por parte de los italianos, espera una ayuda militar inmediata por su parte. Ante eso, hasta la desconcertante alianza con los odiados «rojos» pasa a un segundo plano.

No hay un solo minuto que perder, la respuesta debe entregarse antes de que pase el día. Benito Mussolini se sienta ante su escritorio.

> Führer:
>
> Respondo a Vuestra carta que me ha sido entregada en este momento por el Embajador Mackensen.
>
> 1) En lo que atañe al acuerdo con Rusia, lo apruebo plenamente [...].
>
> 4) En lo que concierne a Polonia, mantengo una perfecta comprensión de la posición germánica y del hecho de que una situación tan tensa no puede durar indefinidamente.
>
> 5) En lo que atañe a la actitud práctica de Italia, en el caso de una acción militar, mi punto de vista es el siguiente:
>
> —Si Alemania ataca a Polonia y el conflicto se mantiene localizado, Italia prestará a Alemania toda clase de ayuda política y económica que se le solicite.
>
> —Si Alemania ataca a Polonia y los Aliados contraatacan a Alemania, Os planteo la oportunidad de no asumir yo la iniciativa de las operaciones bélicas, dadas las

actuales condiciones de la preparación militar italiana, en repetidas ocasiones y con prontitud señaladas a Vos, Führer, y a Von Ribbentrop.

Sin embargo, nuestra intervención puede ser inmediata si Alemania nos proporciona enseguida los medios bélicos y las materias primas para resistir el impacto que los franco-británicos dirigirán principalmente contra nosotros [...].

Un instante después de haber transcrito estas palabras, comunicadas telefónicamente, Bernardo Attolico ya se encuentra de camino con su colega Massimo Magistrati hacia la cancillería. Cuando llega allí, encuentra a Hitler enfrascado en un coloquio a puerta cerrada con el nuevo embajador francés Coulondre, pero el ambiente que recibe al embajador italiano no deja lugar a dudas, a sus ojos, sobre lo que está ocurriendo. El corazón del gobierno del Reich está sacudido por la fibrilación que precede a los grandes acontecimientos: los teletipos vomitan despachos, los teléfonos suenan sin parar, los correos parten en todas direcciones, las puertas están vigiladas por gigantescos centinelas de las SS en uniforme de combate, incluso los refinados y mundanos miembros del cuerpo diplomático visten el uniforme gris «de campaña». Attolico y Magistrati son los únicos varones vestidos de civil en todo el edificio. La carta italiana se entrega a las 17.45. Al embajador francés se le ha despedido. Hitler, en efecto, lleva horas esperando espasmódicamente la tranquilidad de poder contar con su amigo y venerado maestro del fascismo italiano. La impaciencia hasta lo llevó a solicitar una respuesta a la embajada en varias ocasiones a través de Ribbentrop, y a pedirle incluso que interpelara a Ciano por teléfono. Ciano, sin embargo, se ha negado a ponerse al aparato.

Los motivos de tal impaciencia son desconocidos para la mayoría, pero inapelables: a las 15.02, presionado por el cronograma de operaciones de guerra, a pesar de haber enviado hace poco al embajador Henderson a Londres con una increíble oferta de amistad y apoyo al Imperio británico, Adolf Hitler ha cursado la orden de ataque a la cúpula del ejército. El desencadenamiento del *Caso Blanco* —así se ha codificado en secreto el plan de invasión de Polonia— está previsto para mañana, sábado 26 de agosto, a las 4.45 horas, poco antes del amanecer. La suerte está echada.

La lectura del mensaje de Mussolini tiene un efecto lisérgico en Hitler. La tensión psíquica, espasmódica hasta hace poco, parece colapsarse de golpe, todos los músculos del cuerpo, listos para el salto, se relajan. Paul Schmidt lo observa volverse de repente «de hielo».

Como en estado de sedación, el canciller alemán comunica a Attolico que tiene que retirarse a reflexionar y lo despide, pero para toda la cúpula nazi resulta evidente la postración en la que lo ha sumido el duro golpe. Mientras el Führer se encierra en su despacho a meditar, la palabra «traición» empieza a circular por los pasillos de la cancillería.

Noventa minutos después, al salir del despacho de Adolf Hitler, el general Keitel se precipita con vehemencia hacia su ayudante de campo: «La orden de actuación ha de ser revocada de inmediato».

Unos minutos más y la avanzada ya ordenada de un millón de soldados alemanes hacia la frontera polaca se ve repentinamente bloqueada por una contraorden. La máquina de guerra chirría y se atasca, la víspera de la batalla del destino cae en el caos banal de un contratiempo.

> Duce,
>
> Vos me comunicáis que Vuestra intervención en un gran conflicto europeo solo podría tener lugar en caso de que Alemania os proporcionara de inmediato las herramientas bélicas y las materias primas para hacer frente al impacto que los franceses y los británicos dirigirían sobre todo contra Vuestro país. Os ruego que me especifiquéis qué instrumentos bélicos y qué materias primas os serían necesarias y en qué plazo, para que pueda juzgar si puedo satisfacer, y en qué medida,

Vuestras solicitudes de herramientas bélicas y materias primas.

Por otra parte, Os agradezco de corazón las medidas militares italianas que mientras tanto me han sido dadas a conocer y en las que ya veo un fuerte alivio.

ADOLF HITLER

Führer,

esta mañana he reunido a los jefes del Estado Mayor del Ejército, la Marina y la Aviación, ante la presencia del ministro Ciano y el de Comunicaciones, y aquí está lo mínimo que las Fuerzas Armadas italianas necesitan para soportar una guerra de doce meses, además de lo que tenemos:

Carbón para el gas y la siderurgia	Tn.	›	6.000.000
Acero		›	2.000.000
Aceites minerales		›	7.000.000
Madera		›	1.000.000
Cobre		›	150.000
Nitrato de sodio		›	220.000
Sales de potasio		›	70.000
Colofonia		›	25.000
Caucho		›	70.000
Tolueno		›	18.000
Esencia de trementina		›	6.000
Plomo		›	10.000
Estaño		›	7.000
Níquel		›	5.000
Molibdeno		›	600
Tungsteno		›	600
Zirconio		›	20
Titanio		›	400

Las necesidades alimentarias y textiles quedarán aseguraras recurriendo al racionamiento.

> Además de las materias primas mencionadas anteriormente [...] para proteger las plantas industriales, cuya destrucción podría paralizar literalmente nuestro esfuerzo bélico, sería necesario el envío inmediato de 150 baterías de 90 con su correspondiente munición...
>
> Führer,
>
> No Os habría enviado esta lista o habría contenido un menor número de artículos y cifras muy inferiores, si hubiera dispuesto del tiempo previsto que acordamos para acumular reservas y acelerar el ritmo de la autarquía [...].
>
> MUSSOLINI

La breve comunicación de Hitler llegó al Palacio Venecia la misma noche del 25 de agosto, la carta del Duce al Führer se transmite vía telefónica a la embajada italiana en Berlín a las 12.10 de la mañana siguiente. No cabe duda de que, entre la ira y la falsa cortesía, Hitler optó por esta última; e igualmente cierto es que, entre la vergüenza y la guerra, los fascistas prefirieron la primera. La última intentona del Duce —comprometerse a entrar en guerra siempre que le proporcionen los medios— es evidentemente el farol de un histrión desesperado.

Como de costumbre, una vez transcrita la carta con caligrafía diminuta y enrevesada, Bernardo Attolico parte inmediatamente hacia la cancillería. Al ojo experto del embajador le ha bastado una mirada para entenderlo todo: se trata de una lista de desiderata formulada de manera que resulte imposible satisfacerla. Incluso en el caso de que Alemania dispusiera de todos esos recursos —y ningún estado los tiene—, miles de trenes ferroviarios no serían suficientes para entregarlos. Mientras se dirige a ver a Adolf Hitler, Attolico no puede saber que Mussolini ha duplicado deliberadamente las cifras estimadas por los técnicos para las necesidades italianas, ni puede saber que Ciano hace alarde de cinismo al definir la lista como «capaz de matar un toro, tan solo si pudiera leerla», y que la lista inagotable, en el círculo de Mussolini, ya ha sido rebautizada burlonamente como la «lista molibdeno» (por el nombre del inencontrable e inaudito metal). Con todo, incluso si lo supiera, el diplomático de larga trayectoria seguiría prefiriendo el interés nacional a una posible entrada en la guerra, incluso a costa de la dignidad.

De hecho, Bernardo Attolico nota de inmediato que Mussolini, desoyendo la petición de Hitler, no ha indicado en la carta la fecha límite para la entrega de los suministros. Por lo tanto, decide asumir total y personalmente la responsabilidad de poner fin al infausto Pacto de Acero.

Cuando Ribbentrop, conteniendo apenas los nervios después de revisar las solicitudes italianas, le pregunta la fecha límite para la llegada de los suministros, el embajador, fingiendo un cándido asombro, responde sin titubeos:

—Inmediatamente. *Antes* del estallido de la guerra.

La respuesta de Attolico disipa todas las dudas: la petición italiana no es más que una maniobra para abstenerse del conflicto.

Hitler, aunque furibundo al haberse quedado solo contra el mundo, decide poner al mal tiempo buena cara y responde con una comunicación complaciente.

A las 19.00 horas, Bernardo Attolico, visiblemente emocionado, vuelve a entrar en una cancillería del Reich semidesierta. Lleva consigo la réplica con la que Benito Mussolini declara definitivamente que, viéndose «obligado por fuerzas superiores», aunque desconsolado y mortificado, debe negar «su solidaridad positiva en el momento de la acción». La carta la recoge un Ribbentrop pálido y mesurado, rodeado por corrillos de colaboradores silenciosos e inmóviles.

Cinco minutos más tarde, despedido por el redoble de tambores del cuerpo de guardia, un caballero encorvado y con gafas se aleja andando en la noche de Berlín. Se siente emocionado, renqueante y feliz por haber salvado a su país.

Encuentro una Roma despreocupada. No hay aglomeraciones en los quioscos, en las radios. Pregunto a algunos amigos, que tienen más libertad de contacto. Nadie, me dicen, cree en la guerra. (Pienso: ¿no creen en ella porque no la quieren? ¿O no la quieren porque no creen en ella?). Todos tienen fe en Mussolini, esperan de él un «milagro». Una vez más los italianos de la «buena estrella».

Dessì, a quien vuelvo a llamar, me dice, estupefacto y mortificado, que, cuando se ha presentado en el almacén, lo han mandado de vuelta a casa: no hay ropa. Y, al parecer, faltan armas en los almacenes. Lo mismo me cuenta mi criado Francesco. Así pues, de una punta a la otra de Italia, se extiende esta sensación de falta de preparación en los detalles. ¿Cuál será la situación en el conjunto?

Me encuentro con Starace en el picadero. Ninguna sensación en particular: ¿guerra o paz? Evidentemente, la fase de dudas aún no ha sido superada en el ánimo del Duce. Pero nuestro ánimo ya se ha decidido. «La gente —dice— está preparada. Disciplinada, pero no indiferente, como algunos quieren. Está acostumbrada a mantener los nervios en su sitio».

Giuseppe Bottai, *Diario*, 28 y 29 de agosto de 1939

Benito Mussolini, Adolf Hitler
Roma-Berlín, 26-31 de agosto de 1939

En las horas siguientes Hitler se muestra desatado. Con una mano sigue ofreciendo a Inglaterra propósitos de amistad perenne mientras con la otra, en secreto, actualiza el plan de invasión de Polonia. Los ingleses, esta vez, hacen caso omiso de las propuestas del canciller y oficializan su promesa de apoyo militar a Polonia en caso de agresión; los polacos, fortalecidos por las garantías inglesa y francesa, dan rienda suelta a su orgullo ancestral movilizando al ejército en medio de cantos de batalla y sones de antiguas trompetas; los comandantes alemanes de la Wehrmacht, puestos en pie de guerra, muerden el freno.

Del frenesí de Hitler da testimonio Birger Dahlerus, un empresario sueco y viejo conocido de Göring, encargado de conducir de manera informal las negociaciones con los británicos. Dahlerus asiste espeluznado a los monólogos vociferantes del Führer, con la voz quebrada y a ratos incomprensible; lo ve caminar a lo largo y ancho de la sala mientras declama las cifras del poder militar alemán, solo para abandonarse después con los ojos desorbitados y la yugular hinchada a maldiciones contra sus enemigos, entre amenazas de aniquilamiento. Saca la impresión de hallarse frente a «un espectro de aquelarre en lugar de un ser humano».

El intento de mediación del industrial parece naufragar definitivamente la noche del 26 al 27 de agosto, cuando Dahlerus encuentra al canciller, que todavía confía en mantener a Inglaterra fuera del conflicto, en un estado de gran agitación. El líder nazi alterna amenazas de exterminio —en caso de resistencia se promete «aniquilar y extirpar a todo el pueblo polaco»— con peticiones de ulteriores negociaciones con los ingleses. El aliento que exhala de la boca del Führer es tan pestilente que el sueco está a punto de comprometer la última esperanza de paz en Europa al dar un paso atrás ante la halitosis de Hitler.

Pero se trata de un esfuerzo inútil. De nada sirven los tres viajes de Dahlerus a Londres para reunirse con Chamberlain, sus repetidos encuentros reservados con los embajadores de Francia, Polonia e Inglaterra, las largas conversaciones con Hermann Göring. El entendimiento de Hitler va por otros derroteros, el destino sigue un guion ya escrito. En la noche del 29 de agosto, Franz Halder, el jefe del Estado Mayor alemán, anota en su diario: «Polacos instruidos por los ingleses para ir a Berlín a petición de los alemanes. El Führer los verá mañana. Idea fundamental: crear complicaciones con reivindicaciones demográficas y democráticas... 30 de agosto: los polacos en Berlín. 31 de agosto: las negociaciones se interrumpen abruptamente. 1 de septiembre: recurso a la fuerza».

Por su parte Mussolini, en cambio, parece haber recobrado la cordura. En las personas arrogantes —según se ha constatado— la humillación puede surtir ese efecto. Si en el círculo de varones fascistas, el Duce sigue parloteando sobre el honor, la lealtad y el destino, si en el escenario internacional se afana por promover una improbable nueva conferencia de paz, un «segundo Múnich» que le devuelva su perdido prestigio, en el escenario sentimental, en la intimidad del cara a cara con Claretta, Benito encuentra la justa medida de lo humano en el sentimiento trágico de la vida. En esa pendiente, llega a un paso de la salvífica piedad por sí mismo y por su pueblo.

En los últimos días de agosto de mil novecientos treinta y nueve, Claretta Petacci recoge, en efecto, en su diario numerosas, sesgadas, contumaces peroraciones de Mussolini a favor de Hitler («Inglaterra debería aprovechar la mano tendida de Hitler», las suyas son «exigencias justas porque los pueblos numerosos tienen derecho a la vida», «Hitler siempre ha pretendido lograr sus conquistas sin derramamiento de sangre»), pero también anota momentos de atrición, casi de patética amplitud de miras.

El domingo 27 de agosto, sofocado por pensamientos angustiosos y por el bochorno, Benito le confía una nostalgia preventiva, un arrepentimiento preliminar, casi un remordimiento:

«Nuestros días en el mar [...] aunque tal vez vuelvan, ya verás, oh, sí querida, si mañana hubiera una guerra, mi vida cambiaría de arriba abajo: llevaría la vida de un ausente, ni siquiera querría oír hablar de mujeres; viviría solo en el tormento, en la tensión de esa tragedia que es la guerra; tendría la responsabilidad de ocho millones de hombres, de la vida de mi pueblo... Tú no sabes lo que es una guerra: no la recuerdas. Renuncias y sacrificios, hambre, cartillas, refugios, enfermedades... Ah, Dios no lo quiera, porque todo esto caería sobre mis hombros con todo su enorme peso de inenarrable responsabilidad... ¡Terrible, querida! Tú no sabes lo que es la guerra, eras una niña [...] y hoy es algo peor, más grave [...]. Una derrota supone el fin de un pueblo, y tener motivos para el llanto durante veinte años».

Luego, tres días después, el 30 de agosto, a las 20.30 horas, Claretta recibe una llamada telefónica desesperada:

—Ven, ven, que mañana hay guerra. Quiero darte un beso. Amor, no lo sé. Bésame. Creo que ya no hay nada que hacer: mañana habrá guerra.

Ella se reúne con él, que la abraza con ternura, ella casi se echa a llorar, entonces él se aleja, abre la puerta, toma su gorra, se da la vuelta por última vez, la ve con los ojos llenos de lágrimas, se despide con un movimiento de cabeza.

¿Y Galeazzo Ciano? ¿Cómo vive Ciano los últimos días de agosto de mil novecientos treinta y nueve? Galeazzo Ciano simplemente se derrumba.

Las siete y media de la tarde. Salgo de la redacción de *Critica Fascista* para ir a ver a Galeazzo. En el cielo se difunde un resplandor residual. La ciudad ha caído en la oscuridad. Una oscuridad densa, no rota, sino subrayada por las luces violáceas. Sin embargo, dado que se desconocen las intenciones y propósitos del Duce, esta oscuridad propaga una sensación de consternación a su alrededor. Ya circulan rumores de un desacuerdo en torno a un Mussolini vacilante: Galeazzo por la no intervención; Starace, a favor de la guerra. Entro en el Salón de la Victoria, herméticamente cerrado. Galeazzo está *solo* [...]. Viene a mi encuentro, me abraza. De la exigua luz sale un rostro curtido por el sol y planchado por una angustia interior. Ojos que no han dormido; y que, tal vez, han llorado. Y un cuerpo, qué curioso, un cuerpo que, de repente, tan rotundo y orgulloso como era, se inclina, se encoge, con un toque infantil y femenino: abandonado, perdido.

Galeazzo me toma por la cintura, me arrastra hacia la pared, entre las dos ventanas cerradas, hace que me siente en un banco; y él mismo se deja caer a mi lado, con todo su peso. Da comienzo un soliloquio dramático, que escucho sucesivamente con dolor, con asco, con emoción, con ironía, con miedo.

«Estoy aquí, inerte. A la una he telegrafiado a Londres y a París proponiendo una conferencia europea. Ninguna respuesta. Nosotros, lo entenderás, no debemos ni podemos intervenir. No debemos. Alemania ha actuado en contra de nuestros acuerdos. Rompí con ese loco de Ribbentrop en Salzburgo. Le recordé que nuestra alianza preveía una fase de parada hasta 1942. Que una acción inmediata por Dánzig significaría la guerra europea. Los ingleses y los franceses, por mucho que pensara que no, reaccionarían. Salí de Salzburgo en un estado de completo desacuerdo [...]. No tenemos la menor obligación de intervenir. Y añado: ni el menor interés. Nos tocaría soportar el mayor impacto, en condiciones de extrema vulnerabilidad: el imperio, Libia, Egipto, el Egeo, el Mediterráneo, los Alpes occidentales. ¿Estamos en condiciones de hacerlo? No, no, no [...]. El pueblo italiano no quiere *esta* guerra. No la siente suya. No cree en ella. Starace dice que tiene al pueblo en sus manos. ¡Menuda estupidez! Se necesita algo más, bastante más. Naturalmente, especula con el drama íntimo del Duce. Todo en el Duce, su pasado, su carácter, su temperamento, todo le lleva a la repugnancia por la neutralidad; y su agudo sentido del honor le lleva a la repugnancia por un abandono de su aliado, por una traición como Italia en 1914 [...]. Pero también ve, sabe, siente que no se puede llevar al pueblo a librar *esta* guerra en *estas* condiciones, por un aliado que no se ha atenido a los acuerdos. He aquí el drama [...].». Se levanta, se acerca a la ventana, abre los postigos; mira conmigo, que me he acercado a él, via del Tritone en la oscuridad: luces verdes, rojas, azules titilan en el tenebroso torrente. Un río que brota no sabemos de dónde, que desemboca quién sabe dónde [...].

Giuseppe Bottai, *Diario*, 31 de agosto de 1939

Roma, 1 de septiembre de 1939
Palacio Venecia, 15.00 horas

El primer día del mes de septiembre de mil novecientos treinta y nueve, en el mismo instante que el Consejo de Ministros, convocado con procedimiento de urgencia por Mussolini, se reúne en el Salón de la Victoria a las 15.00 horas, a mil quinientos kilómetros más al norte, en las extensas llanuras del oeste de Polonia, desprovistas de cadenas montañosas u otros obstáculos naturales, la historia de la violencia humana da un mortífero salto hacia adelante.

Mientras el ministro de Cambios y Divisas Felice Guarneri, el de Educación Nacional Giuseppe Bottai, el de Asuntos Exteriores Galeazzo Ciano preceden a todos los demás accediendo por separado por la entrada secundaria en via del Plebiscito, el VIII Ejército alemán marcha sobre Łódź en el sector sur, el III Ejército avanza desde el norte hacia Varsovia y el XIX cuerpo acorazado, al mando del general Heinz Guderian, tritura enemigos y kilómetros desde el oeste con el objetivo de cerrar la pinza en la base del corredor de Dánzig. En los instantes en los que los ministros fascistas esperan la llegada de su Duce, columnas de tanques de nuevo diseño, fuertemente blindados y a la vez extremadamente rápidos, coordinados con nuevos aviones capaces de bombardear en picado, de hundir fácilmente las líneas enemigas en los puntos de concentración del fuego desde el suelo y desde el cielo, penetran en profundidad en el territorio adversario dejando a la infantería la tarea de aniquilar al enemigo rodeado. Movilidad, velocidad, cerco, aniquilación: la guerra, después de haber acompañado paso a paso el camino de la especie humana desde sus orígenes, en cada momento de su evolución y en cada aspecto de su existencia, se deshace de todo lastre terrestre, de todo anclaje a la posesión del territorio y asciende a los extremos en un vértigo aniquilador. Galeazzo Ciano, sin saber nada de todo ello y evidentemente reconfortado respecto a la noche anterior, antes de entrar en la sala de reuniones susurra al oído de Giuseppe Bottai: «Todo está resuelto».

Benito Mussolini llega pocos minutos después de las 15.00 horas. Vestido de blanco, se muestra pálido, grave, con el ceño fruncido. El Consejo de Ministros está reunido en su totalidad. Ninguno de los diez miembros presentes, a excepción de Ciano, sabe aún si va a participar en un consejo de paz o de guerra. Cuarenta millones de italianos llevan días consumiéndose en el mismo angustioso dilema.

Contrariamente a sus costumbres, el Duce no se demora en ilustrar la situación. Da por sentado lo que, en verdad, nadie sabe:

—Ya conocéis en parte la situación. Ayer propusimos una conferencia de paz para el 5 de septiembre. Inglaterra y Francia han aceptado, pero la respuesta, por una serie de malentendidos, ha llegado esta mañana. Demasiado tarde.

Deja el tiempo suficiente para permitir que se depositen las fatídicas palabras, luego prosigue:

—Nuestra posición está clara y quedó netamente definida con el Führer: Italia no podía estar lista hasta finales de mil novecientos cuarenta y dos, y le expliqué el porqué. Los alemanes no pueden, en vista de una posible acción antes de esa fecha, proporcionarnos lo que necesitamos: ni gasóleo ni hierro... Mil novecientos cuarenta y dos es para nosotros un término de absoluta necesidad —dicho esto, Benito Mussolini procede a la lectura de la declaración que propone aprobar y pasar a los periódicos. Es una declaración de neutralidad. Los hombres suspiran en la sala. De alivio. La declaración es aprobada. Por unanimidad.

Después de la lectura, Mussolini añade:

—Dada la forma en la que se han desarrollado los acontecimientos, nadie debería poder decir frente a la Historia que Italia no ha sido fiel a su deber con su aliado. Y como no quiero pasar por un felón, le he pedido a Hitler una declaración en ese sentido. Las declaraciones de Hitler al pueblo alemán especifican que no ha pedido nuestra intervención, presumiendo que Alemania pueda bastarse por sí misma.

Se procede a la lectura del telegrama de Hitler en una sala entregada al silencio. Galeazzo Ciano muestra repetidamente un sobre que se presume contiene las pruebas de la lealtad italiana. Ha llegado el momento de los vaticinios.

—Polonia, no cabe duda, será aplastada. Alemania es claramente superior en términos de armamento y masas. Cuanto más miro el mapa de Europa, menos entiendo qué ayuda concreta pueden aportar Francia e Inglaterra a Polonia. Los franceses se desplegarán en la línea Sigfrido. ¿Y luego? Con todo, hay que decir que el Führer ha desafiado al destino: para el 15 de octubre tiene que haber acabado con Polonia, porque después el país se vuelve intransitable. Es un riesgo considerable.

Han pasado apenas quince minutos desde el inicio de la reunión. Mussolini parece ya dispuesto a ponerle fin. Solo le queda tranquilizar a sus acólitos.

—Hemos de dar por supuesto que la pugna Alemania-Polonia no es la definitiva. Estamos preparados para cualquier eventualidad. No creo que Francia nos ataque. Existen, es cierto, planes fantásticos de esos fanfarrones del Estado Mayor francés: invadir Lombardía y atacar luego Alemania por la espalda. Pero es pura fantasía. Tendrán que vérselas con nosotros. Nuestra situación es más precaria en Libia: allí la proporción de fuerzas está en nuestra contra. África Oriental se defenderá por sí misma. En el Egeo no hay motivo para preocuparse, mientras Turquía no declare sus intenciones.

Mussolini ha terminado. Ciano habla brevemente, reiterando la intachable línea de conducta italiana hacia el aliado alemán. El jefe de gobierno vuelve a tomar la palabra solo para decir que, si no hay nada más, todos pueden retirarse.

Dino Grandi, antiguo embajador proinglés en Londres y actual ministro de Gracia y Justicia, sin embargo, pide la palabra. Se aventura en una reconstrucción histórica de las polémicas relaciones diplomáticas entre Italia y Alemania. En su opinión, Italia tendría pleno derecho a denunciar la alianza:

—Es necesario que nos preparemos en cualquier caso para la polémica de la «traición». Así pues, seamos los primeros en convencernos de que, sea como fuere, somos los traicionados, no los traidores.

Giuseppe Bottai también pide la palabra.

Mussolini, visiblemente molesto, lo detiene con un movimiento de su mano. Se levanta bruscamente:

—La reunión ha terminado.

A las 16.00 horas la Agencia Stefani informa al pueblo italiano de que la Italia fascista, por el momento, no entrará en guerra junto a Alemania. El inveterado instinto de viejo periodista de Mussolini le ha sugerido no recurrir a la deshonrosa palabra «neutralidad», optando en su lugar por la vaga e imprecisa lítote de «no beligerancia». La confrontación con el siglo se pospone, reemplazada temporalmente por un pálido eufemismo.

El Consejo de Ministros, habiendo examinado la actual situación de Europa a raíz del conflicto entre Alemania y Polonia [...], habiendo tomado nota de todos los documentos presentados por el ministro de Asuntos Exteriores, que ponen de manifiesto la labor desarrollada por el Duce para asegurar a Europa una paz basada en la justicia, ha dado su plena aprobación a las medidas militares adoptadas hasta ahora, que tienen y tendrán un carácter simplemente cautelar y adecuado a tal fin [...];

declara y anuncia al pueblo que Italia no tomará iniciativa alguna en operaciones militares;

dirige grandes elogios al pueblo italiano por el ejemplo de disciplina y sosiego del que ha dado, como siempre, prueba.

Comunicado de prensa de la Agencia Stefani,
1 de septiembre de 1939, primera hora de la tarde

DUCE,

OS AGRADEZCO DE LA MANERA MÁS CORDIAL LA AYUDA DIPLOMÁTICA Y POLÍTICA QUE HABÉIS CONCEDIDO RECIENTEMENTE A ALEMANIA Y SU JUSTO DERECHO. ESTOY CONVENCIDO DE PODER CUMPLIR CON LAS FUERZAS MILITARES ALEMANAS LA TAREA ASIGNADA. POR LO TANTO, CREO NO PRECISAR AYUDA MILITAR ITALIANA EN ESTAS CIRCUNSTANCIAS. GRACIAS DUCE TAMBIÉN POR TODO LO QUE HARÉIS EN UN FUTURO POR LA CAUSA COMÚN DEL FASCISMO Y DEL NACIONALSOCIALISMO.

Fonograma de Adolf Hitler transmitido desde Berlín a
Roma con la petición explícita de que no se haga público,
1 de septiembre de 1939, mañana

Margherita Sarfatti
Transatlántico Augustus, 17 de septiembre de 1939

La noticia del pacto entre Alemania y Rusia firmado por Ribbentrop y Molotov le llega a Sarfatti por radio mientras está de crucero por los fiordos noruegos. Aunque todavía se halle en el medio del viaje, Margherita no escatima en gastos para regresar inmediatamente a París y, desde allí, a través del embajador Guariglia, solicitar a Roma un pasaporte válido para viajar a Lisboa. No hay tiempo que perder, no puede haber dudas al respecto: la guerra está a las puertas, ningún judío está ya seguro. Ni siquiera ella.

Ya no es el tiempo de viajes de placer, de abandonarse a las sugestiones del uróboro, o Jörmungandr —la serpiente que rodea el mundo entero y que triunfará en el tiempo del Ragnarök, en el crepúsculo de los dioses, del que le ha hablado largamente un fascinante viajero escandinavo—, ahora viajar equivale a huir, ahora es solo el tiempo de salvar la vida.

Al final, llega el salvoconducto de Roma: aunque ella no lo sepa, el propio Duce ha dado su consentimiento con un «Sí» escrito a mano al margen de la solicitud. Que se vaya de una vez esa piedra en el zapato, esta patética judía errante, total, el destino la perseguirá sin escapatoria.

La vertiginosa fuga hacia la salvación personal de la mujer que fue la amante y mentora de Benito Mussolini en los frenéticos años de la revolución fascista solo se detiene cuando sus pies sienten el ligero balanceo del transatlántico que parte de Barcelona, y Europa se prepara para desaparecer en el horizonte. Solo entonces Margherita levanta los ojos y comprende.

Frente a ella, en el inmenso salón de estilo neorrenacentista del Augustus, pintado al fresco por Galileo Chini y tapizado con terciopelos ticianescos, se encuentra el gran panel esculpido por uno de «sus» artistas, Felice Casorati: es el triunfo del emperador Augusto. He aquí el instante en el que el final vuelve al principio: el sueño de poder del joven *puer* al que ella crio cuando no era más que un temerario aventurero de provincias está ya tan definitivamente grabado en la historia como el perfil de Augusto lo está en el mármol, pero al mismo tiempo se encamina hacia el polvo, al igual que este barco cargado de mármoles, mosaicos, lámparas relucientes flota en la oscuridad mientras, a su alrededor, el mundo arde en llamas.

Comprender, sin embargo, ya no sirve para nada. Demasiado tarde para eso también. Se acabó también el tiempo de abandonarse a los sentimentalismos, hay que estar alerta, resignarse a hacer de cada hora una ronda nocturna. Hace un rato, Carlo Bossi, el cónsul general de Italia en Barcelona que la había acompañado al embarque, la ha encomendado al capitán del barco diciendo: «Ahora la señora Sarfatti está en territorio italiano. Os hago personalmente responsable de su incolumidad». En territorio italiano, en efecto, con la esperanza de que no llegue de Roma la orden de llevarla de vuelta a Italia y el Augustus pueda viajar sin problemas hasta Valparaíso.

Al final Margherita va a su camarote, cierra la puerta tras ella y puede liberar sus pies hinchados de los zapatos. Sobre el escritorio hay solo un envoltorio, un paquete mal embalado, preparado apresuradamente: contiene un manto de lana y una carta de Fiammetta. Las palabras de su hija devota, que también ha mandado a su madre fugitiva los inventarios de su colección de arte, se alinean en la hoja en perfecto orden. Una respuesta enviada por un barco en medio del Océano Atlántico empleará su tiempo para llegar a destino, pero Margherita toma su pluma y empieza a escribir. Son casi palabras de despedida para esta hija dejada en Roma como rehén para que ella pudiera escapar, entregada al tirano como prenda del silencio de una madre que conoce demasiados secretos.

«Cariñito mío, tesoro, amor mío, Fiammetta, querida niña, mi flor dorada, dulzura de mi alma, mi puerto, mi refugio, mi rayo de sol... Tu carta ha conmovido casi hasta derretirla a esta dura piedra pesada y encerrada que llevo en lugar de corazón...».

Como tiene por costumbre, Margherita confía sus pensamientos a la página para ponerlos a salvo. No se culpa por querer vivir, no se culpa por renacer de las propias cenizas como la serpiente que se devora a sí misma y resucita. ¿Cuántas vidas ha tenido el emperador del que ahora huye? Cuántas ella misma, nacida en el gueto viejo de Venecia, luego burguesa esposa de un abogado en Milán, madre desconsolada de un hijo caído por la patria, viuda consolable y musa de un joven político tan tosco como ambicioso, única mujer entre los manípulos de los camisas negras, viajera por tres continentes, estandarte del Novecento italiano no solo en las galerías de arte, amante, teórica, consejera, judía, católica, italiana, fascista, cosmopolita y ahora, a pesar de la primera clase, emigrante.

Margherita le cuenta a su hija el año que ha pasado, desde que dejó su amada casa de Soldo en noviembre para ir a Basilea, donde había tomado el tren hacia París. En la Gare de l'Est la recibió con un ramo de flores el escritor Francis Carco, que luego la había acompañado al hotel Lotti. Para su sorpresa, en el enorme vestíbulo, antes recorrido únicamente por elegantes parejas y mozos de librea, se apilaban baúles de todas clases. Carco le había explicado que a la ciudad afluían exiliados de toda Europa: disidentes políticos, pero sobre todo judíos, que cargaban con todo lo que más amaban por el ancestral temor a perderlo o por la triste necesidad de venderlo. Margherita se sintió asqueada: inmediatamente le dijo al International News Service que ella no era una exiliada: «Podría volver a Italia esta misma noche». Mentía. ¿Acaso no era eso lo que estaban haciendo todos?

Sospechosa para la Sûreté Nationale de ser una espía al servicio de Mussolini y para la OVRA de querer revelar secretos comprometedores sobre el Duce, sabía bien que estaba siendo vigilada y, en el fondo, se complacía en engañar a los delatores que no perdían de vista sus movimientos.

Tras la consternación inicial, tuvo que reconocer que la ciudad se había vuelto aún más interesante si cabe gracias a esa afluencia de gente de media Europa. No quería mezclarse con los antifascistas, pero tenía curiosidad, era vanidosa incluso en el desastre, respondía a las sirenas de la mundanalidad cultural incluso al borde del abismo: había propuesto un artículo sobre Modigliani a *L'Univers Israélite*, concedió a *Le Temps* una entrevista sobre sus orígenes judíos y participó en varias veladas en la habitación del hotel donde la legendaria viuda de Gustav Mahler, Alma, tenía su salón. La mujer que había sido la inspiradora de Benito Mussolini se había visto incluso con Corrado Cagli y Carlo Levi, ambos obligados al exilio por las leyes raciales, si bien tuvo buen cuidado de mantenerse alejada de los viejos amigos de los hermanos Rosselli, los dirigentes antifascistas asesinados por el régimen, que la miraban de forma aviesa. Sin embargo, un día en el comedor del Lotti se acercó a la mesa de los Zevi, pensando que la invitarían a comer con ellos, y en cambio su hija Tullia le dejó claro que no era una comensal bienvenida. Terriblemente molesta por encontrarse cenando sola, volvió con sus amigos más despreocupados, como Colette y Jean Cocteau, con quienes algunas noches, entre bailes salvajes y resacas desesperadas, le parecía volver a los locos años veinte.

En todo caso, cualquiera que tuviera ojos para ver se afanaba con un solo propósito: obtener un visado para Estados Unidos.

Ella había escrito a Butler, presidente de la Universidad de Columbia, a la poderosa periodista Missy Meloney, amiga de Eleanor Roosevelt, y también a Prezzolini: todos muy corteses y comprensivos, pero solo de palabra.

Entonces, en febrero de mil novecientos treinta y nueve, llegó Amedeo, el hijo varón que sobrevivió al ardor patriótico del siglo. Amedeo le había traído treinta y seis diamantes escondidos en una bolsa de cuero. Margherita lo acompañó personalmente a Cannes, desde donde zarparía a fines de marzo hacia Montevideo, donde había encontrado trabajo. Más serena por fin desde un punto de vista financiero, decidió quedarse unos días en la Riviera francesa junto al histriónico actor Sacha Guitry, quien la había arrastrado a jugar al casino de Montecarlo, donde habían ganado una suma que les hubiera permitido prolongar esas vacaciones durante un mes más. Pero a la mañana siguiente la embriaguez se había disipado: Hitler había ordenado al gobierno polaco que le cediera Dánzig y, aunque con menos énfasis, todos los periódicos informaban también sobre los bombardeos italianos en las ciudades costeras de Albania.

¿Cómo no recordar la tarde del 2 de octubre de mil novecientos treinta y cinco, cuando una enorme multitud alborozada se aglomeraba en Piazza Venezia para escuchar por boca del Duce el anuncio del inicio de las operaciones militares en Abisinia? Esa tarde ella ya estaba lejos, observaba la escena desde el lado opuesto de la plaza, asomada a una ventana del edificio Assicurazioni Generali junto a Renato Trevisani, con quien se había atrevido a compartir su vaticinio: «Es el principio del fin. Ganaremos la guerra en África, y él perderá la cabeza».

Pero en aquellos días aún no se había dado por vencida, todavía confiaba en poder mover algunas piezas en el tablero de ajedrez. Había intercambiado pareceres con su amigo Samuel Breckinridge Long, entonces embajador estadounidense en Italia, para conseguir que el gobierno de Londres recibiera garantías de que los italianos no tenían intención de crear obstáculos en el comercio británico con las Indias. Y durante meses, con discreción, pero también con el atrevimiento que la caracterizaba, se había dedicado a un proyecto que le parecía genial: explotar sus relaciones para convencer a los británicos y franceses de que admitieran capital italiano —perteneciente a la familia Ciano— en la compañía que controlaba el Estrecho de Suez, y frustrar de esta manera la inminente alianza política con la Alemania nazi.

Pero su megalómano plan para seducir a Mussolini hacia la alianza con las democracias liberales y plutocráticas a través del oro de Suez se había esfumado, y si ahora los modernísimos motores diésel del Augustus la estaban llevando más allá de las Columnas de Hércules era porque el Mediterráneo estaba a punto de convertirse en un mar de sangre, a esas alturas ya no cabía la menor duda.

A despecho de toda su obstinación, de todas sus ilusiones perdidas, los acontecimientos habían continuado, impertérritos, en su despeñamiento hacia la carnicería: al día siguiente de enterarse de las bombas italianas sobre Albania, se supo que Inglaterra y Francia habían dado garantías a los gobiernos griego y turco sobre su apoyo en caso de agresión.

En mayo, Margherita había recibido el enésimo telegrama con el que el ministro de Cultura Popular Alfieri, que había sido pasante en el bufete de su marido, la lisonjeaba para que regresara a Roma y, junto con el telegrama, la noticia del Pacto de Acero firmado entre Ribbentrop y Ciano. Cada vez más inquieta, había reservado el crucero a Noruega, pero había tenido que posponer su partida porque Alfieri no se daba por vencido, e incluso había enviado a la propia Fiammetta junto a su marido a París con la esperanza de persuadirla para que regresara a casa.

Por fin, a principios de julio, había podido preparar el baúl y embarcarse. El 21 de agosto, sin embargo, las agencias de prensa daban a conocer la noticia del pacto entre el Reich nazi y la Unión Soviética: Margherita se había bajado de la nave para volver a París desde donde, tras obtener un visado de tránsito, partió al cabo de una semana hacia Lisboa a bordo de un sedán con conductor.

En los Pirineos se había encontrado con columnas de mujeres desesperadas, hombres derrotados, niños descalzos y desnutridos, marchando al borde de la carretera: eran los republicanos españoles expulsados al final de la guerra civil, enviados a marchas forzadas por los franceses hacia el campo de refugiados políticos de Gurs. Todo un pueblo en el exilio. Y cuanto más se adentraba el coche en territorio español, más plomizo se volvía el paisaje. Recorrer la circunvalación de Madrid había sido sobrecogedor, no quedaba ningún edificio intacto.

La llegada a Lisboa, en cambio, había abierto el corazón de la fugitiva de lujo, los portugueses le parecieron alegres y amables. Le esperaba, sin embargo, una nueva sorpresa: el puerto estaba sitiado, peor que el vestíbulo del Lotti unos meses antes. Parecía como si toda Europa quisiera cruzar el océano, para las primeras plazas libres en un barco había largas listas de espera. Una vez más, Margherita había mirado a su alrededor con desprecio. Ella no pertenecía a esa gente, no huía con la ciudad en llamas a sus espaldas, había decidido libremente reunirse durante unos meses con Amedeo, Pierangela y la pequeña Magalì en Montevideo. Eso, por lo menos, era lo que se decía, pero a la mañana siguiente el sedán en el que viajaba cómodamente había salido de Lisboa rumbo a Barcelona y fue durante una parada del viaje cuando Margherita se enteró de la invasión alemana de Polonia a través de la voz ronca de un locutor de radio español.

A su llegada a la ciudad catalana, la antigua amante predilecta de Benito Mussolini fue recibida por el cónsul Bossi con la inesperada noticia de un barco que, tras partir de Génova, haría escala precisamente en Barcelona rumbo a Valparaíso. En el compás de espera, Bossi se ofreció a enseñarle la ciudad.

Mientras los vendedores de periódicos anunciaban en las esquinas de las calles la declaración de guerra de Francia y de Su Majestad Imperial Británica, Bossi la había acompañado a visitar los dos Portales de la Esperanza y la Fe, recientemente terminados en el gran recinto de la Sagrada Familia y, acto seguido, las cárceles montadas por los agentes soviéticos para oponerse a los trotskistas, anarquistas y todos los demás «herejes», llamadas checas, donde cientos de militantes habían sido sometidos a espantosas torturas y se les había hecho desaparecer para siempre. En esos sórdidos pozos de abyección había terminado el viaje de Margherita Sarfatti a través de los últimos días de Europa.

Ahora es casi el amanecer. Desde que se embarcó anoche, Margherita ni siquiera se ha cambiado. Sus dedos están manchados de tinta. Se levanta, abre de par en par el pequeño ojo de buey del camarote, decide que hoy visitará la peluquería de a bordo ensalzada por el capitán y retomará los estudios de español para poder escribir en el idioma de los países donde será huésped. Y nadará todas las mañanas para mantenerse en forma.

Ataviada con sus buenas intenciones, la dama se desviste de sus ropas sudadas para deslizarse por fin entre las sábanas. El gran espejo montado en la puerta del camarote le devuelve un rostro, un pelo, una piel captada en el acto de descomponerse, arrugarse, doblarse, quebrarse en aristas, curvas, colores. Ese cuerpo sorprendido por una imagen reflejada en una pose indecorosa es ella y no lo es, sigue siendo seductor y vagamente horrendo, es la *femme fatale* y la refugiada descalza, la intelectual y la casquivana, la que juega a dos bandas y la enamorada ardiente... Ese drapeado de carnes y piel envejecidas y cadentes sigue siendo ella, Margherita Sarfatti, pero transfigurada por la edad y la fuga, como en el retrato que le hizo el genial Umberto Boccioni: una imagen quebrada, atormentada, pensativa, que, amándola y desafiándola al mismo tiempo, tituló *Antigracioso*.

Boccioni, sin embargo, ya llevaba más de veinte años muerto, tras diñarla aún joven de forma estúpida a causa de una ignominiosa caída de un caballo en la retaguardia del frente de esa gran e inútil guerra para la que se presentó voluntario sin haber disparado jamás un solo tiro. No hay vuelta atrás. Ese tiempo está ya irremediablemente lejano, ese mundo, finito. Mejor una cabezada sin sueños, con la esperanza de despertar en un mundo nuevo.

Miro a América como lo han hecho todos los perseguidos de todos los tiempos, la miro como la Tierra de Dios, la heredera y la única esperanza de la civilización blanca definitivamente destinada, mucho me temo, ¡a morir en Europa! Corremos hacia la ruina.

Margherita Sarfatti a Nicholas Murray Butler, presidente de la Columbia University, carta fechada el 20 de diciembre de 1938, recibida por él el 27 de enero de 1939

Era la reina sin corona de Italia, ahora es la mendiga coronada de los exiliados.

Del diario de Alma Mahler, 24 de enero de 1939

En el juicio hizo extrañas declaraciones: dijo que no le importaban ni los bolcheviques ni los blancos, pero que como técnico le interesaba el problema que había que resolver.

Margherita Sarfatti a su hija Fiammetta, en referencia al ingeniero jefe yugoslavo al que se le había encomendado el proyecto de construcción de las prisiones secretas de Barcelona, 17 de septiembre de 1939
(«El problema que había que resolver» era el ocultamiento de los cadáveres de los prisioneros).

Galeazzo Ciano
Drôle de guerre, otoño-invierno de 1939

Contrariamente a las esperanzas de Adolf Hitler, Francia e Inglaterra declaran la guerra a Alemania el 3 de septiembre de mil novecientos treinta y nueve, si bien, conforme a las expectativas del Führer, no intervienen. La Segunda Guerra Mundial ha estallado y, sin embargo, por el momento, queda en el papel. Para los no beligerantes es hora de hacer buenos negocios.

Ya al final del Consejo de Ministros del 1 de septiembre, Mussolini había llamado a Felice Guarneri, ministro de Cambios y Divisas, para una comunicación inequívoca: si la declaración de guerra de Francia e Inglaterra se hubiera limitado solo a Alemania, la posición desmarcada de Italia consentiría que los barcos que enarbolaban la bandera tricolor reanudaran la navegación, y los intercambios podrían «reanudarse en nuestro beneficio».

Y, de hecho, cuando la declaración de guerra de las democracias occidentales llega dos días después y no involucra a Italia, Guarneri vuelve a ser inmediatamente convocado por Mussolini para poner en marcha la maquinaria de abastecimientos en el exterior. El ministro, tras un momento de desconcierto, pide una aclaración: «¿Nos está permitido, por lo tanto, cerrar negocios también con Inglaterra y Francia?».

Mussolini: «Sí. Está permitido. Las directrices políticas italianas son estas: debemos ser tan fuertes que no podamos ser forzados por nadie para entrar en guerra. Nuestra neutralidad debe permitirnos trabajar».

Guarneri: «¿Nos está permitido también negociar los suministros de armas?».

Mussolini: «Sí. También pueden suministrarse armas, negociando caso por caso. Es necesario centrarse sobre todo en materiales de construcción rápida. Las ventas deben hacerse al contado».

Las directrices quedan confirmadas pocas horas después por Galeazzo Ciano. Las notas del economista son explícitas al respecto:

«Ciano me declara que es de gran interés para nosotros entablar relaciones comerciales con Francia e Inglaterra. Esto fortalecerá en ellos la convicción de que nuestra decisión de permanecer ajenos al conflicto es definitiva. "Tenemos que aprovechar al máximo la situación. Es necesario restituir un régimen de normalidad a la vida del país. El periodo de jugar a los héroes debe considerarse cerrado"».

A pesar de cuanto declara a Guarneri, Galeazzo Ciano no deja del todo de jugar a los héroes. Su juego se está volviendo ahora más sutil, más taimado, más aciago. Con el inicio de septiembre, mientras las botas claveteadas del aliado alemán marchan sobre Varsovia, el yerno de Benito Mussolini escenifica su oposición a su suegro, proclamándose abiertamente antialemán en cada oportunidad. La suya, sin embargo, sigue siendo como siempre una oposición mundana, de salón, de la hora del té, una contrariedad que se manifiesta en conversaciones privadas, en veladas elegantes, en el club de golf, donde el ministro ocupa buena parte de su tiempo; nunca en las sedes oficiales. Es en estas circunstancias cuando Galeazzo se ve impelido por su típica e irresistible necesidad de confesarse y, mezclando los pucheros del niño decepcionado con la pose cínica del adulto hastiado, repantigado en un diván, con la camisa desabrochada, se abandona a cualquiera dispuesto a escuchar invectivas contra la «locura de la guerra», contra el delirio bélico de Hitler y de Ribbentrop, incluso contra el pundonor del Duce, que aún se opone a la idea de desligarse de Alemania.

Da comienzo así una comedia dentro de una comedia. En el escenario mundial, Italia juega el papel de un aliado leal si bien, por ahora, deseoso de restaurar la paz en la tierra. En el ámbito privado, su ministro de Exteriores lleva la máscara de apóstol de la neutralidad.

Mussolini se lo consiente. Los dos guiones, sumados el uno al otro, responden perfectamente a su táctica: el camino de Italia debe permanecer abierto a cualquier dirección y los excesos verbales de Galeazzo, sistemáticamente referidos a Londres y a París por sus servicios secretos, sirven perfectamente a tal fin. Por otra parte, al Duce le parece claro que personalmente no puede representar dos papeles en la comedia. En las primeras semanas de la guerra también se lo dejó claro a su yerno, quien le oye decir:

—Los italianos, después de haber estado oyendo mi propaganda guerrera durante dieciocho años, no serán capaces de hacerse a la idea de que pueda convertirme en un heraldo de paz ahora que Europa está en llamas. No hay otra explicación más que la de la falta de preparación militar del país, pero la responsabilidad de esto también se me atribuye a mí, a mí que siempre he proclamado la potencia de nuestras fuerzas armadas.

Mientras en todo el país fermenta la aversión popular a la guerra y a los alemanes, mientras se murmura contra todo y contra todos, en el Palacio Venecia se opta por seguir así, jugando a dos bandas, como de costumbre, o, si se prefiere una de las ocurrencias que el propio ministro parece haber pronunciado ante sus émulos, «haciéndonos el muerto en el *bridge*». Esta, de hecho, es su táctica: llegados a estas alturas, para ganar la partida «Italia debe observar con ansiedad lo que ocurre sobre la mesa, y rezar para que su compañero no cometa ningún error».

De hecho, a principios de septiembre aún no se sabe si el ejército alemán logrará doblegar a Polonia antes de empantanarse en la estación de las lluvias, ni si Hitler tiene intención de anexionarse todo el país o limitará su avidez de conquista a los territorios de habla alemana.

Ambas dudas se disuelven el 17 de septiembre. Para esa fecha los polacos ya están de rodillas, aunque sigan luchando.

Rodeada, a esas alturas, por divisiones enemigas, Varsovia resiste. Cuando el III Ejército alemán, procedente del norte, rompe las líneas defensivas exteriores de la ciudad en el río Narew, y las divisiones de caballería polacas, comandadas por el general Władysław Anders, responden a su destino de derrotados con una última y desesperada carga de lanceros contra los *panzers*, siendo casi completamente aniquiladas, toda la población civil de la ciudad, inflamada por el heroísmo suicida de sus jinetes, toma las armas para repeler al invasor. Los generales alemanes sugieren entonces esperar, con el objetivo de rendir por hambre a la ciudad completamente rodeada. Hitler, en cambio, ordena bombardearla, desde el suelo y desde el cielo, mediante cualquier medio disponible.

Además de los alrededores de Varsovia, todavía se combate en el sector sureste, donde los estrategas polacos han ordenado la retirada de veinticinco batallones de infantería para poder volver a luchar mañana. Es exactamente en ese punto donde el 17 de septiembre, el Ejército Rojo, violando el pacto de no agresión firmado siete años antes, con más de quinientos mil soldados de infantería, tres mil tanques y mil quinientos aviones, invade a traición una Polonia abandonada por todos.

En ese momento, el resultado del enfrentamiento queda decidido: los polacos, que se han quedado solos, atacados desde el este y el oeste, no tardan en ser aniquilados. Alemanes y rusos han acordado en secreto la división del país. Polonia desaparecerá de los mapas.

Esta es la situación cuando a las 17.35 de la tarde del primer día de octubre el conde Ciano llega en tren a Berlín. Se instala en el castillo de Bellevue. Ribbentrop, que acaba de regresar de Moscú, lo recibe con la condescendencia reservada a un sirviente infiel. Galvanizado por sus éxitos diplomáticos, el ministro de Hitler, durante una cena en Dahlem con su colega italiano, se deja llevar a interminables narraciones sobre sus experiencias en Rusia. Con evidente desprecio por el aliado fascista, entregado en cuerpo y alma al antibolchevismo, el jerarca nazi incluso llega a confesar que, en Moscú, entre los fieles de Stalin, se sentía «como en su casa, entre viejos camaradas del partido». Cuando el intérprete Paul Schmidt traduce la frase, ve que el italiano hunde la mirada en el plato y se queda callado.

La reunión del emisario de Mussolini con Hitler dura dos horas y cuarenta y cinco minutos. Más cortés que Ribbentrop, el Führer monopoliza toda la reunión alardeando del éxito de su guerra contra Polonia, cuyas fases resume al completo y minuciosamente durante horas y horas sin ahorrar detalles, ni siquiera las estadísticas de los prisioneros.

También en esta circunstancia Ciano guarda silencio. No encuentra motivos para replicar ni siquiera cuando Hitler, fingiendo querer reafirmar la amistad entre los dos países, le propina una amenaza velada: «El Duce debe tener presente que, si Alemania se enfrenta a las democracias, la lucha decidirá no solo el destino germánico sino también el italiano. La suerte del fascismo está estrechamente ligada a la fortuna del nacionalsocialismo».

Tras la caída de Varsovia el 27 de septiembre, el 6 de octubre Hitler anunció al Reichstag el fin de las operaciones militares: Polonia, aunque defendida por uno de los ejércitos más numerosos del mundo, ha sido conquistada en cinco semanas. La palabra *Blitzkrieg* («guerra relámpago») empieza a flotar sobre Europa, cuyo porvenir, sin embargo, ha sido decretado en los meandros de la cancillería del Reich. El 9 de octubre, en efecto, durante la habitual reunión secreta con los líderes del régimen y del ejército, el Führer de los alemanes promulgó las directrices para la guerra en Occidente.

Galeazzo, de regreso en Italia, puede consolarse a fines de octubre cuando Mussolini decide la enésima reorganización del gobierno. Seis ministros y varios subsecretarios son destituidos. Todos los proalemanes, con Alfieri y Pariani a la cabeza, dejan sus cargos. Ciano, que se preocupa principalmente por colocar a sus propios hombres en el nuevo ejecutivo, está satisfecho. Entran, entre otros, Alessandro Pavolini, Raffaello Riccardi y Renato Ricci. El éxito personal del ministro de Exteriores en el frente interno es tal que en los pasillos del palacio el nuevo ejecutivo es rebautizado como «gabinete Ciano». De ello se nutre la vanidad de Galeazzo. La comedia de las partes puede continuar.

El 7 de diciembre, en el Gran Consejo del Fascismo, Ciano puede incluso anunciar el nombre del nuevo secretario del partido, que él mismo ha sugerido al Duce, quien se ha decidido por fin a librarse del ciego fanatismo de Starace: Ettore Muti, un héroe guerrero ayuno de política, poco condescendiente con las intrigas del palacio y dispuesto por lo tanto a dejarse manipular por su patrocinador. Durante la reunión, Ciano expone también un informe muy extenso sobre sus relaciones ítalo-alemanas. Con el consentimiento del Duce, en un discurso atormentado, lleno de polémica y espíritu crítico, puede acusar abiertamente a los aliados alemanes de infidelidad frente a la cúpula del fascismo. Contando con la autorización de Mussolini, puede incluso exhibir, como prueba de su tesis, los documentos intercambiados entre Roma y Berlín durante el fatídico agosto que acaba de terminar.

Al final de su inacabable informe, henchido de orgullo, el ministro de Exteriores vuelve a sentarse junto a Giuseppe Bottai. Mientras el Duce se demora ilustrando la preparación militar necesaria para una posible implicación en el conflicto, desgranando grandes cifras relativas a cañones, aviones y tanques, todos ellos aún por fabricar, con el objetivo de estar preparados para la guerra a mediados del año mil novecientos cuarenta y uno, Bottai ve que su compañero de mesa, como un colegial alborotado, se inclina sobre él y le susurra al oído:

—Lo que significa que nunca estaremos listos.

La comedia de las partes se prolonga casi hasta Navidad. El 16 de diciembre, a petición de su suegro, el ministro Ciano pronuncia un largo discurso escrito junto con Mussolini en la Cámara de los Fascios y de las Corporaciones. El titular del Palacio Chigi, con un guiño a Inglaterra, asume la responsabilidad de acusar ante el mundo, aunque de manera velada, al aliado alemán por haber engañado a Italia tres veces: en Múnich, en Praga y en Varsovia. Al mismo tiempo, el orador puede emplear a fondo toda su elocuencia para elaborar el más convencional y trillado homenaje a la grandeza de Benito Mussolini, quien reafirma oficialmente su voluntad de perseverar en la alianza con su amigo alemán.

El discurso, amplificado desproporcionadamente por los órganos de información fascistas, causa no poco revuelo. Los que esperaban un claro desenganche de Alemania quedan decepcionados. Su autor, el conde Galeazzo Ciano, al igual que sus aduladores, ofrece en cambio valoraciones entusiastas: está convencido de haber pronunciado la oración fúnebre por el Eje entre la Italia fascista y la Alemania nazi.

La guerra al lado de Alemania no debe librarse y nunca se librará: sería un crimen y una idiotez. En contra, no veo las razones por ahora. De todos modos, en todo caso, contra Alemania. Nunca juntos. Este es mi punto de vista. El de Mussolini es exactamente el contrario: nunca en contra y, cuando estemos preparados, juntos para derribar las democracias, que, muy al contrario, son los únicos países con los que puede llevarse a cabo una política seria y honesta.

Galeazzo Ciano, *Diario*, 31 de diciembre de 1939

La verdad es que, en agosto de 1939, como siempre en el pasado, como siempre en el futuro, el pueblo italiano no tiene más que un solo corazón, más que una sola fe, más que una sola voluntad: la de su Duce, y si se ha detenido es porque él ha mandado que se detenga, y habría marchado y marchará si él así lo desea, cuando él lo desee, como él lo desee.

Discurso de Galeazzo Ciano
en la Cámara de los Fascios y de las Corporaciones,
16 de diciembre de 1939

No hago más que oír por todas partes elogios sin reservas hacia Tu enorme capacidad de palabra [...]. Sé que alguien en el Foreign Office Te ha calificado como un gran Ministro de Asuntos Exteriores [...].

En lo que a mí respecta, a estas alturas ya me he acostumbrado a constatar, en cada uno de Tus discursos, cómo te superas siempre a Ti mismo.

Carta de Giuseppe Bastianini,
embajador italiano en Londres,
a Galeazzo Ciano, 23 de diciembre de 1939

Benito Mussolini
Drôle de guerre, *otoño-invierno de 1939*

¿Sabe un hombre cuándo ha terminado su época de esplendor? ¿Lo entiende? Lo sabe, pero no lo entiende. La agonía de la luz es una experiencia tan universal como incomprensible, literalmente incomprensible.

En los meses posteriores al estallido de una nueva guerra del mundo, Europa vive una temporada extraña: una vez terminada la campaña en Polonia, no hay combates, ni en el este ni en el oeste. La temible Royal Air Force británica se limita a arrojar enjambres de panfletos propagandísticos sobre Alemania, pequeños contingentes de tropas de asalto cruzan mares y bosques para desplegarse frente al enemigo, pero con las armas a sus pies, millones de soldados, parapetados en las hondonadas de la tierra, protegidos por fortificaciones infranqueables, se encaran a ambos lados de la línea fronteriza pero no se enfrentan, salvo algunas escaramuzas. Solo minucias, ninguna batalla.

Nerviosismo, insomnio, palpitaciones, humor inestable. Y, sin embargo, no pasa nada. Histeria, mareos, sudores nocturnos, disminución del deseo sexual. Y, sin embargo, todo está en silencio. Europa parece haber entrado en un tiempo exhausto, en un árido y melancólico periodo de climaterio. Se difunde la fama de las insuperables defensas con sus sugerentes nombres —línea Sigfrido, línea Maginot—, los periódicos recurren a artículos costumbristas, a la mala literatura para justificar su presencia en el frente; a los más optimistas la inmovilidad les sugiere que la guerra sin guerra está destinada a encontrar una solución diplomática. Las noches se parecen a los días y los muertos, las víctimas, los oprimidos, no encuentran descanso. Deambulan por las llanuras de Bohemia y Polonia como almas condenadas de cadáveres insepultos, víctimas designadas, ultrajadas, ya olvidadas.

No hay idioma ni país de Europa que no invente un nombre para esta rareza. Los polacos, que se sienten traicionados por las democracias europeas, la definen simple y sarcásticamente, como la «extraña guerra»; los ingleses como «guerra falsa» o «guerra aburrida»; los alemanes como «guerra cómica» o, jugando en la asonancia con *Blitzkrieg*, «guerra sentada» *(Sitzkrieg)*. La definición que se impone es, sin embargo, la de los franceses, maestros en los gratuitos refinamientos que otorga el ingenio. En el lenguaje de Molière, este estancamiento otoñal que ha sucedido al furor estival toma el nombre de *drôle de guerre*, «guerra farsa».

El único que se calla, después de habérselas apañado con el eufemismo de la «no beligerancia», es el italiano. En los largos meses de un interminable crepúsculo, hechizado por un sol perpetuamente bajo en el horizonte, Benito Mussolini se entrega al silencio. Habló por última vez en público a los cuadros boloñeses de la Milicia el 23 de septiembre. Un discurso infeliz, ingrato, innecesariamente alarmante. Tras llamar al Partido Nacional Fascista a su «movilización integral, desde el centro a la periferia», el Duce polemizó prolongadamente con los derrotistas, responsables de la difusión de rumores desalentadores, despotricó contra ese «miserable lastre humano, que se ha condenado a vivir en los callejones, en los trasteros y en los rincones oscuros». El resultado de su discurso fue lo contrario de lo que pretendía, es decir, alimentó la impresión de un disentimiento dentro del partido y del país. Desde entonces, Mussolini ha guardado silencio.

Como se anunció en las conclusiones del discurso boloñés, el formidable tribuno se ha convertido al silencio, tan insólito en él, para concentrarse —según sostiene—, como piloto escrupuloso, en la «borrascosa navegación», dejando así campo libre a los «rumores», a los chismes, a las maledicencias, que corren de boca en boca por todos los rincones de la nación. Sin embargo, como muchos intuyen, el dictador se ha visto constreñido al silencio oficial por la resbaladiza situación interna y por los malabarismos diplomáticos inaugurados por la ambigua fórmula de la «no beligerancia», una suerte de cuerda floja sobre el abismo. El instinto cómico del pueblo italiano no ha dejado de crucificarlo en este peliagudo silencio suyo. De hecho, hay un chiste en el que Mussolini se convierte en Mudolini. A veces basta una broma para que el esplendor del adalid, capaz en pocos años, según la propaganda del régimen, de conquistar un imperio en Etiopía, de vencer a los «rojos» en España, de garantizar la paz mundial en Múnich, se ofusque, se ofusque irremediablemente.

La conciencia de ello aflora durante las horas que pasa con su biógrafo, Yvon De Begnac, un joven idealista y apasionado, a quien muchos consideran su hijo ilegítimo. A este, hablando de sí mismo con un *nos maiestatis,* el Duce confía el secreto del esplendor, y de su crepúsculo: «Cuando hay ruido en la calle, y se anuncian cosas agradables, todos se asoman a la ventana y esperan. Hay que tratar de no defraudar a nadie. Debemos lograrlo y tener éxito. La dificultad consiste en mantener al público en la ventana en virtud del espectáculo. Y así durante años y años. Hemos conseguido no cansar a este pueblo: hemos logrado mantenerlo en tensión, exaltarlo. Lo que no estuvo exento de peligro. Hemos pasado horas graves. Éramos como el piloto al timón durante la tormenta: toda la tripulación tenía sus ojos puestos en nosotros. Teníamos que ganar o morir. Tal vez hayamos ganado».

Tal vez. Pero ¿y ahora? ¿Qué hacemos ahora?

Ahora que los informes sobre la falta de preparación militar italiana se acumulan en el escritorio del piloto, ahora que vuelve la tacha de la traición, ahora que resuena la polémica sobre la ineptitud de los italianos para el combate, una polémica que hace setenta años que se lleva arrastrando y alguno se atreve a tildarla de idea que tiene clavada en la cabeza («pues bien, será, si queréis, una idea clavada que tengo, ¡pero habrá que sacársela de una vez por todas de la mollera!»).

¿Qué hacemos ahora que las convocatorias demostrativas realizadas para complacer a Hitler han resultado ser el ensayo general de una derrota segura? Miles de soldados domingueros, enviados a reforzar las unidades de la frontera ítalo-francesa, bajaron en las estaciones periféricas con su maletín y su traje raído, solo para descubrir que no saben qué darles de comer, cómo armarlos, dónde alojarlos, y, de esta manera, se los coloca donde se puede, a los oficiales en los hoteles, en las pensioncitas, hasta en los burdeles a la tropa en las salas de espera, debajo de los soportales, sobre jergones de paja, como mendigos a los que los transeúntes tienen la tentación de lanzar algunas monedas. ¿Qué hacemos ahora que han empezado las pruebas de oscurecimiento nocturno en las ciudades, el racionamiento de la venta de carne, que se han emitido las órdenes para reducir el consumo de combustibles, ahora que se ha llegado incluso a la tan temida prohibición de vender café en lugares públicos y, a despecho de todo, los italianos se obstinan en no querer ver, en la ilusión de que la no beligerancia significa la paz, en creer que pueden prosperar en los negocios al margen de la guerra ajena?

Entran ganas de dejarse llevar por el abatimiento. Al cabo de veinte años de fascismo, de retórica bélica, de proclamas rimbombantes sobre el supremo valor del honor, los italianos, los hijos de la loba y de Benito Mussolini, ante la disyuntiva entre la guerra y el deshonor, se lanzan con avidez a lo segundo, dispuestos, dispuestísimos, para sacar ventaja de los encargos comerciales que la cómoda posición de «no beligerantes» hace llover por todas partes, desde ambos frentes, de amigos y enemigos. Y a nadie parece importarle que la neutralidad les haya arrojado encima la fama difusa de un país que todos pueden comprarse, que en un diario británico se compare al Duce con un proxeneta napolitano dispuesto a vender a su mujer al mejor postor, o que en otro se hable de una Italia dispuesta a hacerse de oro convirtiéndose en la vivandera de los aliados, como la «prostituta europea» o algo parecido. No. Mejor cualquier guerra que esta vergüenza. Lleva repitiéndolo desde hace meses, desde hace semanas, desde hace días, hace veinte años que lleva repitiéndolo. Y sin embargo, ¿qué puede hacer ahora, en vísperas de la guerra, con este pueblo inerte, larval, apático hasta la indiferencia, inmovilizado por quince años de conformismo, disgregado después de solo dos meses de silencio por parte del Jefe, crédulo y a la vez escéptico, sentimental y cínico, astuto para no sentirse estúpido y estúpido por ser demasiado astuto, dispuesto a tragarse cualquier cosa, a inflamarse brevemente ante cualquier hipérbole retórica, propenso a cualquier obediencia pero incapaz de creer y, por lo tanto, de combatir?

En uno de estos extraños días, Giuseppe Bottai, en su condición de ministro, acompaña al Palacio Venecia al nuevo director general del *Giornale della Scuola Media*. Encuentra a Mussolini inmerso en la lectura de un grueso volumen, tan embelesado que no se percata de la presencia de los visitantes hasta que estos, tras haber cruzado la inmensa sala, llegan frente a su mesa. Solo entonces levanta la cabeza y los mira. Luego, sin preámbulos, señalando con el dedo algunas frases subrayadas a lápiz en el texto de Mazzini en el que estaba inmerso hasta hace un momento, e inspirado por la predicación de ese padre de la patria, por su admonición a una vida moral superior, Mussolini se deja llevar a una invectiva contra los italianos. El desprecio del Duce se ceba en una Italia «calculadamente desleal», que «traiciona deliberadamente sus promesas», una tierra envenenada por siglos de políticas de embaucamiento, de caminos tortuosos, de emboscadas, una Italia que parece decirle a Europa: «No confiéis en nosotros, Italia es una mentira viviente». El fustigador habla de manera frenética, airada, solitaria. Sus antagonistas no son los franceses, los ingleses o los alemanes, sino su propio pueblo, cuyo carácter tanto ha querido remodelar y, ahora, al haber fracasado, pretende rehacer la historia a su propio gusto.

Bottai siente que no sabe qué responder. No está siendo llamado a un diálogo, se estrella contra un soliloquio. Se gana para toda esa tarde una sensación de amargura y desaliento. ¿Será el desaliento por haber intuido oscuramente que las invectivas del Jefe contra los italianos están bañadas en el vitriolo de la autobiografía, la amargura de haber comprendido finalmente que la mentira viviente no es un legado del pasado sino la Italia del fascismo?

Mil novecientos treinta y nueve termina sin sobresaltos. Los italianos, ante la imposibilidad de tomarse su amado café en el bar, se lo preparan en casa y celebran la Nochevieja como siempre, como si nada. Mussolini, después de los odiados rituales domésticos navideños, se va a esquiar a Terminillo. Luego, tan pronto como vuelve de vacaciones, escribe a Hitler.

1940

5 de enero de 1940

EL DUCE DEL FASCISMO
JEFE DE GOBIERNO

Führer:

después del intercambio de cartas que se produjo entre nosotros a principios de septiembre, han pasado cuatro meses durante los cuales la acción os ha tenido absorbido por completo, de modo que consideré inoportuno molestaros.

Pero hoy, mientras se delinea un periodo de espera, considero necesario plantearos un examen de la situación, desde mi punto de vista, y hablaros de los problemas del momento, con esa sinceridad y lealtad absolutas que han sido y son las condiciones mismas de nuestras relaciones personales y políticas.

Discurso de Ciano. Empiezo con este discurso que ha sido la única manifestación política del Gobierno fascista desde septiembre. Tengo entendido que en algunos círculos alemanes no ha gustado este discurso. Es inútil que os diga que representa mi pensamiento desde la primera hasta la última palabra y considero que resultaba absolutamente esencial explicar al pueblo italiano la génesis de los acontecimientos y las razones de nuestra actitud actual [...]. Vos sabéis bien que el conde Ciano ha sido y sigue siendo uno de los más convencidos propugnadores de la amistad ítalo-germánica y precisamente por eso tenía el deber de iluminar a italianos y extranjeros [...].

Panorama del horizonte. Me gustaría exponeros ahora las relaciones de Italia con los demás Estados europeos [...].

No os sorprenderá si os digo que el acuerdo germano-ruso ha tenido dolorosas repercusiones en España. La guerra civil está demasiado reciente. La tierra que cubre a los muertos —los vuestros, los nuestros y los españoles— aún está fresca. El bolchevismo es un recuerdo obsesionante para España [...].

Las relaciones de Italia con franceses e ingleses son correctas, pero frías. Suministramos a los unos y a los otros materiales de distintas clases, algunos de los cuales pueden servir indirectamente a la guerra, pero cualquier suministro estrictamente de carácter bélico ha sido prohibido. Estos intercambios comerciales nos permiten comprar esas materias primas sin las cuales no podríamos completar nuestra preparación militar [...].

Motivos de la propaganda franco-inglesa [...]. La propaganda británica hace hincapié en dos hechos, a saber, los acuerdos germano-rusos que marcan prácticamente el fin del pacto anti-Comintern y el trato que supuestamente se le dispensa en Polonia a la población auténticamente polaca. A este propósito, la contrapropaganda alemana se me antoja tardía y débil. Un pueblo que ha sido ignominiosamente traicionado por su miserable clase dirigente político-militar, pero que —como vos mismo reconocisteis en vuestro discurso en Dánzig— ha luchado con valentía, merece el trato de los vencidos, no el de los esclavos. Estoy convencido de que la creación de una Polonia modesta, exclusivamente polaca, libre de judíos —para lo que apruebo plenamente vuestro proyecto de reunirlos a todos en un gran gueto en Lublin—, no supondría jamás un peligro para el gran Reich. Pero este hecho constituiría un elemento de gran importancia, que eliminaría cualquier justificación para que las grandes democracias continúen la guerra [...]. A menos que estéis irrevocablemente decidido a llevar la guerra hasta el final, considero que la creación de un Estado polaco bajo égida alemana sería un elemento resolutivo de la guerra y una condición suficiente para la paz [...].

Estoy profundamente convencido de que Gran Bretaña y Francia nunca lograrán hacer capitular a vuestra Alemania ayudada por Italia, pero no es seguro que se logre poner de rodillas a los aliados franco-ingleses sin sacrificios desproporcionados en relación con los objetivos. Estados Unidos nunca permitirá una derrota total de las democracias [...]. ¿Vale la pena —ahora que habéis logrado la seguridad de vuestras fronteras orientales y creado el gran Reich de noventa millones de habitantes— arriesgarlo todo —incluido el régimen— y sacrificar la flor de las generaciones alemanas para anticipar la caída de un fruto destinado inevitablemente a caer y que recogeremos nosotros, que representamos las nuevas fuerzas de Europa? Las grandes democracias llevan en su propio interior las razones de su fatal decadencia.

Acuerdos con Rusia. Nadie sabe mejor que yo, que tengo ya a mis espaldas cuarenta años de experiencia política, que la política tiene sus exigencias tácticas. Incluso una política revolucionaria. Yo reconocí a los soviets en mil novecientos veinticuatro; en mil novecientos treinta y cuatro estipulé con ellos un tratado de comercio y amistad. Así que entiendo que, al no haberse cumplido las previsiones de Von Ribbentrop acerca de la no intervención de los franco-británicos, hayáis querido evitar un segundo frente [...].

Pero yo, que nací revolucionario y no he modificado mi mentalidad de revolucionario, os digo que no podéis sacrificar permanentemente los principios de vuestra Revolución a las exigencias tácticas de un momento dado. No podéis abandonar la bandera antisemita y antibolchevique que habéis hecho ondear desde hace veinte años y por la que han muerto tantos de vuestros camaradas [...].

Dejadme creer que eso no sucederá. La solución de vuestro *Lebensraum* está en Rusia y en ningún otro lugar. Rusia tiene una inmensa extensión de veintiún millones de kilómetros cuadrados y nueve habitantes por kilómetro cuadrado [...]. Hasta hace cuatro meses, Rusia era el enemigo mundial número uno: no puede haberse convertido el amigo número uno porque no lo es. Esto ha preocupado profundamente a los fascistas en Italia y quizá también a muchos nacionalsocialistas en Alemania. El día que destruyamos el bolchevismo, habremos sido fieles a nuestras dos revoluciones. Será entonces el turno de las grandes democracias [...].

Situación en Italia. Estoy acelerando el ritmo de la preparación militar. Italia no puede ni quiere entablar una larga guerra; su intervención debe tener lugar en el momento más provechoso y decisivo [...].

La Italia fascista pretende ser en este periodo vuestra reserva:

desde el punto de vista político-diplomático, en caso de que queráis llegar a una solución político-diplomática;

desde el punto de vista económico, proporcionándoos todos aquellos víveres y materias primas que puedan alimentar vuestra resistencia al bloqueo [naval inglés];

desde un punto de vista militar, siempre que la ayuda no os suponga una carga, sino un alivio [...].

Creo que la no intervención de Italia ha sido mucho más útil para Alemania que una intervención perfectamente superflua en la guerra contra Polonia.

Deseo que el pueblo alemán se convenza de que la actitud de Italia se halla dentro del marco, no fuera del marco de la alianza.

Tendría más cosas que decir, pero esta carta (contrariamente a mi costumbre) es ya deplorablemente larga. Os ruego que la leáis, pensando que hace las veces del encuentro entre nosotros, que me hubiera encantado tener.

Recibid mis siempre amigables saludos y mis mejores deseos para el porvenir de Alemania y el vuestro.

MUSSOLINI

La larga carta del Duce llega a Berlín el 5 de enero; escribirla le ha costado mucho a su autor. Tener que rebajarse a definir a Italia como «reserva de Alemania» contribuye incluso a la reaparición de los síntomas de la úlcera duodenal que lo llevó a las puertas de la muerte en los tiempos del caso Matteotti. Es el propio Mussolini quien se lo confía a Ciano en estos días.

Aunque haya tenido que inclinarse sobre el papel en la postura del subordinado, Benito Mussolini, sin embargo, no ha renunciado a su orgullo, a sus artimañas, a su fe en la política como domadora de acontecimientos, no ha renunciado a sí mismo.

En la parte inicial de la carta insiste en contemplar la solución diplomática de un pequeño Estado polaco autónomo con el que, a despecho de todas las evidencias, espera todavía poder salvar la paz; en la central, se aventura, con licencia de gran estratega, a vaticinar, en caso de guerra, la imposibilidad de un epílogo plenamente victorioso para Alemania; en la parte conclusiva no ha sabido resistirse a sentar cátedra como «maestro del fascismo», invitando a su antiguo discípulo nada menos que a la coherencia revolucionaria, sugiriéndole la invasión de esa inmensidad rusa, de esos veintiún millones de kilómetros cuadrados que ya se tragaron al gran ejército de Napoleón.

Ninguno de estos pasajes puede ser del agrado de Hitler. En efecto, de Berlín no llega ninguna respuesta. Como si Benito Mussolini le hubiera escrito una carta a uno cualquiera el 5 de enero de mil novecientos cuarenta.

Resulta difícil tomar decisiones fatídicas cuando los mensajeros enviados a los aliados no vuelven, desvaneciéndose en su silencio. En tales circunstancias, solo queda descansar en las viejas costumbres: la retórica de la guerra es, sin duda, una de ellas.

Antes de retirarse a meditar en la Rocca delle Caminate, Mussolini visita el Estado Mayor de la Milicia en el aniversario de su fundación. Allí pronuncia un breve discurso ante los oficiales. La pequeña alocución termina con un anuncio destinado a inflamar a esos soldados del fascismo con sus camisas negras de ordenanza: «El combate tendrá lugar».

Los milicianos, como era de esperar, se inflaman. No saben que su Duce, nada más pronunciar esas palabras ardientes, se ha apresurado de inmediato a echar agua al fuego. El jefe de prensa recibe, en efecto, la orden perentoria de evitar cualquier publicación que las recoja.

El Duce, después de hacer algunos cambios, ordena enviar la carta a Hitler. Es un excelente documento, lleno de sabiduría y mesura, que se llevará el viento. Hitler acepta los consejos de Mussolini solo cuando coinciden exactamente con su pensamiento.

Galeazzo Ciano, *Diario*, 5 de enero de 1940

Benito Mussolini
Palacio Venecia, 8-14 de febrero de 1940

Hay veinte hombres, todos altos funcionarios militares y civiles, en el Salón de la Victoria para la decimoséptima reunión anual de la Comisión Suprema de Defensa. Formando una muralla de papel semejante a la línea de fortificaciones que ahora se pretende consolidar a toda prisa en los valles alpinos, frente a cada uno de ellos, sobre la inmensa mesa de palisandro, se yergue una pila de documentos confidenciales. Ninguno de ellos promete una lectura agradable.

Y, sin embargo, el Duce, que acaba de regresar a Roma de un periodo de meditación solitaria en Romaña, tiene el aspecto aliviado de quien ha tomado una decisión. Su decisión se llama «guerra paralela». Como siempre, con la esperanza o la ilusión de que las palabras bauticen las cosas que nombran, el desafío político va acompañado de una invención lingüística; como siempre, se recurre a un eslogan para la gran ocasión: no con Alemania, no para Alemania, sino para Italia junto a Alemania. Como suele suceder, bajo la apariencia propagandística no hay nada. En esencia, la guerra paralela significa que los italianos lucharán porque la Italia fascista «no puede dejar de hacerlo a menos que renuncie a su papel, se reduzca a una especie de pusilánime Suiza multiplicada por diez», pero lo harán con sus propios hombres, medios y tiempos, siguiendo sus propios objetivos estratégicos, en sus propios escenarios de guerra, por su propia gloria y beneficio. Al final, Europa tendrá que ser dividida en esferas específicas de influencia: para la Alemania nazi, todo el bloque continental al norte de los Alpes; para la Italia fascista los Balcanes, el Mediterráneo y el África colonial.

La visión es soberbia, aireada, espléndida. Hombres los hay o los habrá (a Rodolfo Graziani, nombrado jefe del Estado Mayor del Ejército tras su destitución del cargo de virrey de Etiopía y varios meses de inactividad, Mussolini le ha pedido antes de agosto de mil novecientos cuarenta y uno un millón de hombres adiestrados, divididos en sesenta divisiones y capaces de luchar durante un año). Los objetivos estratégicos pertenecen al mercado de los sueños (Italia, dueña del Mediterráneo y finalmente abierta a los océanos). Pero lo que falta por completo son los medios para alcanzarlos (armamento insuficiente, escasez de materias primas para producirlos, carencia de recursos económicos para adquirirlos).

Sin embargo, el Duce del fascismo espera poder compensar la falta de medios calculando magistralmente los tiempos: la guerra de su Italia tendrá que ser corta, sagaz, letal como el golpe de gracia infligido cuando el adversario ya está en el suelo. Hay que redescubrir el instinto cruel del combate, el de los primeros años, el de los viejos escuadristas, hay que volver a ser despiadados, se trata de esperar a que los aliados alemanes derriben al adversario y solo entonces sumarse a la trifulca para acabar con él pateándolo en la cara. Prolongar la espera de manera que pueda propinarse un propio y único golpe. A traición. Según lo que ya se anticipó en el Consejo de Ministros en enero, Mussolini prevé dar el paso a finales de mil novecientos cuarenta o, mejor aún, en los primeros meses de mil novecientos cuarenta y uno. Mientras tanto, las estadísticas y los informes, ahora apilados en el escritorio del Salón de la Victoria, desgranan un rosario de desolación. El informe de Pietro Badoglio sobre el estado de las fuerzas armadas, entregado a finales de año, cuenta una historia de derrotas anunciadas. Según el jefe del Estado Mayor, Italia sufre una grave escasez de oficiales, de artillería moderna (todos los cañones datan de la Gran Guerra y no se podrán producir otros nuevos hasta mayo de mil novecientos cuarenta), de vehículos a motor, de tanques (no hay ninguno de mediano tamaño, ni mucho menos pesados), y se cuenta con combustible suficiente para poco más de cuatro meses. La marina, considerada la joya de la corona, apenas tiene dos naves de guerra en servicio (las otras cuatro aún no pueden ser utilizadas), dispone de combustible para un máximo de cinco meses y de cañones antiaéreos obsoletos. La aviación solo posee 1.769 aviones eficientes, munición de combate para no más de tres meses y combustible suficiente tan solo para dos. Por último, se necesitaría no menos de un año para completar las defensas antiaéreas de los quince objetivos principales. Los otros cuarenta y siete potenciales blancos estratégicos de las incursiones enemigas están en cambio totalmente indefensos.

Al desalentador examen del *statu quo* entregado al Duce por Badoglio se suman las previsiones pesimistas proporcionadas por el general Carlo Favagrossa, a cargo del Comisariado de fabricación de guerra. Según las estadísticas del general, aun disponiendo de todas las materias primas necesarias para alimentar dos turnos diarios de diez horas cada uno, la aeronáutica podría estar lista para combatir a finales mil novecientos cuarenta pero ni siquiera entonces tendría autonomía para más de seis meses; la marina no podría completar su programa de cañones de mediano y gran calibre antes de septiembre de mil novecientos cuarenta y dos y el ejército, el de peor estado, no dispondría de proyectiles de mortero y explosivos antes de que acabe mil novecientos cuarenta y dos, ni de cañones de infantería, municiones y ametralladoras antes de mil novecientos cuarenta y tres. Bajo la lluvia de números, el desolador mensaje no da lugar a equívocos: la Italia fascista no está lista para la guerra y hasta mil novecientos cuarenta y cinco no estará completamente lista ni siquiera para iniciar las operaciones.

A pesar de todo esto, o, tal vez, precisamente por esto, la reunión de la Comisión de Defensa del 8 de febrero de mil novecientos cuarenta da comienzo en un ambiente relajado. Raffaello Riccardi, nuevo ministro de Cambios y Divisas, abanderado de la violencia escuadrista en los años veinte y del enriquecimiento ilícito gracias a los cargos gubernamentales en la década siguiente, observa el predominio de un «quietismo tranquilizador» y se lo explica precisamente por el hecho de que aquellos hombres, conscientes «en sus más íntimos pliegues de las verdaderas condiciones militares y económicas del país» y sabiendo bien «la diferencia que corre entre el dicho y el hecho», no temen la posibilidad de verse obligados a entrar en guerra.

Se empieza, por lo tanto, examinando la defensa antiaérea. Mejor dicho, su ausencia. Con los datos en la mano, en efecto, resulta rápidamente evidente para todos que los italianos no pueden permitirse máscaras antigás, a la venta por 35 liras la pieza, y que evacuar las ciudades probablemente empeoraría las cosas. Antes de que la lista de carencias e impedimentos se vuelva abrumadora, Mussolini la interrumpe. No pudiendo cambiar la realidad, cambia de tema, le opone su granítica voluntad: los refugios financiados con fondos públicos no son necesarios porque la gente puede esconderse en los sótanos; harían falta cuatro mil cañones antiaéreos de noventa milímetros pero, dado que permanecerán indisponibles durante mucho tiempo, la mejor defensa sigue siendo la amenaza de represalias; la escasez de sirenas de alarma no debe ser motivo de preocupación porque, como es sabido, en tales circunstancias, algunas personas desarrollan, gracias a Dios, un sentido del oído muy agudo. La discusión puede continuar.

Y la discusión continúa durante seis días en esta misma línea. Desde el 8 de febrero hasta el día 14 del mismo mes, militares y ministros civiles desgranan una vertiginosa lista de materias primas: la marina requiere veinte mil toneladas de acero, tres mil de cobre, mil quinientas de plomo; el ejército necesita un millón trescientas mil toneladas de hierro, ciento sesenta mil de cobre, cuarenta mil de plomo, tres mil de estaño, mil de níquel y, además, catorce mil de caucho; la aeronáutica, por su parte...

Pero ya en el segundo día, confiando en que a Raffaello Riccardi no le falte razón, casi todos han dejado de escuchar. El aire en el Salón de la Victoria, a pesar de su inmensidad, se ha vuelto irrespirable. El ambiente está impregnado por la evocación de esas inmensas cantidades de materiales conductores de calor y electricidad, de elementos químicos, óxidos básicos o anhídridos, de procesos de siderurgia integral, de minerales ferrosos. También aquí Mussolini barre los miasmas gracias a su propia determinación, afirmando perentoriamente que en todo el territorio italiano se encuentran los suficientes minerales para desarrollar una impresionante producción de acero, que los Dolomitas contienen «incalculables miles de millones de toneladas de magnesio», mientras que la arcilla común de Istria y Gargano puede trabajarse para obtener aluminio; además, en Italia abunda la chatarra, que puede encontrarse fácilmente a lo largo de las vías del tren o en las cocinas de las amas de casa, fundiendo ollas y pucheros. La desesperada necesidad de carbón también puede satisfacerse reduciendo la cantidad de trenes y asegurando que se detengan en las estaciones solo el tiempo suficiente para permitir que los pasajeros puedan subir y bajar.

La táctica del Jefe para levantar la moral de sus subordinados es clara: teniendo que presidir una reunión de veinte técnicos, cada uno de los cuales plantea cuestiones concretas y presenta necesidades pormenorizadas, el Duce se detiene en detalle en las cuestiones para las que tiene respuesta, y hace caso omiso de las demás. Cuando no sabe, calla —condenando así al olvido el tema en cuestión—; cuando sabe, se apropia de la discusión debatiendo largo rato, para demostrar un dominio de los datos superior al de cualquier otra persona.

Llegado el penúltimo día, se aborda el delicado tema de la autosuficiencia alimentaria. Entonces Benito Mussolini sienta cátedra y despliega durante más de una hora estadísticas acerca de la producción italiana de aceite de oliva, carne, pescado, celulosa, lana y mucho más, hasta llegar a informar a los presentes sobre el número exacto de ovejas y cabras que balan bajo el terso cielo de nuestro maravilloso país: hay diez millones, oveja más, oveja menos. En el caso, además, de que llegue a registrarse cierta carencia de proteínas animales, no hay problema: una buena mitad de los italianos, entrenados por siglos de hambre ancestral, están acostumbrados a comer carne solo en Semana Santa y en Navidad.

A este paso se llega a la sexta y última reunión de la comisión, dedicada a las gravísimas preocupaciones económicas expresadas por el ministro Riccardi. Mussolini las deja de lado: también en el curso de la guerra de Etiopía tuvo que oír en repetidas ocasiones que el barco se hundiría cuando, al final, se mantuvo a flote.

La sexta reunión dura menos de una hora y media. Presidida por el Duce del fascismo, la labor de la Comisión Suprema de Defensa finaliza con buenos auspicios:

—Italia —vaticina Benito Mussolini— puede mirar hacia el futuro, no digo con tranquilidad, pero sí con firmeza.

Las fuerzas disponibles son escasas y no muy eficientes. Las reservas apenas existen. Este estado de cosas parece destinado a prolongarse durante todo el año 1940. Además, en las circunstancias actuales, más de 1/3 de las fuerzas disponibles están vinculadas a teatros de operaciones en ultramar.

En estas condiciones, y mientras duren, lo mejor, si no lo único posible, sería no entrar en guerra.

Nota del subjefe del Estado Mayor del Ejército
Mario Roatta a su superior Rodolfo Graziani,
27 de diciembre de 1939

Conduzco [al príncipe de] Hesse en presencia del Duce. Hitler propone una reunión entre los dos Jefes en la frontera. Mussolini se declara inmediatamente a favor. Yo, en cambio, temo este encuentro: en contacto con los alemanes, el Duce se excita. Hoy ha empleado un lenguaje completamente belicista con Hesse. Ha dicho que tiene la intención de ocupar su lugar junto a Alemania tan pronto como los armamentos le permitan ser de ayuda y no una carga para los alemanes.

También con Hesse ha hecho gala de una indiferencia absoluta ante la crisis del carbón que nos preocupa a todos.

[El jefe de policía] Bocchini confirma que el estado de ánimo del país está cada vez más inquieto y teme que en un futuro no muy lejano puedan verificarse incluso incidentes y disturbios.

Galeazzo Ciano, *Diario*, 8 de febrero de 1940

La falta de carne no debe ser motivo de preocupación: veinte millones de italianos tienen la sabia costumbre de no comerla y hacen muy bien.

Benito Mussolini,
reunión de la Comisión Suprema de Defensa,
10 de febrero de 1940

Benito Mussolini, Adolf Hitler
Paso del Brennero, 18 de marzo de 1940
Frontera ítalo-alemana

Dentro de unos días será primavera y, sin embargo, sigue nevando en el paso del Brennero. Una nevada densa y pesada, una nieve húmeda que dobla las ramitas de los árboles y empantana las pistas de esquí en las que, a pocos cientos de metros de la estación fronteriza, incluso en ese momento los aficionados a los deportes de invierno, con las rodillas dobladas, inclinados hacia delante, indiferentes a la cita con la Historia que se produce no lejos de su lugar de entretenimiento, experimentan la emoción de bajar a gran velocidad por las laderas de las montañas. Benito Mussolini lleva media hora esperando la llegada de Adolf Hitler bajo la nieve.

Galeazzo Ciano, a su lado como siempre, tiene la impresión de que el Duce aguarda de buena gana a ese amigo y victorioso aliado suyo. En los minutos que preceden al quinto encuentro personal entre los dos dictadores, el ministro de Exteriores fascista advierte en su suegro los signos de un estado de agradable excitación ante el cara a cara con el hombre que está rediseñando el mapa de Europa en su propio beneficio.

Mussolini le cuenta a su yerno que ha soñado. Inmediatamente después, recuerda un sueño de veinte años atrás, cuando un río se le apareció en sueños y comprendió que el drama derivado de la ocupación de Fiume por los legionarios de Gabriele D'Annunzio no tardaría en llegar a su último acto. Para el fundador del fascismo, la interpretación de los sueños es muy simple, una línea recta entre las imágenes oníricas y su significado: un río, *fiume* en italiano, la ciudad de Fiume. Sin censura onírica, sin procesos inconscientes de transformación, omisión, condensación. Ningún inconsciente gobierna las noches del Duce.

Benito Mussolini, sin embargo, no dice con qué ha soñado en la víspera de este fatídico día. Él no lo revela y Ciano no lo pregunta. El sueño del Duce quedará, así pues, en el limbo de las fantasías desconocidas, innombradas y no creadas.

El tren especial de Hitler entra en la estación por la vía izquierda. Mussolini va al encuentro del canciller del Reich pisoteando la nieve acuosa bajo las suelas de sus botas de montar a lo largo del andén. Calurosos apretones de manos, una banda militar entona los himnos, los dictadores pasan revista a la guardia de honor. Esta vez no hay multitudes vitoreando, ni discursos memorables, solo las banderas nazi y fascista colgadas y flácidas bajo el aguanieve.

Unos instantes más y los dos hombres de los que depende el destino de Europa ya están sentados, uno frente al otro, en el saloncito del vagón de ferrocarril reservado al jefe del gobierno italiano, que ha preferido celebrar la reunión en su lado de la frontera, aunque quien la ha promovido haya sido el alemán. El 10 de marzo, en efecto, Von Ribbentrop, contraviniendo las costumbres diplomáticas, se presentó por sorpresa en Roma, oficialmente portador, con más de dos meses de retraso, de la respuesta de Hitler a la carta de Mussolini del 5 de enero, pero impulsado por el claro intento de sabotear la misión diplomática europea de Benjamin Sumner Welles, subsecretario de Estado estadounidense, enviado por el presidente Roosevelt para tratar una vez más de llevar a Italia al bando de las democracias, misión que fracasó miserablemente entre otras cosas porque, justo cuando el emisario de los Estados Unidos de América se esforzaba por atraer a Italia a su propia órbita, la marina de guerra inglesa, agudizando el bloqueo vigente desde hacía meses, se apoderó en los puertos holandeses de trece barcos de vapor italianos cargados de carbón alemán, indispensable para alimentar la industria de un país muy pobre en materias primas.

Para Ribbentrop, de esta manera, había sido coser y cantar exigir a Mussolini, con su habitual brutalidad, el compromiso de entrar en guerra junto con su aliado alemán —y proveedor de carbón— en la próxima campaña occidental, a su juicio inminente y arrolladora: «En pocos meses el ejército francés será aniquilado y los únicos ingleses que quedarán en el continente serán los prisioneros». Para sorpresa y consternación de todos, lo había obtenido. Mussolini había empeñado su palabra.

En el vagón de tren detenido bajo una fuerte nevada en la estación de Brennero, a mil cuatrocientos metros de altitud y a trescientos metros de la frontera alemana, es, por tanto, Adolf Hitler quien maneja ahora las riendas. Y es él, aunque el anfitrión sea Mussolini, el primero en tomar la palabra. No la abandonará durante los sucesivos ciento cincuenta minutos.

El monólogo del canciller alemán comienza con una detallada exposición de los motivos que lo han llevado a declarar la guerra a Polonia, explicación que debería haber proporcionado a su aliado nueve meses antes, en junio de mil novecientos treinta y nueve. Luego, Hitler pasa a ilustrar en detalle la victoriosa campaña militar y la potencia de la maquinaria bélica alemana. Su voz adquiere el tono salmódico propio de los orantes extasiados por el vértigo de las plegarias rituales, su competencia técnica parece chocante, la lista es interminable: efectivos, pérdidas, reservas; artillería, bagaje, enfermería; ejército, marina, fuerza aérea.

Según Hitler, Alemania había enviado 53 divisiones a la frontera con Polonia al comienzo de las hostilidades. La infantería, equipada en su mayor parte con Mauser Karabiner 98k y con metralletas y ametralladoras ligeras tipo MP18 y MG34, estaba compuesta por 37 divisiones, a las que se sumaban 4 divisiones motorizadas, 4 divisiones ligeras, una división de montaña, una brigada de caballería y otras unidades menores; las 6 divisiones acorazadas, todas enviadas al frente oriental, estaban formadas por cientos de *panzers*, modelo I, IV, II y III. La Luftwaffe, por su parte, disponía de 3.368 aviones y él, el canciller del Reich, había utilizado para lanzar el ataque unos dos mil cien aparatos, entre cazas, destructores, bombarderos, bombarderos capaces de caídas en picado y diversos aviones de transporte y reconocimiento. El ejército polaco, aunque dispusiera de un millón de efectivos y estuviese considerado como uno de los mejores del mundo, había sido barrido a todos los efectos en menos de un mes. De hecho, a finales de septiembre Varsovia había capitulado. En todo ello, las pérdidas de los alemanes se habían limitado a 285 aviones derribados, 279 dañados, unos treinta mil heridos, dieciséis mil caídos y, por supuesto, ningún prisionero. Una bagatela.

Benito Mussolini se ahoga en un diluvio de cifras. Incapaz de oponer nada ante esos números que lo abruman, enmudece. Cuando, en determinado momento, parece a punto de abrir la boca, Hitler lo silencia con un gesto de la mano y continúa con su letanía. El intérprete Paul Schmidt describe «los grandes ojos castaños del italiano, estupefactos» que parecían a punto de «salírsele de sus órbitas, como los de un niño pequeño al que se le enseña por primera vez un juguete nuevo».

Con el pasado liquidado, llega el turno del futuro. El siguiente tema es la guerra en Occidente. Inevitable, inminente, fatal. Hitler no tiene dudas: nada de negociaciones de paz, no es posible ningún acuerdo diplomático, la guerra se gana o se pierde en el campo de batalla. Para ganarla, Alemania cuenta con un total de 205 divisiones, casi todas de excelente nivel, con una industria capaz de producir seis mil aviones al año y con una fe implacable en el éxito. Habrá guerra y será guerra abierta, guerra total, guerra de aniquilamiento. No hay titubeos por parte alemana, ni vacilación ideológica: el pacto con los soviéticos ha sido una mera exigencia táctica. La certeza de no tener que desplegar decenas de divisiones a lo largo de la frontera oriental del Reich, justo durante la fase de ataque para aplastar Francia y obtener una paz separada con Gran Bretaña —esa fue la estrategia declarada por Hitler— ¿no basta acaso para justificar el pacto con los soviéticos?

La pregunta retórica queda suspendida por unos instantes en el ambiente claustrofóbico del vagón de tren. Mussolini, de hecho, se apresura a mostrarse de acuerdo. Habiendo recibido la aprobación del aliado, Hitler reanuda su monólogo desde una posición aún más dominante.

Es en este punto cuando Mussolini se siente frente al abismo de la encrucijada. El Führer no ha bajado al paso del Brennero para realizar ninguna clase de solicitud a su aliado, sino para conocer directamente de boca del Duce la fecha de su entrada en guerra. Si él, el Führer de los alemanes, consiguiera, atacándolo frontalmente, sacudir desde sus cimientos el corrupto mundo occidental, de modo que no hiciera falta más que un golpe para derribarlo, ¿no querría ser precisamente Mussolini, Duce y maestro del fascismo, el que propinara ese golpe? Silencio.

Cuando Alemania ataque, lo hará para no volver atrás. Ese día, la balanza del destino se detendrá por un instante en el punto inconmensurable de un fulcro fatal. Italia, entonces, podría ser ese «último kilo» capaz de hacerlo pender del lado numinoso de la historia. ¿No es eso lo que quiere el Duce del fascismo? Silencio.

Durante el monólogo del aliado, Mussolini ha permanecido impasible, clavándole su mirada, traduciendo mentalmente los pasajes que su voluntarioso pero escolar alemán le permitía comprender. Ahora, sin embargo, el Duce se dirige al intérprete para comunicarle con gestos que necesita su ayuda. Paul Schmidt le traduce la metáfora que ha escogido Hitler para definir la propuesta que le hace: convertirse, para el gran libro de registro de los vivos, los muertos y los no nacidos, durante los siglos venideros, en el último kilo.

Luego, en los pocos minutos de los que dispone, Benito Mussolini pronuncia su dictamen.

Sí, es verdad, en el verano de mil novecientos treinta y nueve había deseado y pedido que el aliado esperara dos o tres años antes de desencadenar la guerra. Y sí, con gran bochorno se vio obligado a optar por el estatus de no beligerante. Y también es cierto, por último, que Italia aún necesitaría tiempo para completar su preparación militar, pero, a pesar de todo esto, la situación ha cambiado radicalmente en los últimos meses. Los fascistas no pueden concebir el permanecer neutrales hasta el final de la guerra. Queda excluida la cooperación con Francia e Inglaterra: odian a esos pueblos. Son, por tanto, el honor y los intereses de Italia los que exigen su entrada en la guerra.

¿El Führer quiere saber el momento preciso?

Todavía no es posible establecerlo. Todo depende de la situación sobre el terreno. Si la agresión alemana hiciera tambalearse de inmediato a los aliados, Italia propinaría enseguida el golpe que los pondría de rodillas. Si, por el contrario, Alemania avanzara a pequeños pasos, la Italia fascista retendría la mano esperando en la retaguardia la hora propicia. En definitiva, se trata de esperar «la ocasión adecuada».

Su palabra ha quedado empeñada. El aliado nórdico se muestra satisfecho. Hitler ha hablado durante dos horas y diez, Mussolini apenas veinte minutos. Los últimos instantes del encuentro transcurren en un ambiente distendido.

De vuelta en Roma, Mussolini prepara un «memorando de alto secreto» destinado al rey, a los jefes militares, a los pocos ministros competentes, en el que encierra sus pensamientos sobre la situación actual, que define como «de extrema fluidez». Dado el punto al que se ha llegado, no es posible una paz negociada. Los alemanes atacarán, pero no inmediatamente, como algunos creen. A su juicio, también habría que descartar la traicionera ofensiva por Bélgica y Holanda, de la que tanto se habla. A menos que opte por degradarse a nación de tercera, Italia no puede permanecer neutral ni, mucho menos, cambiar de bando: se encontraría luchando sola contra Alemania. La cuestión, por lo tanto, no es saber si Italia entrará en guerra o no, sino cuándo y cómo. Entrará en el último momento, para propinar el golpe decisivo, para lanzar el último kilo a la balanza del matadero público. Esa es la respuesta al cuándo y al cómo.

Con Ciano, sin embargo, Mussolini no consigue ocultar la decepción por el papel de segundón al que Hitler le ha relegado en el Brennero: tuvo que guardar silencio durante más de dos horas, ¡él, precisamente, que tantas cosas tenía que decir! ¡Y esa profusión de cifras, de datos, de detalles técnicos sobre las diferentes modalidades de carga de las ametralladoras! No había lugar para el razonamiento político, para las sutilezas del único arte que importa, el arte de lo posible.

Ciano registra las quejas de su suegro en su diario. Apunta también la alusión a una proverbial muestra de picardía de la ficción popular con la que Mussolini resume su propia estrategia, su propia visión, su propia idea de lo que es la política: «Haré como Bertoldo. Aceptó la sentencia de muerte con la condición de que pudiera ser él quien eligiera el árbol adecuado del que ser ahorcado. No hace falta decir que nunca llegó a encontrar ese árbol».

A ninguno de los dos, suegro o yerno, los roza siquiera la duda de que el hombre de las ametralladoras no haya dejado atrás toda política posible.

MEMORANDO DE ALTO SECRETO 328

En una situación como la actual, que podría denominarse de extrema fluidez, es difícil —si no imposible— hacer predicciones sobre el desarrollo de los acontecimientos y sobre las fases futuras de la guerra. Hay que conceder un gran margen a lo inesperado [...].

Paz de compromiso negociada

En el estado actual de la situación, esta posibilidad debe ser descartada [...].

Operaciones militares terrestres

¿Es previsible que los franco-británicos tomen la iniciativa en las operaciones, es decir, un ataque al Westwall en el frente occidental? En el estado actual de la situación, hay que descartarlo [...].

Operaciones germánicas

Desde hace varios meses se habla de una ofensiva germánica contra la Maginot o contra Bélgica y Holanda para llegar al Canal de la Mancha. Por lógica, cabría afirmar que también esta ofensiva ha de ser descartada [...].

Posición de Italia

[...] Incluso si Italia cambiara de actitud y se pasara con armas y bagajes al bando de los franco-ingleses, ello no evitaría la guerra inmediata con Alemania, una guerra que Italia tendría que soportar sola [...]. Queda la otra hipótesis, es decir, la guerra paralela a la de Alemania para conseguir nuestros objetivos que pueden compendiarse en esta afirmación: libertad en los mares, ventana al océano [...].

La cuestión no estriba pues en saber si Italia entrará o no en guerra porque Italia no podrá evitar entrar en guerra, se trata tan solo de saber cuándo y cómo lo hará; se trata de retrasar nuestra entrada todo lo posible, de forma compatible con el honor y la dignidad [...].

Plan de guerra.

... Frente terrestre. Defensivo en los Alpes Occidentales. Sin iniciativa. Vigilancia. Iniciativa solo en el caso, en mi opinión improbable, de un completo colapso francés bajo el ataque alemán [...].

MUSSOLINI

Roma, 31 de marzo, XVIII

Post Scriptum. Se han realizado ocho copias de esta memoria de alto secreto, destinadas a S. M. el Rey Emperador; a S. E. el mariscal de Italia Pietro Badoglio; a S. E. el mariscal de Italia Rodolfo Graziani; al ministro de Asuntos Exteriores; al ministro de África Italiana; al jefe del Estado Mayor de la Marina Real; al jefe del Estado Mayor de la Aeronáutica; a mi Secretaría Privada, junto con el ejemplar autógrafo.

Galeazzo Ciano, Giuseppe Bottai
Roma, abril de 1940

Habladurías, susurros a media voz, chismorreos. A esto se reduce la información cuando en un país, desde hace veinte años, la adulación ha sustituido a los méritos, la crítica se ha degradado en broma, el coraje de proyectar el futuro se desvanece en subterfugios, todo sano ejercicio de admiración se enarbola como delirantes idolatrías de tipo pagano. Y, ahora, el diente envenenado de las habladurías le muerde precisamente a él, al elegido, al heredero, al predestinado a la sucesión en un trono de cartón piedra, de espinas y de tragedias latinas.

En los ocho días de abril en los que Galeazzo Ciano desaparece del escenario político, Roma se llena de rumores sobre su desgracia. En los pasillos de los palacios del poder fascista se susurra acerca de una riña familiar, del suegro que supuestamente ha destituido al marido de su hija. No son, sin embargo, solo los comadreos de gregarios biliosos los que anuncian la caída del «yerno del régimen». Los servicios secretos ingleses, considerados por muchos como los mejores del mundo, informan al ministro de Asuntos Exteriores Halifax, quien inmediatamente lo refiere al gabinete de guerra británico, de las acaloradas discusiones sobre la conveniencia de la entrada de Italia en guerra entre Mussolini y su yerno, escéptico respecto a la certeza absoluta del Duce sobre la victoria de Alemania: «*Count Ciano is out of favour with his father in law and might be removed from his post*». El plenipotenciario británico ante la Santa Sede lo confirma: se ha producido una violenta disputa provocada por la negativa del ministro a compartir *«the axiomatic certainty of British defeat»*, a consecuencia de la cual el conde Ciano, al borde de un ataque de nervios, se halla a la espera de abandonar definitivamente la sede del ministerio para ser enviado como embajador a Estados Unidos. Ni siquiera el círculo íntimo de amigos y clientes del «yernísimo» queda exento de alimentar rumores. En el club de golf, en los salones de la aristocracia y en las recepciones bruscamente abandonadas por Galeazzo se dice que Mussolini, enseñándole el reportaje de una revista escandalosa francesa sobre el trágico final de Ernst Röhm, íntimo colaborador convertido más tarde en rival de Hitler, considerado intocable por todos, asesinado junto a sus seguidores en la Noche de los Cuchillos Largos, habría llegado a sugerir a su yerno que meditara sobre ese sarcástico destino.

Mientras tanto, la realidad se ha encargado de aportar sus propios materiales a la invención. Mientras que en la Italia fascista se rumoreaba acerca de las divergencias de opinión entre Ciano y Mussolini sobre el resultado de la guerra, en el norte esa guerra ya había dado comienzo. En efecto, los largos meses de estancamiento terminan cuando, a principios de abril, con el enésimo golpe de mano fulmíneo, decidido a apoderarse de los puertos que le asegurarían las rutas oceánicas, los suministros de las minas de hierro laponas y poder sortear así el bloqueo marítimo británico, Hitler ordena la invasión de Dinamarca y Noruega.

Y, de esta manera, el enigma de la desaparición de Ciano, los rumores sobre sus causas se pierden entre las brumas del Skagerrak surcado por flotas de destructores, en los gélidos abismos de los mares vikingos en cuyos fondos se agazapan escuadrillas de submarinos centinela y en el rugir de la infantería alemana, motorizada, acorazada, poseída hasta el extremo de recorrer ochenta y cinco kilómetros de valles nevados en un solo día de marcha. Y mientras en Narvik, en la línea del paralelo 68 norte, alemanes y anglo-franceses se enfrentan por primera vez y, a través de ellos, regímenes totalitarios y democracias llegan a la prueba de las armas, cuatro mil kilómetros más al sur, en Roma, al hilo de una falsa y temprana primavera, en la convicción de poder adivinar el futuro del país, se fantasea sobre el destino de Galeazzo Ciano, conde de Cortellazzo y marido de Edda Mussolini. ¿Dimisionario, cesado o incluso asesinado?

Nada de todo eso. Mucho más trivialmente, el 12 de abril de mil novecientos cuarenta, el ministro de Asuntos Exteriores de la Italia fascista se vio obligado a meterse en la cama con una «maldita gripe» y permaneció allí durante los siguientes ocho días.

Su caída en una enfermedad bastante fuera de temporada se produjo pocas horas después de la enésima humillación sufrida por parte de su cada vez más odiado aliado alemán. Aunque Hitler y Mussolini se hubieran reunido personalmente hacía poco en el paso del Brennero, una vez más el gobierno italiano fue informado de los planes de guerra alemanes cuando ya habían dado comienzo las maniobras. En la noche del 9 de abril, en efecto, a las dos de la madrugada, un secretario de la embajada alemana despertó al propio Ciano mientras se encontraba en su domicilio. Lo avisaba de una importante visita del embajador a las siete del día siguiente.

—Que venga ahora. Puedo ir directamente al Palacio Chigi —respondió molesto el ministro italiano.

—No. A las siete —reiteró el adjunto, manifiesta y escandalosamente desconfiado, antes de regresar a su delegación.

Y así, a las siete antemeridianas del 9 de abril, Von Mackensen se había presentado con una carta del Führer a Mussolini en la que se informaba a los aliados italianos de que la Wehrmacht había iniciado operaciones en Dinamarca y Noruega en la noche recién transcurrida. Dos días después, Ciano caía enfermo.

Su enfermedad temporal y transitoria le asegura al reluctante Ciano ocho días de descanso forzoso, sopitas de pollo y gemidos ahogados bajo capas de mantas para tomar la decisión de su vida. ¿Oponerse abiertamente a la guerra? ¿Presentar su renuncia como ministro, yerno y esposo? ¿Naufragar en la crónica de un desastre anunciado para salvar el alma y el nombre en la historia? ¿O perseverar en el papel que le asigna en la comedia el hombre fuerte del fascismo y su propio débil temple moral, y seguir manifestando su disidencia privada en los vestuarios del club de golf y, simultáneamente, ejecutando en público, con absoluto celo, las disposiciones de su Duce?

De esas disposiciones, de ese papel de eterno actor secundario, forman parte también los movimientos engañosos, las tácticas innecesariamente sutiles, así como forma parte también el doble juego. Galeazzo podría continuar, de hecho, incluso desde su lecho de enfermo más o menos imaginario, dando bandazos entre Londres y Berlín ante la posibilidad y la esperanza de que aún no se haya dicho la última palabra, de que todavía pueda asistirse a un cambio en los acontecimientos; pero, incluso si optara por perseverar en esta recalcitrante línea de conducta, no dejaría de ser Mussolini, su Duce y suegro, el que le haya consentido, desde principios de enero, pasar a las naciones aliadas o neutrales información altamente confidencial sobre los planes de guerra alemanes. Y seguiría siendo «él», siempre «él», quien permitiera al falso disidente informar, ahora, a Bélgica y Holanda, a través de la Secretaría de Estado vaticana, del plan alemán para romper las líneas aliadas elaborado por el Oberkommando de la Wehrmacht, donde se anuncia «una próxima ofensiva germánica más allá de la frontera francesa, que también afectaría a Bélgica, a Holanda y quizás a Suiza».

No es ciertamente Benito Mussolini quien reprocha al pobre Ciano sus humores antigermánicos. A él, a su inveterado oportunismo, a su exasperada y exasperante astucia táctica, si acaso, esos malos humores le vienen bien. La única Mussolini que lo condena sin piedad y sin apelación por su odio a los alemanes, un odio instintivo, epidérmico, apolítico, incapaz de encontrar el valor para transformarse en actos, es Edda, la hija de Benito, la mujer del cobarde. De hecho, en los últimos meses, Edda ha soltado definitivamente amarras. En ella el desprecio por el hombre fracasado prevalece ya sobre el cariño por el marido-hijo. Se suceden las escenas que monta esa mujer dura, extraña, desesperada:

—¡¿Es que no ves a los alemanes?! —le grita en tono de reproche—. Se han repartido Polonia con los rusos en menos que canta un gallo, ahora ocuparán los países escandinavos con la misma facilidad. Y nosotros, ¿hasta cuándo holgazanearemos mano sobre mano?

El marido está harto de esa esposa desdeñosa, de esa mujer a la deriva que ahora se pasa las noches jugando a los dados «como una negra de Harlem». Muchas veces Ciano ya ni siquiera le responde, otras veces la interrumpe echándole en cara que «no entiende nada de política», pero ella no se rinde. Le habla con hastío de intervención inmediata, de la necesidad de marchar, de honor y deshonor, lo acusa con vehemencia de germanofobia, añadiendo que es algo sabido por todos, sobre todo por los alemanes, que saben que siente por ellos una repulsión física y no lo olvidarán. Él sufre, mastica bilis, se traga la rabia del impotente. Este pequeño infierno doméstico no tiene salida, lo obliga a dejar toda esperanza en la entrada. El motivo se lo confía al escritor Curzio Malaparte: «Si un día Edda se distanciara de mí, si hubiera alguien más en su vida, algo serio, yo estaría perdido. Todo depende de Edda».

Por todas estas razones, Galeazzo Ciano lo hará, lo hará en cuanto se recupere de su breve enfermedad: pasará la información ultrasecreta a los enemigos. Lo hará, sin embargo, consciente de que ese gesto no añadirá a su cuenta más que otra pequeña traición, que ciertamente no quedará saldado con un único, gran gesto de heroísmo.

Será en ese estado de ánimo atormentado como encuentre Giuseppe Bottai a su amigo Galeazzo cuando acuda a visitarlo a su casa el 17 de abril. Desde su lecho febril, Ciano desgrana un rosario de decepciones y quejas: habla de los cálculos mezquinos del rey de Italia, de la gestión fallida del PNF por parte de Ettore Muti, el hombre que él mismo había sugerido a Mussolini, de los estériles conflictos entre los militares sobre el número de divisiones que el ejército sería capaz de desplegar, repasa toda la historia de la alianza con la Alemania nazi, jalonada por dudas, vacilaciones, abandono ciego a la voluntad del Duce. Y, por encima de todo, el penitente desconcierta a su confesor dejando claro su desapego hacia Benito Mussolini, su decepción con el hombre a quien le debe todo, el ídolo venerado hasta ayer, una decepción teñida de desprecio. Mientras le da la espalda, mirando por la ventana, en cierto momento Bottai le oye decir:

—La estatura de Mussolini hoy, mientras la de Hitler, aunque con trazas de delincuencia, se agiganta, ha quedado reducida a esto... —Bottai se vuelve hacia la cama. Ciano, incorporándose, le muestra la distancia entre el dedo índice y el pulgar abiertos en forma de tenaza. Diez centímetros. La estatura de Mussolini.

El ministro de Educación Nacional queda conmocionado por ese gesto, violento e inofensivo a la vez, capaz por sí solo de provocar el ocaso de una era de ilusiones perdidas.

«No digo nada. No me atrevo a confesar mi dolor interior», anota Bottai en su diario. «Nuestra generación está toda en Mussolini: es Mussolini. No se trata de medirlo a él fuera de nosotros: sino a él en nosotros; y a nosotros mismos en él».

Guerra en Noruega. Ciano me dice que estos acontecimientos y los éxitos alemanes han provocado la fiebre en Mussolini, que no piensa más que en la guerra. «Quiere la guerra igual que un niño quiere la luna». Ciano me parece bastante desanimado ante la posibilidad de resistir a esta intención, a esta voluntad del Jefe. Por lo demás, carece de toda seriedad moral para oponerse al desastre: está demasiado apegado al poder, y a las comodidades mundanas del poder, para renunciar valientemente, romper con su suegro y afrontar como un hombre los riesgos derivados de la ruptura.

Giovanni Ansaldo, *Diario*, 12 de abril de 1940

Benito Mussolini, Clara Petacci
Roma, abril de 1940

El jueves 11 de abril de mil novecientos cuarenta, Claretta Petacci llega con un poco de retraso a su encuentro diario con su amante. La causa es de lo más baladí: el tráfico. Entrando, como tiene por costumbre, por la puerta secundaria de los aposentos del Palacio Venecia que hacen las veces de alcoba, la joven se encuentra con un Mussolini desconcertante.

El Duce del fascismo está sentado en el suelo, casi a oscuras, con la espalda apoyada en el sillón, mientras respira con dificultad, se sorbe la nariz, rezonga y despotrica:

—¿Por qué llegas tan tarde? ¡Me siento fatal y tú te demoras! ¿Cómo quieres que esté? ¡Enfermo! No duermo porque no tengo sueño. ¡Sí, me porto mal porque estoy enfermo y tengo ganas de destrozarlo todo, lo destrozaría todo! ¡Sí, a ti también!

El Duce también está resfriado. La frustración iracunda que le provoca la nariz congestionada no tarda, sin embargo, en apartarse de la joven para centrarse con decisión en el pueblo del que es adalid:

—¡Odio a esta chusma de italianos! ¡Mientras allá arriba se hacen pedazos, aquí vivimos a base de temor y serenidad! La tan cacareada serenidad de los italianos empieza a darme asco… He podido medir la temperatura de esta gente durante ocho meses, he contado sus latidos y debo decir que dan asco. Son cobardes y débiles, tienen miedo: ¡esos cerdos burgueses que tiemblan por sus barrigas y su cama! Aunque no hablo de los legionarios, que están siempre listos, sino de los demás…

Me parece oírlos: «A ver si ese loco de Mussolini nos deja alguna vez en paz...». Y ahora, cuando nos los veamos en casa, a los franceses, o a quien sea con sus cañones, ¡seguirán pensando aún que es mejor vivir tranquilos en el café! Ah, pero ya se sabe, está claro que es inútil: ¡tres siglos de esclavitud no se remedian en dieciocho años de régimen! ¡Veo con abatimiento y desilusión que no he sido capaz de transformar a este pueblo en gente de garra y valor! —grita el Duce del fascismo, y vuelve a sorberse nervioso la nariz. Está exhausto y febril. Luego prosigue—: No, no he hecho nada y no voy a llegar a tiempo: ¡no me queda tiempo, no tengo los años necesarios! Haría falta que a estos italianos se les metiera en la cabeza de una vez por todas que en un momento determinado nos encontraremos ante el dilema: o ser estrangulados o entrar en guerra. Las miserias que nos causan los franceses y los ingleses son tales que les saltaría al cuello sin pensármelo ni un minuto, pero estos italianos no: quieren sus comodidades, el café, las mujeres, los teatros... Son incapaces de renunciar a ello y se quedarían con la boca seca con tal de no hacerlo. ¡Sí, estoy inquieto, querida mía, inquieto y asqueado! ¡Nunca hubiera pensado, después de tantos años de ejercicio y patadas en las espinillas, que volvería a encontrarme frente a esta gente débil y vil!

El enorme abatimiento de Mussolini, además de por el resfriado, se explica por esa pequeña construcción adverbial de lugar, mencionada al comienzo de la invectiva: *allá arriba. Allá arriba* están, en efecto, Dinamarca y Noruega, que Hitler ha invadido hace dos días, el 9 de abril. *Allá arriba* está el final de la ilusión de poder «cloroformar a los alemanes» con el juego político, la muerte de la absurda esperanza de poder esconder bajo la máscara, corusca de hierro, una nueva mediación pacífica, sensacionalista y provechosa como la de Múnich. *Allá arriba* está el lugar áspero, burdo y terrible donde la realidad toma el lugar de las palabras.

La ilusión duró, de hecho, hasta la mañana del día 9. El día 2, en el curso del Consejo de Ministros, Mussolini hizo gala de toda su parafernalia retórica a favor de la entrada en guerra: «Acercarse a Francia y Gran Bretaña supondría hacer de puta con las democracias» dijo, «lo que situaría a Italia ante un conflicto con los alemanes, degradándola definitivamente. Debemos creer en la victoria alemana y en la palabra de Hitler en cuanto a nuestra parte del botín...».

Después, sin embargo, los días siguientes, en la reunión con los responsables operativos, Badoglio, resumiendo la situación militar italiana, había desmantelado todo entusiasmo: una ofensiva a partir de Libia era imposible, la situación en Abisinia era preocupante, las operaciones aeronavales combinadas en el Mediterráneo, poco probables, la cooperación militar con los alemanes debía evitarse a toda costa. La sentencia había sido demoledora: solo en el caso de una aniquilación completa de las fuerzas enemigas por parte de los alemanes podía correrse el riesgo de una intervención italiana.

Mussolini había confiado entonces a Ciano la tarea de reabrir el «canal secreto» para una negociación con los ingleses destinada a tantear su disposición para una paz negociada con Hitler que le reconociera las conquistas ya obtenidas y encontrara una vez más en Roma a su mediador salvífico. Luego, sin embargo, el día 9 llegó desde *allá arriba* la noticia de la invasión. Se acabaron los jueguecitos. Justo en ese momento fue cuando el salvador de la paz imposible se vio encamado por un resfriado. Y, por si fuera poco, habían llegado dos cartas de Hitler que le agradecían «su actitud y la ayuda brindada a través de la prensa y la opinión pública de Italia», le ponían al corriente de las fases bélicas seguidas hasta ese momento y, como cierre, subrayaban lo sólidos que eran en esas horas «el recuerdo y el signo de su amistad».

El Duce del fascismo ha terminado de escribir la respuesta en ese momento, el 11 de abril, justo antes de exasperarse ante Claretta contra la indolencia de los italianos. Es entonces cuando, ofuscado por los éxitos de su aliado, irritado por la mucosidad que le corre por la nariz, Benito Mussolini deja de hacer caso a lo poco que le queda de sentido común.

Prometiendo lo imposible, le asegura que al día siguiente la flota italiana estará «lista al completo y en pie de guerra», y que está haciendo todos los esfuerzos por «acelerar los tiempos en el caso de las demás fuerzas armadas».

El belicoso, honorable y obligado mensaje a Hitler no contribuye, sin embargo, a mejorar el negro humor del remitente. Ni tampoco le cura el resfriado.

En los días siguientes, en efecto, el diario de Claretta anota una letanía de lamentaciones. El viernes 12 de abril, a las 22.45, llega una llamada de la criada: «Dice que tiene casi 38 y además que está muy nervioso. No ha querido comer y no tiene sueño. Le he hecho un caldito; no quiere aspirinas». A las 15.30 horas del sábado 13 de abril es él mismo quien llama por teléfono: «Voz débil y lejana: "Me siento mal, fatal. Ni siquiera puedo tenerme en pie. Me tiene postrado un estúpido achaque. Me he levantado para afeitarme, tengo que recibir a los ministros, no puedo renunciar en modo alguno: tengo que verlos hoy. No son estos momentos para ponerse uno enfermo. Los recibiré aquí. Tengo que hablar de guerra y tengo que hacerlo todo yo: ¡todo! Nadie es capaz de ayudarme. ¡Ni a ponerme malo siquiera tengo derecho!"». Al día siguiente, domingo 14 de abril, la llamada telefónica llega, en cambio, a las 13.45. Es corta, iracunda, inquietante: el hombre destinado a guiar en la guerra a un pueblo de cuarenta millones de medrosos reluctantes junto a los alemanes farfulla, tartamudea, se confunde: «Cariño, ¿cómo estás? Yo sigo aún enfermo, hoy me quedo en casa. ¿Por qué me has hablado de 1935, o sea de 1937? (Palabras confusas): No digas tonterías. Todavía sigo siendo el mismo». A partir de esta fecha, las anotaciones cotidianas, minuciosas y obsesivas del diario de Claretta Petacci se interrumpen durante veinticinco días. En estos veinticinco días de silencio, *allá arriba*, los alemanes derrotan a los ingleses. El contraataque británico en Noruega central fracasa, la Royal Navy se ve obligada a retirarse de las bases navales que defienden. En las semanas siguientes, varios barcos británicos se ven obligados a hundirse a sí mismos para evitar acabar en manos del enemigo.

Cuando Galeazzo Ciano se repone asimismo de su enfermedad, se encuentra con un Mussolini renovado y tonificado, una vez más resuelto a luchar:

—Importa poco quién gane. Para hacer grande a un pueblo hay que llevarlo al combate, aunque sea pateándole el culo. Así lo haré yo. No olvido que en mil novecientos dieciocho hubo quinientos cuarenta mil desertores en Italia. Y si no aprovechamos esta oportunidad para medir nuestra armada contra las franco-británicas, ¿por qué deberíamos tener seiscientas mil toneladas de barcos? Sería suficiente con guardacostas y yates para sacar a pasear a las damas.

En las intenciones del Duce, la fecha de entrada en guerra no deja de cambiar (el plazo se fija para finales de agosto, luego se traslada a la primavera de mil novecientos cuarenta y uno), pero la decisión parece estar tomada. En el arco de una semana apenas, el jefe del gobierno italiano desdeña nada menos que tres intentos diplomáticos para mantener a Italia fuera del conflicto: el 22 de abril lo intenta con una carta muy cortés Paul Reynaud, el nuevo presidente del gobierno francés. Dos días después lo hace el propio papa, Pío XII, tratando de «tú» al Duce en una carta autografiada llena de halagos; por último, el 29 de abril, es el turno de Franklin Delano Roosevelt, presidente de los Estados Unidos de América.

A la determinación de Mussolini contribuye también la repentina reanimación de la opinión pública italiana. Como consecuencia, en efecto, del enésimo triunfo militar de los alemanes en Noruega, este pueblo latino carente de voluntad propia, desgraciadamente inerte, capaz tan solo de un desánimo general, de un desesperado escepticismo sobre el futuro inmediato, tentado por la perspectiva de una fácil y segura victoria a remolque de sus aliados, da señales de no mostrarse ya tan contrario a la idea de abrir las puertas del templo de Jano. La guerra, de repente, ya no da tanto miedo.

Benito Mussolini no parece sorprendido por este cambio de humor de sus compatriotas:

—El pueblo es una puta y se va con el macho que gana —sentencia.

Es humillante permanecer mano sobre mano mientras otros escriben la historia.

Benito Mussolini a Galeazzo Ciano,
abril de 1940

Nuestra intervención será inevitable, porque estamos en medio del continente y en medio del mar [...].

Somos aliados de una gran y muy poderosa nación militar. Y nuestra no beligerancia viene dada por el hecho de que esta gran nación no ha tenido necesidad de nosotros, no nos ha pedido nada. Mientras que si estuviéramos alineados con el otro bando ya nos habrían pedido que interviniéramos y muriéramos en gran número por el triunfo de principios inmortales. Ya no nos la volverán a jugar [...].

No nos moveremos si no tenemos la certeza absoluta de la victoria. Seamos claros: no una certeza al cien por cien, pero sí una que deje el menor margen posible a los imprevistos.

Benito Mussolini, discurso a los directores de periódicos
dependientes del Ente de prensa, 10 de abril de 1940

Lo que estas operaciones [en Noruega] significan para nosotros, y especialmente para mí, lo comprende en todo el mundo un solo hombre aparte de mí, y ese hombre sois Vos, Duce. Vos mismo tuvisteis una vez el valor de llevar a cabo Vuestra acción en Abisinia bajo los cañones ingleses. Mi situación no ha sido muy diferente hasta ahora; pero yo también, en las horas más difíciles, he decidido no hacer caso a eso que se llama el sentido común, sino apelar en cambio a la fuerza del Honor, al sentido del Deber y en última instancia al propio Corazón.

Adolf Hitler, carta a Benito Mussolini, 18 de abril de 1940

Bosque de las Ardenas
10 de mayo de 1940, 4.36 horas

El ruido.

Será sobre todo ese ruido lo que los hombres agazapados en los puestos de avanzadilla no olvidarán de aquel memorable día de tinieblas. El alba se anuncia para ellos con un vasto zumbido proveniente del otro lado de la frontera, un borbolleo cavernoso que se eleva desde el lodo, bajo un cielo bajo, junto con la escasa luz que proporcionan las copas de los robles centenarios, un repiqueteo de cascos metálicos, como si una inmensa manada de fieras de los barrancales, alimentadas por el invierno con raíces y bellotas, vigorizadas por la primavera con la carne blanca de los conejos, después de un prolongado letargo —de meses, o acaso siglos y milenios de duración— se hubieran vuelto a poner en camino en esta tierra de bosques tupidos, páramos pantanosos y profundos valles excavados por los ríos.

El ruido, y esa sensación desalentadora de una emboscada del destino. Es un nuevo día, un ruido inaudito, una víspera de batalla en esta aurora de la guerra del mundo y, sin embargo, los hombres en armas, con todos los músculos del cuerpo listos para el combate, se estremecen, empapados de terror y de escarcha, auscultando en ese zumbido los lamentos de los muertos en batallas ya disputadas por sus padres y ya perdidas.

Avanzando entre Iprés y Mons hacia el río Dyle, a los veteranos de la reserva les parece estar transitando por un camino ya recorrido en sueños, como si volvieran a ver los rostros de amigos caídos veinte años atrás en la podredumbre al pie de esas mismas hayas, y a oír los nombres de pueblos y aldeas casi olvidados; los más jóvenes tienen la impresión de revivir las derrotas de sus antepasados, y todos, jóvenes y viejos, vibran con los ecos de carnicerías pasadas, que han entrado en la leyenda de los siglos —Sedán, Iprés, Waterloo—, pisoteando bajo las suelas claveteadas los huesos, calcinados por el tiempo, de guerreros neolíticos.

Todo ha sucedido ya, el libro ya está escrito, no nos queda esperanza. ¿Es que no oyes cómo esas antiguas voces murmuran en el zumbido de esta enésima mañana del mundo, tan feroz como inútil? ¿Es que no oyes los gritos ferinos de las hordas bárbaras maldiciendo la vida en el estrépito de oruga de las divisiones blindadas? ¿No sigue siendo esta la selva de Nannieno y de Sigeberto el Cojo, donde se construían los caminos con la ayuda del diablo, y el carbón de leña, obtenido de bosques que creíamos inagotables, alimentaba los hornos donde los antepasados forjaban el hierro que abundaba en los afloramientos dejados al descubierto por la erosión del río?

Para lanzar la ofensiva hacia Occidente que desea Hitler, los estrategas del ejército alemán se vieron obligados a elegir entre tres obstáculos: la ley de los hombres que defiende la neutralidad de Bélgica y Holanda en el norte; al sur, la línea Maginot, «el frente occidental de hormigón armado» erigido por los franceses para no tener que librar nunca más una batalla defensiva en campo abierto; en medio, las Ardenas, una de las pocas áreas de bosque primario que quedan en el continente, un densísimo bosque de hayas y robles considerado impenetrable. Optaron por la selva. La invasión de Bélgica en el norte no pretende ser más que un engaño, una distracción para atraer a los ejércitos enemigos a la trampa. La línea Maginot, de esta manera, podrá ser rodeada por completo.

Por eso, en la madrugada del 10 de mayo de mil novecientos cuarenta, el vasto zumbido que los centinelas franceses oyen provenir de la otra orilla del Mosa, más allá de los hayedos de las Ardenas, es el estruendo que producen las orugas de siete divisiones blindadas, todas acompañadas por infantería motorizada, que se adentran en el bosque. Más de mil tanques, cientos de miles de toneladas de hierro y plomo que se amontonan en un pequeño camino de tierra campestre, precedidos por enjambres de ingenieros enjaezados con cinturones explosivos destinados a los gigantescos y resinosos troncos de hojas caducas. El mayor atasco de tráfico de la historia.

A estos soldados, tan eficientes como los empleados de los servicios postales prusianos y tan despiadados como sus antepasados vestidos con pieles de oso, sus comandantes les han ordenado lo imposible: conducir la modernidad mecanizada para penetrar en un bosque arcano y construir luego puentes improvisados hacia la otra orilla de un río bajo fuego enemigo. Si fracasan, no tardarán sus nombres (Von Kleist, Guderian, Rommel) en verse esculpidos en lápidas de mármol; si triunfan, se convertirán en leyenda.

No haría falta mucho para hacer saltar el plan por los aires. En efecto, bastaría con que los exploradores de la aviación enemiga avistaran la aglomeración de hombres y vehículos para aniquilarlos desde el cielo, pero los pilotos —recordando cómo, en la guerra anterior, la caballería francesa buscó en vano a los alemanes en la penumbra del bosque mientras estos pasaban por las tierras bajas de Bélgica— vuelan hacia el norte. Y así, sobre la enorme biomasa generada por la primavera en los bosques templados del continente, se derraman las infecundas turbas metálicas producidas por talleres infernales, los *panzers* que aplastan contra el suelo legiones de orugas y escarabajos, reducen a pulpa musgo y arbustos, y cuya monstruosa silueta ahuyenta poblaciones de zorros, jabalíes y corzos.

Cuando las vanguardias de lo increíble emergen al otro lado de la frontera, las primeras líneas del frente francés, desencaminadas por la espera en la trinchera, por su lentitud, por sus pese a todo mortíferas certezas, se ven devastadas por un enemigo que emerge del bosque montado en carros blindados lanzados contra sus posiciones a una velocidad que va más allá de toda posibilidad imaginable. Después, como si esa aterradora epifanía no fuera suficiente para quebrar los nervios, tan pronto como los tanques alemanes llegan a la orilla del río, bandadas de aviones nunca antes vistos, bombarderos capaces de abalanzarse en picado sobre el objetivo, se precipitan desde el cielo sobre las defensas francesas, emitiendo chirridos desgarradores en el aire pervertido por el humo.

El instinto, entonces, empuja a tirarse al suelo, a acurrucarse en las trincheras, a ofrecerse postrados a la carnicería. Ante ese misterio sanguinario de asesinos mecanizados que emergían de los bosques como antiguos guerreros germanos embarrados de lodo, desvinculados de todo territorio conocido, capaces de prescindir de carreteras, de senderos trillados, de mapas, y bajo el fuego de esas espantosas arpías de metal, ninguno de los defensores corre hacia los cañones antiaéreos. Vencidos por terrores primigenios, por supersticiones atávicas, buscan la salvación no en la lucha sino en la huida.

Para que la línea se rompa, basta con que un solo hombre, una única voz estrangulada, parida desde el punto ciego de la batalla, grite «estamos perdidos». Y esa voz desdichada no falta en ningún regimiento, batallón o pelotón. Solo los ametralladores indochinos, insensatos e impasibles, acaso por sentirse protegidos por sus amuletos de jade y hueso, siguen disparando sin descanso contra los atacantes.

Para todos los demás, la batalla que acaba de comenzar ya ha terminado.

Ya de por sí el ruido de los motores es insoportable, y luego está este chirrido que nos destroza los nervios [...]. Al final llega una lluvia de bombas, de repente [...]. ¡Y vuelta a empezar! No se ve un solo avión francés o inglés. ¿Dónde diablos están? El soldado en el hoyo junto al mío, que no es más que un crío, está llorando.

René Balbaud, soldado de infantería franco-canadiense, mayo de 1940

¡Qué hermoso era el *Felsennest* [«nido en la roca», el puesto de mando alemán]! El canto de los pájaros por la mañana, la vista del camino por el que avanzaban las columnas, las escuadrillas de aviones en el cielo. Y allí estaba yo, tan seguro de que todo iría bien para mí [...] habría podido llorar de alegría.

Adolf Hitler, recordando la primera fase de la ofensiva contra Francia

Benito Mussolini
Roma, 10 de mayo de 1940

«Para la historia: anoche comí —mal— en la embajada alemana. Un *après-dîner* largo y aburrido, con una conversación tan variada como puede serlo con los alemanes. Ni una sola palabra sobre la situación. Al salir —a las 0.25 horas— Von Mackensen me dijo que "tal vez tuviera que molestarme durante la noche a causa de una comunicación que estaba esperando de Berlín" y quiso que le diera mi número de teléfono».

La llamada del embajador alemán a Roma —según se anuncia en las anotaciones del diario que actualiza cada día el ministro de Exteriores italiano— llega a casa de Ciano a las cuatro de la madrugada, la hora del silencio absoluto, la hora del lobo. Los timbrazos del aparato telefónico resonaron de esta forma en todo el barrio dormido. La voz del alemán, audible solo para el ministro todavía en bata, le comunica que dentro de tres cuartos de hora pasará a recogerlo para ir juntos a conferir con el Duce. Las órdenes de Berlín estipulaban que el encuentro debía producirse a las cinco en punto, ni antes ni después. Y así ha sido.

Por lo tanto, son las cinco de la mañana del 10 de mayo de mil novecientos cuarenta cuando Benito Mussolini recibe de manos de Hans Georg von Mackensen la carta de Adolf Hitler. La misiva va acompañada por un grueso dosier que obviamente no ha podido dictarse por teléfono en plena noche. Esa carpeta de documentos adjuntos, preparada hace tiempo y entregada solo en el último momento, está allí, ahora, sobre el escritorio del Duce, como testimonio de que los aliados alemanes, una vez más, han vuelto a desconfiar de los italianos.

Benito Mussolini se dedica de inmediato a la lectura de la comunicación personal que le envía el dictador alemán:

> Duce:
>
> Para cuando leáis esta carta, yo ya habré cruzado el Rubicón [...].
>
> Dado que, a juzgar por la situación de las cosas, nos hallamos desde ayer bajo la amenaza de un peligro inmediato, he tomado hoy la decisión de ordenar el ataque en el frente occidental para mañana a las 5.35 a. m., y de asegurar en primer lugar con medios militares la neutralidad de Bélgica y Holanda [...]. Confío en poder crear pronto esa situación que mencioné en nuestro último encuentro. Os mantendré al corriente de la acción y así podréis hallaros en condiciones de considerar y tomar con plena libertad las decisiones cuya responsabilidad decidáis asumir en interés de Vuestro pueblo.
>
> ADOLF HITLER

Cuando Mussolini levanta la vista de la hoja, el reloj de la Sala del Mapamundi marca precisamente la hora fijada por el Führer alemán para el ataque a Occidente. Arrebatado por un vértigo espaciotemporal en cuyas turbulencias las palabras parecen tener el poder de generar los mundos que nombran —los mundos y su destrucción—, el Duce del fascismo se entera de esa manera de que, mientras él lee en Roma la carta de Hitler, en el norte los ejércitos alemanes se están expandiendo por las llanuras de Bélgica y Holanda. Como queriendo escapar de esa inquietante concomitancia, el hombre sentado al escritorio (los demás están de pie) se sumerge en la interpretación de los copiosos documentos adjuntos a la noticia del ya definitivo e irrevocable inicio de una nueva guerra mundial.

Dos horas después, Benito Mussolini despide al embajador anunciando una carta de respuesta a Hitler para esa misma tarde. Antes de saludarlo, anticipa su plena aprobación a las acciones alemanas. El resto del día transcurre en un limbo.

En Roma no se tienen noticias ciertas y directas sobre la batalla de Flandes. Según rumores incontrolables, con todo, parece que la ofensiva alemana ha arrancado con el pie derecho. Los embajadores se alternan en el despacho de Ciano: todos quieren información sobre la postura de Italia. El embajador francés aparece abatido, el inglés, duro y amenazante, los representantes diplomáticos de Bélgica y Holanda se muestran previsiblemente tristes, tristes y confiados en la capacidad de resistencia de sus países. El subsecretario de Guerra y el general Badoglio, convocados por Mussolini, desmienten su confianza: ambos pronostican que la lucha en la línea belga-holandesa será casi nula y los dos reiteran que, por el contrario, la defensa francesa será «absolutamente infranqueable».

Por la tarde el Duce también recibe la visita de su hija Edda. La mujer, más ferviente que nunca, asegura a su padre, a despecho de todas las evidencias, que el país quiere la guerra, sostiene que prolongar la neutralidad sería vergonzoso, lo arenga sobre la necesidad de marchar, de una intervención inmediata, pontifica sobre el honor y la deshonra. Cuando su hija se marcha, Mussolini redacta la carta de respuesta a Hitler, luego ordena que se prepare para su publicación el informe sobre el bloqueo naval anglo-francés encargado al conde Luca Pietromarchi, jefe de la oficina de guerra económica del Ministerio de Asuntos Exteriores (dado que las estimaciones de los daños del bloqueo ascienden tan solo a cincuenta millones, mientras que los resultantes de la guerra serían enormemente superiores, es Ciano quien toma cartas en el asunto: «Declara mil millones», conmina a su subordinado). Por último, llega la noticia de la sustitución de Chamberlain, que ha dimitido, al frente del Gobierno británico. El rey de Inglaterra ha nombrado para el cargo a Winston Churchill. En los círculos de la Roma fascista se reciben las nuevas con absoluta indiferencia. Por parte del Duce, hasta con ironía.

Claretta Petacci recibe la primera llamada telefónica a las 13.45: su amante le ruega que no vaya al Palacio Venecia porque tiene demasiadas cosas que hacer y, sobre todo, porque le parece oportuno evitar cotilleos sobre citas románticas el «primer día de guerra real». Son las 20.30 horas cuando llega la segunda llamada telefónica a la casa de Petacci desde la Sala del Mapamundi. Una voz airada, después de discutir brevemente con la hermana de Claretta, protesta porque supuestamente ella no contesta a sus llamadas. Protesta y amenaza: «¡Ya haremos cuentas!». Poco después vuelve a sonar el teléfono: llamando desde casa, Benito acusa a su amante de traicionarlo.

Mussolini ya está en la cama cuando marca el número de la casa de Petacci por última vez en ese día histórico. Son las 22.30. El dictador está cansado, se queja de llevar levantado desde la madrugada. «Ya verás como mañana todo será muy diferente», concluye antes de interrumpir la comunicación.

FÜHRER,

GRACIAS POR EL MENSAJE QUE ME ENVIASTEIS EN EL MOMENTO EN EL QUE VUESTRAS TROPAS RECIBÍAN LA ORDEN DE MARCHAR HACIA EL OESTE [...].

SIENTO QUE LOS TIEMPOS APREMIAN TAMBIÉN PARA ITALIA [...].

EN LO QUE CONCIERNE A LAS FUERZAS ARMADAS ITALIANAS, LA MARINA ESTÁ LISTA Y PARA MAYO ESTARÁN LISTOS DOS GRUPOS DE EJÉRCITOS EN EL OESTE Y EN EL ESTE, ASÍ COMO LA AVIACIÓN Y LAS FORMACIONES ANTIAÉREAS. RESULTA SUPERFLUO DECIROS QUE YO MISMO SIGO LA ACCIÓN DE VUESTRAS TROPAS CON ESPÍRITU DE CAMARADERÍA.

Despacho de Benito Mussolini para Adolf Hitler,
10 de mayo de 1940

Ayer me dijisteis que a finales del mes en curso debo estar listo en Libia con lo mínimo indispensable para entrar en campaña, afirmando que para este mes de mayo el Ministerio de Guerra me enviaría otros ochenta mil hombres, las armas y los víveres necesarios para seis meses de autonomía [...].

En el reciente y conocido memorando del jefe del Estado Mayor se dice que, con el aumento de ochenta mil hombres, la proporción entre las tropas bajo mis órdenes y las de los adversarios será de uno a dos. Podría responder que será de uno a tres, pero poco importa: no es el número de enemigos lo que me preocupa, sino nuestro armamento.

Italo Balbo, carta a Benito Mussolini,
11 de mayo de 1940

La guerra económica franco-inglesa contra Italia
INTOLERABLE Y VEJATORIO ATROPELLO
DEL CONTROL ALIADO SOBRE NUESTRO COMERCIO
Gravísimos daños a la economía de la nación

Corriere della Sera, 12 de mayo de 1940,
titular a toda página para el «informe Pietromarchi»

Winston Churchill, Benito Mussolini
Londres-Roma, 13-25 de mayo de 1940

Cuando el 13 de mayo de mil novecientos cuarenta, a las 14.54, se levanta para hablar en la Cámara de los Comunes, Winston Churchill es un político controvertido. Rechoncho, de consistencia blanduzca, completamente calvo, orgullosamente aristocrático en la era de las masas populares, elitista y supremacista en la era de la democracia, excéntrico hasta lo extravagante, bebedor empedernido, notablemente machista, racista por naturaleza a pesar de haber sido en su juventud un valiente soldado del imperio y un célebre cantor de sus hazañas militares, se ve compelido a gobernarlo en el momento en el que su invicto ejército no parece ya capaz de defenderlo. Mientras la radio anuncia que la abrumadora ofensiva alemana ha llegado a ocupar Lieja, obligando a la fuerza expedicionaria británica a retirarse en todas sus líneas, no pocos de los parlamentarios que se disponen a escuchar su primer discurso como nuevo jefe de gobierno lo consideran poco adecuado para el cargo, poco fiable, no cesan de reprocharle la desastrosa campaña de Gallipoli que impulsó en mil novecientos dieciséis y se preparan a negarle su confianza.

Sin embargo, cuando apenas veinte minutos después el hijo de Lord Randolph deja su escaño y se dispone a abandonar la sala del Parlamento británico en medio de un aplauso vibrante y conmovedor, unánime entre sus colegas, Churchill es el líder indiscutible, ya muy amado, de una antigua, gloriosa y valiente nación, lista para luchar como un solo hombre, y a ultranza, contra la violencia nazi.

La transmutación se ha producido gracias al más básico, elemental y poderoso de los recursos humanos, a cuyo arte Winston Churchill se ha dedicado de niño, no menos de cuanto se ha consagrado al arte de la guerra y al de la política: la palabra.

Después de haber saludado a los honorables representantes del pueblo inglés, entonando su voz a la solemnidad de la ocasión, haciéndose eco de un topos retórico al que ya han recurrido numerosos poetas, antiguos oradores y gloriosos adalides de otras batallas (entre ellos, Giuseppe Garibaldi), Churchill dice:

—Estamos en la fase preliminar de una de las mayores batallas de la historia... No hay que olvidar que ya estamos en acción en Noruega y Holanda, y que debemos estar preparados en el Mediterráneo. Que la batalla aérea no da tregua, y que son muchos los preparativos que debemos hacer aquí en nuestra patria.

»Quiero decirle a esta Cámara lo que ya he dicho a los que se han sumado a este gobierno: "No tengo nada que ofrecer más que sangre, esfuerzo, lágrimas y sudor". Tenemos ante nosotros la más terrible de las ordalías. Tenemos ante nosotros muchos, muchos meses de lucha y sufrimiento.

»Me preguntaréis: ¿cuál es nuestra política? Yo os digo: es hacer la guerra, por tierra, mar y aire, con todo nuestro poderío y con toda la fuerza que Dios pueda darnos; hacer la guerra contra una tiranía monstruosa, que no tiene paralelismo en el catálogo oscuro y doloroso de los crímenes humanos. Esta es nuestra política. Me preguntaréis: ¿cuál es nuestro objetivo? Puedo responder con una palabra: victoria. Victoria a toda costa, victoria a pesar del terror, victoria por largo y difícil que sea el camino; porque sin victoria no hay supervivencia».

Tras escuchar estas palabras, capaces no solo de elevarse a la altura de la historia, sino de formar parte inmediatamente de ella, el Parlamento británico, al que la voz del orador no ha ofrecido más que «sangre, esfuerzo, sudor y lágrimas», electrizado por la promesa, ha aclamado al primer ministro y ha votado por mayoría a favor de su moción.

En Roma, sin embargo, no se advierte la importancia del discurso pronunciado en Londres. Ciano ni siquiera lo menciona en su diario, y la prensa del régimen, es decir, toda la prensa, hace caso omiso o lo menosprecia. El *Corriere della Sera*, no contento con haberlo relegado a la quinta página, para complacer al Duce llega a ponerle un subtítulo burlón: «El discursillo de Churchill».

Los gacetilleros del régimen no son los únicos, en estos días terribles, en hacer todo lo posible para complacer a Mussolini. En efecto, el 14 de mayo llega al Palacio Venecia una carta de Franklin Delano Roosevelt mediante la cual el presidente de los Estados Unidos de América, tras haber renunciado a todas las amenazas veladas de comunicaciones anteriores, dirige un sentido llamamiento personal al Duce del fascismo, entonado a un espíritu casi obsequioso de conciliación, para que Italia no se sume a la agresión nazi:

> Os he hecho saber, Excelencia, en otra ocasión, que soy una persona realista. Como Vos también lo sois, como bien sé, reconoceréis que, si esta guerra acabara extendiéndose por todo el mundo, ya no podría ser controlada por los jefes de Estado y acarrearía la destrucción de millones de vidas y la mejor parte de lo que llamamos libertad y la cultura de la civilización. Y ningún hombre, por omnisciente, por poderoso que sea, puede prever las consecuencias, tanto para sí mismo como para su pueblo. Me limito, pues, a haceros un simple llamamiento para que, como responsable de Italia, contengáis vuestra mano y permanezcáis completamente ajeno a cualquier guerra, absteniéndoos de cualquier amenaza de ataque. Solo así podréis ayudar a la humanidad esta noche, mañana y en las páginas de la historia.

Dos días después, el 16 de mayo, también llega la declaración, escrita por su puño y letra, de Churchill. Admirador del primer Mussolini, pero convencido ahora de que está a punto de emprender un acto de saqueo —«se apresurará a participar en el saqueo de la civilización», le ha escrito a Roosevelt en una carta confidencial—, el primer ministro británico se dirige al dictador italiano con absoluta y digna firmeza:

> Ahora que he asumido el cargo de primer ministro y ministro de Defensa, vuelvo con la memoria a nuestras reuniones en Roma y siento el deseo de dirigiros palabras de buena voluntad a Vos como jefe de la Nación Italiana a través de lo que parece convertirse en un abismo que se ensancha rápidamente. ¿Es demasiado tarde para impedir que corran ríos de sangre entre los pueblos británico e italiano? No cabe duda de que ambos podemos infligirnos graves daños y masacrarnos duramente unos a otros, oscureciendo el Mediterráneo con nuestra lucha. Si así lo decidís, así será; pero yo declaro que nunca he sido enemigo del pueblo italiano, ni he sido jamás en mi corazón adversario de quien da leyes a Italia. Estaría fuera de lugar arriesgar previsiones sobre el curso de las grandes batallas que ahora se libran en Europa, pero estoy seguro de que, pase lo que pase en el continente, Inglaterra continuará hasta el final, aunque completamente sola, como ya lo hemos hecho en otras ocasiones, y considero no sin ciertas razones que recibiremos de manera creciente la ayuda de los Estados Unidos de América y, es más, de todas las Américas.
>
> Os ruego que creáis que es sin ningún espíritu de debilidad o miedo por lo que os dirijo este llamamiento solemne, del que quedará memoria. A través de todas las épocas, por encima de todos los demás llamamientos, nos llega el grito de que los herederos comunes de la civilización latina y cristiana no deben enfrentarse los unos con los otros en una lucha mortal. Escuchadlo, os lo suplico con todo honor y respeto, antes de que la señal aterradora sea dada.
>
> Aunque nunca seremos nosotros los que la demos.

A esas alturas, Benito Mussolini no ha lanzado aún los dados del destino. Los llamamientos de Roosevelt y Churchill se suman al que ya le dirigió el papa el mes anterior. Las peroraciones, y las ofertas implícitas, de los representantes del mayor imperio de la historia, de la mayor potencia industrial del planeta —así como la del vicario de Cristo en la Tierra—, aún podrían, por lo tanto, inducirlo a aceptar. El 25 de mayo, sin embargo, también aterriza sobre el inmenso escritorio de la Sala del Mapamundi una carta enviada desde Berlín. En ella, Adolf Hitler no retoma el asunto de la intervención italiana, se limita a enumerar, en modo detallado, una sorprendente relación de formidables victorias:

> El éxito ha sabido plantar cara a todas las medidas que se habían tomado contra nosotros. Por el momento, el frente sur está firmemente cubierto, mientras que en el norte ya nos dirigimos con decisión hacia Calais. Desde esta mañana todos los Ejércitos retoman sus ataques contra un enemigo que ya da muestras de debilidad en su capacidad de resistencia. En la zona, que va reduciéndose cada vez más, se encuentran:
>
> 1) 20 divisiones belgas o, más bien, sus restos;
>
> 2) 13-14 divisiones británicas, a saber, sus restos;
>
> 3) al menos 28 divisiones francesas de primera línea y otras 10, y posiblemente otras divisiones de reserva.
>
> Se estima, por lo tanto, que las fuerzas unidas belga-holandeses-franco-británicas han perdido alrededor del 60 por ciento de sus efectivos totales en unos pocos días.

Las minuciosas cuentas de la vieja elaboradas por el canciller alemán parecen ser más efectivas que las referencias al patrimonio común de la civilización latina propuestas por Churchill y que los llamamientos conciliadores que se ha atrevido a hacer Roosevelt. Según los testimonios de los poquísimos allegados al Duce, las palabras de Hitler, en su desnudez contable, desbordan la elocuencia de los rivales porque suscitan en Mussolini, veteado de éxtasis ante las victorias de su aliado, la más poderosa de todas las pasiones políticas, aquella por la que el creador del fascismo ha apostado desde un principio y a la que debe su fortuna: el miedo. Justo en estas horas, Ottavio Dinale, que es lo más cercano a un amigo que se permite Mussolini, recibe el desahogo de un hombre ya convencido de la victoria alemana y aterrorizado por ella.

Por su parte, Galeazzo Ciano, la única persona que aún podría atenuar acaso en el Duce el deseo de asociar a Italia con la suerte de los abrumadores ejércitos alemanes, disimula en privado su cada vez más evanescente oposición y miente descaradamente en público. Si a su propio diario aún confiesa Ciano tímidamente temores y desconfianza («la guerra para mí», escribe el 21 de mayo, «sigue siendo una aventura con muchas y aterradoras incógnitas»), cuando su suegro lo envía a Milán para arengar en la plaza del Duomo a las multitudes fascistas, el yerno vuelve a recaer en la habitual palabrería «granítica», vacía, henchida y perfectamente inútil para sí mismo y para el mundo: «Italia», grita Ciano a los milaneses con su voz clueca, «gran potencia obrera, guerrera y fascista, pretende mantener la fe en sus compromisos y, junto a ellos, en su más grande destino».

En este particular momento, nosotros, que siempre hemos predicado desde este balcón la necesidad de preparar una juventud guerrera, exaltando el «bosque de las bayonetas», no podemos quedarnos detrás de las persianas [...]. Situada como está en el centro entre Alemania y Francia, [Italia] no puede permanecer ausente de la lucha [...]; ahora que la guerra ha llegado a Lyon y Tolón, y nos parece oír el sonido de las explosiones justo a la vista de ese Mediterráneo donde Italia está prisionera, no podemos permanecer en esta posición.

Es el momento de que Italia rompa de una vez por todas este círculo de hierro. Además, ha de afrontar sus compromisos de honor. Si esto no sucediera, si el pueblo italiano no honrara su firma, el juicio del mundo sobre nosotros sería inexorable.

Benito Mussolini, discurso público a los jerarcas
fascistas de Trentino en el Palacio Venecia,
16 de mayo de 1940

Tú no valoras como deberías la más grave de mis responsabilidades, pues si se acabara llegando a la mesa de la paz sin nuestra presencia, Hitler tendría toda la libertad para tratar a nuestro país mucho peor de lo que Clemenceau se dignó tratarlo en Versalles. La prudencia nunca es poca con nuestro aliado, tan poco cómodo, que más que a Goethe, más que a Federico el Grande o a cualquier otro coloso de Alemania, lo que tiene en la cabeza son los misterios nibelungos e invoca a Wotan [...]. Admitamos, absurdamente, la maldita hipótesis de que la situación se revirtiera con la intervención de América. ¿Crees que en tal caso el exaltado Hitler toleraría nuestra neutralidad durante más de un minuto? Nos invadiría en veinticuatro horas y en tres días llegaría al cabo Melibeo.

Benito Mussolini, confidencias a su amigo Ottavio Dinale,
finales de mayo de 1940

Heinz Guderian
Abbeville, 19 de mayo de 1940

Abbeville, habitada desde la prehistoria y antiguo y floreciente centro de producción de telas en época medieval, es una localidad francesa de apenas veinte mil almas, situada a veinte kilómetros del Canal de la Mancha y a unos doscientos de la frontera belga. El general der Panzertruppen Heinz Guderian llega allí, después de haber recorrido con sus tanques los campos de batalla de la Gran Guerra cerca del Somme y después de haber conquistado Amiens, a las 19.00 horas del 20 de mayo de 1940.

Han pasado tan solo siete días desde la ruptura de las líneas defensivas en las Ardenas, nueve desde el inicio de la ofensiva, y el grueso del ejército francés, junto con el cuerpo expedicionario británico, que sigue combatiendo en Flandes, ya se encuentra rodeado, atrapado entre dos fuegos en una inmensa bolsa en la frontera entre Bélgica y Francia y ha quedado aislado de la línea de comunicación y suministros con los ejércitos que se han reservado para defender París. Esta misma noche, la vanguardia de la 2.ª División Panzer llegará al mar del Canal de la Mancha cerca del diminuto pueblo de Noyelles, desde donde, en días despejados, se divisa la costa inglesa.

La profunda avanzada por el territorio enemigo de las Panzertruppen de Guderian —organizadas en tres divisiones, la 1.ª, la 2.ª y la 10.ª acorazada, agrupadas en el XIX Armeekorps— ha sido tan rápida que el general tuvo que utilizar la guía de carreteras Michelin en lugar de los mapas militares y perdió el contacto por radio con el centro de mando del ejército alemán durante bastante tiempo. Por este motivo, las fuerzas comandadas por Guderian y las que están a las órdenes de Erwin Rommel, lanzadas también en un vertiginoso avance hacia el norte, ilocalizables durante mucho tiempo tanto para sus propios mandos como para los enemigos, ya han sido rebautizadas por los soldados en el terreno con el nombre de «divisiones fantasma». El instinto lingüístico de los soldados de infantería germánicos no se equivoca: la asombrosa empresa de los *panzers* de Guderian no se inscribe, en efecto, en los registros de la historia sino en los del mito, su exaltadora galopada durante cientos de kilómetros en territorio enemigo no pertenece al tiempo de los hombres sino al de los héroes.

Los que lo creen así no son solo los fanáticos muchachos de la Hitlerjugend, que cavan trincheras con el torso desnudo incluso bajo la lluvia, sino también los generales del Estado Mayor francés. No faltan, sin duda, razones técnicas y elementos de análisis racional que puedan explicar este triunfo inimaginable de las armas alemanas —Guderian, siguiendo a Von Manstein, ha teorizado y organizado durante mucho tiempo esta concepción sin precedentes de la guerra ultramoderna, basada en la coordinación de las fuerzas aéreas y terrestres para actuar como un solo martillo, en el hundimiento en el centro de gravedad elegido, en una revolución logística y de los medios de comunicación, en la velocidad de maniobra, en el cerco de las fuerzas enemigas, sumidas en la confusión y en el miedo hasta su colapso operativo, en las vertiginosas decisiones de los oficiales ante los problemas tácticos, y ha escrito incluso sobre todo ello un famoso libro con un explícito título, *Achtung, Panzer!*—, y sin embargo, nadie, cuando los tanques alemanes detienen temporalmente su avanzada en las playas de Francia, cree poder explicarse lo ocurrido recurriendo a la razón. Las hazañas militares de los guerreros de Hitler sumergen al mundo en una noche arcana, poblada de terrores ancestrales, iluminada por sugestiones mágicas.

Winston Churchill es uno de los primeros en percatarse de ello cuando el 16 de mayo vuela a París en un avión militar para reunirse con los aliados. Allí encuentra a hombres sobre cuyos hombros pesa la responsabilidad de toda una nación, del futuro de Europa y del mundo, presas de un paralizador abatimiento. Cuando Churchill le pregunta al jefe del Estado Mayor francés dónde están situadas las reservas estratégicas, ve al general Gamelin menear la cabeza y encogerse de hombros como un adolescente humillado.

«Aucune», le oye decir el primer ministro británico, incrédulo. Ninguna reserva estratégica. ¿Cómo es posible?

El primer ministro francés, Reynaud, no lo hace mejor. Apenas cinco días después del inicio del conflicto, se abandona al desaliento: «Hemos sido derrotados, hemos sido derrotados», lloriquea desesperado; luego se derrumba en su silla en un silencio aparentemente definitivo. En el exterior, en los jardines del Quai d'Orsay, aunque los alemanes todavía están en Bélgica, algunos funcionarios ancianos están volcando ya carretillas enteras de documentos confidenciales a las llamas de piras humeantes, para salvarlos del enemigo.

A pesar de que los franceses todavía dispongan de numerosas divisiones con las que lanzar un contraataque contra el flanco abierto por los *panzers* alemanes, los soldados de a pie, aturdidos por la primera derrota, son presa del pensamiento mágico no menos que sus comandantes. Entre la tropa se extienden antiguas supersticiones acerca de la existencia de una quinta columna que pasa, al parecer, información decisiva al enemigo, algunos civiles belgas sospechosos de espionaje son fusilados en el acto, departamentos enteros entregan sus armas espontáneamente y sin combatir a pequeñas patrullas de invasores, la histeria de las masas señala tanques enemigos por todas partes, los alemanes comienzan a ser percibidos como seres casi sobrenaturales.

El pánico se extiende de inmediato también entre la población, que, tras haber cargado sus pertenencias en vehículos improvisados, se pone en marcha hacia el sur, provocando uno de los mayores éxodos que la historia europea ha conocido hasta ahora. Millones de civiles vagan por tierras de Francia como sonámbulos, mezclándose con cientos de miles de soldados derrotados antes de haber combatido —jóvenes reclutas, viejos llamados de nuevo a las armas, *tirailleurs* senegaleses, *goumiers* magrebíes, voluntarios checos y polacos, infantería, caballería, artillería, carros armados del que hasta ayer estaba considerado como el ejército más poderoso del mundo—, todos en retirada, sucios, hambrientos, exhaustos, sin directivas ni, a veces, comandantes, marchando por campos y vergeles aún en vísperas de la cosecha, bajo un sol y un cielo terso que, en la memoria de todos, permanecerá indisociable para siempre de esa impresión de desesperación absoluta y vergonzosa. Y de la sensación de irrealidad que se apodera misteriosamente de hombres, mujeres y animales en el momento del derrumbe.

El espíritu y la moral de los franceses estaban ya derrotados incluso antes de que diera comienzo la batalla. No fue la falta de equipamiento [...] lo que derrotó a los franceses, sino el hecho de no saber por qué estaban luchando [...]. La revolución nazi ya había ganado la campaña francesa incluso antes de que encendiéramos los motores de la primera división acorazada.

Oficial de las Panzertruppen de Heinz Guderian

Benito Mussolini
Roma, 29 de mayo

Acta de la reunión celebrada en los aposentos del Duce en el Palacio Venecia el 29 de mayo de 1940-XVIII, 11.00 horas / Informe taquigráfico.

SECRETO
Lista de distribución de estas actas

Al Duce	Copia n.º 1
Al jefe del Estado Mayor General	» » 2
Al jefe del Estado Mayor del Ejército Real	» » 3
Al jefe del Estado Mayor de la Marina Real	» » 4
Al jefe del Estado Mayor de la Aeronáutica Real	» » 5
Al jefe del Estado Mayor de la Milicia	» » 6

Presentes:
el Duce;
sus Excelencias: Badoglio, Cavagnari, Pricolo y Graziani.

DUCE: —Os he convocado aquí esta mañana para comunicaros cuanto sigue:

En mi memorando del 31 de marzo expliqué con una lógica que a Su Majestad el Rey le pareció «geométrica»:

—que no podemos absolutamente evitar la guerra
—que no podemos librarla con los aliados
—que solo podemos librarla con Alemania

Quedaba la fecha, es decir, el problema más importante que ha de resolverse en relación con el ritmo de la guerra. Esta fecha se fijó, inicialmente, para la primavera de 1941. Tras la fácil conquista de Noruega y la dominación de Dinamarca, yo ya había adelantado esta fecha a principios de septiembre de 1940. Ahora, tras la conquista de Holanda, la rendición de Bélgica, la invasión de Francia y la situación general que se ha presentado, he vuelto a acortar esta distancia y considero cualquier día bueno para entrar en guerra, a partir del próximo 5 de junio.

Según documenta el acta, la comunicación de Mussolini a la cúpula de sus fuerzas armadas cae en un silencio absoluto. Ante la decisión de llevar inmediatamente a Italia a la guerra, ninguno de los generales y almirantes presentes en la Sala del Mapamundi en la mañana del 29 de mayo de mil novecientos cuarenta se atreve a manifestar objeciones. Los reparos ya han sido expresados individualmente por los jefes de las distintas armas en los días anteriores, todos relacionados con la ya más que sabida falta de preparación en términos de hombres, medios y recursos, y ahora el propio Mussolini los anticipa mediante una vaga referencia a una conversación mantenida con Graziani.

Todos los presentes saben que, cuatro días antes, en un detallado memorando, el jefe del Estado Mayor del Ejército enumeraba al Duce carencias muy graves: el ejército se halla en condiciones de movilizar setenta y cinco divisiones de las que, sin embargo, las dos acorazadas poseen tan solo setenta tanques medianos M11, un número impreciso de tanques ligeros prácticamente inútiles, y por lo demás están completamente desprovistas de vehículos pesados o blindados; además, faltan ocho mil camiones de los que serían necesarios para movilizarse, se dispone de combustible suficiente solo para siete meses y, en definitiva —concluyó Graziani—, no estamos en absoluto en condiciones de «operar en movimiento» en una guerra como la librada por los alemanes en Polonia y Francia, que ahora todo el mundo teme y admira.

Todos los presentes saben también que la reacción de un exasperado Mussolini consistió en sacudir el informe de Graziani en el aire frente al general Rossi y maldecir:

—Si tuviera que esperar a que el ejército estuviera listo, tendría que esperar años para entrar en guerra, pero debo hacerlo ahora. Se hará lo que se pueda.

Ahora, en el momento de la decisión final, Benito Mussolini reitera el concepto:

—Esto —le oyen afirmar sus generales—, se lo confirmé a su excelencia Graziani el otro día cuando sometía a mi reflexión la situación del ejército. Considero que esta situación no es la ideal, pero sí satisfactoria. Por otro lado, si nos retrasáramos dos semanas o un mes nuestra situación no mejoraría, mientras que podríamos dar a Alemania la impresión de llegar cuando las cosas ya están hechas, siendo el riesgo mínimo, además de la consideración de que no pertenece a nuestras costumbres morales golpear a un hombre que está a punto de caer.

Nadie rechista, porque para todos resulta evidente que Italia está a punto de hacer exactamente lo que Mussolini se afana por declarar extraño a sus costumbres morales: golpear a un hombre que está a punto de caer. El día anterior, en efecto, llegaron las noticias de la capitulación de Bélgica y de la retirada definitiva de la fuerza expedicionaria británica, junto con los restos de los ejércitos franceses del norte, hacia Dunquerque, puerto del Canal de la Mancha donde los ingleses, presa del caos, del desastre y de la desesperación, esperan poder reembarcar a los supervivientes de su ejército. Sobre la certeza de la victoria alemana, y sobre nada más, basa Benito Mussolini su decisión respecto a la guerra. Ninguna otra consideración importa: este es el momento, tan esperado, para poder vencer sin tener que luchar.

El Duce, por lo demás, no lo oculta a sus generales. Enumera la formidable maquinaria bélica aún a disposición de

Hitler después de más de veinte días de devastadores combates, constata su aplastante e ineluctable superioridad sobre las fuerzas anglo-francesas que quedan e incluso se aventura a adivinar un cambio en la opinión pública nacional que, después de largos meses de tenaz aversión a los alemanes y a los riesgos de una guerra, ahora se volverá de repente favorable a ella en la certeza de la victoria:

—En cuanto a la situación del pueblo italiano, que debe ser tenida en cuenta, afirmo: el pueblo italiano, hasta el primero de mayo, temía entrar en la guerra demasiado pronto y era propenso a evitar tal posibilidad. Lo que resultaba comprensible. Ahora dos sentimientos agitan al pueblo italiano: primero, el temor a llegar demasiado tarde a una situación que devalúe nuestra intervención; segundo, cierto estímulo de emulación, poder lanzarse en paracaídas, disparar a los tanques, etcétera. Y esto nos complace, porque demuestra que el tejido del que están hechos los italianos es firme.

La reunión decisiva para el futuro de la patria concluye con esta singular consideración a propósito de un pueblo que, según el hombre que se dispone a conducirlo a la batalla, parece demostrar sus dotes guerreras solo por ser propenso a ensueños infantiles.

De hecho, solo queda tiempo para un breve remate en el que Mussolini plantea una cuestión relativa a un posible desdoblamiento de cargos, con sus relativos salarios y sinecuras, en la organización de la cúpula militar. Es el único tema sobre el que toman la palabra todos los generales y almirantes presentes.

¿Las directrices estratégicas político-militares para la guerra que Italia está a punto de declarar al mundo? Casi ninguna. Mussolini reserva tan solo algunos vagos indicios al respecto:

—En el frente terrestre no podremos hacer nada espectacular, nos mantendremos a la defensiva. Algo se puede prever en el frente oriental; Yugoslavia tal vez. Nuestras fuerzas se dirigirán hacia Inglaterra, es decir, hacia sus posiciones y fuerzas navales en los puertos y en navegación por el Mediterráneo. Como predije el 26 de mayo de mil novecientos treinta y nueve, habrá guerra aéreo-marítima en todas las fronteras.

Nada espectacular. Mantenerse a la defensiva. Hacer lo que se pueda. No llegar demasiado tarde. No quedar a la altura de los cuervos. Esta es la estrategia político-militar del Duce del fascismo para afrontar la Segunda Guerra Mundial. Con el desagradable corolario de tener que desafiar en el Mediterráneo a la flota más poderosa que jamás haya surcado los mares en la historia de la humanidad.

Al día siguiente, Benito Mussolini escribe a Adolf Hitler para informarle de su decisión de unirse a él en la guerra dentro de una semana. Cuando Hitler, al recibir la carta de manos de Dino Alfieri, le pregunta directamente cuáles son los planes exactos de Italia, el nuevo embajador italiano en Berlín tartamudea una respuesta evasiva.

«Está claro que no tienen ningún plan», comentará el Führer de los alemanes a sus colaboradores.

Führer:

Os agradezco una vez más el mensaje que me habéis mandado y en el cual me parecieron especialmente interesantes las noticias referentes al valor de los soldados de los distintos ejércitos.

Mientras tanto, he recibido noticias de la capitulación de Bélgica y os envío mis felicitaciones.

He tardado unos días en responderos porque quería daros el anuncio de mi decisión de entrar en guerra a partir del próximo 5 de junio.

Si consideráis que, para una mejor sincronización con vuestros planes, debería retrasarme unos días más, me lo haréis saber; pero a estas alturas el pueblo italiano está impaciente por ponerse del lado del pueblo alemán en la lucha contra sus enemigos comunes.

Benito Mussolini, carta a Adolf Hitler,
30 de mayo de 1940

Las noticias del frente francés son de una arrolladora avanzada germánica [...]. La opinión pública italiana [...] reacciona de manera extraña a esta noticia: admiración por los alemanes, euforia ante la idea de un final rápido de la guerra y, sobre todo, una gran preocupación por el futuro.

Galeazzo Ciano, *Diario*, 17 de mayo de 1940

La gente se inclina hacia la guerra del lado de los alemanes. Una guerra de intereses; ciertamente, no una alianza de amor.

Giuseppe Bottai, *Diario*, 19 de mayo de 1940

Si Su Majestad apoya con su nombre y su firma esta guerra sin sentido, debería saber que esto acabará significando la más terrible de las ruinas para Italia [...]. Los desastres serán tan espantosos y la pérdida del honor nacional será tan abrasadora que terminará por destruir, a la larga, todo examen de fidelidad y de afecto entre el pueblo italiano y Vuestra casa real.

Carta del conde Sforza a Víctor Manuel III,
30 de mayo de 1940

Nuestros informadores nos señalaron, al principio esporádicamente, luego con mayor frecuencia y amplitud, un estado de temor —que fue difundiéndose rápidamente— a que Alemania estuviera a punto de cerrar con gran brillantez y *por sí sola* la terrible partida y que, como consecuencia, nosotros —aunque ideológicamente aliados— nos viéramos privados de todo beneficio respecto a lo que convenía a nuestras aspiraciones nacionales [...]. Así como en agosto de 1939 la policía detectó y denunció el rechazo casi unánime del país hacia una aventura bélica, de la misma manera, en la primavera de 1940 señaló el cambio de rumbo de la opinión pública atenazada por un obsesivo temor a llegar tarde.

De las memorias de Guido Leto,
jefe de la División de la Policía Política

Benito Mussolini
Roma, Tuscolano Norte
2 de junio de 1940

Es un hermoso día soleado, el primero de una semana sin historia. Benito Mussolini, el Duce latino del que nunca se podrá negar que todavía sabe disfrutar de la vida, ha decidido dedicar este día a un paseo en compañía de los humildes. Por eso, tomando como pretexto la celebración del Día de la Técnica —no olvida que nació como hijo de un herrero—, ha mandado organizar una visita a los institutos profesionales de los barrios populares de Tuscolano. Desde aquí, contemplando esta mañana sobre Roma, sobre el mundo, desde el borde extremo de un instante fuera del tiempo, podrá asomarse serenamente al abismo que lo espera a pocos días y metros de distancia.

Ahora que la suerte está echada, en efecto, no hay mucho más que hacer. Desde que el Duce escribió al Führer el 30 de mayo comunicándole su decisión definitiva de entrar en guerra, a partir de ese momento todas las dudas, incertidumbres y reservas se han derrumbado; los últimos y desesperados intentos de las democracias por evitar la intervención italiana han caído en saco roto y los periódicos han recibido la orden de llevar de la mano a la opinión pública en una plácida vigilia de la guerra (entre los muchos que rebuznaron el habitual «mejor un día como leones que cien como ovejas» se distinguió Alessandro Pavolini, el joven ministro de Cultura Popular que, como brillante intelectual, ha anunciado una guerra «mussoliniana» de nuevo cuño, es decir «dinámica, rápida, cualitativa»).

Cualquiera que sea el significado de una guerra «cualitativa» es indudable la clase de guerra que Mussolini tiene en la cabeza: breve, no muy costosa, poca o nada guerreada. El máximo resultado con el mínimo esfuerzo, esa es la directriz del Duce. Con Badoglio, además, Mussolini se ha mostrado aún más explícito: «Debo poder sentarme en la mesa de negociaciones de paz como vencedor, a costa de unos miles de muertos», parece ser que le ha dicho.

Por otra parte, tras la conclusión de la formidable campaña de Flandes, no es admisible ninguna otra hipótesis: con los anglo-franceses en vergonzosa huida de Dunquerque (se dice que han logrado evacuar, en embarcaciones improvisadas, a unos trescientos mil soldados, pero los prisioneros franceses en manos de los alemanes superan ya el medio millón) y las divisiones acorazadas germánicas listas para lanzar la ofensiva final sobre París, si Italia se sentara a la mesa de la paz sin haber luchado, no sacaría nada de un Hitler como amo absoluto de la partida. Y, por otro lado, ya nadie duda de la victoria final de los nazis. Incluso los más escépticos consideran ahora invencible a Hitler. Con doscientas divisiones irresistibles en el frente atlántico y a sus espaldas las inagotables materias primas de la estepa sin límites garantizadas por el pacto con los soviéticos, ¿quién podría dudar de que el bloque nazi-fascista gobernará Europa durante el próximo siglo? El rey Víctor Manuel III, tradicionalmente contrario a los alemanes y que siempre se ha opuesto a la intervención, ya ha estampado sin objeciones su firma en la declaración formal de guerra que le presentó Ciano el 1 de junio.

Así pues, es posible disfrutar de esta mañana de sol y de pueblo. No cabe duda de que aún quedan muchos nudos por desatar, inmensos retrasos y vacíos por llenar, cuestiones cruciales por aclarar, empezando por decidir en qué frente se atacará. A una semana de la fatídica fecha, Libia aparte, los generales de Mussolini no saben ni dónde ni cómo emprenderán la guerra (Ciano insiste en la fantasía de una ofensiva en Yugoslavia, tal vez incluso en Grecia, pero Hitler pide un segundo frente en Francia). A fin de cuentas esos son, sin embargo, detalles menores. Teniendo en cuenta que los alemanes ganarán la guerra sobre el terreno, Italia puede prepararse con confianza. Y lo está haciendo: los industriales, al principio hostiles, han cambiado de opinión ahora ante la perspectiva de ganancias fáciles, el bombardeo propagandístico continúa incesante, se ha adelantado el final del curso escolar, los salones de baile han sido cerrados, las ventanas de la catedral de Milán, reemplazadas por lonas, la música americana ha sido debidamente italianizada (*St. Louis Blues* ha pasado a llamarse *Las tristezas de San Luis*). Todo, o casi todo, está listo, en definitiva. El resto ya vendrá.

La visita programada tiene lugar en el real instituto técnico industrial de via Conte Verde, un centro de enseñanza profesional enteramente consagrado a la máquina, divinidad tardomoderna. Mussolini, después de ser recibido por sonoros toques de trompeta por un destacamento de las Juventudes Italianas del Littorio desplegado como piquete de honor, deambula feliz entre aulas, laboratorios, auténticos talleres. En el primer piso del edificio, en la inmensa aula magna repleta de banderas, el Duce se detiene un momento a contemplar sus propias palabras, pronunciadas cuatro años antes en la proclamación del imperio y ahora esculpidas en piedra. Luego, embelesado consigo mismo, desciende a la zona de obras del instituto y se sumerge en el estruendo de la construcción, más tarde en el de las fundiciones, del hierro forjado y de los tornos, arrullado por la música áspera de ruedas, poleas, martillos, fraguas y fresadoras.

Cuando vuelve a emerger a la luz, embriagado, encuentra una pequeña multitud de personas que lo homenajea. El rumor se ha extendido por todo el barrio —«Que ha *venío* Mussolini..., sí, *er* Duce... ¡Mussolini de *verdá*!»— y ahora la gente se agolpa a lo largo de la calle, abarrota los balcones, estalla en ovaciones ante su vista. ¡Y pensar que en los días de la marcha sobre Roma este mismo pueblo de obreros y ferroviarios socialistas opuso una notable resistencia armada a las escuadras fascistas! Incluso después de que el rey retirara el estado de asedio y le hubiera encargado ya la formación de su primer gobierno, la columna de escuadristas encabezada por Giuseppe Bottai, hoy ministro de Educación Nacional, tuvo que luchar duramente mientras cruzaba el barrio de San Lorenzo, donde ahora las madres ofrecen a sus hijos al Duce del fascismo para que los bendiga laicamente con una caricia. Y él, desde luego, no se hace de rogar: santo padre con uniforme de comandante de la Milicia, extiende la mano y acaricia en la cabeza —como hacen los padres, no en la mejilla, como las madres— a esos hijos de la Italia fascista.

¿Es la misma mano con la que los está condenando a morir todavía en pañales?

No, no..., dejemos eso. Hay que deshacerse de tales infaustos pensamientos en un hermoso día soleado como este. La guerra será corta, casi indolora. Los alemanes la ganarán, y los italianos con ellos. Además, hay una cosa con la que podemos estar tranquilos: a ninguna aviación en todo el mundo se le ocurriría jamás bombardear estas casas, las casas de Roma, ni siquiera las casuchas de los barrios populares de San Lorenzo, del Pigneto, de Tuscolano. Roma es intocable, es la ciudad eterna, la Ciudad Santa.

Estas buenas mujeres, en todo caso, han cedido sus hijos a la patria para que los eleve a una epopeya mayor que la del torno y la polea, desde luego no para que envidien algún día, mezquinos, la suerte de una nación pequeña y sin importancia, con una posición estratégica dominante, confinada en la retaguardia sin gloria del mayor conflicto de todos los tiempos. Estas madres no engendraron, en definitiva, entre los dolores aplastantes del parto, en la Italia fascista de Benito Mussolini, para que un día la sangre de su sangre envidiara el destino de Portugal. Así pues, si alguna de estas mujerucas perdiera, por desventura, al hijo que ahora le ofrece confiadamente para que lo bendiga, pues bien, sabrá llorarlo.

Tras detenerse brevemente entre la multitud que lo aplaude, empujado por las trompetas de los *balilla* que han vuelto a sonar, el Duce del fascismo recorre a pie el breve trayecto que lo lleva a la cercana via Acireale, donde lo aguarda la regia escuela secundaria de formación profesional femenina. El instituto, aunque dedicado a la educación de las futuras madres y amas de casa, lleva el nombre de Armando Diaz, el adalid victorioso de la Gran Guerra. ¿No es esto también, acaso, una señal de buenos augurios?

Benito Mussolini se demora mucho y de buen grado en examinar las características de esta singular escuela, y el varón que hay en él, al que ninguna edad atempera, recibe de buena gana las conmovedoras muestras de reconocimiento por parte de las jóvenes estudiantes. Ellas también han querido ponerse al servicio de la patria que mañana este hombre conducirá a la carnicería: en el pabellón del hogar, un tropel de excitadas muchachas de dieciséis años ofrece al Duce del fascismo un «almuerzo guerrero», en un estilo exquisitamente militar, que han preparado personalmente para él con sus delicadas manos.

Los escépticos se han replegado en el silencio, y los antifascistas son muy cautelosos... El vaticinio de una guerra rápida, fácil e incruenta contra una Francia desfalleciente y una Inglaterra desorganizada y con una flota diezmada está madurando rápidamente entre la gente.

Informe de la Policía Política fascista,
principios de junio de 1940

Tengo plena confianza en que, si todos cumplen con su deber, si nada se descuida, si se hace todo lo necesario de la mejor manera posible —como ya está ocurriendo—, volveremos a demostrar una vez más que somos capaces de defender nuestra isla, de resistir las tempestades de la guerra y de sobrevivir a la amenaza de la tiranía, durante años si es necesario, en soledad si es necesario. En cualquier caso, esto es lo que intentaremos hacer. Esta es la decisión del gobierno de Su Majestad, de cada uno de sus miembros. Esta es la voluntad del Parlamento y de la nación. El Imperio británico y la República francesa, unidos en la causa y en la necesidad, defenderán hasta la muerte el suelo de la patria, ayudándose como buenos camaradas hasta el límite extremo de sus fuerzas.

A pesar de que gran parte de Europa y muchos Estados antiguos e ilustres han caído o podrían caer en las garras de la Gestapo y de todo el odioso aparato del régimen nazi, no flaquearemos ni desistiremos. Llegaremos hasta el final, lucharemos en Francia, lucharemos en los mares y océanos, lucharemos con creciente confianza y con creciente fuerza en el aire, defenderemos nuestra isla a toda costa. Lucharemos en las playas, lucharemos en los aeródromos, lucharemos en los campos y en las calles, lucharemos en las colinas, ¡no nos rendiremos nunca!

Winston Churchill, discurso en la Cámara de los Comunes,
4 de junio de 1940

Renzo Ravenna,
Ferrara, 10 de junio de 1940

El chaquetón de paño grueso verde grisáceo (más gris que verde, a decir verdad), los pantalones de montaña rematados por medias hasta la rodilla y, sobre todo, el sombrero, ese tocado de fieltro, poco práctico y casi inútil en alta montaña y sin embargo irrenunciable: la larga pluma de águila marrón, llevada en el lado izquierdo y ligeramente inclinada hacia atrás, clavada en la escarapela tricolor, y, por último, el emblema, bordado en hilo amarillo, que representa también un águila con las alas extendidas que sostiene una corneta sobre dos cañones cruzados. En las hombreras, tres galones dorados en forma de uve, una insignia verde con la estrella de cinco puntas. Y eso es todo.

Renzo Ravenna ha sido muchas cosas en la vida, hijo, padre, marido, soldado, abogado, podestá, fascista —solo ahora se percata de que la palabra «judío» se va extendiendo sobre él como una mancha de tinta hasta oscurecerlo por completo— pero, en su corazón, nunca ha dudado en reconocerse en un solo uniforme, el de capitán de artillería, de soldado de montaña, de centinela de las cumbres. Lo lució por primera vez el 4 de mayo de mil novecientos quince, llamado a las armas para la Gran Guerra, adscrito al 2.º Regimiento de Artillería de Montaña de la 57.ª Batería del 7.º Grupo *Vicenza*, y se lo quitó cuatro años más tarde, en noviembre de mil novecientos diecinueve, cuando el conflicto ya hacía un año que había terminado, licenciado con honor y con una cruz al mérito.

Han pasado más de veinte años desde entonces, pero Renzo Ravenna todavía conserva ese uniforme con el mayor cuidado, bien guardado en el guardarropa de su dormitorio, cepillado, aireado, planchado con frecuencia. Nunca quiso deshacerse de él, ni siquiera cuando lo humillaron al destituirlo del grado de oficial retirado por «motivos raciales». Incluso entonces, a pesar de estar invadido por la ira y el abatimiento, decidió conservarlo. Al fin y al cabo, pensándolo bien en esos momentos, es como si nunca se lo hubiera quitado.

Hoy siente que ha hecho lo correcto. Este 10 de junio de mil novecientos cuarenta, mientras Italia y el mundo esperan que Benito Mussolini se asome al balcón del Palacio Venecia para anunciar la guerra, Renzo Ravenna se ha apartado en meditación solitaria sobre ese uniforme, sacado del armario y depositado con delicadeza en la cama matrimonial. Las cosas, para él y para su pueblo, no hacen más que empeorar y, sin embargo, de esos pocos cortes de tela verde grisácea —más gris que verde— emana una promesa de redención.

En los últimos meses han aparecido en algunos comercios de la ciudad carteles de «Tienda aria», «Los judíos no son bienvenidos en este local» —pequeñas, cobardes puñaladas por la espalda—; como también han aparecido algunas pintadas toscas en los muros («Abajo los judíos, muerte a los judíos») trazadas con caracteres enormes por la mano de un idiota, han empezado también las bofetadas y los golpes, casi siempre silenciados por las víctimas porque duele más la humillación de la violencia que la propia violencia. Muchas familias de judíos casados con «arios» han sido desgarradas por la discriminación, muchos de sus correligionarios han huido al extranjero —también su hijo Tullio se ha visto obligado a emigrar a Suiza para continuar sus estudios—, muchos otros han recibido justo hoy la orden de confinamiento en pueblos remotos del interior o en campos de internamiento, y con todo, el judío Renzo Ravenna, a pesar de haber repudiado al fascista que lleva dentro, no deja de sentirse un soldado al servicio de la patria italiana. Su mirada acaricia esa tela de lana pesada y áspera como si estuviera salmodiando una oración ferviente. Una oración universal —humana, nada más que humana—, aceptable para todas las religiones.

Ravenna, Renzo, nacido en Ferrara el 20 de agosto de 1893, de cuarenta y seis años, abogado, padre de familia, amante del arte, antiguo podestá de su ciudad y antiguo fascista, devorado junto con su familia y todo su pueblo por la palabra «judío», incluso en este 10 de junio de mil novecientos cuarenta, en el umbral de una nueva guerra en el mundo, a pesar de todo, aún se sueña capitán de artillería. Por lo tanto, todo lo que queda por decidir es si se pone el uniforme o no para hacer lo que ha decidido hacer.

Decide ponérselo. Toma papel y lápiz y se sienta ante su escritorio. La dirección que escribe en el sobre es la de la prefectura de Ferrara.

Excelencia:

como ya he tenido la oportunidad de manifestaros, pido poder seguir sirviendo a mi país donde, como y cuando se estime conveniente.

Con devoción, Renzo Ravenna.

Renzo Ravenna, carta al prefecto de Ferrara,
11 de junio de 1940

Leone Ginzburg, nacido en Odesa en 1909; residente permanente en Italia desde 1914; ciudadano italiano por Real Decreto desde 1932; privado de la ciudadanía a causa de las leyes raciales de 1939. Excluido de la enseñanza universitaria por no haber jurado lealtad al fascismo (profesor agregado en la facultad de Letras de Turín) en 1934. Detenido y condenado a cuatro años por antifascismo por el Tribunal Especial el 6 de noviembre de 1934.

Internado al estallar la guerra actual (internado político).

Leone Ginzburg (intelectual antifascista,
fundador de la editorial Einaudi), nota autobiográfica
escrita de su puño y letra para la jefatura de policía de
L'Aquila a su llegada a la localidad de Pizzoli,
sede designada para su internamiento,
13 de junio de 1940

Benito Mussolini
Roma, 10 de junio de 1940

¿Cómo se viste uno para declarar una guerra?

Esparcidos sobre la cama matrimonial reposan una decena de uniformes por lo menos, uno para cada uno de sus numerosos cargos: la boina con la doble orla de primer mariscal del Imperio, la casaca napoleónica de jefe de gobierno de Su Majestad, el azul ultramar de ministro de Aeronáutica, y luego el de Duce del fascismo, de ministro de Marina, de ministro de Guerra, de presidente de la Comisión Suprema de Defensa y, así sucesivamente, todos los demás. Pero hoy hace calor, el calor sofocante del verano romano, un bochorno de interior mediterráneo sin mar, y no hay ninguno de entre estos uniformes, todos cortados en el maldito *orbace*, esa tela áspera y pesada —la tela de los pastores sardos— prescrita por la retórica autárquica, que se adapte a la estación del año. La ideología fascista no tolera la ropa de verano, a excepción de la sahariana de lino blanco que visten los jerarcas más frívolos para inaugurar el Festival Internacional de Cine de Venecia junto a Goebbels.

Pero ni hablar de eso siquiera. No puedes declarar la guerra al mundo con un traje blanco. Aquí hay otra clase de cine, aquí la vida no se separa de ti para exhibirse como espectáculo en una pantalla lejana, aquí el cine eres tú, en el lado sanguinario del deslumbramiento, filmado por los camarógrafos del Istituto Luce para una visión orbital, definitiva, en una película que no se rebobina.

Al final, se decanta por el uniforme de cabo de honor de la Milicia, de casaca rígida y pesada, un tejido triste, lúgubre, invernal. Los pantalones, de momento, se quedan sobre la cama, la memorable concentración está prevista para las seis de la tarde, la casa está vacía, Rachele está en la playa con Romano y Anna Maria, Bruno en el cuartel con su destacamento, Vittorio quién sabe dónde, Edda probablemente siga durmiendo todavía después de una larga noche en la mesa de juego. Nadie lo verá, por el momento, y no hay razón para empezar a sudar ya desde la hora del almuerzo.

Con la chaqueta de honor y los muslos desnudos, se detiene frente al espejo para las últimas, enésimas, pruebas. Sí, porque es así como ha de hacerse: probar y volver a probar hasta el agotamiento, el hastío de uno mismo. La paradoja del actor, como la de la vida, es precisamente esa: actuar, actuar, actuar siempre, fingiendo a fondo, con destreza, con obsesiva entrega a su guion, hasta simular a la perfección la naturalidad. Nada se improvisa, nunca, no existe la espontaneidad. Solo se improvisan las tonterías.

Así pues, por enésima vez, aprieta las mandíbulas, echa la barbilla hacia adelante, se clava las manos en las caderas y luego se lanza: «¡Combatientes por tierra, mar y aire! Camisas negras de la revolución fascista y de las legiones...».

Su voz estentórea, sin embargo, se debilita. La mirada, alargada hasta el infinito, se ve irresistiblemente magnetizada por sus muslos desnudos, peludos y blanduchos.

Está aumentando de peso. Por mucho esfuerzo gimnástico que haga, por muy estricta que sea la dieta láctea a la que se someta, está aumentando de peso. Y no se trata siquiera de una gordura viril de carne gruesa y densa, de piel dura y firme. Más que una masa adiposa, es una hinchazón, un parto histérico por retención de líquidos, una turgencia de lo más tonto, de agua, no de sangre, una de esas antiguas e inextirpables maldiciones del cuerpo que empujan a los testigos de tu vida a susurrar, casi avergonzados de tu vergüenza: «Ya no es el hombre que era».

El último ensayo del discurso más importante acaba de empezar y ya ha terminado. El gran orador se pone los pantalones de montar, ordena alertar al conductor y hace que lo lleven al Palacio Venecia.

Roma languidece, como siempre a estas horas del día, en el coma diario y reversible de la siesta. Es lunes, la gente dormita, más aturdida que adormecida, bajo el peso de una digestión lenta y fatigosa, agravada aún más por los atracones dominicales. También los funcionarios públicos, también los empleados del ministerio se benefician de una hora de descanso después del almuerzo. Ni siquiera veinte años de viril fascismo han logrado extirpar este privilegio de blandengues. Otra batalla perdida.

Mientras el coche presidencial recorre la corta distancia entre la Villa Torlonia y el Palacio Venecia el tráfico es escaso, el guardia urbano del casco en forma de palangana se aburre en su plataforma, los altavoces esparcidos por cada esquina repiten sin pausa el mismo anuncio: «Esta tarde, a las 18 horas, el Duce hablará al pueblo italiano... Esta tarde, a las 18 horas, el Duce hablará al pueblo italiano... Esta tarde...».

No es necesario decir dónde se pronunciará el discurso y tampoco por qué. La gente lo sabe, lo sabe ya todo, hace días, hace semanas, hace veinte años que espera, cansada y temerosa, este anuncio. Ni siquiera la guerra es noticia en el sopor de este eterno bochorno mediterráneo. El graznido metálico de los altavoces se pierde en el desierto metafísico de un mundo que aguarda su propia destrucción. Su letanía se repite sin descanso en el eco obtuso de un deficiente infinito.

Claretta llega a las 15 horas, cuando las primeras vanguardias empiezan a abarrotar la plaza. Fue él quien la convocó para esa hora: «Hoy es un día decisivo, ven temprano», le ordenó por teléfono desde su casa, «te espero a las tres».

A la muchacha le da apenas tiempo de entrar cuando tiene que absorber su ira. Echando un vistazo a la plaza desde detrás de las cortinas, él ha atisbado los primeros grupos. La habitual multitud romana, con grandes matas de pelo que chorrean brillantina, una multitud que no avanza en filas sino en tropel, desordenada, como impulsada por su propio vocerío de fanfarrones, repentinamente surcada por un destacamento de nazis uniformados que marchan también hacia la concentración, pero con el paso del dominador. Lo que despierta la ira del Duce, sin embargo, no es el paso oscilante y arrastrado de la muchedumbre, sino la avalancha de gente en la plaza con pancartas, banderas, carteles que alaban la guerra. Su furia estalla al instante:

—Ippolito es un idiota, ¡voy a destituirlo! ¡Nadie tenía que saberlo hasta el último momento! Así no hay poesía alguna.

Abatido por la poesía perdida, se revuelve como una fiera, no hay manera de apaciguarlo, arremete contra el secretario federal de Roma, grita salvajemente que ha ordenado que se preserve la sorpresa. Hasta las cinco de la tarde, hora en que salen los toros al ruedo, nadie tenía por qué saberlo. Solo en ese instante tendrían que haber tocado las campanas a rebato, haberse oído los redobles de los tambores y ver a la gente acudir. Se han equivocado en todo, en todo, son unos idiotas y lo desobedecen. Como siempre.

Claretta lo amansa leyéndole, como tiene por costumbre, algunas páginas de los periódicos, todas consagradas a su gran discurso vespertino. Luego Quinto Navarra, su criado de confianza, le trae el vaso de leche que, como por costumbre, sustituye la comida del sexagenario con tendencia a engordar. Al final, una vez oídas las crónicas periodísticas impuestas por los comunicados ministeriales, bebida la leche, recupera la calma. Redescubre incluso la ternura. Dedica unas palabras cariñosas a su joven amante. Le dice que entiende su drama, le asegura que, pase lo que pase, nunca la abandonará. «Nadie», la tranquiliza, «renuncia a su amor en tiempos de guerra». Ella llora.

Entonces llega el momento. De una forma u otra, siempre llega. A las seis de la tarde del 10 de junio de mil novecientos cuarenta, con puntualidad extrema, tal como ha sido anunciado durante todo el día por la radio y los altavoces colocados a los lados de cada plaza, Benito Mussolini se asoma al balcón del Palacio Venecia.

Un paso por detrás de Mussolini, a la sombra de la sala, están los miembros más jóvenes de su gobierno: Galeazzo Ciano, ministro de Asuntos Exteriores, Giuseppe Bottai, ministro de Educación Nacional, Alessandro Pavolini, ministro de Cultura Popular. Todos con uniforme militar, todos ya asignados a sus puestos de combate. Pero él no, el lugar del Duce está aquí, en ese balcón, siempre lo ha estado. De modo que se apoya con ambas manos en la balaustrada —no queda claro si para dar fuerza a la piedra o para recibirla de ella—, espera a que Pietro Capoferri, secretario regente del partido, ordene el ritual «saludo al Duce», y luego, deslizando ambos pulgares en el cinturón de cuero, apretando las mandíbulas, se concede unos instantes para mirar a quien lo mira. La plaza, abarrotada por una multitud sobre la que el sol poniente proyecta la sombra cuadrada y geométrica del Palacio Venecia, ante un gesto tenue por su parte —el dedo índice levantado— enmudece en el silencio del sometido. Pero Benito Mussolini, haciendo rodar sus famosos ojos de fiera sobre el rebaño que ocupa todo el horizonte frente a él, lo mira todo y no ve a nadie.

De esta forma pronuncia las palabras que ya tantas veces le ha confiado a su espejo y, al hacerlo, se convierte en su propio ventrílocuo:

—¡Combatientes por tierra, mar y aire! ¡Camisas negras de la revolución y de las legiones! ¡Hombres y mujeres de Italia, del Imperio y del Reino de Albania! ¡Escuchad!

Y ellos escuchan, se produce un breve alboroto, luego escuchan, pues no hay otra cosa que puedan hacer.

—Una hora marcada por el destino late en el cielo de nuestra patria. Es la hora...

El vocerío que levita desde abajo lo silencia. Se ve obligado a repetirse:

—La hora de las decisiones irrevocables. La declaración de guerra ya ha sido entregada...

Ya está, la palabra ha sido pronunciada, con ella se ha dado la espantosa señal. La multitud interrumpe a su Duce, se entrega a un minuto de frenesí, un espasmo de gritos, aplausos y coros la recorre. Las banderas ondean sobre su exaltación. El clamor resuena en el aire sofocante, mientras se diluye una ansiedad que ha durado noches y días. La verdad, por un instante, los hace libres: el día del Señor será un día de tinieblas, no de luz.

Benito Mussolini, arrollado por el rugido de la multitud de abajo, traga saliva, recupera el aliento, hace una pausa. Luego termina la frase:

—... a los embajadores de Gran Bretaña y Francia.

Los aplausos son ahora muy fuertes, los gritos de «¡Guerra!, ¡guerra!» casi lo abruman. Al final, el Duce retoma su discurso:

—Entramos en liza contra las democracias plutócratas y reaccionarias de Occidente *[vítores]* que, en todo momento, han obstaculizado la marcha y, a menudo, socavado la existencia misma del pueblo italiano *[vítores]*. Algunos lustros de historia reciente pueden resumirse en estas frases: promesas, amenazas, chantajes y, al final, como coronación oficial del edificio, el innoble cerco corporativo de cincuenta y dos Estados *[vítores, pero cada vez menos intensos]*.

Ahora la plaza sigue aún abarrotada, la multitud sigue vitoreando, el discurso avanza sin interrupciones, el guion se recita con precisión y, con todo, hay algo que parece haberse estropeado. La dicción es limpia pero mecánica, como si el Duce del fascismo se hubiera tragado un magnetófono con su propia voz grabada, una voz que suena estentórea, pero para nada conmovida y, por tanto, en absoluto conmovedora. Las ovaciones son puntuales, pero ya sin tanto entusiasmo.

Pasado el momento de frenesí, la tensión oratoria decae, la temperatura emotiva se enfría. Él se demora en las explicaciones («Bastaba con revisar los tratados [...], bastaba con no rechazar las propuestas de Hitler [...], esta gigantesca lucha es solo una fase del desarrollo lógico de nuestra revolución»); a ratos parece incluso querer justificarse («Nuestra conciencia está absolutamente tranquila [...], cuando tienes un amigo marchas con él hasta el final [...], Italia no pretende arrastrar a otros pueblos al conflicto»). Se explica y se justifica como si, de repente, la guerra que ha venido a anunciar fuera un fastidioso encargo, no un destino.

Los camarógrafos del Istituto Luce encuadran la plaza, ahora en silencio, dolorosamente llamada a comprender una faena tardía, una tarea cruel, gratuita, un movimiento suicida. El director cierra el plano en las pancartas patrióticas levantadas por los militantes. El primer encuadre revela consignas goliardescas, ocurrencias groseras, fanfarronadas que buscan refugio en vulgaridades de taberna tras la tercera jarra de tinto («Y si Francia es una comepollas, Niza y Saboya, Niza y Saboya »; «El servicio que les haremos a los aliados», bajo el dibujo de un fascista que alude al culo con las manos unidas en círculo). ¿Se supone que es ese tropel de tibios sinvergüenzas el pueblo de guerreros forjado por veinte años de fascismo?

La sombra de la duda se extiende sobre la hora del destino. El instinto de la multitud: a él, al final de la feria, no le queda más que eso. Desde el principio, desde que, en el crepúsculo de la otra guerra, arengaba a un puñado de veteranos exaltados, gacetilleros desesperados y asesinos sifilíticos. Él siempre ha sido un animal, siempre ha olisqueado en el aire el tiempo que se avecinaba. Sobre ese olfato ha levantado veinte años de historia, la colosal estatua de sí mismo, ha construido un imperio. ¿Y si ahora lo hubiera perdido?

Tal vez el instinto animal se le haya extraviado en la barriga agrandada, en la somnolencia que embota sus primeras horas de la tarde, en una era de engaño sistemático. Tal vez, a fin de cuentas, tengan razón los que murmuran que no se puede seguir viviendo para siempre de las rentas del propio mito, que no se puede navegar toda la vida en pequeños barcos de cabotaje, que el fascismo, como una fruta demasiado madura, se ha desprendido del país. Tal vez su ascendiente sobre esta gente se haya desgastado, quizá ya le reprochen que sea él quien haya querido la guerra, quien se la haya impuesto a un puñado de gente sin arrestos solo para poder seguir llevando la boina con la doble orla de mariscal del Imperio. Esta guerra es grande, más grande que la otra, demasiado grande, y el Tíber es estrecho. Son demasiado fuertes las corrientes históricas que arrastran hacia el este, demasiado recientes los recuerdos de aquella otra carnicería, es insoportable encarnar las angustias de toda una generación. No hay escapatoria a la maldición de esas fatídicas palabras, de estas interminables e inconclusas discusiones en las que siempre se entrelazan cultura y masacres, congoja y terror, guerra y demencia.

Luego, sin embargo, el orador vuelve a apretar la mandíbula, saca los labios volitivos hacia afuera, dirige una vez más la mirada hacia el cielo. Ayer mismo el rey de Noruega, Haakon VII, capituló ante los alemanes, hoy mismo el gobierno francés ha abandonado su capital y París, la maravillosa París, ha sido declarada ciudad abierta, a la espera de que los oficiales de Hitler den buena cuenta de las reservas de champán de esos tragacaracoles arrellanados en las mesas de los bistrós. Nosotros seguimos de pie, verticales, breves pináculos de barro y sangre, aunque erguidos entre la tierra y el cielo; ellos, en cambio, están en el suelo, derribados, horizontales. Esto somos nosotros, ahora, en esta tierra, bajo este cielo, este es nuestro poder, este *es* el poder. Así pues, debe de tener razón ese anónimo exaltado que enarbola su muy fascista cartel como un idiota en medio de una multitud tumultuosa y, al mismo tiempo, silenciosa: les patearemos el culo. ¡Sí, les patearemos el culo!

Cuando el discurso de Benito Mussolini parece ya encaminado a desvanecerse en tono menor, el entusiasmo del rétor se dispara, el viejo encantador de multitudes recobra la magia por un instante:

—La consigna —silabea el orador deletreando con su verbo palpitante— es una sola, categórica y vinculante para todos. Que vuela por los cielos y enciende corazones desde los Alpes hasta el océano Índico...

Luego el grito, impetuoso, de una furia que bordea la desesperación:

—¡VENCER!... Y venceremos...

El último trozo de la frase resuena casi inaudible, sumergido en una explosión de exaltados aplausos.

Si tuviera sentido común, debería detenerse aquí, en el alborozo oratorio, en la proclama mayúscula, en la cómica esperanza en un final feliz.

Un dictador, sin embargo, no conoce el sentido común. De modo que él no se detiene. Él prosigue. Cree, equivocadamente, que todavía tiene algo que añadir: la invocación para traducir en realidad sus ardientes palabras.

—¡Pueblo italiano! ¡Corre a las armas y demuestra tu tenacidad, tu coraje, tu valor!

Será porque el calor de la tardía primavera romana le hace sudar en su uniforme de paño grueso, o porque intenta superar el clamor de la plaza, o porque empieza a caer la tarde, la invocación que concluye el discurso con el que declara la guerra se le ahoga en la garganta.

Después de que Benito Mussolini haya abandonado el balcón, absorbido por la penumbra del edificio, abajo la plaza se vacía rápidamente, sin sacudidas, sin gritos de vítores. Sin hosannas, sin manifestaciones patrióticas, cada uno en su casa con sus propios pensamientos. Entre tantas, no queda más que una única gran pasión: el miedo.

¿Cuál será el estado de ánimo de Roma, delirio, como cuentan los cronistas radiofónicos, angustia, como supongo yo? Tal vez solo haya resignación.

Del diario de Pietro Nenni, antifascista exiliado en Francia
y antiguo amigo personal de Mussolini,
10 de junio de 1940

En el Palacio Venecia, para la concentración de guerra. La plaza está abarrotada con una multitud a ratos silenciosa, a ratos tumultuaria. Se aprecia el cansancio de los pocos núcleos voluntariosos a la hora de lanzar gritos y vítores. Señal de una disciplina casi estupefacta, que el Partido no ha sabido iluminar con consignas. Mussolini habla con precisión, sin gestos, recitando de memoria un meditado discurso. A su alrededor, los jerarcas reunidos en el balcón tienen un confuso aire de circunstancias.

Giuseppe Bottai, *Diario*, 10 de junio de 1940

Disgregación rápida. Una gran masa de personas aún no podía creer la declaración de guerra. Ninguna mujer ha aplaudido.

Agente 40, informe secreto a la Dirección General
de Seguridad Pública, División de la Policía Política,
10 de junio de 1940

Mussolini habla desde el balcón del Palacio Venecia. La noticia de la guerra no sorprende a nadie y no despierta excesivos entusiasmos. Estoy triste: muy triste. La aventura comienza. Que Dios ayude a Italia.

Galeazzo Ciano, *Diario*, 10 de junio de 1940

Llegué a Roma esta mañana, llamado por Galeazzo; y fui a verle a las 10. Lo encontré con una redecilla en la cabeza para mantener el pelo en orden; salía en ese momento de las manos del peluquero... Acabó diciéndome que, en unas horas, se avergonzaría de declarar la guerra a Loraine y François-Poncet [...]. [Más tarde,] tras lanzar los rayos de la declaración de guerra, Ciano dice que François-Poncet estaba «abatido», mientras que, en cambio, Loraine estaba muy tranquilo y se despidió de él en los mejores términos. Mientras Ciano comprende todo el enorme error de Italia, toda la profundidad del abismo en el que nos hundimos, está medio satisfecho con la parte personal de su competencia: ¡declarar la guerra a dos grandes potencias el mismo día! No es una cosa baladí...

Giovanni Ansaldo, *Diario*, 10 de junio de 1940

Ha sido en este preciso momento cuando Francia, herida, pero intrépida y de pie, lucha contra la hegemonía de Alemania y lucha por lo tanto por la independencia de todos los demás pueblos, así como por la suya propia, ha sido ese el momento que ha elegido el señor Mussolini para darnos una puñalada por la espalda... El mundo, que nos mira, sabrá juzgar.

Paul Reynaud, presidente del Gobierno francés,
discurso radiofónico,
10 de junio de 1940

A partir de hoy, pase lo que pase, el fascismo está acabado.

Piero Calamandrei, *Diario*, 10 de junio de 1940
(inmediatamente después de escuchar por la radio
la declaración de guerra de Mussolini)

Personajes principales

EJE ROMA-BERLÍN

Los fascistas

ALFIERI, DINO Férreo nacionalista, licenciado en Derecho, intervencionista y voluntario en la Gran Guerra, condecorado con una medalla de bronce y otra de plata. Elegido diputado en 1924 en las filas de los nacionalistas que confluyeron en la gran lista fascista, es simpatizante activo del régimen desde siempre, antiguo subsecretario de prensa y propaganda, y actual ministro de Cultura Popular.

ANFUSO, FILIPPO Joven y brillante diplomático siciliano, antiguo legionario de Fiume, mujeriego y maestro de sarcasmos, es amigo personal del ministro de Asuntos Exteriores italiano Galeazzo Ciano y jefe de su gabinete.

ANSALDO, GIOVANNI Apóstata antifascista convertido más tarde en periodista del régimen, es el confidente más cercano de Galeazzo Ciano y miembro de su selectísimo círculo íntimo. Como reportero personal del ministro de Asuntos Exteriores italiano no hay confidencia, cotilleo o movimiento del alma de este que escape a las páginas de su diario.

BADOGLIO, PIETRO Piamontés frío y calculador, como general en la Gran Guerra vivió su momento de infamia en la derrota de Caporetto y su momento de gloria en el triunfo de Vittorio Veneto. No es un fascista convencido, sino un oportunista sin escrúpulos y un hábil técnico en el oficio de las armas: para él el arte militar es ante todo una cuestión de mercaduría. Antiguo jefe del Estado Mayor General, sometió a Libia al precio de deportar a cien mil civiles a campos de concentración y condujo victoriosamente la campaña de Etiopía. Insaciable acaparador de prebendas y honores, el rey lo nombra marqués del Sabotino y duque de Adís Abeba. Es el consejero militar de Mussolini y sabe que Italia está completamente falta de preparación ante ulteriores esfuerzos bélicos. A pesar de ello, no se opone a la guerra: contrariar al Jefe no ayudaría a su carrera.

BALBO, ITALO El adalid de la Milicia fascista, el ídolo de los escuadristas, el cuadrunviro de la marcha sobre Roma, el mariscal del aire célebre en todo el mundo por sus vuelos transatlánticos es uno de los pocos jerarcas a los que Mussolini teme y respeta, y el único que se permite hablarle de «tú». Ha levantado su feudo político en Ferrara, ayudado por el podestá y fiel amigo Renzo Ravenna. Para quitárselo de en medio, el Duce lo ha nombrado gobernador de Libia. Anglófilo y antialemán, desaprueba el acercamiento a la Alemania nazi y el inminente giro racial del régimen.

BOTTAI, GIUSEPPE Voluntario de los Osados, herido y condecorado con una medalla de plata, futurista, poeta aficionado. Fundador del Fascio de Combate de Roma, organizó las primeras escuadras de acción locales y fue elegido diputado. Director del periódico *Critica fascista*, siempre ha apoyado un fascismo legalizado e integrado en las estructuras del Estado. Culto, muy inteligente, antiguo ministro de Corporaciones, gobernador de Roma y Adís Abeba, supervisa la educación de los italianos desde su Ministerio de Educación Nacional. Toda su cultura y toda su inteligencia no le impiden adherirse con entusiasmo a las leyes raciales y aplicarlas con celo.

BUFFARINI GUIDI, GUIDO Veterano de la Gran Guerra varias veces condecorado, fue uno de los principales organizadores del escuadrismo en Toscana. Antiguo podestá de Pisa, rechoncho, arrogante, sin escrúpulos, es el subsecretario de

Estado en el Ministerio del Interior que encabeza Benito Mussolini.

CIANO, COSTANZO Anciano, bigotudo, estólido y macizo, es un héroe nacional, protagonista en 1918 junto a D'Annunzio de la legendaria «mofa de Buccari». Fascista desde antes de la marcha sobre Roma y fidelísimo al Duce, ras de los escuadristas livorneses, fue elegido diputado en 1921 en la lista de los bloques nacionales. Tras hacerse muy rico después de la guerra, gracias entre otras cosas a su influencia política, fue galardonado por el rey en persona con el título de conde de Cortellazzo por sus méritos militares. Es presidente de la Cámara de Diputados del reino de Italia y consuegro de Benito Mussolini.

CIANO MUSSOLINI, EDDA Primogénita del Duce, su hija predilecta. A pesar de su exilio en exclusivos internados para dotarla de una educación refinada, es incapaz de refrenar su naturaleza independiente, sensual y rebelde. No es hermosa, pero goza de un halo de encanto luciferino, y siempre está bajo la observación de la policía. En 1930 se casa con Galeazzo Ciano. Amante de los juegos de azar, el alcohol y los flirteos extramatrimoniales, lleva una vida libertina y escandalosa.

CIANO, GALEAZZO Hijo de Costanzo —el héroe de la Gran Guerra—, el segundo conde de Cortellazzo es un joven rico, mimado y veleidoso; encaminado por su padre a la carrera diplomática, salta a la fama en Italia y en el mundo al casarse con Edda, la hija mayor de Benito Mussolini. Voluntario en la campaña de Etiopía, patrocinador de la intervención italiana en la guerra civil española, consagra sus mejores años al servicio de su suegro al frente del Ministerio de Asuntos Exteriores del país. Considerado en los círculos fascistas como el único y más probable sucesor del Duce, pasa sus días entre la sede ministerial y su sucursal mundana, el círculo de golf Acquasanta. Lleva cotidianamente un minucioso diario, consciente de que algún día será leído por otros.

D'ANNUNZIO, GABRIELE Ya era un escritor de fama internacional, dandi, esteta exquisito, seductor implacable, cuando, exaltado por la guerra, lleva a cabo empresas legendarias durante el primer conflicto mundial. A la cabeza de los indignados por la «victoria mutilada», dirigió la ocupación y la regencia de Fiume. Después de verse obligado militarmente a renunciar a los frutos de su empresa, se retira a una villa-mausoleo en Gardone. Ambiguo partidario de un fascismo que lo magnifica como su precursor, confinado en el Vittoriale, aburrido, consagrado a una momificación celebrativa de sí mismo, murió en marzo de 1938 a causa de una hemorragia cerebral. Su estilo, sus poses, sus lemas reverberan, inmortales y distorsionados, en la vida cotidiana del país.

DE BEGNAC, YVON Hijo de un músico triestino y de una madre romañola, voluntario en la guerra de Etiopía, es un joven y apasionado periodista empeñado en escribir la biografía de su mayor mito: el Duce. Las malas lenguas afirman que es su hijo ilegítimo.

DE BONO, EMILIO General en la reserva varias veces condecorado, siempre tuvo aspecto de viejo. Decrépito, reseco, leñoso y llorón es, en cualquier caso, un oportunista compulsivo, con un constante afán por cargos y honores. En su búsqueda de contactos políticos en todos los partidos del arco parlamentario acaba encontrándolos en el fascismo. Cuadrunviro de la marcha sobre Roma, antiguo gobernador de Tripolitania y de Eritrea, antiguo ministro de las Colonias, comandante en las primeras fases de la campaña etíope y mariscal de Italia. Apartado por Mussolini con gran amargura por su parte, se reconoce cada vez menos en la política del régimen.

FARINACCI, ROBERTO Antiguo ferroviario socialista, fascista de primera hora, periodista de asalto agramatical y tosco, con menos prejuicios y más determinación que nadie, columna vertebral de los escuadristas lombardos. Licenciado en Derecho en 1923 con una tesis copiada, elegido diputado al año siguiente, nombrado en 1925 secretario general del PNF, Mussolini acabó despidiéndolo y favoreció el ascenso de Augusto Turati, su adversario. Es el director del periódico *Il Regime fascista*, desde cuyas páginas fomenta la facción de los «intransigentes» y el odio racial en el país. A pesar de los años, el Duce, en el fondo, lo teme: pronazi, es el más antisemita y racista de los jerarcas, el ídolo de los hombres duros del fascismo.

FRANCO, FRANCISCO Director de la Academia Militar durante la dictadura de Miguel Primo de Rivera, más tarde jefe del Estado Mayor del Ejército, acérrimo opositor de la República Española, tras la victoria del Frente Popular de izquierdas en las elecciones de 1936 encabezó el golpe de Estado que sumió España en una aterradora guerra civil entre nacionalistas y republicanos. Mussolini y Hitler todavía lo apoyan con medios, armas, hombres.

GRANDI, DINO Intervencionista, capitán de tropas de montaña condecorado al valor, licenciado en Derecho, en el periodo de posguerra oscila entre distintas orientaciones políticas antes de inscribirse en el Fascio de Bolonia en noviembre de 1920. Inteligente, con cierta confusión ideológica pero políticamente astuto, líder del fascismo emiliano, al principio en abierta oposición a Mussolini en 1921, y más tarde, durante la marcha sobre Roma, jefe del Estado Mayor del cuadrunvirato. Diputado en 1924, una vez en los palacios del poder destaca por su alineación incondicional con las posiciones del Duce. Ministro de Asuntos Exteriores hasta 1932, luego embajador en Londres, es el italiano más acreditado en tierras de Albión.

GRAZIANI, RODOLFO Antiguo seminarista, se convierte en el coronel más joven del ejército italiano. De mandíbula cuadrada, piel cocida por el sol, lleva luchando en África desde

1908. Tras protagonizar la violenta reocupación de Tripolitania, Fezán y Cirenaica, responsable del horror de los campos de concentración libios, como gobernador de Somalia dirigió las operaciones militares contra Abisinia, utilizando armas químicas como represalia y solución final. Nombrado virrey de Etiopía, la crueldad de su gobierno provoca desórdenes y rebeliones en el país. Destituido de su cargo y de regreso a Italia, permanece inactivo durante varios meses. Espera, en silencio, poder volver al arte que mejor conoce: el de la guerra.

GUARNERI, FELICE Economista de valía, técnico de indiscutible valor y prestigio, experto en presupuestos, importaciones y reservas de oro, observador liberal e independiente de las miserias del país, es el ministro de Cambios y Divisas de la Italia fascista.

MAGISTRATI, MASSIMO Cuñado di Galeazzo Ciano —está casado con su hermana Maria—, es miembro de su entorno personal de diplomáticos y primer consejero de la embajada en Berlín.

MUSSOLINI GUIDI, RACHELE Hija de campesinos de Romaña, criada en la miseria, semianalfabeta, compañera de Mussolini desde 1909 y madre de sus hijos. Benito y Rachele, ateos y socialistas, pese a oponerse originalmente a la institución del matrimonio, se desposaron más tarde con una ceremonia civil, el 16 de diciembre de 1915 y, por último, también con una ceremonia religiosa. Mujer sencilla, de piel dura y sanguina, soporta con un sentimiento de humillación las excesivas infidelidades de su marido.

ORANO, PAOLO Voluntario en la Gran Guerra, prolífico periodista y ensayista, diputado fascista en la Cámara, es el autor de *Los judíos en Italia*, el panfleto que inauguró en 1937 la campaña de prensa antisemita orquestada por las altas esferas del régimen.

PAVOLINI, ALESSANDRO Pelo y ojos muy negros, mirada afilada, pluma brillante. Antiguo escuadrista, hijo de un indianista de renombre internacional, fue secretario de la Federación Fascista de Florencia y diputado, voluntario y corresponsal aéreo de guerra en la campaña de Etiopía, y es en este momento el periodista personal y protegido del ministro de Exteriores Galeazzo Ciano.

PETACCI, CLARA Hija de la burguesía media romana que creció en el culto al Duce, carente de escrúpulos y arribista hasta el extremo de acercarse a él por iniciativa propia, es desde hace tres años la concubina favorita de Mussolini, su baño de juventud. De pelo rizado y ojos verdes, es, al mismo tiempo, tanto la devota muchacha receptora de las inesperadas efusiones del Duce como la destinada a recoger sus exabruptos, confesiones, cambios de humor. Nadie mejor que ella conoce la intimidad del padre del fascismo.

PINI, GIORGIO Combatiente en la Guerra Mundial con solo dieciocho años, fascista y escuadrista de primera hora, publicista de valía, Benito Mussolini lo nombró personalmente en 1936 redactor jefe del periódico familiar *Il Popolo d'Italia*. Tiene el privilegio de sostener llamadas telefónicas diarias con el Palacio Venecia.

QUILICI, NELLO Intelectual culto y refinado, profesor de periodismo y de historia política moderna, amigo de toda la vida del cuadrunviro Italo Balbo y del podestá de Ferrara Renzo Ravenna. Es el director del *Corriere Padano*, el más importante periódico de Ferrara. Tras la promulgación de las leyes raciales, Renzo Ravenna espera en vano de él y del periódico que dirige la desaprobación de una abominación semejante.

RAVENNA, RENZO Abogado judío civilista, intervencionista y combatiente en la Gran Guerra, ferviente nacionalista, fiel amigo de Italo Balbo. Podestá de la ciudad de Ferrara durante doce años, fascista por aclimatación al ambiente, excelente administrador, ha presentado hace poco e inesperadamente su dimisión, alegando razones de salud como motivo. La verdad es que, para los judíos como él, el régimen tiene otras cosas en la cabeza.

SARFATTI GRASSINI, MARGHERITA Rica heredera veneciana, judía convertida al catolicismo, cultísima, coleccionista y brillante crítica de arte, es la mujer que a partir de 1914 ha levantado la imagen pública del Duce, la que ha transportado al tosco agitador político de las revueltas provinciales hasta los salones de la alta sociedad. Directora durante más de una década de *Gerarchia*, la revista teórica del fascismo, madrina del Novecento italiano, se esforzó por darle al régimen fascista un arte moderno y de Estado y a sí misma un poder «dictatorial» en el ámbito de la cultura. Ahora es la antigua amante envejecida, molesta, una mujer caída en desgracia que sabe demasiado sobre el régimen y que, por lo tanto, debe ser controlada, depurada. Preocupada porque la Italia de Mussolini haya caído ahora en manos de los nazis, se engaña pensando que aún puede hacer algo por su país (y por sí misma).

STARACE, ACHILLE Jerarca de Gallipoli, Mussolini lo nombró secretario general del PNF en 1931. Amante de los uniformes, de las coreografías y de las condecoraciones, contable de formación, soldado de infantería en la Gran Guerra, se mueve a tirones, como una marioneta. Lealtad canina, devoción ciega, carencia total de inteligencia así como de escrúpulos, gran simpatía por la Alemania nazi. El Duce ha delegado en él la orientación de la educación política de los italianos. Saludo y paso romano, ejercicios gimnásticos obligatorios, uso del «vos» y de la ruda tela *orbace* son solo algunas de las directrices con las que intenta dar forma al «italiano nuevo».

VERGANI, ORIO Discípulo de Pirandello, uno de los fundadores del Teatro de Arte de Roma, redactor del *Corriere della*

Sera, es el compañero de Galeazzo Ciano, el amigo de su juventud que a menudo se ve obligado a asistirlo en muchas de sus actividades diarias.

VÍCTOR MANUEL III Introvertido, inseguro, frágil físicamente y de carácter débil, es rey de Italia desde julio de 1900 y emperador de Etiopía desde 1936. En 1922, con ocasión de la marcha sobre Roma, no firmó el estado de asedio que hubiera permitido al ejército detener a los fascistas y opta, en cambio, por confiar a Mussolini el encargo de formar un nuevo gobierno. A pesar de ser el único dique que queda para el poder del Duce, firma las «leyes fascistísimas». Mussolini, en privado, lo define como «nuestro más fiel camisa negra». Antialemán, recela de Adolf Hitler, al que considera «un caso psiquiátrico», y está muy preocupado por el naciente entendimiento entre la Italia fascista y la Alemania nazi. Algunos esperan de él un acto final de oposición al excesivo poder fascista. Una espera que se prolonga desde hace casi veinte años.

Los nazis

BOUHLER, PHILIPP Jefe de la cancillería privada del Führer, está proyectando con su beneplácito los términos de un plan eugenésico con el que otorgar «una muerte misericordiosa» a los miles de ciudadanos alemanes, especialmente niños y ancianos, que sufren discapacidades físicas o mentales.

BRANDT, KARL Joven oficial de las SS, fanático de la eugenesia, es el médico que acompaña a Hitler durante su visita a Italia en 1938.

BRAUN, EVA Secretaria privada del Führer, de quien se rumorea que es tanto su afectuosa amiga como su amante.

DIETRICH, JOSEF «SEPP» De probada fidelidad a Hitler, participó en el *putsch* de la cervecería de Múnich en 1923 y encabezó la masacre de la Noche de los Cuchillos Largos en 1934. Es el comandante de la *Leibstandarte*, jefe de la unidad especial encargada de la seguridad personal del Führer.

FRANK, HANS Asesor legal personal de Hitler, antiguo ministro de justicia de Baviera, padre de cuatro hijos, hombre de muchas amantes, feroz antisemita, partidario de exterminar a toda la población judía del Reich.

GOEBBELS, JOSEPH Hijo del empleado de una fábrica, cojo por una deformidad congénita conocida como «pie equino», descartado en la leva militar y, posteriormente, doctorado en Literatura con una tesis sobre el Romanticismo alemán, es ministro de Educación del Pueblo y de Propaganda del Reich. Promotor de las tristemente famosas hogueras de libros, ha prohibido el arte «degenerado», ha obligado al exilio a artistas, intelectuales y científicos judíos y, sobre todo, ha asumido el control total de la información y de la prensa alemanas, así como de la vida espiritual de Alemania.

GÖRING, HERMANN Con sus ojos de zafiro luciferino, mandíbula fuerte, mole imponente, es una leyenda viva. As de la aviación, en la Gran Guerra estuvo al mando del «circo volador», la temible escuadrilla de cazas del Barón Rojo. Casado con una baronesa sueca, conoció a Hitler en 1921 y se afilió al partido nazi. Organizador de las SA, fundador de la Luftwaffe, creador de la Gestapo, es comandante en jefe de la aviación alemana, presidente del Parlamento del Reich, primer ministro del Estado Libre de Prusia, titular de los ministerios alemanes de Economía, Aviación y Bosques.

GUDERIAN, HEINZ Teórico y estratega de la ultramoderna «guerra relámpago», basada en la velocidad y movilidad de las divisiones acorazadas, es uno de los generales más implacables y con menos escrúpulos que Hitler ha puesto al frente de las Panzertruppen.

HESS, RUDOLF Nazi de primera hora, leal a Hitler desde la época del fallido *putsch* de Múnich, es el hombre a quien, encarcelados juntos en la misma prisión en 1924, el futuro Führer de los alemanes dictó las páginas de su manifiesto político-espiritual, el *Mein Kampf*.

HEYDRICH, REINHARD Jerarca astuto, poderoso y poco de fiar, es el jefe de la policía secreta del Reich. Campeón del orgullo racial nazi, algunos lo apodan «la fiera rubia».

HIMMLER, HEINRICH De mirada vacía tras las pequeñas gafas redondas, silencio amorfo, presencia inquietante. Comandante general de las SS y de la policía alemana, es, después de Hitler, y junto con Hess y Göring, el hombre más poderoso del Reich.

HITLER, ADOLF Hijo de un aduanero austríaco de orígenes humildes, artista fracasado, nacionalista y voluntario en la Gran Guerra, licenciado con el grado de cabo y empleado más tarde como obrero de la construcción, encarcelado tras un intento de golpe de Estado en Múnich, animado por el sueño de una gran Alemania imperial y dominadora, regimentó el Partido Nacionalsocialista inspirándose declaradamente en el modelo fascista. Hoy es el formidable canciller del Tercer Reich. A primera vista parece una persona mesurada, de orden, de aspecto casi modesto, funcionarial, pero puede volverse de repente magnético, persuasivo y poseído cuando expone sus ideas sobre la palingenesia del viejo mundo, la destrucción de la raza judía y la aniquilación de las democracias. Su desmesurado plan de regeneración violenta y dominación total de Europa no encuentra aliados por el momento. El único podría ser su maestro de otros tiempos, Benito Mussolini.

KEITEL, WILHELM Jefe del Mando Supremo de la Wehrmacht, muy devoto del Führer. Por eso, en los círculos militares hay quienes lo apodan despectivamente «general

Jawohl», el «general síseñor», o trabucan su apellido en «*Lakai*tel», «lacayo».

MACKENSEN, HANS GEORG VON Untuoso y diligente embajador alemán, es el adjunto a la dirección de la sede diplomática nazi en Roma.

RIBBENTROP, JOACHIM VON Vanidoso, frío y pertinaz diplomático del Tercer Reich. Desde su sede de la Wilhelmstrasse en Berlín, dirige el Ministerio de Asuntos Exteriores alemán. Belicista hasta el delirio, su objetivo es vincular a toda costa la Italia de Mussolini a la Alemania nazi para poder arrastrarla al abismo de la guerra.

SCHMIDT, PAUL Políglota, cosmopolita, culto y sensible, es un joven funcionario del Ministerio de Asuntos Exteriores asignado al séquito del Führer como traductor e intérprete oficial.

Espíritus libres víctimas del viento de la historia

ATTOLICO, BERNARDO Originario de Apulia, antiguo subsecretario de la Sociedad de Naciones, alto comisionado en Dánzig, diplomático de larga trayectoria, ha vivido en Londres, Rusia y Brasil. Aunque su edad esté ya avanzada, tenga mala salud, sea miope y su alemán sea escaso, hace gala de gran astucia, perspicacia y agudeza de juicio como embajador italiano en Berlín.

BIANCHI BANDINELLI, RANUCCIO De padre sienés y madre alemana, historiador de arte antiguo, arqueólogo y profesor titular de la Universidad de Pisa, es el guía elegido por los burócratas ministeriales para acompañar al Führer en su viaje a Italia en 1938. «Antifascista genérico» sin directiva política ni programa, lleva semanas atormentándose con una ensoñación: «¿Y si durante la visita mato a los dos tiranos?».

FORMÌGGINI, ANGELO FORTUNATO Quinto y último hijo de una antigua familia judía de Módena, licenciado en Derecho y luego en Filosofía, editor brillante, escritor excéntrico, fue el primero en Italia en crear una serie dedicada a las obras maestras del humor. En nombre de un alto ideal de fraternidad, ha dedicado su vida a los libros, con el objetivo de acercar entre sí a hombres de diferentes religiones y naciones. Incapaz de soportar la atmósfera asfixiante de la cultura fascista, afectado por la infamia de las leyes raciales, exasperado, desalentado por el silencio que lo rodea, quiere gritar al mundo la absurda maldad de las medidas del régimen.

DEMOCRACIAS «PLUTOCRÁTICAS»: GRAN BRETAÑA Y FRANCIA

Los ingleses

CHAMBERLAIN, NEVILLE De cuello largo, bigotes caídos, porte de anciano distinguido. Antiguo ministro del Tesoro, es el jefe de gobierno del Reino Unido, conocido en toda Europa como «el hombre del paraguas». De él y de su política condescendiente hacia la Italia fascista y la Alemania nazi depende la «paz para nuestro tiempo».

CHURCHILL, WINSTON Rechoncho, de consistencia blanduzca, calvo, aristocrático en la era de las masas populares, elitista en la época de la democracia, excéntrico hasta lo extravagante, bebedor empedernido, a pesar de haber sido en su juventud un valiente soldado del imperio e historiador de sus hazañas militares, hace años que está apartado del gobierno británico. Desde la oposición, se esfuerza por contrarrestar la complaciente política suicida del primer ministro Chamberlain hacia la Alemania nazi.

HALIFAX, LORD Político británico de larga trayectoria, es el ministro de Asuntos Exteriores del Reino Unido.

HENDERSON, NEVILE Conservador, embajador británico en Berlín, es un ferviente partidario de la política del primer ministro Chamberlain hacia Adolf Hitler.

LORAINE, SIR PERCY Desde 1939 sustituye a Lord Perth en la embajada británica con sede en Roma.

PERTH, LORD Noble diplomático, es desde 1933 el embajador británico en suelo italiano.

Los franceses

DALADIER, ÉDOUARD De pequeña estatura y achaparrado, con una ceja constantemente levantada. Promotor del Frente Popular, es el presidente del Consejo de Ministros de Francia.

FRANÇOIS-PONCET, ANDRÉ Antiguo embajador destinado en Berlín, se ocupa de las relaciones diplomáticas de Francia con la Italia de Mussolini.

LÉGER, ALEXIS Francés nacido en la paradisíaca isla de Guadalupe, poeta imaginativo, hostil al nazismo, secretario general del Ministerio de Asuntos Exteriores francés.

REYNAUD, PAUL Antiguo ministro de Finanzas, cuando Europa se hunde en el abismo de una nueva guerra mundial, es llamado a asumir el papel de primer ministro francés.

ALBANIA, AUSTRIA, CHECOSLOVAQUIA, ESTADOS UNIDOS DE AMÉRICA

BENEŠ, EDVARD Presidente de Checoslovaquia hasta octubre de 1938. Tiene que lidiar con el riesgo de una ocupación militar nazi de los Sudetes, los territorios checos con mayoría de población de habla alemana.

HÁCHA, EMIL Viejo y débil de corazón, tras la dimisión de Beneš lo sucede como presidente de la República Checoslovaca. Invitado a Berlín por Adolf Hitler en vísperas de la invasión, sabe que su país tiene los días contados.

ROOSEVELT, FRANKLIN DELANO Presidente de Estados Unidos, ha conducido la recuperación del país durante la Gran Depresión. Mediante una serie de sutiles esfuerzos diplomáticos, confía en llevar a Italia de vuelta al bando de las democracias.

SCHUSCHNIGG, KURT VON Tras el asesinato de Engelbert Dollfuss por parte de algunos golpistas pronazis, se convierte en canciller y ministro de Asuntos Exteriores de Austria. Ha tratado vanamente de oponerse al *Anschluss*. Vive desde hace meses en una diminuta habitación de hotel en Viena bajo la vigilancia de la Gestapo.

ZOG I Antiguo primer ministro de Albania, luego presidente de la república, autoproclamado rey de los albaneses. Año tras año se ha vuelto cada vez más dependiente económicamente del régimen fascista, dejando que su país se deslice así bajo la protección italiana.

Índice